사뮈엘 베케트
Samuel Beckett, 1906–89

사뮈엘 베케트는 1906년 4월 13일 아일랜드 더블린 남쪽 폭스록에서 유복한 신교도 가정의 차남으로 태어났다. 더블린의 트리니티 대학교에서 프랑스 문학과 이탈리아 문학을 공부하고 단테와 데카르트에 심취했던 베케트는 졸업 후 1920년대 후반 파리 고등 사범학교 영어 강사로 일하게 된다. 당시 파리에 머물고 있었던 제임스 조이스에게 큰 영향을 받은 그는 조이스의『피네건의 경야』에 대한 비평문을 공식적인 첫 글로 발표하고, 1930년 첫 시집『호로스코프』를, 1931년 비평집『프루스트』를 펴낸다. 이어 트리니티 대학교에서 프랑스어를 가르치게 되지만 곧 그만두고, 1930년대 초 첫 장편소설『그저 그런 여인들에 대한 꿈』(사후 출간)을 쓰고, 1934년 첫 단편집『발길질보다 따끔함』을, 1935년 시집『에코의 뼈들 그리고 다른 침전물들』을, 1938년 장편소설『머피』를 출간하며 작가로서 발판을 다진다. 1937년 파리에 정착한 그는 제2차 세계대전 중 레지스탕스로 활약하며 프랑스에서 전쟁을 치르고, 1946년 봄 프랑스어로 글을 쓰기 시작한 후 1989년 숨을 거둘 때까지 수십 편의 시, 소설, 희곡, 비평을 프랑스어와 영어로 번갈아 가며 쓰는 동시에 자신의 작품 대부분을 스스로 번역한다. 전쟁 중 집필한 장편소설『와트』에 뒤이어 쓴 초기 소설 3부작『몰로이』,『말론 죽다』,『이름 붙일 수 없는 자』가 1951년부터 1953년까지 프랑스 미뉘 출판사에서 출간되고, 1952년 역시 미뉘에서 출간된 희곡『고도를 기다리며』가 파리, 베를린, 런던, 뉴욕 등에서 수차례 공연되고 여러 언어로 출판되며 명성을 얻게 된 베케트는 1961년 보르헤스와 공동으로 국제 출판인상을 받고, 1969년 노벨 문학상을 수상한다. 희곡뿐 아니라 라디오극과 텔레비전극, 영화 각본을 집필하고 직접 연출하기도 했던 그는 당대의 연출가, 배우, 미술가, 음악가 들과 지속적으로 교류하며 평생 실험적인 작품 활동에 전념했다. 1989년 12월 22일 파리에서 숨을 거뒀고, 몽파르나스 묘지에 묻혔다.

MORE PRICKS THAN KICKS

by Samuel Beckett

사뮈엘 베케트   윤원화 옮김

발길질보다 따끔함

work
rk
—
ro
om

일러두기

1. 이 책은 사뮈엘 베케트(Samuel Beckett)의 『발길질보다 따끔함(More Pricks than Kicks)』(커샌드라 넬슨[Cassandra Nelson] 편집, 런던, 페이버 앤드 페이버[Faber and Faber], 2010)을 한국어로 옮긴 것이다.

2. 본문의 주(註)는 대부분 옮긴이가 작성한 것으로, 존 필링(John Pilling)의 『사뮈엘 베케트의 '발길질보다 따끔함': 두 갈래로 나뉜 의지의 해협에서(Samuel Beckett's 'More Pricks than Kicks': In a Strait of Two Wills)』(런던, 블룸스버리 아카데믹[Bloomsbury Academic], 2011), 루비 콘(Ruby Cohn)의 『베케트 캐넌(A Beckett Canon)』(앤아버, 미시간 대학교 출판부[The University of Michigan Press], 2005), C. J. 애컬리(Ackerly)와 S. E. 곤타스키(Gontarski)의 『그로브판 사뮈엘 베케트 안내서: 그의 작품, 생애, 사상에 대한 독자 가이드(The Grove Companion to Samuel Beckett: A Reader's Guide to His Works, Life, and Thought)』(뉴욕, 그로브 출판사[Grove Press], 2004)를 참조했다. 드물게 저자가 직접 작성한 주는 '원주'로 표시했다.

3. 본문에서 성서가 참조된 경우 흠정역성서를 기준으로 옮겼다.

4. 원문에서 이탤릭체로 강조된 부분은 방점을 찍어 구분했다.

5. 원문에서 대문자로 강조된 경우 단어의 첫 글자만 대문자로 표기되었을 때는 해당 번역어의 첫 글자를 굵게 표기했고, 단어 전체가 대문자로 표기되었을 때는 번역어 전체를 굵게 표기했다.

6. 저자가 단어를 의도적으로 붙여 썼다고 판단될 경우 번역문에서도 붙여 썼다.

차례

단테와 바닷가재

아침이었고 벨라콰는 달에서의 노래 첫 부분에 꽂혀 있었다.[1]
그는 완전히 진창에 빠져서 앞으로도 뒤로도 움직일 수 없었다.
지복한 베아트리체가 거기 있었고, 단테도 있었고, 그녀가 달에
있는 반점에 관해 그에게 설명했다. 그녀는 그가 처음 어디서부터
틀렸는지 뵀고, 그다음에 그녀 자신의 설명을 내놓았다. 그녀는
그것을 하느님에게서 얻었고, 따라서 그는 모든 세부 사항이
정확하다고 신뢰할 수 있었다. 그는 그녀를 차근차근 따르기만
하면 되었다. 첫 번째, 논박 부분은, 순조롭게 흘러갔다. 그녀는
논점을 명확하게 밝혔고, 그녀는 호들갑을 떨거나 시간을
낭비하지 않고 해야 할 말을 했다. 그러나 두 번째, 입증 부분은
너무 빡빡해서 벨라콰는 앞뒤를 분간할 수 없었다. 반증, 반박,
그것은 뻔했다. 그러나 그다음에 증명이, 실제 사실을 속기로 쓴
것이 등장했고, 벨라콰는 정말 진창에 빠졌다. 지루하기도 하고,
얼른 피카르다[2]로 넘어가고 싶었다. 그래도 그는 수수께끼를
뚫어져라 보았고, 그는 자신이 패배했다고 인정하기 싫었고, 그는
적어도 단어들의 뜻이라도 이해했으면, 그 단어들이 어떤 순서로
말해졌고 그것들이 여태 잘못 알았던 시인에게 어떤 만족을
주었기에 그 말이 끝나자 그가 생기를 되찾고 무거운 머리를
쳐들어, 감사를 표하면서 자신의 낡은 의견을 공식적으로 철회할
수 있었는지 알았으면 했다.

　　그는 계속 이 난공불락의 구절을 두고 머리를 굴리다가
정오의 종소리를 들었다. 즉시 그는 정신의 업무 스위치를 껐다.
그는 손가락으로 책을 받쳐 올려 두 손바닥 위에 완전히 펼쳤다.
신곡이 앞면을 위로 하고 손바닥 독서대 위에 놓였다. 이렇게
펼쳐진 책을 그는 자신의 코끝까지 들어 올렸다가 거기서 탁
닫았다. 그는 그것을 잠시 치켜들고, 성난 눈길로 흘겨보다가,
양 손바닥의 불룩한 부분으로 표지를 꾹 눌렀다. 그다음에 그는
그것을 한쪽에 밀어 두었다.

　　그는 의자에 등을 기대고서 정신이 가라앉는 느낌이
들고 뭐든 좋을 대로 끄집어낸 이 하찮은 논점의 근질거림이
사그라들기를 기다렸다. 무엇을 해도 소용없었으니 일단은
정신 상태가 나아지고 차분해져야 했고, 점차 그렇게 되었다.

그다음에 그는 과감하게 다음으로 해야 할 일을 생각했다. 언제나 다음으로 해야 할 무언가가 있었다. 세 가지 커다란 의무가 모습을 드러냈다. 첫 번째는 점심, 그다음은 바닷가재, 그다음은 이탈리아어 수업. 그거면 한동안 해 나갈 수 있을 터였다. 이탈리아어 수업 이후에는 명확한 생각이 없었다. 틀림없이 누군가 어떤 귀찮은 커리큘럼을 늦은 오후와 저녁까지 세워 놓았을 테지만, 그는 그것이 무엇인지 몰랐다. 어쨌든 그건 중요하지 않았다. 중요한 것은, 하나, 점심, 둘, 바닷가재, 셋, 이탈리아어 수업. 그거면 한동안 해 나가는 데 충분하고도 남았다.

점심은, 제대로만 된다면, 아주 근사한 일이었다. 그의 점심이 즐거워지려면, 그것은 정말로 아주 즐거워질 수 있었는데, 그는 절대적 평정 속에서 그것을 준비해야 한다. 그러나 그가 이때 방해를 받는다면, 어떤 수선스러운 수다쟁이가 이때 뛰어 들어와서 거창한 생각이나 소원을 늘어놓는다면, 그는 아예 먹지 않는 편이 나을 것이, 음식이 그의 입안에서 쓴맛을 내거나, 또는, 더 심하면, 아무 맛도 안 날 것이기 때문이다. 그는 엄밀하게 혼자 남겨져야 하고, 그는 완전히 조용하고 사적인 상태로, 점심 식사를 준비해야 한다.

처음 할 일은 문을 잠그는 것이었다. 이제 아무도 그에게 올 수 없었다. 그는 오래된 『헤럴드』를 집어서 탁자 위에 평평하게 펼쳤다. 살인자 매케이브의 꽤 잘생긴 얼굴이 그를 올려다보았다. 그다음에 그는 가스 열판에 불을 붙이고 못에 걸려 있던 납작한 사각형 토스트 팬, 석면 석쇠를 꺼내서 불꽃 위에 정확하게 올렸다. 그는 불꽃을 낮춰야 한다고 생각했다. 토스트는 어떤 이유로도 너무 급하게 구우면 안 된다. 제대로 된 토스트를 만들려면, 속속들이, 은근하고 꾸준한 불로 구워야 한다. 그렇지 않으면 겉은 타고 속살은 여전히 눅눅한 채로 남을 것이었다. 그가 다른 무엇보다 질색하는 것이 하나 있다면 그것은 빵 반죽의 속살로 이가 맞물려 들어가는 실망스러운 느낌이었다. 그리고 일을 제대로 하기는 아주 쉬웠다. 그래서, 그는 생각하기를, 가스의 흐름을 조절하고 석쇠의 위치를 맞춘 다음, 그때쯤 내가 빵을 자르면 딱 맞을 거야. 이제 기다란 원통형 빵이 비스킷

통에서 나왔고 그 끄트머리가 매케이브의 얼굴 위에서 반듯하게 잘려 나갔다. 빵 칼이 거침없이 두 번 움직이자 굽지 않은 한 쌍의 깔끔한 빵 조각이, 그의 식사가 될 중심 요소가, 그의 앞에 누워, 그의 쾌락을 기다렸다. 빵 덩어리는 다시 감옥으로 들어갔고, 빵 부스러기는, 저 넓은 세상에는 참새 같은 것도 없건만,[4] 열광적으로 쓸려 나갔으며, 빵 조각은 붙들려 석쇠로 옮겨졌다. 이 모든 준비 과정은 아주 성급하고 비인간적이었다.

이제부터는 진짜 기술이 요구되기 시작했다, 이 단계에서 보통 사람은 전체 과정을 망치기 시작했다. 그가 빵의 부드러운 면을 뺨에 대 보니, 그것은 스펀지 같고 따뜻하고, 생생했다. 그러나 그는 단숨에 그 보들보들한 느낌을 앗아 갈 것이고, 하느님께 맹세코 그는 아주 신속하게 그 살지고 하얀 낯빛을 그것의 얼굴에서 거둬 갈 것이었다. 그는 가스를 약간 낮추고 뒤룩뒤룩하게 살이 축 늘어진 넙적한 것을 발광하는 철망 위에 철썩 내려놓았는데, 그것은 아주 정확하게 딱 놓여서, 전체적으로 일본 국기 같았다. 그다음에 그 위에다가, 두 개를 반듯하게 나란히 놓을 공간은 없었고, 반듯하게 하지 못할 바에는 애초에 그런 고생을 하지 않는 편이 나으니까, 나머지 조각을 얹어서 데웠다. 첫 번째 후보가 다 되자, 이는 그것이 속속들이 검게 탔다는 뜻인데, 그것은 동료와 자리를 바꾸어, 이번에는 자기가 위에 놓여서, 죽음이라는 최후에 이르러, 검게 연기를 내뿜으며, 나머지 하나에 관해서도 똑같이 말할 수 있을 때까지 기다렸다.

들판의 농부에게는 만사가 단순해서, 그는 어머니로부터 얻었다. 반점들은 가시덤불 묶음을 가진 카인으로, 재산을 박탈당하고, 지구로부터 저주받은, 도망자이자 방랑자였다.[5] 달은 전락하고 낙인찍힌 그 얼굴이라, 신의 연민이 남긴 첫 번째 오명으로 그을렸으니, 추방자는 단숨에 죽지 않을 것이었다. 그것은 농부의 정신에 혼돈을 남겼으나, 그것은 중요하지 않았다. 그것이 그의 어머니에게 충분히 좋았다면, 그에게도 충분히 좋았다.

벨라콰는 불꽃 앞에 무릎을 꿇고, 석쇠를 뚫어져라 보면서, 굽기의 전 과정을 통제했다. 그것은 시간이 걸렸지만, 할 만한 가치가 있는 일이라면 잘할 만한 가치가 있었으니, 그것은 참된

말이었다.[6] 최후에 다다르기 오래전부터 방은 연기와 탄내로
가득 찼다. 인간의 관심과 기술로 할 수 있는 모든 일을 다 했을
때, 그는 가스를 끄고, 토스트용 팬을 다시 못에 걸었다. 이것은
황폐화하는 행위였으니, 종이가 그을려서 큼지막하게 부풀어
올랐다. 이것은 그야말로 무법 행각이었다. 그가 무슨 관심이
있었겠나? 그것이 그의 벽이었나? 똑같이 가망 없는 종이가
50년이나 거기 있었다. 그것은 시간이 가면서 시퍼렇게 변했다.
그것은 더 나빠질 수 없었다.

다음으로는 각각의 조각에 사보라 머스터드를 두껍게
바르고, 소금과 고춧가루를 뿌리는데, 열기로 구멍들이 여전히
열려 있어서 잘 스며들었다. 버터는 안 된다, 하느님이 금하시니,
오로지 머스터드와 소금과 고춧가루만 각각의 조각에 잘 발라야
한다. 버터는 멍청한 실수여서, 토스트가 눅눅해졌다. 버터 바른
토스트는 선임 연구원들과 구세군들, 머릿속에 틀니밖에 없는
놈들에게나 어울렸다. 벨라콰처럼 꽤 튼튼하고 젊은 장미에게는
하나도 좋지 않았다. 그가 이토록 힘들여 준비한 이 식사, 그는
황홀한 승리감에 취해 그것을 한입에 집어삼킬 터이니, 그것은
얼음판 위에서 썰매를 탄 폴란드 놈들을 때려눕히는 것과 같을
것이었다.[7] 그는 눈을 감고 그것의 숨통을 끊을 것이고, 그는
곤죽이 되도록 그것을 으깰 것이고, 그는 송곳니로 그것을 완전히
박살 낼 것이었다. 그다음에 얼얼한 비통함, 향신료의 격통이,
한 입씩 죽어 갈 때마다, 그의 입안을 불태우고, 눈물을 뽑아낼
것이었다.

하지만 그는 아직 준비가 다 되지 않았고, 아직 해야 할 일이
많았다. 그는 제물을 불태웠지만, 그는 아직 그것을 마무리하지는
못했다. 그렇다, 그는 말을 사형수 호송차 뒤에 묶어 놓은
셈이었다.[8]

그는 토스트 조각들을 마주 쳤고, 그는 두 조각을 심벌즈처럼
힘차게 합쳤으니, 그것들은 끈적끈적한 사보라 머스터드로 하나가
다른 하나에 찰싹 붙었다. 그다음에 그는 일단 아무 낡은 종이로
그것들을 포장했다. 그다음에 그는 길을 나설 준비를 했다.

이제 중요한 것은 누가 말을 거는 일이 없게 하는 것이었다.

이 단계에서 멈춰 세워져 성가신 대화에 휘말린다면 그에게는 재앙이 될 것이었다. 그의 전 존재가 오로지 예비된 기쁨을 향해 앞으로 매진하고 있었다. 지금 누가 말을 건다면, 그는 차라리 점심 식사를 개천에 내던지고 바로 집에 돌아가는 편이 나을 것이었다. 이 식사를 향한, 내가 거의 말할 필요도 없겠지만, 몸보다는, 정신에 더한, 그의 허기는 때로, 광란적으로 솟구쳐, 누구든 경솔하게 그를 멈춰 세우고 가로막았다간 그는 거침없이 그에게 덤벼들 것이며, 그는 무례하게 그의 어깨를 밀치고 그의 길을 갈 것이었다. 그의 정신이 진정 이 식사에 몰두할 적에 그와 마주쳐 참견하려는 자에게 화가 있을지니.

그는 요리조리 급하게, 머리를 숙이고, 미로 같은 익숙한 골목길을 누비다가 가족끼리 운영하는 작은 식료품점으로 불쑥 들어갔다. 상점에 있던 사람들은 놀라지 않았다. 거의 매일, 대략 이 시간에, 그는 이런 식으로 길을 벗어나 상점에 뛰어들었다.

넙적한 치즈 조각이 준비되어 있었다. 아침부터 덩어리에서 잘려 나온 채, 그것은 오로지 벨라콰가 불러 주고 데려가기만을 기다리고 있었다. 고르곤졸라 치즈. 그는 고르곤졸라에서 온 한 남자를 알았는데, 그의 이름은 안젤로였다. 그는 니스에서 태어났지만 젊은 시절 내내 고르곤졸라에서 지냈다. 그는 그것을 어디서 찾아야 할지 알았다. 매일 그것은 거기, 똑같은 모퉁이에서, 불러 주기만을 기다렸다. 그들은 아주 품위 있고 친절한 사람들이었다.

그는 치즈 조각을 의심스럽게 바라보았다. 그는 그것을 뒤집어서 반대쪽이 더 좋지 않은지 살폈다. 반대쪽은 더 나빴다. 그들은 좋은 쪽을 위로 두었고, 그들은 전에도 그렇게 작은 기만을 저질렀다. 누가 그들을 탓하겠는가? 그는 그것을 문질렀다. 그것이 땀을 흘렸다. 이것 봐라. 그는 몸을 굽히고 그것의 냄새를 맡았다. 희미한 부패의 향기. 그게 무슨 소용이 있겠는가? 그는 향기를 원하지 않았고, 그는 염병할 미식가가 아니었고, 그는 좋은 악취를 원했다. 그가 원한 것은 악취를 풍기는 썩은 녹색의 고르곤졸라 치즈 덩어리, 생생한 것이었고, 하느님에 맹세코 그는 그것을 얻을 것이었다.

그가 험악하게 식료품상을 바라보았다.

"이게 뭡니까?" 그가 따졌다.

식료품상이 몸을 비틀었다.

"이봐요?" 벨라콰가 따졌다. 그는 두려운 기색 없이 상대를 도발했다. "이게 최선입니까?"

"더블린을 샅샅이 뒤져도," 식료품상이 말했다. "이보다 더 썩은 건 못 찾을 겁니다."

벨라콰는 격노했다. 이 뻔뻔한 개자식, 그는 확 달려들려 했다.

"그건 안 돼요." 그가 소리쳤다. "무슨 말인지 알아요? 그건 안 된다고요. 나는 그거 못 삽니다." 그가 이를 갈았다.

식료품상은 그저 빌라도처럼 손을 씻는 대신,9 십자가에 못 박힌 것처럼 양팔을 크게 벌려 탄원의 몸짓을 했다. 부루퉁하게 벨라콰는 꾸러미를 풀어서 송장 같은 치즈 조각을 검고 차갑고 딱딱한 토스트 조각 사이로 밀어넣었다. 그는 쿵쿵거리며 문으로 걸어갔지만 마지막에 획 방향을 돌렸다.

"무슨 말인지 알아들었어요?" 그가 소리쳤다.

"손님." 식료품상이 말했다. 이는 질문이 아니었지만, 그렇다고 묵인의 표현도 아니었다. 남자의 정신에 무엇이 있는지 도무지 알 수 없게 만드는 어조였다. 그것은 아주 영리한 반격이었다.

"내가 분명히 말해 두는데," 벨라콰가 몹시 열을 내며 말했다. "이건 안 된다고요. 이보다 더 잘하지 못한다면," 그는 꾸러미를 든 손을 치켜들었다. "나는 다른 데서 치즈를 살 수밖에 없습니다. 나를 막을 겁니까?"

"손님." 식료품상이 말했다.

그는 상점 문턱까지 나와서 화가 난 손님이 절뚝거리며 멀어져 가는 모습을 지켜보았다. 벨라콰는 절름발이처럼 걸었는데, 그의 발은 황폐했고, 그는 그것들 때문에 거의 지속적으로 고통받았다. 심지어 밤에도 그것들은 쉬지 않았고, 아니면 쉬나 마나였다. 왜냐하면 그때는 경련이 티눈과 발가락 기형을 대신해서, 계속되었기 때문이다. 그래서 그는 발끝을 침대 끝에 대고 필사적으로 누르거나 또는, 좀 더 나은 방법으로, 손을 뻗쳐 그것들을 끌어올렸다가 발등 쪽으로 되돌렸다. 기술과 인내로 고통을 흩뜨릴 수는 있었지만, 그래도 고통은 있어, 밤에 휴식을 취하기는 어려웠다.

식료품상은, 멀어지는 사람에게서 눈을 돌리지도 눈을 감지도 않고, 앞치마 자락에 코를 풀었다. 마음 따뜻한 인간으로서 그는 언제나 낙담하고 아파 보이는 이 괴상한 손님에게 동정과 연민을 느꼈다. 하지만 그와 동시에 그는 소매상이었으니, 그것을 잊으면 안 되는데, 소매상의 눈으로 인간의 존엄을 비롯한 세상만사를 보았다. 3펜스, 그는 계산했다. 매일 3펜스짜리 치즈를 사니까, 매주 1실링 6펜스. 아니지, 그는 그 정도 돈에 알랑거리지는, 아니야, 이 지역에서 제일가는 사람이라도 비위를 맞추지는 않을 것이었다. 그는 자부심이 있었다.

멀리 둘러 가는 길을 따라 절뚝거리며 저속한 술집으로 향하는데 그곳은 그가 놀랍지 않은 곳이라, 말하자면 그처럼 기괴한 인물이 들어가도 험담이나 웃음이 나오지 않을 터라, 벨라콰는 점차로 짜증을 눌렀다. 이제 점심은 기정사실이나 마찬가지였으니, 왜냐하면 그가 속한 계급의 오줌도 못 가리는 상놈들이, 거창한 생각을 전파하거나 귀찮은 일을 떠맡기고 싶어서 근질근질한 놈들이, 도시의 이 허름한 구역에는 대체로 거의 없어서, 그는 두세 가지 항목을, 바닷가재와 수업을, 더 상세하게 검토할 여유가 있었다.

그는 세 시 15분 전까지 학교에 가 있어야 했다. 세 시 5분 전이라고 하자. 술집이 문을 닫고, 생선 가게가 다시 문을 여는 것이, 두 시 반 지나서였다. 그다음에 그의 더럽고 늙은 개 같은 고모가 그날 아침 일찍부터 명령하기를, 그것이 미리 준비되고 대기되어야 하며 그러려면 불한당 같은 조카가 무슨 일이 있어도 늦지 않고 오후에 맨 먼저 그것을 구해 놓아야 한다고 엄중히 경고했다고 하면, 그가 술집이 닫을 때 자리를 떠도 시간이 충분할 터라, 그는 마지막 순간까지 버텨도 될 것이었다. 베니시모.* 그에겐 반 크라운이 있었다. 그거면 어쨌든 생맥주가 2파인트에 아마도 마무리로 한 병 할 수도 있었다.

---

* Benìssimo. '잘됐다.' 이탈리아어.

병에 든 흑맥주는 특히 훌륭했고 꽤 두드러졌다. 그러고도
그는 동전을 남겨서 『헤럴드』를 한 부 사고 피곤하거나 시간에
쫓기면 전차를 탈 수 있을 것이었다. 언제나, 물론, 바닷가재가
바로 넘겨받을 수 있도록 준비되었다면 말이지만. 하느님이 이
상인들을 저주하실지라, 그는 생각했으니, 그들은 결코 믿을
수 없었다. 그는 연습을 안 했지만 그건 중요하지 않았다. 그를
담당하는 프로페소레사*는 무척 매력적이고 비범했다. 시뇨리나
아드리아나 오톨렌기! 그는 아담한 오톨렌기보다 더 지적이고
박식한 여자가 있을 것 같지 않았다. 그래서 그는 그녀를 그의
정신 속 좌대에 세워 다른 여자들과 구별했다. 그녀는 마지막 날
「친퀘 마조」¹⁰를 같이 읽겠다고 말했다. 하지만 그가 그녀에게,
마치 그가 청혼을 하는 것처럼, 이탈리아어로, 그는 술집에서
나가는 길에 멋진 문장을 만들어 낼 것이라, 「친퀘 마조」를
다른 때로 미루었으면 좋겠다고 말한다면, 그녀는 상관하지
않을 터였다. 만초니는 늙은 여자였고, 나폴레옹도 그랬다.
나폴레오네 디 메차 칼체타, 파 라모레 아 자코미네타.**¹¹ 왜
그는 만초니를 늙은 여자라고 생각했는가? 왜 그는 그를 그렇게
부당하게 대했는가? 펠리코도 그랬다. 그들은 모두 노처녀들,
참정권 운동가들이었다. 그는 19세기 이탈리아가 핀다로스처럼
지저귀려는 늙은 암탉들로 넘쳐났다는, 그런 인상을 대체 어디서
받을 수 있었을지 그의 시뇨리나에게 질문해야 한다. 카르두치도
그랬다.¹² 그리고 달의 반점들에 관해서도. 만약 그녀가 거기서
그에게 말하지 못한다면 그녀는 다음번을 대비해서, 그저
기꺼이, 말을 생각해 낼 것이었다. 모든 것이 이제 질서 정연하게
준비되었다. 바닷가재는, 물론, 예외였는데, 그것은 계측 불가능한
요인으로 남아야 했다. 그는 단지 최선을 희망해야 한다. 그리고
최악을 기대하지, 그는 명랑하게 그런 생각을 하면서, 평소처럼,
술집으로 뛰어들었다.

---

* Professoressa. '여자 교수.' 이탈리아어.
** Napoleone di mezza calzetta, fa l'amore a Giacominetta. '나폴레옹은 반푼이래요,
자코미네타를 좋아한대요.' 이탈리아어.

벨라콰가 학교 근처에 이르렀을 때는, 상당히 행복했으니, 모두 순조롭게 끝났기 때문이었다. 점심은 탁월한 성공이었고, 그것은 그의 정신 속에서 하나의 표준으로 자리 잡을 터였다. 실제로 그는 그것이 대체될 수 있다고 상상할 수 없었다. 게다가 그렇게 비누처럼 창백한 치즈 조각이 그토록 강렬한 것이었다니! 그는 지난 수년 동안 치즈가 녹색일수록 강렬하다는 생각으로 그 자신을 학대했다는 결론을 내릴 수밖에 없다. 우리는 살면서 배우나니, 그것은 참된 말이었다. 그의 이와 턱 역시 천국에 올라, 이가 맞물릴 때마다 박살 난 토스트 조각들이 튀어나왔다. 마치 유리를 먹는 것 같았다. 이 업적을 이룩하느라 그의 입은 불타는 듯이 얼얼하고 쓰렸다. 그다음에 그 음식의 향미를 한층 돋운 것은, 카운터 너머에서 수습 점원 올리버의 낮고 비극적인 목소리로 전해져 온 소식이라, 맬러하이드의 살인자가, 지역 사람 절반의 서명을 받아, 자비를 구하는 청원서를 올렸으나 반려되어, 그 남자는 마운트조이 형무소에서 동틀 녘에 목매달려야 하며 무엇도 그를 구할 수 없으리라는 것이었다. 사형집행인 앨리스가 바로 지금 오는 중이라고 했다. 벨라콰는, 샌드위치를 베어 먹고 소중한 흑맥주로 목을 축이면서, 감방의 매케이브에 관해 골똘히 생각했다.

어쨌든 간에 바닷가재는 준비되어 있어서, 그 남자가 즉시 그것을 건네며, 아주 기분 좋은 미소를 지었다. 정말이지 작은 친절과 호의는 이 세상에서 강한 힘이 있었다. 평범한 노동자가 미소 지으며 명랑한 말을 던지면 세상의 얼굴이 밝아졌다. 게다가 그것은 너무 쉬웠으니, 그저 근육 조절의 문제였다.

"뛰쳐요." 그가 그것을 건네며, 명랑하게 말했다.

"뛴다고?" 벨라콰가 말했다. 그게 대체 뭐람?

"싱싱해서 뛰쳐요, 손님." 그 남자가 말했다. "아침에 잡아서 싱싱해요."

이때 벨라콰는, 고등어나 예전에 들어 본 다른 생선을 잡은 지 한두 시간밖에 안 되었을 때 싱싱해서 뛴다는 묘사를 들었던 것이 떠올랐고, 이로 미루어 그 남자가 바닷가재를 바로 전에 죽였다고 말하려는 모양이라고 추측했다.

시뇨리나 아드리아나 오톨렌기는 복도에서 떨어진 앞쪽의 작은 방에서 기다리고 있었는데, 자연히 벨라콰는 그것을 자꾸 문간방이라고 생각했다. 그것이 그녀의 방, 이탈리아어 교실이었다. 같은 편에는, 그러나 뒤쪽으로, 프랑스어 교실이 있었다. 독일어 교실이 어디였는지는 하느님이나 아시리라. 어쨌든 누가 독일어 교실을 신경이나 썼겠는가?

그는 외투와 모자를 벗어서 걸고, 길고 울룩불룩한 갈색 종이 꾸러미를 복도 탁자에 올려 두고, 잽싸게 오톨렌기의 방으로 들어갔다.

반 시간 정도 이런저런 것을 하던 차에, 그녀는 그에게 언어를 잘 파악한다고 칭찬했다.

"당신은 실력이 빨리 느네요." 그녀가 황폐한 목소리로 말했다. 그것은 오톨렌기의 목소리이기도 했으나 그 이전에 젊고 아름답고 순수한 것이란 다른 무엇보다 지루한 것임을 알아 버린 어느 정도 나이의 여성에게서 나올 법한 목소리로서도 유효했다.

벨라콰는, 크나큰 즐거움을 숨기며, 달의 수수께끼를 펼쳐 보였다.

"그래요." 그녀가 말했다. "그 대목을 알아요. 유명한 난제죠. 당장은 말해 줄 수 없지만, 집에 가서 찾아볼게요."

사랑스러운 피조물이여! 그녀는 집에 가서 커다란 단테의 책을 뒤져 볼 것이었다. 얼마나 멋진 여인인지!

"방금 생각났는데," 그녀가 말했다. "내가 모르는 그 문제와 관련해서, 단테가 지옥에서 드물게 동정을 느끼는 대목을 생각해 봐도 나쁘지 않을 거예요. 그것도 예전에는" 그녀의 과거 시제는 언제나 슬픔이 묻어났으니, "많은 사람들이 좋아한 질문이었죠".

그는 짐짓 심오한 표정을 지었다.

"그렇게 말씀하시니," 그가 말했다. "하여간에 탁월한 말장난이 하나 떠오르네요.

'퀴 비베 라 피에타 콴도 에 벤 모르타…'"*[13]

---

* "*qui vive la pietà quando è ben morta...*" '이곳에서는 죽어 마땅한 연민/신앙이 살아

그녀는 말이 없었다.

"위대한 구절 아닌가요?" 그가 폭발하듯 말했다.

그녀는 말이 없었다.

"이제," 그가 바보처럼 말했다. "당신이 저걸 어떻게 번역할지 궁금한데요?"

그녀는 여전히 말이 없었다. 그다음에,

"당신 생각에는," 그녀가 중얼거렸다. "그걸 반드시 번역할 필요가 있나요?"

복도에서 싸움이 벌어진 것 같은 소리가 들렸다. 그다음에 침묵. 누군가 주먹으로 문을 두드렸고, 그것이 열리고 보니 이야 그것은 프랑스어 교사, 글랭 양으로, 자신의 고양이를 움켜쥐고 있었고, 그녀의 두 눈은 튀어나올 것 같이, 극도로 흥분한 상태였다.

"아," 그녀가 숨을 몰아쉬었다. "용서하세요. 내가 방해했네요, 그런데 저 봉투에 뭐가 들었어요?"

"봉투라고요?" 오톨렌기가 말했다.

글랭 양이 프랑스풍으로 한 걸음 걸어 나왔다.

"저 꾸러미," 그녀는 고양이에게 얼굴을 파묻었다. "복도에 있는 꾸러미요."

벨라콰가 태연하게 말했다.

"내 거예요." 그가 말했다. "생선."

그는 바닷가재를 프랑스어로 뭐라고 하는지 몰랐다. 생선 정도면 충분히 좋을 것이었다. 생선은 예수그리스도, 하느님의 아들, 구세주에게도 충분히 좋았다. 그것은 글랭 양에게도 충분히 좋았다.

"아," 글랭 양은 말할 수 없이 안심했다. "내가 마침맞게 그를 잡았네요." 그녀는 고양이를 톡 쳤다. "그가 그것을 갈가리 찢어 놓았을 거예요."

벨라콰는 약간 불안해지기 시작했다.

"그가 실제로 그것을 건드렸나요?" 그가 말했다.

있으니.' 이탈리아어.

"아뇨 아뇨." 글랭 양이 말했다. "내가 때맞춰 그를 잡았어요. 그렇지만 나는," 가방끈이 긴 여자 특유의 킬킬거리는 웃음을 터뜨리며 "그게 뭔지 몰라서, 들어와서 물어봐야겠다고 생각한 거예요."

비열하게 킁킁거리는 개 같으니.

오톨렌기는 살짝 재미있어 했다.

"쿼스퀼 니 아 파 드 말…"* 그녀는 몹시 피곤하고 우아한 태도로 말했다.

"외뢰즈망."** 그 순간 글랭 양이 독실한 신자라는 사실이 분명해졌다. "외뢰즈망."

고양이를 찰싹 때리고 훈계하면서 그녀는 떠났다. 처녀성을 간직한 그녀의 잿빛 머리카락이 벨라콰를 향해 아우성쳤다. 독실하고, 처녀에 가방끈이 길고, 한 푼짜리 추문이나 캐고 다니는.

"우리 어디였죠?" 벨라콰가 말했다.

그러나 나폴리인의 인내심에는 한계가 있다.

"우리가 어디 있기나 한가요?" 오톨렌기가 소리쳤다. "우리가 있었던 곳에, 우리가 있었을 뿐."

벨라콰는 그의 고모네 집 근처까지 왔다. 우리 이때를 겨울이라고 하자, 이제 어스름이 깔리고 달이 뜬다고. 길모퉁이에 말 한 마리가 누웠고 한 남자가 그의 머리 위에 앉았다. 나는 알아, 벨라콰는 생각했으니, 그게 마땅히 해야 할 일이라고 여긴 거지. 그런데 왜? 가스등 점등원이 자전거를 타고 쏜살같이 달려와, 그의 장대로 표적을 겨냥하다가, 마상 창 시합을 하듯이 저녁 속으로 작은 노란색 불빛을 찔러 넣었다. 꾀죄죄한 차림의 연인이 요란하게 장식된 문간에 서서, 그녀는 난간에 기대어 머리를 숙였고, 그는 그녀를 마주 보고 섰다. 그는 그녀 가까이 서 있고, 그의 두 손은 양옆에서 맥없이 흔들렸다. 우리가 있었던 곳에, 벨라콰는 생각했으니, 우리가 있었을 뿐. 그는

---

* Puisqu'il n'y a pas de mal… '아무 탈 없었으니까…' 프랑스어.
** Heureusement. '다행이에요.' 프랑스어.

꾸러미를 움켜쥐고, 계속 걸었다. 왜 신앙과 연민은 같이할 수 없을까, 심지어 저 아래에서도? 왜 자비와 신성함은 함께할 수 없을까? 희생의 압박 속에서 작은 자비를, 심판 앞에서 향유하는 작은 자비를. 그는 니느웨의 요나와 박 넝쿨과 질투하는 신의 연민[14]에 관해 생각했다. 그리고 불쌍한 매케이브, 그는 동틀 녘에 목매달릴 것이었다. 이제 그는 무엇을 하고 있었을까, 그는 어떤 느낌이었을까? 그는 한 번 더 식사를 즐기고, 한 번 더 밤을 보낼 것이었다.

그의 고모는 정원에서, 이 계절이면 죽기 마련인 꽃들을 보살피고 있었다. 그녀는 그를 끌어안고는 함께 대지의 내장으로, 지하실의 부엌으로 내려갔다. 그녀가 꾸러미를 받아서 풀어놓으니 갑자기 바닷가재가 탁자 위에, 기름천 위에, 모습을 드러냈다.

"틀림없이 성성하다고 그랬어요." 벨라콰가 말했다.

갑자기 그는 이 피조물이, 이 중성의 피조물이 움직이는 것을 보았다. 확실히 그것은 자세를 바꾸었다. 그의 손이 그의 입으로 날아들었다.

"그리스도여!" 그가 말했다. "그것이 살아 있어요."

그의 고모가 바닷가재를 보았다. 그것은 다시 움직였다. 그것은 기름천 위에서 미세하게 불안해하는 생명의 몸짓을 했다. 그들이 그 위에 서서, 그것을 내려다보았으니, 그것은 기름천 위에 십자가 모양으로 펼쳐져 있었다. 그것이 다시 몸을 떨었다. 벨라콰는 토할 것 같았다.

"아이고 하느님." 그가 신음했다. "그것이 살아 있어요, 우리 어떻게 해요?"

고모는 그저 웃을 수밖에 없었다. 그녀는 깨끗한 앞치마를 찾으러 부산스럽게 식료품 저장실로 향했다가, 그가 눈이 휘둥그레져서 바닷가재를 내려다보는 동안, 앞치마를 걸치고 소매를 걷은 채 돌아와서, 일에 집중했다.

"그래," 그녀가 말했다. "정말 꼭 바라던 대로구나."

"늘 그랬잖아요." 벨라콰가 중얼거렸다. 그다음에, 갑자기 그녀의 무시무시한 장비가 눈에 들어왔다. "뭘 하려는 거예요?" 그가 소리쳤다.

"저놈을 끓여야지," 그녀가 말했다. "달리 뭘 하겠니?"

"그렇지만 죽지 않았는걸요." 벨라콰가 항변했다. "그렇게 끓일 수는 없어요."

그녀가 놀란 표정으로 그를 보았다. 정신이 나갔나?

"정신 차려." 그녀가 날카롭게 말했다. "바닷가재는 원래 산 채로 끓이는 거야. 그렇게 해야 해." 그녀는 바닷가재를 집어 들고 등이 바닥에 가게 눕혔다. 그것은 떨고 있었다. "그것들은 전혀 못 느껴." 그녀가 말했다.

바다 깊은 곳에서 나와 그것은 잔혹한 솥 안으로 기어들어 갔다. 수 시간 동안, 적들의 한가운데에서, 그것은 은밀히 숨 쉬었다. 그것은 프랑스 여자의 고양이와 그의 분별 없는 손아귀에서 살아남았건만. 이제 그것은 산 채로 펄펄 끓는 물속에 들어갈 것이었다. 그렇게 해야 했다. 허공 속으로 나의 고요한 숨결을 날려 달라고.[15]

벨라콰는 오래된 양피지 같은 그녀의 얼굴을 바라보았는데, 그것은 어두운 부엌에서 잿빛으로 보였다.

"호들갑을 떠는구나." 그녀가 화난 목소리로 말했다. "나를 속상하게 해 놓고 네 저녁 식사가 되어 나오면 허겁지겁 먹어 치우겠지."

그녀는 바닷가재를 탁자에서 덥석 들어 올렸다. 그것은 30초 정도도 더 살 수 있었다.

그래, 벨라콰는 생각했으니, 신속한 죽음이겠지. 하느님은 우리 모두를 도우시니.

그렇지 않다.

1. 벨라콰는 피렌체의 류트 제작자이자 단테 알리기에리(Durante degli Alighieri)의 친구로, 게으름뱅이라고 놀림받았던 두초 디 보나비아(Duccio di Bonavia)의 별명으로 알려져 있다. 단테의 『신곡(Divina Commedia)』 「연옥(Purgatorio) 편」 4곡에서 단테는 벨라콰가 임종의 순간에 회개하는 일에도 게으름을 부린 탓에 연옥 입구에 웅크리고 있는 것을 본다. 그러나 단테는 연옥에 올라 『신곡』 「천국(Paradiso) 편」에서 베아트리체와 천상으로 날아오른다. 달은 그 여정의 첫 번째 기착지로 2곡에 등장한다.

2. 피카르다 도나티(Piccarda Donati)는 단테의 정적이었던 도나티 가문의 딸로, 수녀원에 보내졌으나 정략결혼을 당해 일찍 죽었다. 『신곡』 「천국 편」 3곡에서 단테는 달의 하늘 위 천국의 가장 낮은 곳에서 피카르다와 마주친다.

3. 헨리 매케이브(Henry McCabe)는 더블린 근교에 있는 맬러하이드 맥도널(McDonnell) 가족의 집에서 일하던 정원사로, 1926년 3월 31일 맥도널 일가와 남녀 하인을 포함해 총 6명이 변사체로 발견된 살인 및 방화 사건의 범인으로 지목되었다. 범행 동기와 증거 모두 불충분해 수개월 동안 유례없는 법정 공방이 이어졌으나, 결국 유죄판결을 받아 같은 해 12월 9일 교수형당했다.

4. 윌리엄 셰익스피어(William Shakespeare)의 『햄릿(The Tragedy of Hamlet, Prince of Denmark)』

5막 2장에서, 햄릿은 죽음이 예정된 검술 시합을 앞두고 그를 말리는 호레이쇼에게 "참새 한 마리가 추락하는 데에도 특별한 섭리가 깃들어 있다."고 말한다.

5. 「창세기」 4장에서, 농부인 카인과 목동인 아벨은 각자 수확한 것을 제물로 바쳤으나 하느님이 아벨의 것을 더 좋아하자 카인이 질투로 아벨을 죽인다. 하느님은 카인을 처벌하되 그의 목숨만은 살리고자 하여, 그를 해치면 안 된다는 보호의 낙인을 찍어 멀리 추방한다. 『신곡』 「천국 편」 2곡에서 단테는 달의 반점이 지구에서 추방된 카인이라는 옛 전설을 언급한다.

6. 「디모데전서」 3장 1절에서, 바울은 디모데에게 "남자가 감독의 직무를 사모하면 선한 일을 사모한다는 이 말은 참된 말이로다."라고 쓴다.

7. 『햄릿』 1막 1장에서 호레이쇼는 선왕의 유령을 보고 "얼음판 위에서 썰매를 탄 폴란드 놈들을 때려눕히던" 옛 모습과 꼭 닮았다고 묘사한다.

8. '마차를 말 앞에 놓지 말라(Don't put the cart before the horse)'라는 속담을 변형한 것이다.

9. 「마태복음」 27장에서 유대인들이 예수를 십자가형에 처하라고 요구하자, 빌라도는 그의 죽음에 자신의 책임을 묻지 말라는 의미로 모두가 보는 앞에서 물을 가져다 손을 씻은 후 예수를 넘겨준다.

10. 「친퀘 마조(Il Cinque Maggio, '5월 5일')」는 19세기 이탈리아 시인 알레산드로 만초니(Alessandro Manzoni)가 나폴레옹의 죽음을 노래한 시다.

11. 나폴레옹이 어렸을 때 여자아이들과 어울리는 것을 놀리려고 또래 남자아이들이 불렀던 노래라고 알려져 있다.

12. 실비오 펠리코(Silvio Pellico)와 조수에 카르두치(Giosuè Carducci)는 모두 19세기 이탈리아의 민족주의 시인이다. 핀다로스(Pindaros)는 기원전 5-6세기 그리스의 시인으로, 필멸하는 인간이 신의 불멸하는 영역으로 고양될 수 있다는 믿음을 노래했다.

13. 『신곡』「지옥(Inferno) 편」20곡 28행에서 단테가 지옥에서 고통받는 자들을 연민하여 눈물을 흘리자, 단테를 인도하던 베르길리우스가 그의 불경함을 꾸짖으며 하는 말이다.

14. 「요나서」4장에서, 요나는 아시리아의 수도 니느웨에서 심판을 알리는 설교를 하라는 신의 명을 받들지 않으려고 계속 도망치고 불평한다. 신은 그의 어리석음을 깨우쳐 주기 위해 하루 동안 박 넝쿨로 그의 초막에 그늘을 드리워 뜨거운 햇빛을 가려 주었다가 하루 만에 그것을 빼앗아 간다.

15. 19세기 영국의 시인 존 키츠(John Keats)의 시 「나이팅게일에게 바치는 송가(Ode to a Nightingale)」의 한 구절이다. "어둠 속으로 나는 귀 기울이며, 여러 번 / 나는 안락한 죽음과 어설픈 사랑에 빠졌지, / 수많은 명상의 선율로 그를 부드러운 이름으로 부르며, / 허공 속으로 나의 고요한 숨결을 날려 달라고. / 이제 어느 때보다 죽기에 풍족한 듯하니, / 고통 없이 한밤중에 멈출 수 있어, / 그대가 이토록 황홀하게 / 그대의 영혼을 쏟아 내는 동안에! / 여전히 그대는 노래할 것이고, 나는 귀가 있으나 듣지 못하네— / 그대의 고고한 진혼가에 맞춰 한 줌 흙이 되리라."

펑결

그가 제일 최근에, 기억에 남을 만큼 발작적인 웃음이 터져 나오는
바람에 그가 잠시 신사다운 행동을 할 수 없었던 그때까지, 만나고
다닌 여자는, 예쁘고, 화끈하고 재치 있고, 딱 그런 순서였다.
그래서 어느 화창한 봄날 아침 그는 그녀를 데리고 교외로, 근교의
펠트림 힐로 나갔다. 더블린에서 맬러하이드로 가는 길에서
동쪽으로 빠지면 캐슬 숲까지 못 가서 금세 그곳이 보였는데, 토끼
굴보다 나을 것도 없으니, 꼭대기에 폐허가 된 방앗간이 하나
있고, 빽빽하게 자란 가시금작화와 검은딸기나무 소굴이 야트막한
경사지 여기저기 흩어져 있었다. 그곳은 폐허가 높이 솟아 있어
사방 수 마일 안에서 랜드마크 역할을 했다. 그것이 울브즈
힐이었다.

　　그들이 꼭대기에 오른 지 그리 오래지 않아서 그는 정말로
매우 서글픈 동물 같은 느낌[1]이 들기 시작했다. 하지만 그녀는
어떻게 보나 아주 신이 나서, 따뜻한 햇빛과 경치를 즐기고
있었다.

　　"더블린 산맥이," 그녀가 말했다. "멋져 보이지 않아? 꿈꾸는
것 같고."

　　이때 벨라콰는 일부러 반대 방향을, 만 어귀 건너편을 보고
있었다.

　　"동풍이 부네." 그가 말했다.

　　그녀는 이런저런 것을 찬미하기 시작했으니, 황갈색 캐슬 숲
너머에 솟아오른 램베이 섬의 산등성이라든가, 아일랜즈아이 섬의
상어 같은 모습이라든가, 멀리 북쪽에 보이는 우스꽝스러운 작은
언덕들이라든가, 저기를 뭐라고 했더라?

　　"놀(Naul)이잖아." 벨라콰가 말했다. "어떻게 놀을 모를
수가 있어?" 이것은 여행 경험이 많은 노처녀가 경악하는
듯한 말투였다. "아무리 그래도 밀런에 갔는데 (빌런과 각운을
맞추자면) 체나*는 본 적 없다고 하지는 않잖아?"[2] "어떻게
상베리를 지나면서 바랑스 부인의 집에 들르지 않을 수 있겠어?"[3]

　　"더블린 북부는," 그녀가 말했다. "나는 전혀 몰라. 납작하고

---

* Cena. '만찬.' 이탈리아어.

따분하고, 모든 길은 드로이다로 통하고."

"펭걸이 따분하다니!" 그가 말했다. "위니 너는 정말 나를 놀라게 해."

그들은 잠시 침묵 속에서 함께 펭걸에 관해 생각했다. 작은 만과 습지로 침식된 해안선, 타일 조각 같은 밭뙈기들, 잡초 무더기처럼 솟아난 작은 숲들, 시야를 가리기엔 너무 야트막한 언덕의 능선.

"그곳이 손에루아르 같은," 그가 한숨을 쉬었다. "마법의 땅이라면."

"그건 나한테 아무 의미도 없어." 위니가 말했다.

"아 그래." 그가 말했다. "봉 방 에* 라마르틴,⁴ 서글프고 심각한 자들을 위한 샴페인의 땅, 위클로처럼 염병하게 작은 어린이용 장난감 정원⁵하고는 다르지."

너는 외국에 잠깐 있었다고 아주 번지르르하게 말하는구나, 위니는 생각했다.

"너와 너의 서글프고 심각한," 그녀가 말했다. "그거 이제 그만 좀 집어치울 수 없어?"

"그럼," 그가 말했다. "내가 너한테 알퐁스를 줄게."

그녀는 그에게 그냥 갖고 있으라고 답했다. 사태가 추저분하게 불어나기 시작했다.

"네 얼굴에 그건 뭐야?" 그녀가 날카롭게 말했다.

"고름딱지증." 벨라콰가 말했다. 그는 한밤중에 끔찍하게 가려우면 그게 생긴다는 것을 알았고 아침이면 그것이 거기 있었다. 금세 그것은 딱지로 변할 것이었다.

"그런데 나한테 키스를 해?" 그녀가 소리쳤다. "얼굴에 그런 걸 달고서."

"잊어버렸어." 그가 말했다. "알다시피 내가 너무 흥분했잖아."

그녀는 그녀의 손수건에 침을 뱉어서 그녀의 입을 닦았다. 벨라콰는 소심하게 그녀 옆에 누워서, 그녀가 자리에서 일어나 자신을 떠나리라고 생각했다. 그러나 그 대신 그녀는 말했다.

---

* bons vins et. '좋은 와인과.' 프랑스어.

"어쨌거나 그게 뭔데? 그건 어쩌다 생기는 건데?"

"더러운 것," 벨라콰가 말했다. "빈민가 어린애들한테서 볼 수 있지."

길고 어색한 침묵이 이 말에 뒤따랐다.

"그거 뜯지 마 자기야." 그녀가 불현듯 드디어 말했다. "그래 봐야 더 나빠져."

이것은 벨라콰에게 지하 감옥에서 마시는 한 잔의 물처럼 다가왔다. 그녀의 선의는 분명 그에게 뜻하는 바가 있었을 것이다. 그는 혼란스러운 마음을 감추려고 다시 핑걸 이야기로 되돌아왔다.

"나는 종종 이 언덕에 와서," 그가 말했다. "핑걸을 내려다보는데, 매번 보면 볼수록 여기는 참 궁벽한 땅 같아, 안식의 땅, 옷을 갖춰 입지 않아도 되는 땅, 평상복 차림으로 시가를 물고 다닐 수 있고." 아주 입이 터졌구나, 그녀는 생각했다. "그리고 많은 이들이 은밀하게 고통받았던 곳, 특히 여자들 때문에."

"이건 모두 꿈이야." 그녀가 말했다. "내 눈에는 3에이커의 땅과 소들밖에 안 보여. 밭 한 고랑도 없으면서 킨키나투스[6]가 될 수는 없다고."

이제는 그녀가 부루퉁하고 그가 행복했다.

"오 위니," 그는 그녀의 진심을 어렴풋이 알아챘는데, 어쨌든 그녀가 계속 풀밭에 누워 있었기 때문이다. "네가 지금 이 순간 무척 로마인같이 보여."

"그는 나를 사랑하지." 그녀가 진심 어린 익살을 담아 말했다.

"그저 입술을 내밀고," 그가 애원했다. "로마인이 되어 줘, 그리고 우리 함께 만 어귀를 건너자."

"그리고 그다음에는…?"

그리고 그다음에는! 위니가 생각이 있어!

"알았어." 그가 말했다. "너 생각이 있는 거지. 그럼 계약을 이행하시겠습니까?"

"그럴 필요까지야." 그녀가 말했다.

그는 그녀 손안의 밀랍처럼 굴었고, 그녀는 그를 이리저리 주물렀다. 그러나 이때 그들의 분위기가 맞아떨어져, 사태가 어찌어찌 갑자기 아주 유쾌하게 흘러갔다. 그녀는 논쟁이 된 지역을 오래 바라보았고 그는 그녀가 말하지 않기를, 진중한 얼굴 그대로 있기를, 이 흐릿한 세계에서 말 없는 푸엘라*로 남기를 바랐다. 그러나 그녀는 입을 열었고(결국, 누가 그들을 침묵시킬 것인가?), 그녀의 눈에는 농노들이 일구던 잿빛 들판과 한때 총애받던 이들의 성곽만 보였다고 말했다. 보였다고! 궁지에 몰리면 다들 똑같아—돌대가리들. 만약 그녀가 눈을 감는다면 무언가 보일 텐데. 그는 이 주제를 버릴 것이고, 그는 평결에 관해 소통하려 들지 않을 것이고, 그는 그것을 그의 정신 속에 걸어 잠글 것이었다. 그 편이 훨씬 나았다.

"봐." 그가 가리켰다.

그녀는 초점을 맞추려고 눈을 깜빡거리며, 보았다.

"크고 붉은 건물이 있지." 그가 말했다. "만 건너편에, 근처에 탑들도 있고."

드디어 그녀는 그가 가리키는 것을 본 것 같았다.

"저기 멀리," 그녀가 말했다. "둥근 탑이 있는 곳?"

"저게 뭔지 알아?" 그가 말했다. "왜냐하면 내 마음이 바로 저기 있거든."

그래, 그녀는 생각했으니, 이제야 네가 속내를 보이는구나.

"아니," 그녀가 말했다. "나한테는 그냥 빵 공장 같아 보이는걸."

"포트레인 정신병원이야." 그가 말했다.

"아," 그녀가 말했다. "거기 의사를 하나 알아."

그리하여, 그녀는 친구가, 그는 자기 마음이, 포트레인에 있으니, 그들은 거기 가 보는 걸로 의견을 모았다.

그들은 내내 만 어귀를 따라 걸으면서, 백조와 검둥오리 무리를 찬미하며, 모래언덕을 넘고 원형 포탑을 지나, 그러니까 운송 수단 같은 것을 타고 철교와 도너베이트의 무시무시한 적색 예배당을 지나는 대신 남쪽에서 바다 쪽으로 해서 포트레인에

---

* puélla. '소녀.' 라틴어.

다다랐다. 던리어리에 첨탑이 많듯이 이곳은 탑이 많아서, 두 기의 원형 포탑, 정신병원의 붉은 탑들, 급수탑과 둥근 탑이 있었다. 엉겁결에 경계를 넘어, 표지판이 좀 더 해안경비대 쪽에 있었던 탓에, 그들은 경사지를 기어올라 후자로 향했다. 그들은 개간된 들판의 가장자리 풀밭을 따라 걷다가 자전거 한 대가 누워 있는 곳에, 무성한 풀숲에 반쯤 숨겨진 곳에 이르렀다. 벨라콰는, 무슨 일이 있어도 자전거에 저항하지 못하는 성격이라, 이런 것과 마주치다니 이 무슨 놀라운 곳인가 생각했다. 주인은 들판에 나가서, 메마른 고랑을 갈퀴로 고르고 있었다.

"이 길로 가면 탑이 나오는 게 맞나요?" 벨라콰가 소리쳤다.

남자가 고개를 돌렸다.

"탑에 올라가 볼 수 있나요?" 벨라콰가 소리쳤다.

남자가 똑바로 서서 손으로 가리켰다.

"전방으로 포격." 그가 말했다.

"담을 넘어서요?" 벨라콰가 소리쳤다. 그는 소리칠 필요가 없었다. 그냥 대화하듯이 말해도 조용한 들판을 가로질러 충분히 잘 들렸을 것이다. 하지만 그는 자기 말이 명확하게 들렸으면 해 안달이 났고, 자기 말을 반복해야 한다는 생각만으로도 너무 무서웠는데, 목소리만 높인 것이 아니라 딱딱한 억양으로 위니를 깜짝 놀라게 했다.

"천치같이 굴지 마." 그녀가 말했다. "길이 쭉 이어지면 담을 넘어가겠지."

그러나 그 남자는 담 얘기가 나와서 기뻐하는 것 같았으니, 또는 어쩌면 그는 그저 일에서 잠시 놓여날 기회가 생겨서 좋았는지도 모르지만, 어쨌든 그가 갈퀴를 팽개치고 그들이 서 있는 쪽으로 느릿느릿 걸어왔다. 그의 겉모습에는 특별히 언급할 만한 점이 전혀 없었다. 그가 말하길 그들이 가는 길이 앞으로 쭉 이어지고, 그렇다, 담을 넘어가는데, 그러면 그다음에 들판 꼭대기에 탑이 있을 거고, 그게 아니면 그들이 왔던 길을 되돌아가서 도로까지 나간 다음 그 길을 따라 둑까지 나가서 둑을 따라 올라갈 수도 있다고 했다. 둑이라고? 이 친구는 더 무해한 미치광이 부류였나? 벨라콰는 그 탑이 오래되었냐고, 무슨 피트리박사[7]의 진위 감정이라도 받아야 하는 것처럼 질문했다. 그 남자가 말하길 그 탑은 대기근 시대에 위안을 얻기 위해 지어진 것이라고, 그가 듣기로, 이름이 기억나지 않는 어떤 부인이 남편을 기리기 위해 만든 것이라고 했다.

"그럼 위니," 벨라콰가 말했다. "담을 넘어갈까 아니면 둑을 따라 올라갈까?"

"꼭대기에 오르면 램베이 섬이 기가 막히게 보이지요." 그 남자가 말했다.

위니는 담이 더 좋았고, 그녀 생각에는 이렇게 멀리 와 버렸으니까 그쪽이 더 직행 경로 같았다. 그 남자가 거리를 가늠하기 시작했다. 벨라콰는 그들이 결국 이 기계를 벗어나지 못한다 해도 그 자신 외에는 아무도 탓할 사람이 없었다.

"그렇지만 나는 둑을 보고 싶은데." 그가 말했다.

"우리가 지금 계속 가면," 위니가 말했다. "지금 이렇게 멀리 왔는데, 둑을 따라 내려가려면, 어떻겠어?"

그들은, 벨라콰와 그 남자 말인데, 여자가 이 일을 재고할 필요가 있다는 데 동의했다. 갑자기 둘 사이에 유대가 생겼다.

탑의 시작은 훌륭했으니, 그것은 장례식의 고기였다. 그러나 문을 열고 올라가면 위안만 있을 뿐 명예는 없었으니, 그것은 결혼식의 탁자였다.[8]

그들이 꼭대기에 오른 지 오래지 않아 벨라콰는 다시 서글픈 동물이 되었다. 그들은 풀밭에 앉아 바다를 마주했고 정신병원은 저 아래 그들 뒤편에 있었다.

"충분히 괜찮네," 위니가 말했다. "램베이 섬을 이렇게 가까이 본 적은 없는데."

벨라콰는 그 남자가 밭고랑을 고르는 것을 보면서 불현듯 저 아래 진흙 구덩이로 내려가, 손을 빌려주고 싶은 충동을 느꼈다. 그는 이에 대한 설명을 찾았고 이것이 시작이었고 경사지에서 노란색의 부드러운 화음을 이루며, 가시금작화와 금방망이풀이 뒤섞인 것을 보았다.

"멋진 폐허야," 위니가 말했다. "저기 왼쪽은, 담쟁이덩굴로 뒤덮였네." 거기에는 교회가 한 채, 그 너머로 작은 밭뙈기가 둘,

방어벽 없는 사각형 탑이 하나 있었다.

"저기가," 벨라콰가 말했다. "내가 수르숨 코르다[*]9 하는 곳이지." 벨라콰가 말했다.

"그러면 우리 가 보는 게 낫지 않을까." 위니가 말했는데, 번개같이 빨랐다.

"이 터무니없는 탑은," 그가 말했는데, 이것은 그가 들었던 말인지라, "정신병원 앞에 있어, 그리고 그들은 탑 앞에 있고." 그는 말하지 않았는데! "벽에 있는 총안을 내가 찾았는데 움직이면서···."

이제 미치광이들이 햇빛 아래 뛰쳐나와, 행동거지가 좀 나은 자들은 자기들 뜻대로 했고, 그 외에는 교도관의 지도 아래 무리를 지었다. 호루라기를 불면 무리가 멈춰 섰고, 다시 불면 계속 움직였다.

"움직이면서," 그가 말했다. "움직이는 것이 마치, 펠트림의 낡은 방앗간 벽돌 색깔처럼."

결국, 누가 그들을 침묵시킬 것인가?

"물결무늬가 있었어." 벨라콰가 계속했다. "나는 잔뜩 먹인 작은 뚱보였는데 바닥에 주저앉아서 핑킹 아이언과 망치를 들고, 빨간색 천의 가장자리에 가리비 무늬를 넣었어."

"뭐가 널 병들게 하는 거야?" 위니가 물었다.

그는 그 자신이 소진되도록 내버려 두었지만, 그는 자신의 신체와 정신 사이에 세퀴투르[**]가 있다는 생각을 비웃었다.

"나는 분명 늙고 지쳐 가는 거야." 그가 말했다. "내 바깥의 자연이 내 안의 자연을 보충한다는 것을 깨달을 때, 장자크가 바위취 꽃밭에 벌렁 누웠을 때처럼."

"보충하는 것 같네." 그녀가 말했다. 그녀는 이 말이 무슨 뜻인지 잘 몰랐지만, 그것은 괜찮게 들렸다.

"그러면 그다음에는," 그가 말했다. "나는 양막 속으로, 저 어둠 속으로 영원히 돌아가고만 싶어."

---

[*] sursum corda. '마음을 드높이.' 라틴어.

[**] sequitur. '연결점.' 라틴어.

"찰나일 뿐이지," 그녀가 말했다. "그러고 나면 밤낮으로 일하고."

여자들의 짜증 나는 깐깐함.

"빌어먹을," 그가 말했다. "내가 무슨 말 하는지 너도 알잖아. 면도도 없고 흥정도 추위도 은밀한 협잡도, 없고,"—그가 함축성이 풍부한 단어를 더듬어 찾았다.—"식은땀도 없고."

그들의 오른쪽에 있는 저 아래 운동장에서는 질환이 가벼운 환자 몇몇이 공을 차고 있었다. 다른 이들은 느긋하게 앉아서, 혼자서 또는 뒤엉켜서, 햇빛에서 휴식을 취했다. 어떤 이의 머리가 담 너머로 나타났고, 손들이 담 위로 올라왔고, 뺨이 손들 위로 올라왔다. 또 다른 이는, 그는 아주 고분고분한 사람이 분명했는데, 경사지로 반쯤 올라왔다가, 구덩이 속으로 사라졌다가, 잠시 후에 나타나 원래 있던 곳으로 되돌아갔다. 또 다른 이는, 그들에게 등을 돌리고, 서서 그들이 있는 들판과 정신병원 부지를 나누는 담을 더듬었다. 무리 중 하나는 운동장을 빙글빙글 돌면서 걷고 있었다. 반대편 저 아래 길게 줄지어 선 노동자 주택단지에서는, 정원에서 아이들이 소리 지르며 놀고 있었다. 정신병원을 빼면 포트레인에는 거의 폐허밖에 없었다.

위니는 미치광이들이 참 멀쩡해 보이고 그녀에게 점잖게 행동한다고 지적했다. 벨라콰도 동의했지만, 그는 벽 너머의 머리가 이야기를 했다고 생각했다. 풍경은 시무룩한 얼굴에 대한 변명이 된다는 점에서만 벨라콰의 흥미를 끌었다.

갑자기 자전거 주인이 그들을 향해 언덕 위로 달려왔는데, 갈퀴를 움켜쥐고 있었다. 그는 담 너머로 불쑥 나타나, 노란색 화음을 가로질러 경사지의 제일 높은 곳을 따라 쿵쿵거리며 달려왔다. 벨라콰는 비실거리며 일어났다. 이 광인은, 적어도 열 사람 몫의 힘이 있는데, 누가 그에게 맞서야겠는가? 그는 갈퀴로 그를 묵사발 내고 위니를 폭행할 것이었다. 그러나 그는 가까이 다가오다가 방향을 틀더니, 잠시 그가 헐떡이는 소리가 들리다가, 오르막의 어깨 부분을 넘어 아래로 줄달음쳤다. 내리막에서 속력을 높이고, 그는 담의 출입구를 화살처럼 관통하여 건물 모퉁이 저편으로 사라졌다. 벨라콰는 위니를 보았고, 그 남자가

36

말하자면 잠적한 곳을 그녀가 빤히 내려다보고 있는 것을 알았고, 그리고 그다음에 그가 밭고랑을 고르는 것을 그가 부러운 듯이 지켜보았던 저기 먼 곳으로 시선을 돌렸다. 자전거의 니켈이 햇빛 속에서 반짝였다.

다음으로 일어난 일은 위니가 손을 흔들며 인사한 것이었다. 벨라콰는 고개를 돌렸고 한 남자가 정신병원에서 경사지를 따라 그들을 향해 날쌔게 걸어 올라오는 것을 보았다.

"숄토 박사님." 위니가 말했다.

숄토 박사는 벨라콰보다 몇 살 어렸으며, 창백하고 어두운 남자로 이마가 나왔다. 그는 기쁘게도—그는 어떻게 말할까?—이렇게 예기치 못한 즐거움을 누리게 된바, 누구든지 코츠 양의 친구를 만나는 것은 분명 영예로운 일이었다. 이제 그들이 그에게 호의를 베풀어 한숨 돌린다면…? 이는 술을 마시자는 뜻이었다. 그러나 벨라콰는, 튀겨야 하는 다른 생선이 있어서, 한숨을 쉬고 다음과 같이 길고 정중한 진술을 꾸며 냈으니, 교회와 만나는 지점에 그가 직접 확인하고 싶어서 너무 안달하던 곳이 있는데, 코츠 양을 위해서라도 그가 수락한다면, 그녀는 맬러하이드에서 출발해서 오래 걸은 탓에 분명 피곤해졌을 것이라….

"맬러하이드!" 숄토 박사가 왈칵 소리쳤다.

…그러니 양해를 구하며, 그들 세 사람 모두 정신병원 정문에서, 글쎄, 한 시간 안에 만날 수 있을 것이었다. 어떻게 그럴 수가? 숄토 박사가 점잖게 이의를 제기했다. 위니는 열심히 생각했지만 아무 말도 하지 않았다.

"나는 둑까지 내려갈 거야," 벨라콰가 쾌활하게 말했다. "그리고 주변의 도로를 따라 가야지. 오 르부아."*

그들은 잠시 서서 그가 떠나는 것을 지켜보았다. 그가 용기를 내어 돌아보니 그들은 가고 없었다. 그는 진로를 바꾸어 풀숲에 자전거가 누워 있던 곳으로 돌아갔다. 그것은 근사하고 가벼운 기계로, 목재 테에 빨간색 타이어를 끼운 것이었다. 그는 도로

---

* Au revoir. '또 만나.' 프랑스어.

가장자리로 달려 내려갔고 그것은 그의 손 아래에서 나란히
통통 튀었다. 그는 그것을 탔고 그들은 아래로 날듯이 내려가서
모퉁이를 돌아 한참 달린 끝에야 담을 넘어가는 디딤 계단에
다다랐고 그 너머 들판에 교회가 있었다. 그 기계는 타는 맛이
있었고, 그의 오른쪽에는 바다가 바위 사이에서 거품을 일으키고
있었고, 저 앞의 모래밭은 다시 또 다른 노란색이었고, 그 너머로
멀리 보이는 러시의 작은 집들은 반짝이는 흰색이었으니,
벨라콰의 서글픔은 교대 시간이 된 것처럼 그를 떠났다. 그는
자전거를 들판으로 가져가서 풀밭에 눕혔다. 그는 걸음을
재촉하며, 교회에는 눈길도 주지 않고, 들판을 가로질러, 담과
도랑을 넘어, 탑의 허술한 나무 문 앞에 섰다. 잠긴 것 같았지만
그는 개의치 않았다. 그가 그것을 발길질하자, 그것은 스르륵
열렸고 그는 안으로 들어갔다.

    그동안 숄토 박사는, 쾌적하게 구비된 그의 내실에서,
위니프레드 코츠 양과 함께 있을 기회를 잘 활용했다. 따라서
그들은 포트레인에서 모두 함께 만난 셈이었으니, 위니, 벨라콰,
그의 마음, 숄토 박사는, 모두 만족스럽게 짝을 지었다. 확실히
조물주의 자비는 이처럼 작은 조율 속에서 반박할 수 없게
나타나는지라. 위니는 시간을 계속 확인하다가 정확한 시점에
그녀의 친구와 함께 정문에 도착했다. 그녀의 다른 친구는 나타날
기미도 없었다.

    "늦네," 위니가 말했다. "늘 그렇지."
    벨라콰에 관해서라면 숄토는 앙심만을 느꼈다.
    "체," 그가 말했다. "그는 사포로 묘석을 갈아 내려나 보네요."
    셔츠만 걸치고 슬리퍼를 신은 늙은 남자의 땅딸한 몸이 들판의
담에 기대어 있었다. 위니는 계속해서, 그녀의 근심스러운 시선이
그것들과 처음 마주쳤을 때처럼 생생하게, 그의 훌륭한 자줏빛
얼굴과 흰색 콧수염을 본다. 혹시 그가 주변에서 낯선 사람을 본
적이 없는지, 검은색 가죽 코트를 입은 창백하고 뚱뚱한 남자인데.
    "아니요 아가씨," 그가 말했다.
    "음," 위니는 담에 기대며, 숄토에게, 말했다. "내 생각에 그는
어딘가 다른 데 있나 봐요."

안식의 땅, 그가 말했듯이, 많은 이들이 은밀히 고통받았던 곳. 그래, 최후의 구렁텅이.

"당신은 여기 있어요," 숄토가 마음속에 광기와 악의를 품고, 말했다. "내가 교회를 둘러볼게요."

늙은 남자는 흥분한 기색을 보이고 있었다.

"도망자요?" 그가 기대에 차서 질문했다.

"아뇨 아뇨," 위니가 말했다. "그냥 친구예요."

그러나 그는 일이 없었고, 그는 말문이 터졌다.

"나는 램베이 섬에서 태어났소," 그가 말했으니, 탈주자를 체포해서 공을 세웠던 끝없는 이야기를 이제 막 시작하려는 참이었다. "그리고 소년일 때나 성인일 때나 여기서 일했다오."

"그렇다면," 위니가 말했다. "어쩌면 나에게 저 폐허가 뭔지 말해 줄 수도 있겠네요."

"저건 교회요," 그가 말하면서, 가까이 있는 것을 가리켰는데, 그것은 숄토가 아까 막 빨려 들어간 곳이었고, "그리고 저건," 멀리 있는 것을 가리키면서, "탑이오."

"그렇군요," 위니가 말했다. "그런데 무슨 탑이었어요, 그게 뭐였어요?"

"내가 아는 건," 그가 말했다. "어떤 부인의 소유였다는 거요."

이렇게 새로운 정보라니.

"그리고 그전에 다시," 모든 것이 한 번에 그에게 되돌아왔다. "당신도 데인족 출신의 스위프트에 관해 들어 봤을 텐데, 그가 어"—그가 그 단어를 잠깐 억눌렀다가 무심하게 흘려보냈으니—"그가 깔을 거기 뒀다오."

"깔개요?" 위니가 외쳤다.

"깔이라니까," 그가 말했다. "스텔라라는 이름의."[10]

위니는 잿빛 들판을 가로질러 물끄러미 바라보았다. 숄토는 흔적도 없었고, 벨라콰도 그랬으며, 오로지 그녀 앞에 마주 선 이 암갈색 덩어리와 깔과 별의 이야기뿐이었다. 깔이 뭐였을까?

"당신 말은," 그녀가 말했다. "그가 거기서 여자랑 살았단 말이에요?"

"그가 그녀를 거기 데리고 있었소." 늙은 남자가 말했으니,

그는 옛날『텔레그래프』에서 그것을 읽었고 그것을 믿을 것이었다. "그리고 더블린에서 여기로 내려왔고."

작고 뚱뚱한 프레스토, 그는 아침 일찍 길을 나서서, 빈속으로 상쾌하게, 캐모마일처럼 걸을 것이었다.[11]

숄토가 총안이 뚫린 담을 넘어가는 디딤 계단에 나타나, 공허하게 손을 흔들었다. 위니는 자신이 다 망쳤다는 느낌이 들기 시작했다.

"하느님만이 아실 거예요," 그녀는 숄토가 올라오는 쪽을 향해 말했다. "그가 어디에 있는지는."

"당신이 밤새도록 여기서 서성일 수는 없어요," 그가 말했다. "내가 집까지 태워다 줄게요. 나도 어차피 더블린으로 올라가야 하니까."

"그를 두고 갈 순 없어요." 위니가 울부짖었다.

"하지만 그는 여기 없다고, 빌어먹을," 숄토가 말했다. "그가 있다면 여기 나타났겠지."

늙은 남자는, 그의 숄토를 잘 알았기에, 그를 대신해서 다정하게 봉사를 제공했으니, 그는 눈을 크게 뜨고 지켜볼 것이었다.

"이제는," 숄토가 말했다. "그도 당신이 여기서 계속 기다릴 거라고 기대할 리 없어요."

자전거를 탄 젊은 남자가 도너베이트 방향에서 모퉁이를 돌아 천천히 다가오다가, 이들에게 인사를 하고 정신병원 쪽으로 방향을 돌렸다.

"톰." 숄토가 소리쳤다.

톰이 내렸다. 숄토는 간결하고 신랄한 말로 벨라콰라는 인물을 묘사했다.

"도로에서 그놈을 못 봤지," 그가 말했다. "그렇지?"

"제가 자전거 탄 그 친구를 쌩하니 스쳐 갔는데," 톰이 쓸모 있는 존재가 된 것에 기뻐하면서, 말했다. "로스 입구에서, 불꽃처럼 획 지나가던데요."

"**자전거**를 타고!" 위니가 소리쳤다. "하지만 그는 자전거가 없는데."

"톰," 숄토가 말했다. "차 빼서, 지금 서둘러, 여기로 몰고 내려와."

  "하지만 그 사람일 리 없어요," 위니가 여러 가지 이유로 격노했다. "내가 말하잖아요 그는 자전거가 없다고."

  "누구든 간에," 숄토가 상황을 장악하고, 말했다. "그가 간선도로까지 가기 전에 우리가 따라잡을 겁니다."

  그러나 숄토는 그 남자의 속도를 과소평가한 것으로, 그들이 출발하기도 전에, 그는 소즈에 있는 테일러의 술집에 안착해서, 테일러 씨가 좋아하지 않는 방식으로 술을 마시며 웃음을 터뜨리고 있었다.

1. '모든 동물은 섹스 후에 서글픔을 느낀다, 여성과 수탉 빼고(post coitum omne animal triste est, sive gallus et mulier)'라는 라틴어 격언은 2세기 그리스의 의사 갈레노스(Galenos)의 말이라고도 하고, 뒤의 조건절을 빼고 아리스토텔레스(Aristoteles)의 말이라고도 하여 속설로 널리 유포되었다.

2. 「최후의 만찬(Ultima Cena)」은 15-6세기 이탈리아의 화가 레오나르도 다 빈치(Leonardo da Vinci)가 밀라노의 산타 마리아 델레 그라치에 성당 수도원 만찬실에 그린 벽화다.

3. 샹베리 근교 레샤르메트에 위치한 바랑스 부인(Mme de Warens)의 집은 18세기 프랑스의 문필가 장자크 루소(Jean-Jacques Rousseau)가 젊은 시절 의탁했던 곳으로, 그의 평생에 걸쳐 행복의 장소로 추억되었고, 루소 사후 예술가들의 순례지가 되었다.

4. 19세기 프랑스의 낭만주의 시인 알퐁스 드 라마르틴(Alphonse de Lamartine)은 손에루아르주(州)의 부르고뉴에서 태어났다.

5. 위클로우주는 핑걸주 남쪽에 위치한 지방으로, 흔히 '아일랜드의 정원'이라고 불린다.

6. 기원전 5세기 로마의 정치인 루시우스 퀸크티우스 킨키나투스(Lucius Quinctius Cincinnatus)는 일선에서 물러나 직접 밭을 갈면서 농장을 운영하던 중, 이탈리아 토착민들과의 전쟁이 첨예해지자 집정관으로 임명되었고, 전쟁을 승리로 이끌었으나 권력을 잡지 않고 농장으로 돌아와 로마인의 귀감이 되었다.

7. 플린더스 피트리(Flinders Petrie)는 19세기 후반-20세기 초반 영국의 대표적인 이집트 학자이자 고고학의 선구자다.

8. 『햄릿』 1막 2장에서, 햄릿은 선왕의 사후 어머니인 왕비가 너무 빨리 삼촌과 결혼하는 데 분노하며 "장례식을 위해 구운 고기가 차갑게 식은 채 결혼식 탁자에 올려졌"다고 호레이쇼에게 한탄한다.

9. 성공회 미사에서 성찬 기도의 도입부로, "주께서 여러분과 함께 / 또한 사제와 함께하소서 / 마음을 드높이 / 주를 향해 / 우리 주 하느님께 감사합시다 / 마땅하고 옳은 일입니다"라는 기도문을 사제와 청중이 번갈아 낭송한다.

10. 18세기 아일랜드 출신 문필가 조너선 스위프트(Jonathan Swift)에게는 에스더 존슨(Esther Johnson)이라는 어린 애인이 있었는데, 스위프트는 그녀에게 '스텔라(Stella)'라는 애칭을 붙였다.

11. 스위프트는 『스텔라에게 쓰는 편지(Journal to Stella)』에서 자신의 이름을 '민첩하다'라는 의미 그대로 해석해 이탈리아어 '프레스토(Presto)'로 고쳐 쓴다. "빈속으로 상쾌하게"라든가 "캐모마일처럼 걷는다"라는 표현은 모두 이 책에서 인용한 것이다.

딩동

딩동

한때 나의 친구였던 벨라콰는 시키는 대로 고분고분 세상을 즐기게 되기 전, 유아론(唯我論)의 마지막 시기를 활기차게 보내고 있었으니, 여기저기로 끊임없이 움직이는 것이 그가 해야 할 최선이라고 믿고 있었다. 그는 어쩌다 이런 결론을 얻었는지 몰랐지만, 그게 분명 여기저기 떠돌기를 좋아해서는 아니었다. 단지 스스로 몸을 움직이는 것만으로 이른바 복수의 여신들을 허탕 치게 할 수 있다고 생각하면 즐거웠다. 그런데 장소로 말하자면 어느 곳이나 다른 곳만큼 좋았는데, 왜냐하면 그 장소들은 그가 거기서 멈춰 서는 순간 죄다 사라져 버리기 때문이었다. 오르고 나아가는 단순한 행동이, 어디서 어디로 가든 상관없이, 그에게는 좋았다. 그게 그랬다. 거창하게, 땅과 바다에서, 그가 바라는 만큼 이 기분에 탐닉할 수단을 누리지 못하는 게 유감이었다. 땅과 바다 여기저기로! 그는 그럴 여력이 없었는데, 가난하기 때문이었다. 그러나 소소하게 그는 할 수 있는 것을 했다. 화롯가에서 창가로, 아기 방에서 침실로, 심지어 도시의 한 동네에서 다른 동네로, 갔다 왔다 하는 이런 작은 운동 행위는 그가 할 만한 것이었고, 이는 확실히 그에게 대체로 조금 좋았다. 그것은 풋내기 시절의 옛이야기로, 그러는 동안은 고통이어도 틈틈이 위안이 되었다.

아무리 죄 많은 게으름뱅이로 태어나, 나태의 진창에 빠져, 이른바 복수의 여신들 좋으라고 무위 상태로 있는 것이 제일 낫기는 했다지만, 그는 때때로 해결책을 찾는 것이 불평하는 것보다 덜 불쾌하지 않을까 하는 생각이 들곤 했다. 그러나 아마도 그럴 거라고 생각만 하는 것이 고작이어서, 그는 계속 그것에 의지했고, 작게 보면 그 말이 맞겠지만, 그럼에도 수년 동안 그는 계속 그것에 의지하면서, 그것이 그에게 조금 좋았던 것을 감사히 여겼다.

이 운동의 가장 단순한 형태는 부메랑으로, 나갔다 돌아오는 것이었다. 아니, 그것은 수년 동안 그가 할 수 있었던 유일한 일이었다. 따라서 그의 부자연스러운 움직임이 공간 속에서 서로 다른 지점들을 차별한 결과가 아니었던 것은 분명한데, 그는 간혹 가벼운 식사를 하기 위해 잠시 멈추는 것을 제외하면

곧장 출발점으로 되돌아왔으며, 틈틈이 해외 유수의 도시들에서 유유자적 지내는 것 못지않게 진정으로 마음속 활력을 되찾았으니 말이다.

내가 이 모든 것을 아는 것은 그가 말해 주었기 때문이다. 우리는 한때 필라테스와 오레스테스[1]였고, 납작하게 눌린 허세 덩어리였지만, 관계는 유지되었고 그것이 지속되는 동안은 극비였다. 나는 운동의 매 단계를 목격했다. 나는 그가 굳이 거스를 생각이 없는 어떤 힘에 추동되어, 벌떡 일어나 떠난다는 말도 없이 서둘러 출발했을 때 거기 있었다. 나는 그가 작은 궤적을 그리며 즐거워하는 것을 언뜻언뜻 보았다. 나는 그가 변모하고 변형되어 돌아왔을 때도 거기 있었다. 그것은 그리스도를 본받는 저자의 "기쁘게 나갔다가 슬프게 돌아온다"라는 말[2]을 뒤집어 놓은 것이나 다름없었다.

그는 나에게, 그리고 그가 동작을 노출했던 모든 이들에게, 그것이 가혹한 노동 같은 대중적 행위와 전혀 무관함을 애써 설명했는데, 땅을 판다든가 하는 일로, 우울함을 흩어 버리는 일, 단순한 물리적 소진에 의거하여 효력을 발생시키는 해소책에 대하여, 그는 극도의 경멸을 표했다. 그 자신은 피로를 자초하지 않았다고, 오히려 그 반대라고 그는 말했다. 그는 베토벤적인 일시 멈춤을 살았다고, 그게 무슨 의미였든 간에, 그는 말했다. 그는 그 자신을 설명하려고 안달하다가 비탄에 빠지곤 했다. 아니, 이 불안 자체가, 또는 적어도 나에게 그렇게 보였던 것이, 그가 지칠 줄 모르고 독차지했던 자기 충족성의 파산을, 나의 가련한 인테르누스 호모*의 유감스러운 붕괴를 구성했으니, 그것은 그 자신의 그림자를 서투르게 흉내 낸 것으로서 그의 진실을 폭로하기에 충분했다. 그러나 그는 그때 술에 취해 있었다는 둥, 자기는 원래 앞뒤가 안 맞는 사람이고 그렇게 사는 게 좋다는 둥 둘러대며 모든 것으로부터 요리조리 빠져나갔다. 그는 결국 난감한 사람이었다. 나는 결국 그를 포기했는데, 왜냐하면 그가 진지하지 않기 때문이었다.

---

* internus homo. '내면적 인간.' 라틴어.

어느 날, 신뢰의 긍정적 분출로서, 그가 나에게 이 '움직이는 일시 멈춤' 중 하나에 대해 이야기했다. 그는 형용모순에 강하게 약했다. 마찬가지로 그는 진과 토닉 워터에 탐닉했다.

이 순수하게 텅 빈 운동, 이 '걷기' 또는 '걸음'의 결코 작지 않은 매력은, 주체의 승인이 있든 없든 간에, 외부 세계의 희미한 각인을 고스란히 받아 내기에 적합하다는 것이었다. 목적이 없었으므로, 예기치 못한 것을 꺼릴 필요도 없고 불쑥불쑥 튀어나오는 보드빌의 유쾌한 잡다함을 피할 필요도 없었다. 이런 민감성은 텅 비워지는 것으로 시작되는 이런 배회의 결코 작지 않은 매력이었고, 민첩하게 오염을 환영하는 이런 순수한 행위의 결코 작지 않은 매력이었다. 그러나 그것은 작음에 거의 근접했다.

문제의 그 특정한 저녁, 칼리지 스트리트의 구덩이 속 지하 편의 시설에서 나와서, 그는 리피 강에 석양이 질 때 하늘에서 그 모든 색깔이 추방되고, 모든 튤립과 녹청이 삭제될 때까지 지켜보았던 희미한 인상을 떠올리며 쪼그리고 앉았는데, 술을 너무 많이 마신 탓은 아니고 단지 그 순간에, 토미 무어의 좌대 앞에서, 이쪽 방향이 저쪽 방향보다 좋다고 판단할 근거가 없었기 때문이었다.[3] 그렇지만 그는 감히 꾸물거리지도 못했다. 꾸무적, 꾸무럭, 내가 이럴까, 내가 저럴까 하는 음울한 함정에서 그는 이미 빠져나오지 않았나? 이제 계속 움직이라는 소환은 강제적인 명령이었다. 그럼에도 그는 그럴 수 없음을, 뷔리당의 당나귀[4]보다도 나을 게 없는 꼴로, 오른쪽으로도 왼쪽으로도, 앞으로도 뒤로도 움직일 수 없음을 깨달았다. 왜 이렇게 됐는지 그는 전혀 이해할 수 없었다. 그렇다고 자기반성이나 할 때도 아니었다. 예전에 그는 파크 게이트에서 북쪽 부두를 따라 돌아오는 데 거의 아무런 문제가 없었고, 다리를 건너 웨스트모얼랜드 스트리트를 따라 성큼성큼 걸었는데, 지금은 이렇게 아무 데도 좋지 않은 꼴로 그저 황소 목을 한 이 시인의 좌대에 늘어져서, 무언가 신호를 기다리는 것이었다.

신호는 사방팔방에 있었다. 먼저 그린 광장 위로 번쩍이는 커다란 보브릴 간판[5]이 있었다. 하지만 그것은 소용없었다. 믿음, 소망, 그리고—뭐였더라?—사랑, 에덴은 상실되고, 모든 썰물은

조롱당하고, 모든 물결이 에고 막시무스*의 조약돌을 쓸고
지나가니, 가련한 나여. 그 자체로는 어디로도 가지 못하고, 그저
돌고 돌았으니, 마치 천체들처럼, 그저 소리 없이. 그것은 지금
그를 움직일 수 없었고, 그것은 단지 그의 머릿속에 생각을 주입할
뿐이었다. 그 자신의 생각, 다른 사람들의 생각 속에 가만히 앉아
있는 상태에서, 그는 이미 떠나오지 않았나? 지금 다시 움직일
수만 있다면 그는 무엇인들 내놓지 않겠는가! 생각에서 벗어날
수만 있다면!

　　이것과 그에 못지않게 무용한 다른 상징들로부터 비켜나서,
그의 관심은 휠체어 한 대가 은행의 회랑 아래로, 데임 스트리트
방향으로, 쏜살같이 들어가는 모습에 이끌렸다. 그것은 줄지은
기둥들 사이로 시야에 들어왔다 나가기를 반복했다. 이 사람은
눈이 보이지 않고 몸이 마비된 환자로 하루 종일 플리트 스트리트
모퉁이 근처에 앉아 있었는데, 날씨가 궂으면 회랑 지붕 아래로
들어와 있었고, 같은 사람이 휠체어를 밀어 쿰 지구에 있는 그의
집으로 향했다. 그가 올 시간은 지났고 그의 얼굴에는 괴로운
기색이 떠올랐다. 그의 체어맨이 당도하면 그는 그에게 잔소리를
해 댈 것이었다. 이 체어맨은, 돈만 쥐여 주면 뭐든 하는 저열한
부류로, 매일 저녁 어두워지기 조금 전에 나타나, 거지의 목과
가슴에서 그의 곤란을 알리는 안내판을 떼고, 담요로 그를
포근하게 감싼 다음 휠체어를 밀어 집에 가서 저녁을 먹였다. 그는
성실하게 일할 만큼 분별력이 있었는데, 이 거지가 쿰 지구의
거물이기 때문이었다. 아침이면 그 사람을 면도시키고 휠체어를
밀어서, 날씨에 따라, 그의 지정석 이쪽 아니면 저쪽으로 데려가는
것이 그의 임무였다. 매일매일, 그렇게 흘러갔다.

　　이것은 뭐랄까, 지평선을 장식하는 별[6]이라, 벨라콰는
전속력으로 반대 방향으로 달아났다. 피어스 스트리트를 따라,
그러니까 길게 쭉 뻗은 피어스 스트리트를 따라 내려갔으니,
글렌컬런 산(山) 화강암으로 된 그 거대한 병영, 복원되고 확장된
그 비극의 집, 그 석탄 상회와 피렌체 풍의 소방서, 세르비 씨의

---

* Ego Maximus. '비대한 자아.' 라틴어.

그 아이스크림과 생선 튀김 가게, 그 유제품 상회와 차고와 기념비 조각가들, 그리고 대학교와 인접한 그 남쪽 전면부 이면에 잠복하는 것들. 페르페투이스 푸투리스 템포리부스 두라투룸.[*7] 정녕, 그렇게 소망할 일이었다.

그 거리는, 이름[8]은 그래도 나돌아 다니기에 대단히 즐거운 곳으로, 언제나 영락한 것들과 신에게 맹세코 진실한 것들로 가득했다. 도로는 하루 종일 빨간색, 파란색, 은색 버스로 아수라장이었다. 그중 하나가 어린 소녀를 들이받았을 때, 벨라콰는 철도를 가로지르는 육교 근처까지 와 있었다. 그녀는 하이버니언 유제품 상회에 빵과 우유를 사러 들른 다음에 도로로 뛰어들었는데, 자기 보물을 들고 자신이 사는 마크 스트리트의 공동주택으로 최단 시간에 돌아가겠다는 천진한 열정에 사로잡힌 탓이었다. 질 좋은 우유가 전부 도로에 쏟아졌고 빵은, 흠집 하나 없이 도로 경계석에 기대 놓인 모습이, 세상에나 마치 두 손이 그것을 집어다가 거기 놓아둔 것 같았다. 펠리스 영화관 앞에 늘어선 줄이 상충하는 욕망 사이에서 찢겨 나갔으니, 자리도 지키고 싶고 사고도 구경하고 싶었던 것이다. 그들은 목을 있는 대로 빼고 최악의 일이라도 벌어졌는지 소리쳐 물었지만, 굳건히 자리를 지켰다. 오로지 한 소녀만이, 지저분한 행색에 검은색 담요를 뒤집어쓰고, 줄 끄트머리 근처에서 빠져나와 빵을 구했다. 그녀는 담요 아래 빵을 넣고 누구의 방해도 받지 않고 게걸음으로 마크 스트리트로 내려가서 마크 레인으로 돌아 들어갔다. 그녀가 줄로 돌아왔을 때는 물론 자리를 빼앗긴 뒤였다. 하지만 그녀의 용감한 출격으로 인한 손실은 고작 몇 야드에 지나지 않았다.

벨라콰는 왼쪽으로 돌아 롬바드 스트리트로, 위생사들의 거리로 가서, 어느 술집에 들어갔다. 그는 여기 단골이었는데, 그의 기괴한 외양을 두고 바텐더들이 더 이상 그를 멀리하며 낄낄거리지 않는다는 점에서, 또 그가 따로 주문하지 않아도 마실 것을 내온다는 점에서 그랬다. 이것이 언제나 특권인 것 같지는

---

* Perpetuis futuris temporibus duraturum. '도래할 시간에도 무궁히 영속하리라.' 라틴어.

49

않았다. 그는 그도 그럴 것이 묵인당했고, 그 술집의 거칠지만 친절한 단골들에게 따돌림당했는데, 이들은 주로 부두 노동자, 철도 노동자, 실업수당에 의지하는 얼빠진 덩치들로 충원되었다. 또한 여기서는 예술과 사랑, 손짓 발짓 하면서 논쟁을 벌이거나 비틀거리며 집에 가는 것이 금지되었는데, 그게 아니면, 어쩌면 더 잘된 일로, 아무도 그럴 줄 몰랐다. 탐미주의자나 무기력자한테는 동떨어진 곳이었다.

이런 정황을 종합해 볼 때 이곳은 벨라콰의 매우 소중한 은신처가 되었으니, 이 근처에서 한잔할 돈이 있으면, 그는 늘 빼먹지 않고, 이곳에 들렀다.

계속 움직여야 한다는 불안과 정지 상태에 놓인 것을 깨닫는 곤란 사이에서 어떻게 그런 곳에 방문할 기회를 짜냈냐고 내가 질문하자, 그때 그는 칼리지 스트리트 입구의 지하에서 나온 참이었는데, 그는 그런 적 없다고 답했다. "확실히," 그가 말했으니 "내 결단은 무너질 권리가 있지." 나는 진정으로 그렇다고 생각했다. "아니면," 그가 말했으니, "네가 원한다면, 내가 멈추지 않는 대신 두 번 껑충껑충 뛰어서 급습하도록 할게. 그것이," 그가 소리쳤으니, "나에게서 무슨 자격을 박탈할지, 내가 대단히 알고 싶어야 하나 봐." 나는 허둥지둥 장담하기를 그는 그 동작을 자기 마음대로 할 완전한 권리가 있다고, 결국, 그것은 그 자신이 고안한 것이니까, 그리고 그 급습을, 그의 표현을 빌리자면, 좀 더 쉬운 방식으로 수행한다고 해서 잃을 것은 하나도 없다고 했다. "쉽게!" 그가 외쳤으니, "얼마나 쉽게?"

그러나 한 땅굴로 이어지는 두 개의 구멍 같은, 이중의 응답에 주목하라.

이 술주정뱅이 소굴에 앉아, 술을 마시면서, 그는 점차 이곳의 세간살이를 쳐다보는 게 즐겁지 않게 되었다. 술병들, 수세기에 걸친 애정 넘치는 연구 조사를 표상하는 것들, 등받이 없는 의자들, 카운터, 강력한 스크루 장치, 밀집 대형으로 늘어선 맥주 펌프의 반짝이는 손잡이들, 이 영역에서 공급자와 소비자의 관계를 향상하기 위해 정교하게 고안되고 발전된 모든 것들을. 나오자마자 눈 깜짝할 새에 비워지는 술병들, 조종간의 미세한 압력 변화에 반응하는 술통들, 둔부와 팔꿈치에 기대어 쉬는 지친 무산자들, 결코 불평하지 않는 금전출납기, 고객들 사이로 우아하게 날아다니는 바텐더들, 이 모든 것들이 이루는 화려한 광경 속에서 벨라콰는 품위 있게 욕구에 순응하는 기계 장치들의 유쾌한 모습을 골라 보며 즐거워하는 데 익숙해졌다. 수요와 공급, 원인과 결과의 위대한 장음계 교향곡이, 카운터의 가운데 다 음으로 지탱되어, 점차 진행됨에 따라, 신성모독과 깨진 유리, 피로와 만취의 모든 단편이 이루는 매력적인 화성학 속에서 만개했다. 그래서 그는 저급한 술집이 그가 닻을 내리고 행복해질 수 있는 유일한 곳이며, 그런 곳에서 평생을 보낼 수만 있다면 저 베토벤이니 걷기의 지루한 전술 따위 전부 없어도 된다고 말할 수도 있을 것 같았다. 그러나 열 시가 가까워지자, 머무름과 선량한 믿음은 양립할 수 없어 보였고, 어떤 경우라도, 아무리 비천한 술집이라도, 그의 삶을 정지 상태에 봉헌할 방도는 없었기에, 그는 때때로 이런 변덕에 탐닉하는 데 만족하고, 그렇게 산발적인 자비에 감사해야 한다고 생각했다.

이 모든 것과 그보다 더 많은 것들을 그는 명확히 하려고 애썼다. 그는 그렇게 하는 데 실패했다는 데서 상당한 만족을 얻는 것 같았다.

그러나 고양이가 뛰어오르는 데 실패한 이 특정한 경우, 그는 마치 집에서 그의 훌륭한 안락의자에 앉아 있기라도 한 것처럼 너무 낙담해서, 계속 움직이려고 안달했고 그러기 위해 상당히 노력했다. 왜 이렇게 됐는지 그는 전혀 이해할 수 없었다. 피어스 스트리트에서 어린이가 갈려 나간 것에 자기도 모르게 화가 났는지, 아니면 (그는 참으로 견딜 수 없이 안일하게도 이 선택지를 제시했는데) 그가 어떤 갈림길에 도달한 것인지, 그는 전혀 몰랐다. 그가 말할 수 있었던 것은 그가 이런 기분 전환과 휴식을 얻곤 했던 사물들이 점차 그를 놓아주었다는 것, 그가 조금씩 그것들에 무감각해졌다는 것, 오래된 가려움과 통각이 그의 정신 속으로 다시 기어들어 왔다는 것뿐이었다. 그는 토미 무어에게서 벗어나 활기차게 여기 왔는데, 지금 그는 불현듯 마비된 것처럼 앉아서는 하고많은 장소 중에서도 하필 술집에서 비탄에 잠겨서, 아무 데도 좋지 않은 꼴로 그저 그를 망가뜨리는 흑맥주를 응시하며, 무언가 신호를 기다리는 것이었다.

이날까지 그는 무엇이 그로 하여금 눈을 들게 하는지 몰랐지만, 그는 눈을 들었다. 이렇게 해야 한다는 강한 충동을 느끼며, 그는 죽어 가는 흑맥주 잔에서 억지로 눈을 뗐고 그 덕에 어떤 여자가 모자도 없이 그가 있는 바 한가운데까지 천천히 다가오는 모습을 보았다. 그녀가 들어오자마자 그는 그녀를 의식할 수밖에 없었다. 우선은 그게 확실히 무척 기이했다. 그녀는 이런저런 물건들을 팔고 다니는 것 같았는데, 그게 무엇인지는 보이지 않았지만, 금속 단추나 레이스나 성냥이나 라벤더나 다른 흔한 물품은 아니었다. 그 술집에서 여자를 보는 것이 드문 일은 아니었으니, 그들은 거리낌 없이 오가면서, 사내놈들 못지않게 자유로이 목마름을 해소하고 그들의 슬픔을 달랬기 때문이었다. 사실 그들을 보는 것은 언제나 즐거웠고, 그들의 접근은 언제나 아주 다정하고 고결했기에, 벨라콰는 그들과의 교역에 얽힌 기분 좋은 추억이 많았다.

따라서 그가 이 신비로운 행상인이 다가오는 모습에서 무언가 별다른 것을, 또는 그가 폐점 시간까지 의자에 붙박여 있는 사태를 막아 줄 신호 같은 것을 알아채야 할 저속한 이유는 없었다. 그럼에도 그러고 싶은 충동이 너무 강해서 그는 거기에 굴복했고, 그녀가, 뭐든 간에, 물품을 선보이려고 애를 써 봐야 푼돈을 벌기보다 퇴짜를 더 많이 맞으면서, 가까이 다가올수록, 그의 본능이 그를 배신하지 않았음을 확신할 수 있었으니, 적어도 그녀는 정말 대단히 유별난 존재감이 있는 여자였다.

그녀는 서민 여자의 말투였는데, 서민 중에서도 온화한 여자의 말투였다. 그녀의 외투는 수명이 다했지만, 아직은 그럭저럭 봐줄 만했다. 그녀가 빈민가의 멋쟁이들 사이에 널리 퍼진 작고 엉큼한 인조 모피를 보란 듯이 목에 두른 것을 보고 그는 강렬한 인상을 받았다. 그녀의 외관에서 단 하나 개탄스러운 점은, 벨라콰가 슬쩍 훑어본 바로는, 신발이었는데―그것은 여성 참정권 운동가나 사회복지사의 것처럼 끔찍이도 뻣뻣하고 거대했다. 하지만 그는 잠시도 의심하지 않고 그것이 선물받은 것이거나, 아니면 전당포에서 헐값으로 고른 것이려니 생각했다. 그녀는 평균 키보다 컸고 살집이 꽤 있었다. 그녀는 중년을 넘겼을 것이었다. 그러나 그녀의 얼굴, 아아 그녀의 얼굴, 벨라콰가 차라리 그녀의 낯빛이라 칭하고 싶었던 그것은, 빛으로 가득했다. 이것을 그녀가 그에게 들어 보이자 분명해졌다. 빛으로 충만하고 고요한, 더할 나위 없이 고요한, 그것은 고통의 흔적이 없었고, 이것만으로도 눈에 띄는 얼굴이라 말할 만했다. 그렇지만 그가 보았던 고통에 찬 얼굴들같이, 메리언 스퀘어의 국립 미술관에 걸려 있는 지친 눈의 거장이 남긴 얼굴[9]같이, 그것은 먼 길을 와서, 마치 별에 초점을 맞춘 눈처럼, 무한히 좁은 각도로 고난과 접한 듯했다. 그 이목구비는 없는 것처럼, 그저 빛을 발했고, 무표정하고 확고했고, 광채 속에 돌처럼 굳어 있었고, 하여튼 그 비슷했으니, 독자 여러분은 이 감미로운 스타일이 벨라콰의 취향임을 알아채기 바란다. 표현의 행위는, 그가 말하길, 꽃으로 장식하든 낯을 찡그리든 간에, 기껏해야 헤드라이트의 빛을 가리는 제광 장치에 불과할 것이었다. 이 압도적인 인물의 의미, 정당한 것과 부당한 것, 기타 등등에 관해서는, 그냥 넘어가는 편이 낫다.

한참이 지난 뒤 그녀가 벨라콰에게 말을 건넸다.

"천국의 좌석." 그녀가 창백한 목소리로 말했다. "두 푼에 하나, 네 개에 여섯 푼."

"싫어요." 벨라콰가 말했다. 그것이 그의 입술에 올라온 첫 번째 말이었다. 그녀를 거부할 의도는 아니었다.

"제일 좋은 좌석." 그녀가 말했다. "이번에도 다 팔렸네. 제일 좋은 좌석 두 푼에 하나, 네 개에 여섯 푼."

이것은 극단적으로 예상치 못한 일, 거의 보드빌 같은 일이었다. 벨라콰는 완전히 당황했지만, 또 그만큼 넋이 나갔다. 그는 허리춤으로, 그의 몽루주산(産) 벨트 위로 땀이 흐르는 것을 느꼈다.

"당신은 좌석이 있나요?" 그가 우물우물 말했다.

"천국은 빙빙 돌아요." 그녀가 팔을 빙빙 돌리며, 말했다. "돌고 돌고 돌고 돌고 돌고."[10]

53

"그래요." 벨라콰가 말했다. "돌고 돌고."

"도고." 그녀가 ㄹ 발음을 빠뜨리고 더욱 격렬한 회전운동을 구호에 집어넣었다. "도고오 도고오 도고."

벨라콰는 어디를 봐야 할지 거의 알지 못했다. 얼굴을 붉히지 않으려고 끔찍하게 땀을 흘렸다. 이런 일은 여태껏 겪어 본 적이 없었다. 그는 완전히 무장해제되고, 내동댕이쳐진 비참한 기분이었다. 모두의 시선이, 부두 노동자, 철도 노동자, 그리고 가장 끔찍하게도, 덩치들이 모두 그를 향했다. 그는 꼬리를 내렸다. 성가신 프톨레마이오스[11]를 거느린 장난꾸러기 요정의 이 암캐, 그는 그녀의 자비를 구했다.

"싫어요." 그가 말했다. "고맙지만 됐고요, 오늘 저녁에는 안 사요. 고마워요."

"이번에도 다 팔렸네." 그녀가 말했다. "그리고 다 빠져네, 네 개에 여섯 푼."

"무슨 권한으로…." 벨라콰가 무슨 학자처럼, 입을 열었다.

"당신 친구르 위해." 그녀가 말했다. "당신 아빠, 당신 어마, 당신 까르 위해, 네 개에 여섯 푼." 목소리는 멈췄지만, 얼굴은 물러서지 않았다.

"당신이 바가지를 씌우는 게 아닌지," 벨라콰가 지껄였다. "내가 어떻게 압니까?"

"천국은 빙빙 도고오 도고오…."

"바보 같은 소리." 벨라콰가 말했다. "두 개 사지요. 얼마요?"

"네 푼." 그녀가 말했다.

벨라콰가 그녀에게 6펜스를 주었다.

"당신의 명예에 신의 축보기 있기를." 그녀가 변함없이 창백한 목소리로, 말했다. 그녀가 떠났다.

"이봐." 벨라콰가 소리쳤다. "당신 나한테 2펜스 빚졌어." 그는 두 푼이라고 말할 여력도 없었다.

"빙빙도라가고오." 그녀가 말했다. "네 개 어때요, 당신 친구, 당신 아빠, 당신 어마, 당신 까르."

벨라콰는 입씨름할 수 없었다. 그는 그럴 정신력이 없었다. 그는 물러섰다.

"예수님과," 그녀가 또렷하게 말했다. "그분의 감미로우신 어머니께서 당신의 명예를 지켜 주십니다."

"아멘." 벨라콰가 다 죽은 흑맥주에 대고, 말했다.

이제 여자는 사라졌고 그녀의 낯빛은 타운젠드 스트리트에 있는 그녀의 방까지 그녀의 길을 밝혔다.

그러나 벨라콰는 조금 지체하면서 음악을 들었다. 그러고는 그 또한 떠났다, 다만 강 저편의 레일웨이 스트리트를 향해서.

1. 오레스테스는 그리스신화에 나오는 아가멤논과 클리타임네스트라의 아들로, 어머니에게 살해당한 아버지의 복수를 하기 위해 자기 손으로 어머니를 죽이고 그 죄과를 치르는 긴 여정을 소꿉친구인 필라테스와 함께한다. 오레스테스의 복수담은 『햄릿』의 원형으로 여겨지기도 하며, 둘의 관계는 동성애적인 것으로 해석되기도 한다.

2. 『그리스도를 본받아(De Imitatione Christi)』는 15세기 독일의 신비주의자 토마스 아 켐피스(Thomas à Kempis)가 쓴 신앙서로, 청빈하고 신실한 초대교회의 복음적 생활을 지향한다.

3. 19세기 아일랜드의 시인 토머스 무어(Thomas Moore)의 동상은 1857년 더블린 트리니티 대학교 근처 옛 지하 공중변소 자리에 설치되었다.

4. 장 뷔리당(Jean Buridan)은 14세기 프랑스의 성직자로, 배고프고 목마른 당나귀를 건초와 물 사이의 정중앙에 두었더니 어느 쪽으로도 가지 못하고 말라 죽었다는 옛 우화로 도덕적 결정론을 풍자했다고 알려져 있다.

5. 보브릴(Bovril)은 19세기 후반 군용식으로 발명된 쇠고기 엑기스로, 그 브랜드는 소를 뜻하는 '보바인(bovine)'과 에드워드 불워 리턴(Edward Bulwer Lytton)의 환상소설 『도래할 인종(The Coming Race)』(1871)에 나오는 영적인 에너지원 '브릴(Vril)'의 합성어로 만들어졌다.

6. 가톨릭 성가 「가장 밝고 가장 선한 아침의 아들들」의 가사 일부를 변형한 것이다. 이 성가의 1절은 다음과 같다. "가장 밝고 가장 선한 아침의 별들이, / 우리의 어둠 속에 새벽을 알리고, 우리에게 당신의 도움을 전하네, / 동방의 별, 지평선을 장식하니 / 우리 갓난 구세주가 누우신 곳을 가리키네."

7. 트리니티 대학교의 모토.

8. 피어스 스트리트의 원래 이름은 그레이트 브런즈윅 스트리트였으나, 1916년 부활절 봉기를 주도해 총살형에 처해진 아일랜드 의용군 지도자 패트릭과 윌리엄 피어스 형제(Patrick and William Pearse)를 기념해 피어스 스트리트로 변경되었다.

9. 1928년 더블린 국립 미술관에 소장된 신원 미상 옛 거장의 그림을 가리키는 것으로 추정된다. 고단한 모습의 늙은 여인이 묘사되어 있다.

10. 단테의 『신곡』「천국 편」 10곡에서, 단테는 베아트리체의 인도로 태양에 이르고, 거기서 지혜를 사랑했던 고귀한 영혼들이 빙글빙글 돌면서 감미로운 종소리 같은 음악을 빚어내는 것을 본다.

11. 프톨레마이오스는 고대 그리스의 학자로, 태양과 다른 천체들이 지구 주위를 돈다는 천동설을 집대성하여 고대 천문학을 완성했으며, 이는 『신곡』「천국 편」의 구성에도 직접적으로 반영되었다.

축축한 밤

듣거라, 축제와 친선의 계절이다. 쇼핑이 한창이고, 거리는 흥청대는 인파로 붐비며, 자치 위원회는 가장 멋진 쇼윈도를 시상하고, 하얌스 양복점의 바지들은 다시 내려간다.

미스탱게트[1]라면 공중화장실 따위 없애 버렸을 것이다. 그녀는 그런 것이 필요하다고 생각하지 않는다. 벨라콰도 마찬가지다. 맥로글린스의 뜨거운 내장에서 행복한 몸으로 빠져나온 그는 무어의 탄탄한 황소 목을 우러러보며, 너무 짧지 않게, 비평가들에 대한 합당한 존경심으로, 경의를 표했다.[2] 칼리지 그린 광장의 질풍 너머로 밝고 활기차게, 마치 베들레헴의 별에게 지도받은 것처럼, 보브릴 네온 간판이 일곱 단계로 춤추고 또 춤추었다.

믿음은 레몬처럼 누렇게 뜬 모습으로, 연쇄를 고지하면서, 절망적인 녹색의 곰팡이 속에 부서지고 철폐되었다. 그러자 쓰러진 자들을 기리며, 빛이 꺼졌다. 음흉하게 번지는 적색의, 암적색의 탄원이, 녹색의 옷자락을 들어 올리며 예언은 실현되리라고, 가브리엘[3]을 충격으로 붉게 물들이며, 간판을 뒤덮었다. 그러나 긴 옷자락이 차락차락 흘러내리니, 어둠이 그들의 수치를 덮고, 한 주기가 끝났다. 다 카포.*

보브릴을 살로메[4]에게, 벨라콰는 생각했고, 토미 무어는 그의 어깨 위에 자신의 머리를 이고 거기 있었다. **의심**, **절망**, **징발**, 나는 이렇게 위대한 분에게 나의 배스 체어[5]를 매어야 할까? 길 건너, 회랑 아래엔, 눈이 멀고 몸이 마비된 환자가 자리 잡고 있었으니, 그는 그의 담요에 푹 파묻혔고, 그는 여느 무산자처럼 그의 저녁 식사로 돌진하고 있었다. 곧 그의 담당자가 와서 휠체어를 밀어 그를 집으로 데려갈 것이었다. 아무도 그가 오거나 가는 것을 본 적이 없었지만, 그는 한순간 거기 있다가 다음 순간 가고 없었다. 그는 갔다가 돌아왔다. 당신이 징발을 하려면 당신은 갔다가 돌아와야 하니, 그것이 기독교식 징발의 중대한 첫 번째 조항이었다. 외지에서 제대로 징발하려면 아무도 정착할 수

---

* Da capo. '처음부터 다시.' 이탈리아어.

없었다. 반더야레*는 잠과 망각, 자랑스러운 부동점이었다. 당신은 현명해져서 돌아왔고 뭔가 지붕이 있는 곳에 당신의 구역을 설정했고, 푼돈이 들어왔고, 당신은 공동주택에서 숭상받았다.

벨라콰는 신호를 받았으니, 보브릴이 그에게 신호를 주었다.

그다음에는 어디로? 어떤 주류 판매 허가 구역으로? 흑맥주가 잘 부푼 곳, 그것이 첫째였고, 숄을 두른 여인네가 늦은 비를 내리는 구름처럼 홀로 쓰레기 같은 시인들과 정치가들 사이에 끼어 있는 곳, 그것이 둘째였고, 그가 아무도 모르고 아무도 그를 모르는 곳, 그것이 셋째였다. 숄을 두른 여인네들이 좋아하는 저급한 술집, 흑맥주가 잘 부풀고 그가 좌석이 높고 발 받침대도 높은 스툴에 앉아 생각에 잠겨 『트와일라잇 헤럴드』의 모스크바 소식을 열심히 읽는 척할 수 있는 곳. 이것들은 아주 짜릿했다.

술집 두 곳이 이 긴급사태에 즉각 떠올랐는데 하나는, 메리언 로에 있는 곳으로, 마부들이 많이 모이는 가정집 분위기의 가게였다. 어떤 사람들이 암탉을 보면 움츠러들듯이, 벨라콰는 마부들을 보면 그랬다. 거칠고, 투지가 넘치고, 대개 해충투성이인 남자들. 게다가, 무어에서 메리언 로까지 가는 길은 위험해서, 이 시간이면 시인들과 농부들과 정치가들이 들끓었다. 다른 하나는 링컨 플레이스에 있는 곳으로, 얌전히 피어스 스트리트를 따라간다면, 그를 가로막을 것은 하나도 없었다. 길게 쭉 뻗은 피어스 스트리트, 그것은 그의 마음속에 단순하고 서정적인 선율을 감돌게 했으니, 보도는 피로에 지친 무심하고 조용한 사람들로 붐볐고, 차도는 버스들이 아수라장을 이루며 인간성을 말살시켰다. 전차들은 괴물이었고, 고가 전철로의 거친 몸짓 아래서 신음했다. 그러나 버스들은 유쾌해서, 타이어와 유리와 충돌뿐이었다. 그다음에 퀸스 극장을, 그 비극의 집을 그 시간에 지나는 것은 매력적인 일이라, 세 푼짜리 구경거리를 보려고 길게 늘어선 가난하고 저급한 사람들의 행렬과 오래된 극장 사이를 가로지르는 것이었다. 거기서 피렌체가 노래에 끼어들 것이었는데, 시뇨리아 광장과 1번 전차와 세례요한 축일, 사람들이

---

* Wanderjahre. '방랑 시대.' 독일어.

송진 횃불로 탑들에 불을 붙일 때 어린이들은, 해 질 녘 카시네 공원 너머로 본 폭죽이 아직도 기억에 생생한 채로, 오랫동안 갇혀 있다가 쏟아져 나온 매미 떼를 향해 작은 철망을 열었고 평소 잠자는 때를 훨씬 넘긴 시간까지 젊은 부모들과 함께 바깥에 나와 있었다. 그다음에 그의 정신 속 발걸음은 천천히 불길한 우피치 미술관을 지나 아르노강의 난간을 향했으며, 어쩌고저쩌고. 이런 즐거움의 원천은 베키오 궁전을 여기저기 본뜬 것 같은 맞은편의 소방서 건물이었다. 사보나롤라[6]에 대한 경의의 표시로? 하! 하! 아무튼 그것은 호메로스의 시간, 어둠이 거리를 채우고 어쩌고저쩌고의 시간을 보내는 다른 여러 방법만큼은 좋았고, 그의 거대한 갈증, 운 좋게 문이 아직 열렸다면 거리에서 식품점 쪽 입구로 그를 냉큼 낚아채 버릴 저급한 술집을 향한 열망에서 비롯된 대다수 방법들보다는 더 좋았다.

그리하여 고통스럽게 대학교 성벽 아래서, 말쑥한 택시들을 지나쳐, 그가 출발했고, 노래가 울려 퍼지도록 정신을 비웠다. 소방서는 별 탈 없이 작동했고 모든 일이 예상 가능한 선에서 잘 돌아갔으며 그날 저녁이 그를 위해 무엇을 준비했는지를 생각하면 더욱 그랬는데 그때 일격을 당했다. 그는 샤라는 놈과 부딪쳤으니, 프랑스 국적의 고상하고 지루한 놈으로 그 사악한 낯빛은 스킷과 파가니니[7]를 합친 것 같고 정신은 누덕누덕한 용어 색인 같았다. 사람을 가만히 내버려 둘 능력도 없고 그럴 생각도 없는 놈이 바로 샤였는데, 그때 벨라콰는 타는 듯이 아픈 발과 머릿속 노래에 푹 빠져 있었다.

"알트라."* 침입자가 외쳤다. "어딜 그렇게 신나게 가냐?"

기념비 전시장이 바람을 가려 주는 곳에서 벨라콰는 잠시 멈추고 이 기계 같은 놈과 마주할 수밖에 없었다. 그것은 하이버니언 유제품 상회에서 산 버터와 달걀을 들고 있었다. 그러나 벨라콰는 말려들지 않았다.

"어슬렁거려," 그가 모호하게 말했다. "황혼 속에서."

"그저 노래하네," 샤가 말했다. "황혼 속에서. 아냐?"[8]

---

* *Halte-là*. '거기 서.' 프랑스어.

벨라콰는 음울하게 자기 손을 쥐어뜯었다. 그가 가던 길을 방해받고 정신의 속삭임을 침해받은 것은 이 태엽 장치 바틀릿[9]의 말을 들어주기 위해서인가? 그런 모양이다.

"요즘 세상은 어때," 그는 그럼에도, 그 모든 것에도 불구하고 말했다. "이 거대한 세상에 무슨 새 소식 없어?"

"괜찮아," 샤가 신중하게 말했다. "괜찮다가 그저 그렇다가. 그래도 시는 움직인다."[10]

만약에 그가 아르스 롱가*라고 말한다면,[11] 벨라콰는 혼자 서약했으니, 그는 그것을 후회하게 될 것이었다.

"리마이 라보르,"** 샤가 말했다. "에트 모라."***[12]

"그럼," 벨라콰가 말하면서, 결백한 손으로 밧줄을 풀고 항해를 재개했다. "또 보자."

"근데 좀 있다가, 나는," 샤가 소리쳤다. "이 시커멓게 더럽혀진 밤에 프리카네 집으로 쳐들어갈 건데. 안 가?"

"아아." 벨라콰가 말하면서, 둥둥 떠내려갔다.

프리카를 보라, 그녀가 하숙집의 재주꾼을 방문한다. 그녀가 들이닥쳐, 낮은 목소리로 해브록 엘리스[13]를 노래하며, 점잖지 못한 일을 하고 싶어 노골적으로 근질거린다. 그녀의 봉긋한 가슴에는 마치 독서대인 양 포르틸리오티의 『세속과 단절된 그림자』가, 무두질한 양막으로 장정한 책이 펼쳐진다. 그녀의 발톱은 성심껏 사드의 『120일』과 알리오사 G. 브리뇰레살레의 『안테로티카』를, 상어 가죽 무늬 양막으로 장정한 책을, 펼쳐지지 않은 상태로, 움켜쥔다. 썩은 푸딩이 그녀를 속이고, 질긴 고통의 터번이 그녀의 말 같은 얼굴을 휘감는다. 눈구멍은 안구로 틀어막혀, 둥글고 창백한 구체가 희번덕이며 드러난다. 고독한 명상이 그녀에게 너그러운 권태의 콧구멍을 더한다. 입은 보이지 않는 재갈을 물고, 쓰라린 접합부에는 거품이 고인다. 분화구 형태의 가슴살은, 지방의 띠를 두르고, 아이러니하게 임부복 아래

---

* ars longa. '예술은 길다.' 라틴어.
** Limae labor. '애써 다듬어라.' 라틴어.
*** et mora. '시간을 들여.' 라틴어.

웅크린다. 열쇠 구멍들이 쌀쌀맞은 말의 어깨뼈를 뒤틀자, 뼈밖에 없는 엉덩이가 꽉 조이는 치마 안에서 울부짖는다. 청색 우스티드 천 조각들이 말의 발목을 홍보한다. 아야!

이것이 압생트에 취해 힝힝거리며 벨라콰와, 게다가, 알바에게, 은밀한 회합으로, 포도주 펀치와 지식계급의 장으로 오라고 명한 것이었다. 알바는, 현재 벨라콰의 오직 하나뿐인 존재로, 그녀의 진홍색 드레스와 넙적하고 창백하고 권태로운 얼굴을 생각하며 흔쾌히 승낙했다. 무도회장의 최고 미인. 아야!

그러나 하나가 가면 둘이 가는 법이라 샤를 떼어 내자마자 오호라 그로스베너 호텔에서 민속 시인이 튀어나와 그의 입을 닦았고 가련한 세균 덩어리 같은 익명의 정치꾼 촌놈이 그의 말문을 열었다. 시인은 이 예상치 못한 즐거움에 자기 이빨을 빨았다. 불룩 솟은 그 완고한 머릿속에서 울려 퍼지는 황금빛 동방의 시는 어떤 덮개로도 가릴 수 없었다. 도니골산(産) 트위드를 걸친 월리 휘마닌[14] 아래에는 몸이 하나 깔려 있기 마련이었다. 그는 써레를 놓친 것 같은 모습으로 비유적 표현을 찾았다. 벨라콰는 멍해졌다.

"마셔라." 시인이 우레와 같은 목소리로 명했다.

벨라콰가 그를 따라 그로스베너 호텔로 슬그머니 들어가자, 세균 덩어리의 송곳 같은 눈이 그의 사타구니를 훑었다.

"이제," 시인은 의기양양하게, 마치 이제 막 군대를 이끌고 베레지나 강[15]을 건넌 것처럼 말했다. "주문을 하고 단숨에 비워라."

"뭐라고요." 벨라콰가 말을 더듬었다. "잠깐만요, 이렇게 친절하게 구실 겁니까." 그는 뒤뚱거리며 바에서 거리로 나가 전속력으로 식품점 입구를 통해 저급한 술집에 뛰어들었는데 그 모습이 마치 먼지 덩어리가 후버 청소기에 빨려드는 것 같았다. 이것은 무례한 짓이었다. 그는 위협을 당하면 더없이 무례해졌는데, 스탕달의 탈레르 백작[16]처럼 소심하게 무례한 것이 아니라, 궁극적으로 간교하게 무례했다. 샤에게 시달릴 때처럼, 분통이 터질 때는, 소심하게 무례해졌다. 반면 위협을 당할 때는 궁극적으로 간교하게 무례해졌고, 압제자의 등 뒤에선 끔찍하게 무례해졌다. 이것은 그의 하찮은 특징 중 하나였다.

그는 신문 한 부를 매력적이고 가련한 얼간이한테
구입했는데, 아니, 참으로 섬세하고 가련한 급사였고, 프리랜서가
분명했으니, 그는 그를 위협하지 않았고, 그는 고작 서너 부를
팔려고 겨드랑이 아래에 끼고 진흙투성이 맨발로 뛰어 들어왔다.
벨라콰는 그에게 세 푼과 담배 그림 카드를 주었다. 그는 중앙
삼면화의 가운데 쪽에 있는 스툴에 혼자 앉아서, 무릎이 계산대
모서리에 닿도록 발을 발 받침대 위에 높이 걸치고(이는 방광이
약하고 내장이 처지는 경향이 있는 사람에게 탁월한 자세인데),
김빠진 흑맥주를 (하지만 차마 바꾸지는 못하고) 마시며
게걸스럽게 신문을 읽었다.

"여자라면," 그는 두근거리며 읽었다. "이 중 하나지요.
허리 밑이 짧거나, 엉덩이가 펑퍼짐하거나, 등이 뒤틀리거나,
배불뚝이거나 평균 정도 되거나. 가슴을 너무 억지로 조이면,
지방이 어깨뼈와 어깨뼈 사이에서 출렁거립니다. 그렇다고 조금
헐렁하게 풀면, 격막이 부풀어서 볼썽사납고요. 그러니 명망 있는
코르셋 제작자에게 브라시에르쿰코르세 데콜테*를 주문해
보세요. 최고급 **장**식 핀, **즈**크 직물, **고**무줄로 제작하고, 착용
부위는 100번씩 바느질하며, 움직임 없는 나선형 강철이 받쳐
줍니다. 거대한 격막과 엉덩이 지지대 덕분에, 소매가 없고 목이
없고 등이 없는 이브닝드레스도 보정됩니다…"

오 **사랑**! 오 **불꽃**! 하지만 진홍색 드레스에 이 모든 부분이
없을까? 그녀가 허리 밑이 짧거나 등이 뒤틀렸나? 그녀는 허리도
없었고, 굳이 뒤틀지도 않았다. 그녀는 분류 대상이 아니었다.
코르셋을 입어야 하는 사람이 아니었다. 육체를 가진 여자가
아니었다.

바텐더의 얼굴이 사라지고 그 대신 그로크[17]의 얼굴이
나타났다.

"다시 말해 봐." 하얀 퍼티에 뚫린 붉은 구멍이 말했다.
벨라콰는 그 모두를 더 많이 말했다.

---

* brassière-cum-corset décolleté. '가슴이 파인 브래지어-겸-코르셋.' 프랑스어.

"니히이트 뫼에에에에에에글리히."* 그로크가 신음하고는, 사라졌다.

이제 벨라콰는 최악이 최악으로 치닫지 않을까 그리고 진홍색 드레스의 등이 아예 없는 건 아닐까 걱정하기 시작했다. 등이 드러난 모습이 쓰라린 눈에 좋은 볼거리가 될 것은 의심의 여지가 없었다. 어깨뼈는 윤곽이 뚜렷할 것이고, 그것들은 자유롭고 미려한 볼 소켓 운동을 보여 줄 것이었다. 정지 상태에서 그것들은 닻가지처럼, 등뼈를 중심으로 섬세한 고랑을 이룰 것이었다. 그의 정신은 그에게 경외감을 불러일으키는 이 등을 뚫어져라 고찰했다. 그는 그것을 플뢰르드리스**로, 뒤쪽이 구부러진 주걱 모양의 잎이, 마치 꽃을 빠는 나비 날개처럼, 공통의 접합부에서 솟아난 모습으로 보았다. 그다음에, 더 멀리 나아가, 오벨리스크로, 능력의 십자가로, 고통과 죽음, 고요한 죽음, 벽에 십자형으로 못 박힌 한 마리 새로 보았다. 진홍색으로 베인 이 살과 뼈, 진홍색 천을 두른 이 정결한 살의 심장….

드레스 의장에 대한 의심을 더는 견딜 수 없어서 그는 계산대를 가로질러 그녀의 집에 전화를 걸었다.

"드레스를 입으시는 중이에요." 하녀가, 베네릴라가, 그의 친구이자 포주가 될 인물이 말했다. "피를 토하면서요."

아니야, 그녀가 축 처졌을 리 없어, 그녀는 지난 시간 동안 그녀의 방에서 벌떡 일어나 욕설과 저주를 퍼붓고 있었을 거야.

"죄송하지만 지금 제가 좀 곤란한데요," 목소리가 말했다. "아가씨 곁에 가 봐야 해서요."

"등이 가려졌나요," 벨라콰가 물었다. "아니면 드러났나요?"

"뭐가요?"

"드레스 말이에요," 벨라콰가 소리쳤다. "뭐가 더 있겠어요? 가려졌나요?"

베네릴라는 자신이 정신의 눈으로 기억을 되돌리는 동안 잠깐만 기다리라고 그에게 요청했다. 이 형언할 수 없는 인물이

---

* *Nisscht möööööööglich.* '그러얼 리가아아아아아아.' 독일어.
** flower-de-luce / fleur-de-lis. '백합 문양.' 영어/프랑스어.

꾸짖는 소리가 또렷이 들렸다.

"그 빨간색 옷 말인가요?" 한없이 긴 시간이 지나고, 그녀가 말했다.

"당연히 그 빌어먹을 진홍색 드레스죠." 그가 고통에 사로잡혀 소리쳤다. "몰라요?"

"잠깐만요…. 그게 단추가…."

"단추요? 무슨 단추?"

"단추가 끝까지 잠기네요, 선생님, 하느님의 도우심으로."

"다시 말해 봐요." 벨라콰가 간청했다. "다시 다시 한 번 더."

"내가 말했잖아요." 베네릴라가 으르렁거렸다. "단추가 끝까지 잠긴다고요."

"주님을 찬미하라." 벨라콰가 말했다. "그리고 그분의 지복한 어머니도."

이제 차분하고 시무룩해진 알바는, 완벽해질 때까지 차근차근 드레스를 갖추어 입고, 지하층의 부엌에서 나갈 때를 기다리는데, 감히 벨라콰의 곤경을 까발린 그녀의 어릿광대 겸 들러리에게는 신경도 쓰지 않는다. 그녀는 고통 속에 있고, 그녀의 브랜디는 손 닿는 곳에, 화덕 위의 큰 술잔에 데워지고 있다. 우아함 속에 방치된, 그 우아함 속에 늘어지고 그 타고난 슬픔으로 흐려진 그녀의 정면 뒤에서는, 화려한 명상보다 불안한 의례에 가까운 것이 진행 중이다. 그녀의 정신은 기도용 스툴에 앉아 아마도 무용한 목적과 대면하고 있으니, 그녀는 아마도 하찮은 임무를 위해 정신의 활력에 부담을 주고 있는 것이다. 그녀의 외면이 당분간 알아서 잘하도록 내버려 둔 채, 그녀는 그녀 자신을 단단히 더 단단히 조이고, 그녀의 정신의 무게를 질끈 동여매고, 무도장, 연회 또는 파티의 최고 미인이 되고자 한다. 그렇게 아름답지 않은 젊은 여성이라면 그런 전략을 경멸했을 것이고 이렇게 단순한 일에 이런 수준으로 몰두하는 것이 부당하고, 심지어, 서글픈 진실을 드러낸다고 여겼을 것이다. 여기 나, 최고 미인이 있고, 저기에 무도회장이 있으니, 이 두 가지 품목을 한데 모으면 된다고, 그렇게 풍요롭지 않은 여성이라면, 주장했을 것이다.

그렇다면 우리는, 이렇게 단순하기 짝이 없는 방식으로, 알바가
그녀의 외모의 미덕에 대해 의문을 가졌음을, 암시하려는 것인가?
진정 정녕코 그건 아니다. 그녀는 그녀의 두 눈을 풀어놓기만
하면, 그녀는 그것들의 덮개를 벗기기만 하면 되었고, 그녀도 잘
알았으니, 그녀는 그것들에게 자비를 베풀었을 것이었다. 그것은
전혀 어려운 일이 아니었다. 그러나 그녀가, 심술궂게, 마치 그녀는
이미 답을 안다는 듯이, 의문을 제기한 것은, 그녀가 그저 눈만
뜨면 얻어 낼 수 있는 손바닥을, 요구하는 게 그녀의 탁월함에 과연
합당하냐는 것이었다. 애초에 그 무용담이 너무 단순했기 때문에
그녀가 거기서 등을 돌리고, 그것을 그녀의 장르가 아닌 수많은
것들 중 하나로 격하시킨 것은, 논쟁의 여지가 없었다. 그러나
이는 그녀가 놓인 위치의 미세한 일면에 불과했다. 벨라콰의
생각 속에서, 그리고 자꾸만 그녀의 생각 속에서도, 따라붙는
성취의 품질에 대한 경멸과, 그녀는 지금 씨름한다. 그 틀림없는
무가치함과 그녀는 지금 씨름해야 한다. 시무룩하게 소리 없이,
브랜디가 손 닿는 곳에 있음을 알지만 딱히 마시고 싶지는 않은
상태로, 그녀는 선호 실태에 맞추어 그녀 자신을 움직이고, 그녀는
느리지만 확실하게 그녀의 부가물에 금박을 두르고, 그녀는
그것을 선택의 왕국으로 격상시킨다. 그녀는 스스로 이것을 할
것이고, 그녀는 스스로, 그녀는 스스로 무도회장의 최고 미인이
될 것이니, 기쁘게, 진지하고 신중하게, 후밀리테르, 피델리테르,
심플리키테르,*[18] 그저 그럴 만하니까 그러는 것이 아니다.
그녀는, 그녀는 세상사에 익숙한 여성이고, 그녀는, 두 가지
견해 사이에서 멈추는 법을, 두 갈래로 나뉜 의지의 해협에서
좌초하는 법을, 유예 상태로 더 많은 사상자를 내는 법을, 아는
여성이 아닌가? 그녀는 알지 않는가? 그러니 이런 난센스에서
벗어나 그녀는 얼른 나가려고 안달할 것이다. 그리고 이제 그녀는
과감하게, 시간이 되어, 시계가 울리기 전까지, 그녀의 관심
일부에 위임하여 그녀의 이목구비, 손, 어깨, 등, 한마디로 외면을
재조직하라는 지시를 내리고, 내면은 못 박아 둔다. 금세 그녀는

---

* *humiliter, fideliter, simpliciter.* '겸손하게, 성실하게, 단순하게.' 라틴어.

헤네시가 마시고 싶어진다. 그녀 자신의 즐거움을 위해, 그녀는 혼자 노래하니, 강세를 넣어 달라고 소리치는 모든 단어들에 강세를 넣으면서, 댄 I세[19]처럼 두려움도 호의도 없이 지저귄다.

> 노 메 호다스 엔 엘 수엘로
> 코모 시 푸에라 우나 페라
> 케 콘 에소스 코호나소스
> 메 에차스 엔 엘 코뇨 티에라.*[20]

폴라 베어(Polar Bear), 그 크고 늙고 명석한 색골은, 이미 길을 떠나서, 어둡고 흠뻑 젖은 시골길을 따라 시끄럽게 달리는 버스를 채운 무신경하고 정직한 게으름뱅이들 사이에 끼어, 활기차고 탁월한 르네상스 추기경과 다소 나른한 언어 게임에 몰두해 있었으니 그는 오랫동안 알고 지낸, 그에 관한 한 난센스라고는 찾아볼 수 없는 예수회 교도였다.

　"그 갈릴리인의 레뻰스반**은," 그가 말하고 있었는데, 그는 외국어 쓰기가 더 즐거울 때 절대로 영어 단어를 쓰는 법이 없었으니, "굴복하지 않는 유아론의 희비극이라네. 겸손과 레트로 메***[21]와 오예지물을 삼키는 것은 헤이 프레스토,**** 오만과 이기주의와 같지. 그는 최초의 위대하고 자족적인 한량이야. 붉은 손으로 체포된 여자 앞에서 아리송한 자기 비하를 하는 것은 그의 남자 친구 라자루스의 일에 간섭한 것과 마찬가지로 과대망상적인 뻔뻔함의 극치지.[22] 그가 선보이는 일련의 번지르르한 자살 행위는 엠페도클레스[23] 같은 진지한 부류와 판이하게 달라. 그는 무감동한 군중에 대한 발작적인 데피***** 속에 피 흘리면서, 고통받는

---

* *No me jodas en el suelo / Como si fuera una perra, / Que con esos cojonazos / Me echas en el coño tierra.* '나한테 바닥에서 박지 마 / 개라도 되는 것처럼, / 불알이나 주무르는 놈이랑 / 나를 씹 같은 땅에 처박네.' 스페인어.

** *Lebensbahn.* '인생행로.' 독일어.

*** *retro me.* '물러가라.' 라틴어.

**** hey presto. '짜잔.' 영어.

***** *dépit.* '분통.' 프랑스어.

네모[24]와 그의 동료 라테*에게 응답해야 하는 거야."

그는 기침을 해서 통통한 가래 덩어리를 끌어올려, 그것을
열망하는 입천장의 우묵한 부분에 넣고 굴리다가 나중에 다시
음미하기 위해 꿀꺽 삼켰다.

난센스라고는 찾아볼 수 없는 S.J.는 그의 피로에 목소리를
부여할 정도의 힘만 남아 있었다.

"만약 자네가," 그가 말했다. "자네의 2 곱하기 2는 4가 얼마나
지루한지 안다면."

P.B.는 그를 잡는 데 실패했다.

"자네는 지루해." S.J.가 느릿느릿 말했다. "젖먹이 천재보다
더 심하다고." 그는 잠시 멈춰서 기운을 모았다. "그렇게 홀렁
벗겨진 목소리로," 그가 말을 이었다. "약제사 보로딘[25]이
모차르트보다 낫다니."

"모든 면에서," P.B.가 반박했다. "자네의 달콤한 모차르트는
기저귀 찬 핵센마이스터**였어."

그것은 심술궂은 말이었으니, 그가 그자에 대해 그가 원하는
대로 생각하도록 하자.

"우리 주님—."

"자기 생각을 말하라고." 인내심의 한계 이상으로 짜증이 나서,
P.B.가 말했다.

"우리 주님은 그렇지 않았어."

"잊었나 본데," P.B.가 말했다. "그분은 출산 당시부터 그랬어."

"자네가 다 큰 남자가 되어서," 예수회 교도가 말했다.
"마조히즘을 넘어서는 겸손을 이해할 수 있게 되면, 그때 와서
나한테 다시 말하게. 시스-, 울트라-마조히즘 말고. 고통과
봉사를 넘어서."

"그렇지만 정확히 하자고." P.B.가 외쳤다. "그는 그 돌아가신
분을, 섬기지 않았어. 내가 무슨 말을 더 하겠나? 종자(從者)는
대단한 생각이 없어. 그는 중앙 부처를 실망시키지."

---

* *ratés.* '낙오자들.' 프랑스어.
** *Hexenmeister.* '마법사.' 독일어.

"어떤 겸손한," 예니체리[26]가 우물우물 말했다. "사랑은 허드렛일에 부여되기에는 너무 위대하고 두드러기 약을 필요로 하기에는 너무 실제적이라네."

젖먹이 천재는 이 다루기 쉬운 부류를 비웃었다.

"자네는 만사를 자네 좋은 대로 해 버리는군." 그가 비웃었다. "이 말은 꼭 해야겠네."

"믿음이 좋은 가장 큰 이유는," S. J.가 말했다. "그게 더 즐겁기 때문이야. 불신은," 예수의 군사가 일어날 준비를 하고, 말했다. "지루하지. 우리는 우리의 변화를 중시하지 않아. 우리는 그저 지루함을 참을 수 없을 뿐이야."

"설교단에서 그렇게 말해 보시지." P. B.가 말했다. "그럼 자네는 두들겨 맞고 황야에 던져질 걸세."

S. J.가 껄껄 웃었다. 이 친구보다 더 엉성한 가짜 수학자를 떠올릴 수 있을까!

"자네," 거대한 코트를 걸치며, 그가 간청했다. "자네 말일세, 나의 친애하는 선량한 친구여, 부디 친절을 베풀어 내가 교구사제가 아니라는 사실을 마음에 새겨 줄 수 없겠나."

"잊지 않을 걸세." P. B.가 말했다. "자네는 쓰레기 더미를 뒤지지 않는다는 걸. 자네의 사랑은 음식물 쓰레기에 부여되기에는 너무 위대하니까."

"저 응확해." S. J.가 말했다. "하지만 그들은 탁월한 사람들이야 성실한 쪽의 그림자, 점수를 내는 데만 너무 안달하는 그림자. 그렇지 않으면…" 그가 일어섰다. "보게나," 그가 말했다. "나는 내려야겠네. 줄을 당기고 버스를 세워서 내려 달라고 해야겠어."

P. B.는 보았다.

"바로 이런 관계들의 게헨나*에서," 이 비범한 남자는, 한 발을 보도에 내리고 말했다. "나는 내 소명을 단련했다네."

이 말과 함께 그는 사라졌고 그의 운임이란 짐은 P. B.에게 떨어졌다.

---

* Gehenna. '지옥.' 독일어.

샤의 여자는 셰틀랜드 숄을 두른 여인네였다. 그는 프리카의 집에
가는 도중에 그녀를 데려가기로 약속했는데 지금, 더블 버튼
스모킹 재킷을 나무랄 데 없이 꽉 졸라매고, 그는 초조한 마음을
누르며 전차를 잡으면서 한 무리의 학생들에게 세계를 설명하려
애쓰고 있었다.

"그 차이는, 말하자면—."

"아," 학생들이 소리쳤으니, 우나 보체,* "아, 제발!"

"그 차이는, 그러니까, 내 말은, 베르그송과 아인슈타인의,
근본적인 차이는, 철학자와 사회학자의 차이입니다."

"아!" 학생들이 소리쳤다.

"그래요." 샤가 말했고, 전차가 시야에 들어와서, 가까이
다가올 때까지, 그가 내놓을 수 있는 가장 긴 누설을 토해 냈다.

"그리고 이제 베르그송을 사기꾼이라고 말하는 것이
현명하다면,"—그는 물러섰고—"이는 우리가 **대상과**"—그는
전차에 뛰어들었고—"**관**념에서 **가암각과**"—그는 계단참에서
소리쳤으니—"**이성**으로 이동한다는 뜻입니다."

"감각과," 학생들이 따라 말했다. "이성!"

어려운 문제는 그가 말하는 감각이 정확히 무슨 의미인지
아는 것이었다.

"그는 분명 오감을 의미한 거야." 첫 번째가 말했다.
"냄새라든가, 알잖아, 그런 것."

"아냐," 두 번째가 말했다. "그는 상식을 의미한 것이 분명해."

"내 생각에," 세 번째가 말했다. "그는 분명 본능, 직관을
의미한 거야, 알잖아, 그런 부류의 것."

네 번째는 베르그송이 말하는 대상이 무슨 의미인지, 다섯
번째는 사회학자가 무엇인지, 여섯 번째는 양쪽 모두 세계와 무슨
상관인지 알고 싶어 했다.

"우리는 그에게 질문해야 해." 일곱 번째가 말했다. "그게 다야.
우리끼리 비전문가의 추측으로 혼란에 빠져서는 안 돼. 그러면
누가 맞는지 알겠지."

---

* una voce. '이구동성으로.' 이탈리아어.

71

"우리는 그에게 질문해야 해." 학생들이 소리쳤다. "그러면 알겠지…."

그를 처음으로 다시 만나는 사람이 확실히 그에게 물어보기로, 합의하고, 그들은 그리 어렵지 않은 그들의 길을 갔다.

민속 시인의 머리카락은, 아주 바짝 잘려서, 매력적인 몸치장에 선뜻 도움이 되지 않았다. 여기서 또, 자청해서 들쥐의 등짝처럼 빈곤한 모습을 하고, 그는 스스로 90년대에 대한 반발이라고 선언했다. 하지만 뭔가 할 수 있는 작은 여지로 그는 뭔가 했으니, 그가 가진 로션으로 까슬까슬한 머리를 날렵하게 세운 것이다. 또한 그는 넥타이를 바꿨고 칼라를 세웠다. 그리고 이제, 비록 혼자였고 눈에 띄지 않았지만, 그는 이리저리 서성거렸다. 그는 그의 작품을 구성하고 있었는데, 아마도 양가적 의미에서 도카지옹으로,* 그는 최근에 자전거를 타고 옐로 하우스에서 집으로 가다가 그 작품의 주요 특성을 잡았다. 그는 여자 주인이 청할 때 그것을 낭송할 것이었으니, 그는 아마추어 피아니스트처럼 뜸을 들이지도 않겠지만 그렇다고 너무 전문가처럼 능란하게 굴어서 그녀의 눈에 침을 뱉지도 않을 것이었다. 아니, 그가 일어서서 말하게 되면, 열변을 토하지 않고, 눈물 어린 추파처럼 날카롭게 꿰뚫는 미들 웨스트의 중력으로, 묵직하게 언명할 것이었다.

밤의 갈보리

물
물의 낭비

물의 자궁 속에서
팬지가 뛴다.

* *d'occasion*. '기회/중고.' 프랑스어.

꽃의 폭죽이 타오른다 밤의 꽃이 나를 위해 시든다
물의 가슴 위에 그것이 달렸다 그것이 이루었다
물 위에서 꽃 같은 현존의 행위를
낭비 위에서 그 주기의 평온한 행위를
분출에서
재배태에 이르기까지
꽃잎 같은 달콤한 향기의 평화로운 인사
물총새는 수그러들었다
나를 위해 익사했다
나의 지속되지 않는 새끼 양

푸른 꽃의 외침이
자궁의 벽을 때릴 때까지
물의
낭비의

이 강렬한 작품을 잘 해내서 무언가 파란을 불러오겠다고 마음을
다지며 그는 스스로 선택한 발표 방식이 물 흐르듯 유려한
그의 스타일에 걸맞게 완벽하기를 열망했다. 사실 그는 너무
능숙하게 말하지 않도록, 그것을 바깥으로 끌어내기 위해 갈가리
찢어졌다는 인상을 주도록 능숙하게 연습해 두어야 했다. 그는
곡예사를 본받아, 그가 한 번, 두 번, 세 번 실패하고, 그리고
그다음에, 자유의지의 통상적인 거품 속에, 비로소 해냄으로써,
우리를 도취시키듯, 그가 살롱을 정복하려면, 이 하찮은
장기자랑이 공연의 내용보다 공연자의 영적인 내장 적출로서
부각되어야 한다고 생각했다. 그래서 그는 이리저리 서성거리며,
「밤의 갈보리」의 어휘와 효과가 몸에 배게 하려고 애쓰고 있었다.
　프리카는 머리를 빗었고, 눈을 감는 데 문제가 생길 정도로
그녀의 자줏빛 머릿단을 뒤로 뒤로 긁어모았다. 그 결과는 목 졸린
가젤 같아서, 발치에 떨어져 있는 평소의 망아지 같은 복장보다
이브닝드레스에 더 어울렸다. 벨라콰의 루비는, 예전에 활동할
때, 마찬가지로 팽팽하게 당긴 사비니 여인[27] 같은 헤어스타일을

좋아했는데, 터프 부인이 그렇게 하면 그녀의 작은 새-얼굴이 빨다 뱉은 마름모꼴 드롭스같이 보인다고 주장해서, 약간 보풀보풀하고 곱슬곱슬하게 꾸미게 하는 데 성공했다. 아아 부질없게도! 후광을 두른 자들이 보기에 그녀는 눈을 깜빡이는 너무 큰 인형일 뿐이었다. 실제로 마름모꼴 드롭스가 되는 것은, 쭉쭉 빨리든 반항하든 간에, 여성의 얼굴이 이행할 수 있는 가장 비천한 직무도 아니었다. 여기 이렇게 손 닿는 곳에, 굳이 돈을 내고 더비서까지 가지 않아도, 우리에게는 프리카가, 무언가 무시무시해 보이는 그 존재가 있다.

목 졸린 영양은 아무 생각도 전하지 않는다. 그녀의 이목구비는, 볼품없는 강간자의 손이 그녀의 머리칼에 뒤엉켜 있는 듯, 절반만 풀린 상태로 준비되고 일그러진 미소로 고정되었다. 그녀는 눈을 찡그린 채 눈썹을 그려서, 이제 네 개가 되었다. 눈부신 빛에 도취된 홍채는 하얗게 질려 고뇌하는 애원 속에 볼록 튀어나왔고, 뒤로 비틀린 윗입술은 덮개 없는 콧구멍을 향해 으르렁거렸다. 그녀가 자신의 혀를 물어뜯을까, 그것은 흥미로운 질문이었다. 호두라도 깰 수 있을 것 같은 턱은 불룩 튀어나온 갑상선 연골 덩어리를 드러냈다. 묵과할 수 없는 끔찍한 의혹이 일었으니, 그녀의 납작한 유방이, 고통으로 가득한 이 낯빛의 표출에 공감하여, 뱃머리를 내달려 그녀의 꽃 장식을 짓밟고 있다는 것이었다. 그러나 얼굴은 간청을 넘어, 상처를 노골적으로 드러냈다. 그녀는 단지 한쪽 손바닥과 손가락이 다른 쪽 손바닥과 손가락에 닿도록 두 손을 배열하고 그것들을 가슴 앞에서 약간 위쪽으로 향하도록 하나로 모음으로써 인기 없는 순교자의 모습을 판에 박은 듯이 흉내 낼 뿐이었다.

그럼에도 언론 지원을 맡은, 예술 애호가 파라빔비 백작 부인은, 연보라색으로 차려입은 노파-어머니, 캘러켄 프리카의 가장 성스러운 생물에게 매달릴 것이었고, 그리고

"나의 소중한 분이여," 그녀는 분명 이렇게 벌컥 외쳐야 했을 것이었다. "당신의 캘러켄이 이렇게 제법 매력적인 것은 처음 보네요! 딱 시스티나성당 같아요!"

귀부인은 무슨 말을 하고 싶었을까? 그림 형제를 위해 코를

벌름거리며 바람을 들이마시는, 고삐에 매인 쿠마이의 시빌라?[28]
오, 귀부인은 그렇게 지옥처럼 까다롭고 다정하게 굴 생각이
없었으니, 그것은 엄지 톰의 주머니에 든 자갈 개수[29]를 세는
것이나 마찬가지일 터였다. 그것은 단지 모호한 인상으로, 단지
그녀가, 얼굴에 회반죽을 칠한 것처럼 기괴하고 촌스러워서, 아주
프·레·스·코·사·*하다는, 가슴 위로, 나의 소중한 분이여, 아교에
녹인 코발트 안료 빛깔의 가슴 가리개를 대고 있는, 능욕당한
콰트로첸토의 실제적 보석, 나의 소중한 분이여, 땀에 젖은 덩치
큰 톰[30]의 실제적 보석이라는 것이었다. 그리하여 과부 처녀는,
천상과 지상과 수중의 모든 것은 취하기 나름임을 이렇게
오랜 시간이 지난 끝에 잘 알게 되어, 여유가 되는 한에는 그런
전문가의 박식한 칭찬을 소중히 간직하기로 서약했다.

　　"마·셰·에·에·에·에·에!"** 파라빔비가 매애 울었다.

　　이것은 섣부른 일인지 모른다. 어쩌면, 우리가 너무 일찍
주저앉은 건지도. 아직은, 염병하게 서 있도록 하라.

　　프리카 얘기로 돌아가자면, 결국 종소리가, 그녀의 나팔관
아래로 흘러내리며, 전기 충격을 가해, 마치 그녀의 배꼽을 꾹
눌러 고지한 것처럼, 그녀를 거울 앞에서 떼어 놓는다.

학생이, 그의 이름은 우리가 알 필요 없는데, 첫 번째로 도착했다.
그는 더럽고 하찮은 짐승으로, 이마가 불룩했다.

　　"오 이런!" 그가 외쳤으니, 그의 커다란 갈색 눈이
프리카에게서 델라 로비아[31]의 아기들을 본 것이다. "내가 첫
번째라고는 말하지 마요!"

　　"너무 자책하지 마요." 캘러켄이 말했으니, 그는 바람을
거슬러 시인의 냄새를 맡을 수 있었다. "간발의 실수일 뿐인데."

　　시인에 뒤이어 평범한 한 무리의 인간들이 왔고, 그다음에
음부의 식물학자, 그다음에 골웨이 게일, 그다음에 셰틀랜드 숄을
두른 여인네와 그녀의 샤였다. 그에게 학생이, 그의 약속을 염두에

---

* *frescosa.* '촉촉한/두꺼운.' 이탈리아어.

** *Maaaacchè!* '준비이이이이이이!' 프랑스어.

두고, 불쑥 튀어나와 말했다.

"어떤 의미로"—그는 그에게서 그것을 얻거나 아니면 패망할 것이었으니—"감각이라는 말을 쓰신 거지요, 아까 말할 때…?"

"그가 뭐라고 했다고?" 식물학자가 외쳤다.

"샤," 캘러켄이 마치 승자의 이름을 발표하듯이, 말했다.

"애드섬."* 샤가 마지못해 말했다.

현관에서 한 덩어리의 가래가 터져 나왔다.

"내가 알고 싶은 건," 학생이 불평했다. "우리 모두 알고 싶은 건, 그가 감각이라는 말을 어떤 의미로 썼는지, 아까 그가 말할 때…"

게일은 평범한 놈들의 양배추 심 속에서, 그날 듀크 스트리트에서 생각한 것을 노파에게 전하지 못해 헤매던 참이었다.

"오언이…" 그가 다시 시작하려는데, 한 무명의 무식자가, 되도록 빨리 이야기에 끼어들고 싶어 안달하다가, 성급하게 말했다.

"오언이 누군데요?"

"좋은 저녁입니다," 폴라 베어가 밀어닥쳤다. "좋은 저녁 좋은 저녁 좋은 저녁입니다. 이 무슨 밤인지요, 마담." 그는 맹렬하게, 그러나 순전한 정중함을 바탕으로, 안주인에게 직접, 인사를 청했다. "주여! 이 무슨 밤인가요!"

노파는 P. B.가 마치 클레리스 장난감 상회에서 사온 물건인 것처럼 그를 반겼다.

"당신도 정말 오랜만에 오셨네요!" 그녀는 그를 무릎 위에 앉혀서 어를 수 있으면 좋겠다고 생각했다. 그는 추레한 남자였고 감정 기복이 심했다. "당신이 오셔서 너무 좋아요." 그녀는 아기를 재우듯이 그를 얼렀다. "당신이 너무 좋네요."

그다음에는, 법조인이, 피지로 번들거리는 얼굴로, 은밀한 회합을 위해 차려입은 세 명의 아가씨들을 데리고 파라빔비와 함께 나타났다.

"나 그를 만났어." 샤가 속삭였다. "피어스 스트리트를 따라

---

* Adsum. '네.' 라틴어/영어.

지그재그로 내려가던데, 브런즈윅 스트리트 말이야, 너도 알잖아, 거기.”

“앙 루트?”* 캘러켄이 과감하게 질문했다. 그녀는 자기 처지를 잊고 조금 흥분했다.

“엥?”**

“그가 여기 오는 길에?”

“글쎄,” 샤가 말했다. “안타깝지만, 친애하는 프리카 양, 그가 올지 안 올지는 완전히 확실하게 밝히지 않아서.”

게일이 P.B.에게 상처받은 목소리로 말했다.

“여기 오언이 누군지 알고 싶어 하는 남자가 있다네.”

“그럴 리가,” P.B.가 말했다. “자네 날 놀라게 하는군.”

“그거 번지르르한 주둥이 얘기야?” 핸의 모래색 아들이 말했다.[32]

이때 P.B.가 휘두르는 평가의 칼날은 더욱 날카롭게 번득였다.

“그 앙메르되르.”*** 그가 조롱했다. “괴상하고 번지르르한 주둥이!”

파라빔비가 펄쩍 뛰었다.

“뭐라고 말했어요?” 그녀가 말했다.

캘러켄이 별 볼 일 없는 사람들 사이에서 튀어나왔고, 그녀가 앞으로 나왔다.

“여자들을 붙잡아 놓을 수 있는 것이 무엇일까요?” 그녀가 말했다. 그것은 딱히 질문이 아니었다.

“그리고 당신 여동생도,” 식물학자가 물었다. “당신의 매력적인 여동생, 오늘 저녁에는 어디 있을지 궁금한데요.”

벨덤이 빈틈으로 뛰어들었다.

“안타깝게도,” 그녀가 낭랑한 목소리로 아주 다급하게 말했다. “침대에 있어요, 몸이 안 좋답니다. 우리 모두에게 너무나 아쉽지만요.”

---

* En route? ‘오는 길에?’ 프랑스어.
** Hein? ‘뭐라고?’ 프랑스어.
*** *emmerdeur.* ‘귀찮은 놈.’ 프랑스어.

"마담, 심각한 건 아니라고," 법조인이 말했다. "희망을 가져도 될까요?"

"감사합니다, 그래요. 다행히도 그래요. 가벼운 병입니다. 가련한 작은 민들레여!" 벨덤이 무겁게 한숨을 내쉬었다.

P. B.가 게일과 무언가 아는 듯한 눈짓을 교환했다.

"무슨 여자들?" 그가 말했다.

캘러켄이 그녀의 폐를 부풀렸다.

"팬지"—시인의 가슴이 쿵쿵 뛰었으니, 그는 왜 위장약을 갖고 오지 않았을까?—"릴리 니어리, 올가, 엘리세바, 브라이드 마리아, 앨가, 아리애나, 키다리 티브, 날씬한 시브, 알마 베아트릭스, 알바—" 이들은 정말 너무 많아서, 그녀는 전체 목록을 한 번에 읊지 못했다. 그녀는 말을 중단했다.

"알바!" P. B.가 벌컥 외쳤다. "알바! 그녀가!"

"그래요, 왜," 파라빔비 백작 부인이 끼어들었다. "왜 아니겠어요, 알바가, 그녀가 누구든 간에, 그러니까, 말하자면, 바스 부인[33]보다야 낫지 않겠어요?"

특징 없는 자가 중간에 나타났고, 그가 숨을 헐떡이며 반가운 소식을 전했다. 여자들이 도착했다고.

"그들은 여자들이야." 식물학자가 말했다. "틀림없지. 하지만 그들이 그 여자들일까?"

"이제 시작할 수 있으면 좋겠는데." 젊은 쪽의 프리카가 말했고, 그리고, 늙은 쪽은 어떤 방해도 감지할 수 없었기에, 연단 위로 날쌔게 올라가 다과를 덮은 천을 걷었다. 키가 큰 식품 회전대를 등지고 서서, 신앙 때문에 돌팔매질당하는 듯이 팔을 크게 펼치고, 그녀는 다음과 같은 선택지들을 개시했다.

"컵! 스쿼시! 코코아! 포스! 쥘리엔! 팬 케일! 코카리키! 홀루아! 아펠무스! 아이싱글래스! 칭칭!"[34]

끔찍한 침묵이 좌중에 내렸다.

"그렇게 시끄럽더니," 샤가 말했다. "양털 한 줌도 없구나."

그보다 더 굶주리고 충직한 이들이 단상을 휩쓸었다.

판매 금지된 소설가 두 명, 문헌광과 그의 정부, 고문서학자, 악기 가방을 든 비올라다모레 연주자, 대중적인 패러디 작가와 그의 여동생과 여섯 딸, 그보다 더 대중적인 불스크리트어 및 비교오비드학 교수, 술 마시는 것을 더 좋아하는 세균 덩어리, 모스크바 보호구역에서 이제 막 돌아온 공산주의자 화가 겸 장식 예술가, 무역왕, 심각한 유대인 두 명, 떠오르는 매음부, 여자들과 짝을 맞춘 시인 세 명 더, 불만에 찬 남첩, 소란스러운 극작가 한 무리, 피할 수 없는 언론계 특사, 밀집 대형을 이룬 그래프턴 스트리트의 공격수들과 제미 히긴스가 이때 떼 지어 도착했다. 그들이 흡수되자마자 파라빔비는, 한 마리 고독한 새처럼, 그녀의 남편인 백작이 원한다면 생략 표시할 일로 이 자리에 동행할 수 없었던 탓에, 그 대신 프리카에게 찰싹 붙었고 그녀에게는, 이미 보인 대로, 벨덤이 엄청나게 신세를 지고 있었다.

"마셰에에에에에!" 파라빔비 백작 부인이 말했다. "말로 설명하지 않겠어요."

그녀는 컵 받침을 성찬식 카드처럼 턱 밑에 끼웠다. 그녀는 그 움푹 팬 곳에 컵을 소리 없이 내려놓았다.

"탁월하지요." 그녀가 말했다. "가장 탁월한 힘이랍니다."

노파가 걸치레로 미소 지었다.

"아주 즐겁네요." 그녀가 말했다. "아주 즐거워요."

불스크리트어 및 비교오비드학 교수는 아무 데도 보이지 않았다. 하지만 그것은 그의 소명이 아니었으니, 그는 사환이 아니었다. 그의 역할은 들리는 것이었다. 그는 광범위하고 뚜렷하게 들렸다.

"불멸의 바이런이," 그가 딸랑거렸다. "라벤나를 떠나려고, 한 영웅의 죽음이 그의 불멸의 분노를 끝장낼 머나먼 해변을 찾아 항해를 나서려고 했을 때…."

"라벤나!" 백작 부인이 외쳤으니, 기억이 떠오르며 세심하게 가꾼 심금을 울린 것이다. "누가 라벤나라고 말하는 것을 들은 것 같은데요?"

"혹시 저," 떠오르는 매음부가 말했다. "샌드위치 하나 먹을 수 있을까요, 달걀, 토마토, 오이 넣어서?"

"알고 있었어요?" 법조인이 더듬거렸다. "스웨덴에는 최소 70가지의 스뫼르브뢰드[35]가 있다는데."

계산광의 목소리가 들렸다.

"원의 호는," 그가 모두를 향해 몸을 숙이고 위대하도록 소박한 언어로 말했다. "그 사이의 직선보다 길지요."

"마담이 라벤나를 아십니까?" 고문서학자가 말했다.

"내가 라벤나를 아냐고요!" 파라빔비가 외쳤다. "당연히 라벤나를 알지요. 감미롭고 고귀한 도시잖아요."

"당연히 아시겠지만," 법조인이 말했다. "단테가 거기서 죽었지요."

"맞아요," 파라빔비가 말했다. "그랬지요."

"당연히 아시겠지만," 교수가 말했다. "그의 무덤은 바이런 광장에 있지요. 내가 보기에 그의 묘비명은 공허한 과장 같았습니다만."

"당연히 아셨겠지만," 고문서학자가 말했다. "벨리사리우스 휘하에는…."

"나의 소중한 분이여," 파라빔비가 벨덤에게 말했다. "정말 좋은 분위기네요. 얼마나 행복한 파티인지 다들 집에 있는 것처럼 정말 편안해 보이지요. 단언하건대," 그녀가 단언했다. "나는 사람들을 편안하게 만드는 당신의 재능이 부럽답니다."

벨덤은 그런 능력이 없다고 소심하게 부인했다. 그것은 증말이지 캘러켄의 파티였고, 캘러켄이 증말이지 모든 일을 꾸몄다. 그녀는 개인적으로 파티 준비와 거의 무관했다. 그녀는 그냥 거기 앉아 있었고 소진되어 보였다. 그녀는 그저 피곤하고 늙은 운명의 여신이었다.

"내 생각에," 교수가 평소처럼 질문을 갈구하며, 큰 소리로 말했다. "인간 정신의 가장 위대한 승리는 기이한 형태로 관측된 천왕성의 궤도를 바탕으로 해왕성의 존재를 계측한 것입니다."

"그리고 당신의 업적도요." P. B.가 말했다. 말하자면 그것은 사과와 은 그림[36]이었다.

파라빔비는 뻣뻣하게 굳었다.

"그게 뭐예요?" 그녀가 소리쳤다. "그가 뭐라고 한 거지요?"

한층 더 끔찍한 침묵이 좌중에 내렸다. 세균 덩어리가 공산주의자 화가 겸 장식 예술가를 후려친 것이다.

프리카가, 히긴스 씨의 도움을 받아, 혼란을 진압했다.

"가세요." 그녀가 세균 덩어리에게 말했다. "남부끄러운 꼴이 되지 않도록."

히긴스 씨는, 대원들을 위해 엎치락뒤치락하는 사람들 사이에서 이리 뛰고 저리 뛰면서, 골칫거리를 재빨리 해치웠다. 프리카는 가엾은 P.와 D.를 불렀다.

"제 뜻이 아닙니다." 그녀가 말했다. "이 집에서 폭도를 용납하다니요."

"그가 나를 염병할 볼셰비키라고 하는데," 영예로운 공산주의 청년 동맹 단원이 항거했다. "정작 본인도 노동자잖습니까."

"이런 일이 또 없도록 합시다." 프리카가 말했다. "이런 일이 또 없도록 합시다." 그녀는 매우 기원법적으로 말했다. "간청드립니다." 그녀는 신속하게 제단으로 물러났다.

"그녀가 말한 것을 들었겠지요." 게일이 말했다.

"이런 일이 또 없도록 합시다." 원어민이 말했다.

"간청드립니다." P.B.가 말했다.

그러나 이제 그녀가 도래하여 이 모든 것을 모멸할지니, 알바, 거침없는 욕망의 딸이여. 침묵이 감도는 찰나에 들어와, 파리의 여자 점원처럼 진군하여 벨덤에게 아이러니한 경의를 표하는 것만으로, 그녀는 모든 솥 아래 가시나무에 불을 붙였다.[37] 거칠게 우지직 소리를 내는 파라빔비에게 진홍색 등을 돌린 채 그녀는 연단에 올라갔고 거기서, 다과의 각 요소들을 앞에 두고 소리도 움직임도 없이, 조력자들에게 옆모습을 보이며, 그녀의 중력 그물을 던졌다.

떠오르는 매음부는 어떻게 그렇게 하는지 연구했다. 패러디 작가의 여동생은 호기심이 많은 그런 사람들에게 그녀와 그녀의 소중한 조카들이 알게 된 얼마 안 되는 정보를 전달했으니 알바는 그들이 접근할 수 있었던 어떤 고상한 모임에서 자주 입방아에 오르곤 했는데, 그렇지만 거기서 들은 것 중에 어느 정도가 진실이고 어느 정도가 뜬소문인지 그들이 알 만한 위치가 아닌 것만은 분명했다. 하지만, 도움이 될지 모르겠지만, 그것이 나타났으니….

게일, 원어민, 매문가, 비올라다모레 연주자는 마법에 홀린 듯이 한데 모였다.

"이런." 매문가가 말문을 열었다.

"상당히 좋군요." 게일이 말했다.

"아름다워요." 비올라다모레 연주자가 말했다.

원어민은 아무 말도 없었다.

"이런," 매문가가 채근했다. "래리?"

래리는 연단에서 눈을 떼고, 자신의 킬트 옆면으로 천천히 손바닥을 끌어올리며 말했다.

"예에수님!"

"무슨 뜻이람?" 매문가가 말했다.

래리는 다시 연단을 향해 격렬한 눈길을 돌렸다.

"당신은 모른다 이거군요." 마침내 그가 말했다. "그녀도 그럴까요?"

"그들 모두 그래요." 비올라다모레 연주자가 말했다.

"지옥처럼 그렇지." 게일이 신음했다, 리코르단도시 델 템포 펠리체.*38

"내가 알고 싶은 건," 학생이 말했다. "우리 모두 제일 알고 싶어서 안달하는 건…."

"어떤 사람들은 절제합니다." 매문가가 말했다. "여기 우리 친구가 옳지요, 성교를 부끄러워하면서. 안된 일이지만, 그게 당신이니까요."

현자들은 통하는 데가 있다고 제미 히긴스와 P. B.가 연단에 모였다.

"창백하고," 프리카가 말했다. "아파 보이네, 내 귀염둥이."

알바는 그녀의 큰 머리를 상판에서 들어 올리고, 프리카를 길게 바라보다가, 눈을 감고 읊조렸다.

비통과 고통, 고통과 비통,
그것은 나의 운명, 밤과 정오…39

---

* *ricordandosi del tempo felice.* '행복했던 옛 시절을 떠올리며.' 이탈리아어.

캘러켄이 뒤로 물러났다.

"그들을 떼어 놔." 알바가 말했다.

"그들을 떼어 놔!" 캘러켄이 되풀이했다. "그들을 떼어 놔?"

"우리는 이 세상을 헤쳐 나가네." 알바가 논했다. "오이가 깨진 틈으로 햇빛이 새어 나오듯이."[40]

캘러켄은 햇빛에 관해 그렇게 확신하지 않았다.

"음료수 좀 마셔 봐." 그녀가 재촉했다. "그게 도움이 될 거야. 아니면 칭칭을 먹어 봐."

"그들을 떼어 놔." 알바가 말했다. "떼어 놔 떼어 놔 떼어 놔 떼어 놔."

그러나 P. B.와 히긴스는 연단에 있었고, 그들이 그녀를 둘러쌌다.

"그러면 그렇게 해," 알바가 말했다. "얼마든지 넘쳐흐르도록."

휴! 프리카는 말할 수 없이 안심했다.

아홉 시 반 지나서. 손님들은, 떠오르는 매음부와 저무는 남첩을 따라, 집 안으로 흩어지기 시작했다. 프리카는 그들이 가게 내버려 두었다. 때가 되면 그녀는 내실을 방문할 것이었고, 그녀는 그들을 불러 모아 진짜 파티를 시작할 것이었다. 샤가 옛 프랑스어로 된 작품을 하나 약속하지 않았나? 시인이 특별히 시를 한 수 지었다고 하지 않았나? 그녀가 홀에서 가방 안을 몰래 들여다보니 비올라다모레가 있었다. 그렇다면 음악도 한 소절 있을 것이었다.

아홉 시 반 지나서. 비가 억수같이 내리고 있을 때 벨라콰는, 주위를 살피면서, 링컨 플레이스의 불가해한 세계 속으로 나아갔다. 그런데 그는 술을 한 병 사 놓은 터라, 그의 리퍼 재킷 주머니가 젖가슴처럼 불룩했다. 그는 치과 병원 근처에서 휘청거리며 출발했다. 어릴 때 그는 그 건물의 전면부를, 피처럼 붉은 유리창들을 무서워했다. 지금 그것들은 시커멓게 보여서, 더 나빴지만, 그는 한두 가지 유치한 것들은 제쳐 두고 있었다. 갑자기 창백하고 축축한 느낌에 그는 대학교 담장에 설치된 철제 개찰구에 기대어 존스턴, 무니 앤드 오브라이언 제과점의 시계를 바라보았다. 그 돌고 도는 것에 따르면 열 시 몇 분 전이었고 그는 걷기는커녕, 똑바로 서기도 싫었다. 그리고 단검처럼 내리꽂히는 빗줄기. 그는 두 손을 들어 얼굴 앞에 갖다 댔는데, 얼마나 가까운지 어둠 속에서도 손금이 보일 정도였다. 그것들은 고약한 냄새가 났다. 그가 그것들을 이마 쪽으로 끌어올리자, 손가락들이 그의 축축한 머리카락에 파묻혔고, 손바닥 아래 볼록한 부분이 그의 눈알에서 쏟아져 나온 남빛 급류와 부딪혔고, 그의 목덜미의 움푹 파인 부분이 꽉 졸려서, 그가 언제나 옷깃 위에 짊어지고 다니는 작은 탄저병 궤양을 짓눌렀으니, 그는 압력을 높여 격통을 더했고, 그것은 정체성의 보증이었다.

그다음에 그의 두 손을 거칠게 눈에서 끌어내리자, 식인귀의 거대한 진홍색 얼굴이 눈앞에 있었다. 잠시 동안 그것은 가만히 있었고, 말랑말랑한 괴물 석상, 그다음에 그것은 다시 움직였고, 그것은 경련했다. 그가 생각하기를, 이것은 무언가 말하는 사람의 얼굴이었다. 실제로 그랬다. 그것은 그에게 폭언을 퍼붓는 도시 수비대의 그 부위였다. 벨라콰는 눈을 감았으니, 그것을 보지 않을 방법이 그것뿐이었다. 보도에 쓰러지고 싶은 거대한 욕망을 억누르며 그는 토했고, 감정을 한껏 감춘 채, 수비대의 바지 끄트머리와 부츠 전체를 더럽혔고, 그런 무절제의 대가로 그는 가슴을 강하게 얻어맞아 그는 엉덩이와 장딴지가 내장 언저리에 처박히도록 고꾸라졌다. 그는 인격이나 아무르 프로프르*에 상처받았다는 느낌 없이, 그저 아주 다정한 연약함과 계속 움직여야 한다는 초조함만을 느꼈다. 분명 열 시가 다 되었을 것이었다. 그는 수비대에 대해 아무런 적대감도 품지 않았는데, 이제 그가 하는 말이 그에게 들리기 시작했음에도 그랬다. 그는 그의 앞에서 오물 속에 무릎을 꿇었고, 그는 그가 업무 중 기분 전환을 위해 떠들어 대는 온갖 혐오스러운 말들을 들었고, 그는 그에 대해 조금의 악의도 품지 않았다. 그는 손을 뻗어 그의 반짝이는 망토를 붙잡고 몸을 일으켜 두 발로 섰다. 자세를 유지할 수 있게 되자 그는 방금 벌어진 일에 사죄를 고했지만 심하게

---

* *amour propre.* '자기애.' 프랑스어.

거절당했다. 그는 그의 이름과 주소를, 그가 어디서 왔고 그가 어디로 가는지, 왜 가는지, 그의 직업과 현재 하는 일을, 그리고 왜 하는지를 밝혔다. 그는 수비대가 그를 질질 끌고 경찰서까지 냅다 연행하려는 것을 알고 괴로워했지만, 그는 경관이 딜레마에 빠졌음을 눈치챘다.

"부츠를 닦아." 수비대가 말했다.

벨라콰는 그저 행복에 넘쳤으니, 그것은 그가 할 수 있는 가장 하찮은 일이었다. 그는 『트와일라잇 헤럴드』로 적당히 걸레 두 개를 급조해서 허리를 숙이고 부츠와 바지 끄트머리를 최대한 깨끗하게 닦았다. 장엄하고 거대한 한 쌍의 부츠가 모습을 드러냈다. 그가 일어나서, 더러워진 걸레를 움켜쥐고, 소심하게 수비대를 올려다보았는데, 그는 그의 이점을 어떻게 더 활용할지 몰라서 조금 당황한 것 같았다.

"저는 경사님만, 믿습니다." 벨라콰가 딱딱하게 굳은 심장을 녹이기 위해 웅얼웅얼, 말했다. "당신은 저의 사소한 잘못을 눈감아 주실 수 있을 겁니다."

정의와 자비가 수비대의 양심 속에 유서 깊은 논쟁을 벌이고 있었던 것이 틀림없으니, 그는 말이 없었다. 벨라콰는 오른손을 내밀어, 불멸의 셰익스피어가 권한 '온화한 평화'[41]보다도 상업적 상품 가치와 무관한 이 손을, 우선 그의 소맷부리에 깨끗하게 닦았다. 이 도그베리[42]의 일원은, 그의 청렴한 심장과 짧은 대화를 나눈 끝에, 친절하게도 침 뱉는 그릇의 직무를 부여했다. 벨라콰는 어깨가 으쓱거리는 것을 억누르며 머뭇거리는 태도로 떠났다.

"거기 잠깐 멈춰." 수비대가 말했다.

벨라콰는 멈추었지만, 방금 뭔가 기억난 것처럼, 몹시 짜증 나는 태도였다. 수비대는 여우보다 사자에 가까워,[43] 그의 헬멧 속에서 레익스와 오필리[44] 출신의 머리가 참을 수 없이 욱신거릴 때까지 그를 세워 두었다. 그는 그다음에 이 사소한 공공질서 문제를 어떻게 처리할지 결론지었다.

"가도 좋다." 그가 말했다.

벨라콰는 걸어가면서, 걸레를 꽉 쥐고 있었는데, 그는 그것을 쓰레기라고 올바르게 해석했던 것이다. 일단 킬데어 스트리트의 모퉁이를 안전하게 돈 다음에 그는 그것을 땅에 떨어뜨렸다. 그다음에, 몇 걸음 걸어간 후에, 그는 멈추고, 돌아서서, 그것들이 보도 위에서 어쩔 줄 모르고 있는 곳으로 서둘러 돌아가 그것을 정해진 구역에 던져 넣었다. 이제 그는 특별히 가볍고 경쾌하고 하이레스 카일리*[45]가 된 느낌이었다. 그는 보슬비를 뚫고 잽싸게 그가 택한 길을 따라가면서, 기고만장하게, 얽히고설킨 단어들을 줄줄이 고안했다. 착상이 떠올랐고, 그는 크나큰 즐거움으로 이 작은 형상을 도출했으니, 그가 음주의 모호한 은총으로부터 추락한 장소가 그가 그것의 가장 즐거운 지점에서 상승하는 장소와 교차했다는 것이었다. 그것이 틀림없이 방금 일어난 일의 전말이었다. 때로 음주 노선은 8자 모양의 고리처럼 구부러져 있어서 만약 당신이 그 길을 따라 올라가는 길에 무언가 찾던 것을 얻었다면 그 길을 따라 내려갈 때도 그것을 얻기 마련이었다. 끝없는 8자의 음주 형상. 너는 시작한 곳에서 끝나는 것이 아니라, 내려오는 길에 올라가는 너 자신을 만난 것이다. 때로, 지금처럼, 너는 즐거웠다. 더 많은 경우 너는 유감스러웠고 서둘러 너의 새 집으로 향했다.

갑자기 빗속을 걷는 것만으로는 불충분해졌고, 턱까지 단추를 잠그고, 춥고 축축한 가운데, 바깥으로 활기차게 걸어 나오는 것은, 실행하기에 부적합한 일이 되었다. 그는 배것 스트리트 다리의 제일 높은 곳에 멈춰 서서, 리퍼 재킷을 벗어, 난간에 걸쳐 두고 그 옆에 앉았다. 수비대는 잊었다. 그다음에 앉은 쪽으로 상체를 숙이고 한쪽 다리를 구부려서 무릎이 귀에 닿고 발꿈치가 난간 위에 올라오게 하고 (탁월한 자세) 그는 부츠를 벗어 재킷 옆에 두었다. 그다음에 그는 그 다리를 내리고 다른 쪽 다리로 똑같이 했다. 다음으로, 쓰라린 북서풍을 십분 활용하기로 결심하고, 그는 몸을 오른쪽으로 홱 돌렸다. 그의 발은 운하 위에서 달랑거렸고 그의 눈앞에는, 저 멀리 불쑥 솟은 리슨 스트리트 다리를 따라 휘청거리며, 전차가 꿀럭거리는 도깨비불처럼 움직였다. 지저분한 밤의 먼 불빛을, 그가 얼마나

---

* *haeres caeli.* '천상의 계승자.' 라틴어.

사랑했는지, 지저분한 저 교회파 프로테스탄트! 그는 몹시
으슬으슬했다. 그는 재킷과 허리띠를 벗어 난간 위의 다른 의복과
함께 두었다. 그는 낡고 더러운 바지 상단의 단추를 풀고 독일제
셔츠를 살살 끌어냈다. 그는 셔츠 자락을 스웨터 둘레 안으로
밀어 넣고 시계 방향으로 전부 말아서 흉곽을 따라 테를 두른
듯이 꽉 조이도록 끌어올렸다. 빗줄기가 그의 가슴과 배를 때리며
흘러내렸다. 그것은 심지어 그가 예상한 것보다 더 즐거웠지만,
매우 추웠다. 바로 이때, 그의 젖가슴을 그러니까 사나운 폭풍에
노출된 상태로 멍하니 대리석 같은 손바닥으로 때리면서,[46] 그는
정신이 나갔고 비참한 느낌이었고 그가 한 짓이 유감스러웠다.
그는 몹쓸 짓을 했고, 그는 그것을 깨달았고, 그래서 그는 심히
유감스러웠다. 그는 자리에 앉아서, 양말 신은 발꿈치로 서글프게
돌을 두드리며, 대체 어디서 위안이 샘솟을 수 있을지 궁금해
하는데, 갑자기 그가 사 놓은 술병 생각이 횃불처럼 그의 우울한
상태를 꿰뚫었다. 그것이 그의 손 닿는 주머니 안에 있었으니,
그의 리퍼 재킷 주머니 안에 젖가슴 같은 코냑이 있었다. 그는
하얀 케임브릭 천으로 만든 작은 가방으로 최대한 몸의 물기를
닦고 의복을 갖추었다. 모든 것이 제자리로 돌아와서, 리퍼 재킷의
단추를 전처럼 끝까지 잠그고, 부츠의 구멍 하나 빠뜨리지 않도록
끈을 단단히 묶은 다음에야, 그다음에, 한순간도 앞지르지 않고,
그는 술병을 들고 한 모금 들이켜는 것을 스스로 허락했다. 이것의
효과는 이른바 따스한 기운을 이른바 혈관 구석구석까지 스미게
하는 것이었다. 그는 경쾌한 발걸음으로 철벅거리며 길을 따라
뛰어가면서, 그의 힘이 닿는 한, 프리카의 집까지 멈추지 않고
달리기로 결심했다. 팔꿈치를 치켜올리고 설렁설렁 달리면서 그는
그의 외양이 너무 많은 입방아에 오르내리지 않기를 기도했다.

그의 정신은, 지난 시간 오르내림을 겪는 동안, 그를 위해
준비된 고난에 느긋하게 안주한 것이 아니었다. 알바의 진홍색
드레스조차—베네릴라의 공식적인 확인에 따르면, 그것은
하느님의 도우심으로 단추가 끝까지 잠겼다고 하는데, 본질적으로
의혹을 전부 일소할 수 있는 것은 아니었지만—더는 무거운 짐이
아니었다. 그러나 이제, 프리카가 연보라색 살롱에서 종종거리며

달려 나와 현관에서 그를 낚아채고 그녀의 존재로 충격을 가해 그를 단순히 술이 깨는 것보다 더 나쁜 어떤 상태로 내몰자, 그는 비로소 추상적인 재앙의 힘을 통해 자신이 얼마나 심각한 처지인지 확실하게 깨달았다.

"거기 너어," 그녀가 콧소리를 내며 불평했다. "이제야 오셨네."

"여기 이렇게," 그가 퉁명스럽게 말했다. "나는 떠돌지."

그녀는 폭발하는 눈으로 움찔하면서 손을 그녀의 이에 가져다 댔다. 도대체가 그는 여태껏 축축한 죽음과 저주 아니면 그 비슷한 것에 구애하고 다니기라도 한 것일까? 물이 뚝뚝 떨어지는 채로 그는 그녀 앞에서 얼어붙은 채 발치에 작은 물웅덩이를 만들었다. 그녀의 콧구멍이 얼마나 크게 확장되었는지!

"그 축축한 것들을 벗어야겠네." 프리카가 말했고, 그녀는 이제 서둘러 열쇠 구멍에 렌즈를 대야 한다. "지금 당장. 그런데 사랑스러운 소년이 흠뻑… 피부까지 젖으셨네!" 프리카에 관한 한 난센스는 없었다. 그녀가 피부라고 말할 때는 피부라는 뜻이었다. "바늘땀을 전부," 그녀는 흐뭇해했다. "지금 당장, 즉시 뜯어내야겠어."

전체적으로 꼿꼿이 몸을 세운 수탉처럼 보이는 얼굴, 특히 윗입술이 부들부들 떨리는 콧등까지 뒤틀려 올라가서 마치 오리나 코브라처럼 조소하는 그 소름 끼치는 세부를 바탕으로, 그는 무언가 그녀를 불타오르게 했다는 인상을 도출했다. 그리고 분명 최고조에 달한 기개와 기력이 그녀의 나귀처럼 완고하고 멍청한 혼돈을 바짝 따라붙은 상태였다. 여기에는 정말 예상치 못한 작은 흥분이 있었다! 잠깐이지만 그녀는 무분별한 행동에 뛰어들 것이었다. 벨라콰는 이 추세를 제때에 이용하는 편이 낫겠다고 생각했다.

"아냐," 그가 차분하게 말했다. "수건을 쓸 수 있으면…."

"수건!" 비웃음이 얼마나 충격을 받았는지 그녀는 늦더라도 아예 안 오는 것보다는 낫다며 코를 풀었다.

"그거면 대충 축축함은 가실 거야." 그가 말했다.

대충 축축함이라니! 하지만 그가 속속들이 젖은 것이 뻔히 보이는 상황에서 대충 축축함에 관해 말하는 것은 얼마나 심하게 부조리한지.

"피부까지!" 그녀가 소리쳤다.

"아냐," 그가 말했다. "그저 수건을 쓸 수 있으면…."

캘러켄은, 충분히 상상할 수 있겠지만 깊이 분개하면서도, 그녀의 남자가 어떤 사람인지 잘 알기에 수건 한 장을 빌리는 것 외에 그녀의 손길이 주는 최종적 위안은 결코 받아들이지 않겠다는 그의 결의가 굳건함을 깨달았다. 또한 살롱에서 그녀의 부재가 소리로 들리기 시작했고, 새앙쥐들이 파티를 벌이기 시작했다. 그래서 그녀는 뾰로통한 표정으로 종종거리며 사라졌다가―거위처럼, 매케이브의 곁에서 맨발로 날아간다고, 벨라콰는 생각했는데―금세 북슬북슬한 대형 수건과 손수건을 가지고 돌아왔다.

"너 죽을 줄 알아." 그가 너무나 잘 아는 퉁명스러운 콧소리로, 그녀가 말하고, 그를 떠났다. 다시 손님들과 합류하면서 그녀는 이 모든 일이 예전에, 소문이나 꿈속에서, 벌어졌던 것처럼 느꼈다.

샤는, 숄을 두른 여인네와 낮은 목소리로 대화하면서, 그의 공헌을 요구할 어떤 공포스러운 사태가 벌어지기를 기다리고 있었다. 이것은 유명한 사건이 되었으니 샤는, 정신이 나갔거나 그의 최신 토가 비릴리스*가 질리기 시작한 것처럼, 다음과 같은 사행시로 별스러울 것도 없는 낭송을 마무리했던 것이다.

투트 에트, 스레 우 퓌트,
드 페 우 드 볼롱테, 퓌트,
에 키 비앵 부 셰르슈루아
투트 퓌트 부 트루브루아.**47

---

* toga virilis. '성인 남성의 복식.' 라틴어.
** Toutes êtes, serez ou fûtes, / De fait ou de volonté, putes, / Et qui bien vous chercheroit / Toutes putes vous trouveroit. '너희 모두 지금도, 앞으로나 예전에도, / 사실이거나 의향이거나, 갈보들, / 그러니 누가 아무리 너희를 물색해 봐야 / 모두 너희 갈보들만 발견하는 거지.' 프랑스어.

알바는, 우리는 벨라콰를 구하기 위해 그녀가 알약을 삼켰을 때처럼 충동적으로 그녀를 방치해야만 했는데, 그녀는 히긴스 씨와 P. B.를 집어던지는 것으로 전투를 시작했으니, 그들의 업무에 관해서라면, 달리 할 말이 없다. 이때부터, 들불처럼 건물 전체로, 다락방에서 지하실까지 번졌던, 사악한 키스해-줘요-찰리 풍의 난잡한 놀음에 굳이 동참하지 않고, 떠오르는 매음부와 태평스러운 남첩의 보호 아래, 그녀는 아무나 흉내 낼 수 없는 조용한 방식으로 모두를 사로잡았으니 그들은 목덜미의 저열한 애무에 분연히 동참하고 싶은 본능을 억누르면서 이 조그맣고 창백하고 최상의 의미에서 이토록 침착하고 세련된 진홍색 옷의 인물을 어떻게 할 수 있을지 알아보고 있었다. 이렇게 해서, 그녀의 창조주의 관점에서 비록 벨라콰는 없지만, 그녀는 프리카의 집에서 그날 저녁 영원히 상당한 권력을 누렸다.

　　그녀는 그녀 특유의 다소 은밀하고 오락가락하는 방식으로 그 추레한 남자 주인공을 애호했기에, 그를 그리워하거나 생각하는 일은, 전혀 없었고 다만 상당히 예민한 구경꾼의 두 눈이 그의 안경 너머로 그녀에게 고정된 채 미친 듯이 정밀 계측하는 것이 그녀에게 약간의 재미를 주었다면 모를까. 완강한 프리카가 감각적 즐거움의 장에서 쫓아낸 많은 사람들 중에서 그녀는 자기 몫으로 심각한 유대인 중 하나, 결막에 담즙 얼룩이 있는 남자, 그리고 무역왕을 찍었다. 그녀는 그 유대인에게 인사를 건넸지만, 너무 슬렁슬렁, 맛없는 음식을 대하는 것 같았고, 그래서 거절당했다. 그녀는 매력을 재장전하고 연마해서 더 다정하게 이 흥미로운 불한당을 조준했는데, 그녀는 그에게, 머릿속으로 온통 손을 비비며, 가장 효과적인 본보기를 보이겠다고 제안했지만, 프리카가, 여전히 좌절감으로 속이 쓰린 채, 앙심을 품은 목소리로 장 뒤 샤[48] 씨가, 더블린 전역에 그 탁월한 재주로 너무 잘 알려져서 따로 소개할 필요도 없는 이분이, 친절하게도 활동을 개시하는 데 동의하셨다고 발표했다. 알바는 만족을 얻었겠지만 샤는 지체 없이 처참하게 망했고, 그녀는 즐거움을 억누르려고 애쓰지도 않았으며, 그 와중에 물론 그녀는 P. B.에게 요란하게 재청받았으니, 그가 위에 인용된 극히 사악한 경구를 쏟아 냈을 때, 그녀가 보기에 그보다는 덜하지만 고문서학자와 파라빔비는 희비가 엇갈리는 얼굴로, 프리카가 살짝 짓궂게 구는 데 놀라서, 연단에서 내려오는 그를 맞이하는 박수 소리를 못 들은 척하고 있었다.

이것이, 대충 말하자면, 벨라콰가 문간에서 맞닥뜨린 상황이었다.

그는 후줄근하게 젖은 꼴로 문간에 서서, 그의 거대한 안경을 움켜쥐고 (이것은 그가 조금이라도 당황한 듯 보일 위험이 있으면, 이걸 왜 이탤릭체로 쓰냐[방점으로 표기하냐] 하면 그는 언제나 당황하고 있었기 때문인데, 반드시 지참하는 예방책으로), 현관에서 갑자기 떠오른 작지만 훌륭한 논점 때문에 심각하게 신경 쓰이는 상태로, 그를 자리로 안내해 줄 누군가 친절한 친구를 기다리는 것이 틀림없었는데, 그런 그를 살펴보면서, 알바는 이렇게 제왕적인 멍텅구리 같은 사람은, 남자고 여자고 간에, 여태껏 본 적이 없다고 생각했다. 시시한 악의 굴종적인 교만 속에, 하느님이 되려고 하는구나, 그녀는 생각했다.

"저건 마치," 그녀가 곁에 있는 P. B.에게 말했다. "개 한 마리가 집에 들어오려는 것 같네요."

P. B.는 과장했고, 그는 부풀렸다.

"저건 마치," 그가 말했다. "음, 생각해 보니, 그가 그러지는 않겠네요."

그는 이 주정뱅이 깔이 자기 것이나 되는 듯이 키득거리고 쿵쿵거렸다.

억누를 수 없는 특별사면의 움직임으로 알바가 의자에서 뛰쳐나왔다.

"니뇨.*" 부끄러움도 격식도 없이, 그녀가 외쳤다.

멀리서 부르는 그 소리는 벨라콰에게 지하 감옥에서 주어진 한 잔의 광천수 같았다. 그는 비틀거리며 그것을 향해 나아갔다.

"침대에서 일어나," 그녀가 P. B.에게 명했다. "자리를 만들어요."

그 줄에 있던 모두가 한 칸씩 위로 이동해야 했다. 「로즈

---

* Niño. '소년.' 스페인어.

마리」[49]에 나오는 인디언 복장의 코러스 같다고, 알바는 만족스럽게 생각했다. 벨라콰는 맨 끝자리에 들어와서 감자 포대처럼 널브러졌다. 보라, 이제 드디어 그들이 나란히 놓였다. 그의 다음번 난제는 어떻게 맞은편에 있는 그녀 곁으로 가느냐 하는 것이었는데, 그가 어떻게든 한 인물의 오른쪽 옆으로 가려고 하면, 매번 P. B.에게 가로막혀 꼼짝달싹 못 하게 되기 때문이었다. 통계 전문가의 도움을 받을 필요도 없이 그가 바라는 순서에 도달하려면 그가 P. B.와 자리를 바꾸고, 알바는 제자리에 그대로 두면 되었지만, 그는 감탄사들이 나열되는 열광적인 분위기 속에서 귀중한 시간을 너무 많이 허비하느라, 가능한 여섯 가지 배열 방법 중에 오직 하나만 그의 조건을 충족한다는 사실을 이해하는 데 실패했다. 그는 보지도 않고 앉아서, 머리를 숙이고, 낡고 더러운 바지를 멍하니 잡아 뜯기만 했다. 그녀가 그의 소맷자락에 그녀의 손을 가져다 대자 그는 고개를 들고 그녀를 보았다. 그가 눈물을 쏟고 있었고 그녀는 넌더리가 났다.

"또 그런다." 그녀가 말했다.

파라빔비는 더 이상 참을 수 없었다. 그녀는 숨 막혀 죽을 지경인 고문서학자 곁에서 그녀의 목을 움켜쥐고 할퀴고 길게 잡아 빼면서 일반적인 방식으로 따져 물었다.

"그거 뭐예요? 그거 누구예요? 그거 프로메시?"*

"놀랐습니다." 어떤 목소리가 말했다. "참으로 놀랐어요. 셰필드가 로마보다 더 언덕진 동네일 줄이야."

벨라콰는 P. B.의 다정한 인사에 응대하려고 엄청나게 노력했지만, 그럴 수 없었다. 그는 바닥에 누워 그의 오직 하나뿐인 존재의 살짝 발그레한 허벅지에 머리를 기대고 싶었다.

"머리 둘 달린," 오비드학자가 말했다. "일신론적 허구를 소피스트들과, 그리스도와 플라톤이, 훼손된 순수이성의 행렬에서 잡아 뜯었으니."

누가 그들을 침묵시킬 것인가, 결국? 누가 그들의 입술에서 말을 절제할 것인가, 결국?

---

* *promessi.* '약혼자.' 이탈리아어.

프리카가 고집스럽게 그녀가 연단에 올랐음을 알렸다.

"마에스트로 곰리[50]가," 그녀가 말했다. "이제 연주합니다."

마에스트로 곰리는 스카를라티의 카프리초[51]를, 최소한의 도움이나 반주도 없이, 비올라다모레로 실행했다. 이것은 얘깃거리가 될 만한 성공은 거두지 못했다.

"플라톤!" P. B.가 비웃었다. "내가 플라톤이라는 말을 들었나? 그 지저분하고 왜소한, 소년원 출신의 뵈메[52] 같은 놈!" 그것은 누군가에게 뭐랄까 최후의 일격이 되었다.

"래리 오무르카하오다 씨가,"—프리카는 마치 그가 하이어워사[53]의 친척인 것처럼 그의 이름을 발음했다.—"이제 노래합니다."

래리 오무르카하오다 씨는 적당한 수준을 한참 초과하는 분량으로 본연의 이야깃거리를 납작한 누더기처럼 찢어발겼다.

"나는 더 못 견디겠어," 벨라콰가 말했다. "나는 더 못 견디겠어."

프리카가 막간에 시인을 집어넣었다. 그녀는 조력자들에게 이것이 영광스러운 기회임을 알렸다.

"이렇게 말하는 것이 정확할 것 같은데," 그녀는 이를 드러내며 거짓말했다. "이것은 그의 최신작 중 하나랍니다."

"소다 위에," 벨라콰가 신음했다. "식초를 붓는구나."[54]

"차라리," 알바는 그녀의 비참한 숭배자가 걱정되기 시작해서, 애써 다정하게 말했다. "나한테 치대기 전에 거미지 부인[55]이랑 잘해 보는 건 어때."

그는 절대로, 오 안 돼, 거미지 부인이든 누구든 그녀와 무엇이든 그녀의 어떤 단계의 경험에서든 아무것도 잘해 보고 싶은 욕망이 없었다. 그의 괴로움은 깊고도 꾸밈없었다. 그는 그녀를 그가 원하는 곳에 두겠다는 모든 희망을 버렸으니, 그는 그녀의 왼쪽에도 그녀의 발치에도 있을 수 없었다. 그의 영혼이 닻을 끌어올리기 전에, 그에게 남은 유일한 관심은, 그가 너무 오래 귀를 붙잡고 있지는 못하는 늑대를 처단해 줄[56] 어떤 친절한 친구를 구하는 것이었다. 그는 폴라 베어 쪽으로 몸을 숙였다.

"저기," 그가 말했다. "혹시 괜찮으시면—."

"모튀스!"* 문서광이 뒷줄에서 소리쳤다.

P.B.는 약간 노랗게 질렸는데, 그럴 만했다.

"저 사람이 시를 읊도록 가만히 있어요." 그가 쉬잇 하는 소리를 냈다. "그것도 못 해요?"

벨라콰는 크고 절망적인 목소리로, 그가 이해할 법한 외국어 단어를 말하면서, 자리로 돌아갔다.

"뭐야?" 알바가 속삭거렸다.

벨라콰는 퍼렇게 질려서, 약식으로 덤 크램보 놀이[57]를 하는 것처럼 브로브딩낵[58]의 왕을 흉내 냈다.

"뒈진다." 알바가 말했다. "뭐냐니깐?"

"저 사람이 시를 읊도록 가만히 있으라고." 그가 웅얼거렸다. "어째서 저 사람이 시를 읊도록 가만히 있지 못하느냐고?"

연보랏빛 살롱에서 유례를 찾아볼 수 없는 박수가 터져 나오는 걸 보니 그가 결국 해낸 모양이었다.

"지금이야." 알바가 말했다.

벨라콰는 고약한 공기를 깊이 들이마시고 그다음에, 혀가 꼬이는 문장을 쏟아 내면서, 어디서 주워들은 장광설을 다음과 같이 떠벌렸다.

"무관심하게 내가 내 과거의 슬픔을 기억할 때, 나의 정신은 무관심을 보유하고, 나의 기억은 슬픔을 보유한다. 정신은 자기 안의 무관심에 대하여, 무관심하다. 그러나 기억은 자기 안의 슬픔에 대하여, 슬퍼하지 않는다."[59]

"한 번 더," 그녀가 말했다. "더 천천히."

그가 친절하게 같은 말을 반복해 주는데 알바가 갑자기 어떤 생각을 떠올리고는 그를 멈추었다.

"집에서 봐." 그녀가 말했다.

"너 그거 있어," 벨라콰가 말했다. "왜냐하면 나는 없거든."

그녀는 그의 손을 그녀의 손으로 감쌌다.

"내가 알고 싶은 건." 학생이 말했다.

"너 할 거야?" 그녀가 말했다.

---

* Motus! '쉬잇!' 프랑스어.

94

"내가 신문에서 봤는데," 법조인이 샤에게 유쾌하게 말했다.
"뱃사람들이 에펠탑을 40톤이 넘는 노란색으로 칠하고 있답니다."

프리카는, 몇몇 변절자들을 집 밖으로 내쫓고 돌아와서
이야기의 흐름을 살짝 놓쳤지만, 연단을 다시 차지하려는
낌새였다. 그녀의 얼굴에는 울분이 번져 있었다.

"얼른," 벨라콰가 말했다. "그것이 시작되기 전에."

프리카가 그들을 쫓아와서, 분노의 격류를 퍼부었다.
벨라콰는 알바를 위해 현관문을 열어 두었고, 그녀는 좀 품위 있게
행동하려는 듯이, 그보다 먼저 나갔다.

"숙녀분 먼저." 그가 말했다.

그는 그녀의 집까지 택시를 타고 가자고 고집했다. 그들은
가는 도중에 할 말이 없었다. 주 타도라 레갈…*60

"네가 이 남자한테 돈 내줄 수 있어?" 그들이 도착했을 때
그가 말했다. "왜냐하면 난 술 사느라고 남은 돈 다 썼거든."

그녀는 가방에서 돈을 꺼내 그에게 주었고 그는 그 남자에게
요금을 주어 보냈다. 그들은 입구 앞의 아스팔트 위에 서서, 마주
보았다. 비는 거의 그쳤다.

"그럼," 그는 말했고, 그가 가기 전에 위험을 무릅쓰고 살짝
배즈맹**을 해도 될지 궁금했다. 그가 몸짓을 개시했지만 그녀는
움츠러들면서 문의 걸쇠를 열었다.

티르 라 세비예트, 라 보비네트 셰라.***61

이런 프랑스어 표현을 용서하시길, 그렇지만 이 피조물은
꿈도 프랑스어로 꾼다오.

"들어와." 그녀가 말했다. "불도 있고 술도 있어."

그는 들어갔다. 그녀는 의자에 앉을 것이고 그는 드디어 마루에
앉을 것이며 그녀의 허벅지는 그의 작은 탄저병 궤양에 찜질보다
나을 것이었다. 그 외에는, 술병과, 약간의 자연스러운 눈물 그리고
어느 쪽 털에 그는 그녀의 파르르 떨리는 손가락들을 내려놓을까.

---

* *Je t'adore à l'égal…* '나 그대를 사랑하는 것은 마치….' 프랑스어.

** baisemain. '손에 입맞춤.' 프랑스어.

*** *Tire la chevillette, la bobinette cherra.* '걸쇠를 당기면 빗장이 빠질 거야.' 프랑스어.

니히이트 뫼에에에에에에글리히….

이제 다시 비가 저 아래 지상에 흩뿌리기 시작해서 모든 종류의
크리스마스 교통 행렬에 큰 불편을 끼쳤는데 왜냐하면 그것이
서른여섯 시간 동안 쉬지 않고 계속되었기 때문이다. 라이프치히
태생의, 한 신성한 피조물에게, 벨라콰는, 뒤이은 공현절 전후에,
더블린 대학교의 펠로스 가든에서 날조된 12월의 강수량을 읊어
준 적이 있었는데, 그녀가 벌컥 소리쳤다.
　　"히미자크라크뤼치디르켄예주스마리아운트요제프운트블뤼트
게스크로이츠!"*
　　이것 비슷한, 전부 한 단어였다. 사람들이 종종 내뱉는 그런 것.
　　그러나 바람은 잦아들었으니, 바람이 약 올리기 좋아하는
모든 점잖은 남자들과 여자들이 잠자리에 든 시간의
더블린에서는 종종 그랬고, 다만 비가 일정하고 평온하게 내렸다.
그것은 만, 연안, 산맥, 평원, 특히 중앙 습지에 내렸고 그것은
다소 적막하고 일정하게 내렸다.
　　그래서 벨라콰 그 어수선한 피조물이 새벽에 가까운
한밤중에 알바의 집에서 나왔을 때는 어둠만이 보이는[62] 상황이
틀림없었다. 가로등은 모두 꺼졌고, 달과 별도 마찬가지였다.
그는 전차 선로 한가운데 서서, 창공의 구석구석을 살피고 그것이
완전히 검은색이라는 사실로 그의 정신을 만족시켰다. 그는
성냥을 그어 손목시계를 보았다. 그것은 멈춰 있었다. 참아야
하느니, 공중(公衆) 시계의 도움을 받을 수 있을 것이었다.
　　발이 너무 아파서 그는 완벽하게 좋은 부츠를 벗어 던지며,
일찍 일어난 새들을 위해 즐거운 크리스마스를 기원했다.
그다음에 그는 가는 길 내내 첨벙거리며, 발가락의 자유를
만끽하면서 집으로 가기 시작했다. 그러나 이렇게 얻어 낸 작은
편의는 생전 처음 겪는 극심한 복통으로 급속히 반전되었다.
이 때문에 점점 더 몸을 웅크리다 급기야 그는 그의 가련한

---

* Himmisacrakrüzidirkenjesusmariaundjosefundblütigeskreuz! '천상의 신성한
빌어먹을 예수와 마리아와 요셉과 염병할 십자가!' 독일어.

몸뚱이가 지평선과 평행해지도록 기어서 가다시피 했다. 그가 운하를 건너는 다리까지 왔을 때, 배것 스트리트도 아니고, 리슨 스트리트도 아니지만, 바다 근처의 다리였는데, 그는 항복하고 보도 위에서 무릎-팔꿈치 자세를 취했다. 점차 고통이 완화되었다.

저게 뭐지? 그는 그의 안경을 흔들어 떨어뜨리고 머리를 숙여서 보았다. 그것은 그의 두 손이었다. 지금 누가 그 생각을 했겠는가! 그는 그것들이 움직이는지 시험하기 시작해서, 주먹을 쥐었다가 풀고, 움직여 보기를 계속하며 그의 미약한 눈을 경탄시켰다. 마지막에 그는 그것들을 일제히 펼쳤으니, 손가락 하나하나 전부, 급기야 그것들이, 활짝 펼쳐져서, 위를 향한 채, 시큼한 냄새를 풍기며, 가늘게 뜬 그의 눈에서 I인치 떨어져서, 천천히 초점이 맞춰졌을 때는 이미 구경거리로서 그것들에 대한 흥미가 다하기 시작했다. 그가 그것들을 그의 얼굴 위에서 움직이자마자 어떤 목소리가, 이번에는 분노보다 슬픔이 조금 더 짙은 기색으로,[63] 그에게 계속 움직이라 명했으니, 고통은 훨씬 나아지고, 그는 그 명에 따르기에는 그저 너무 행복했다.

1. 미스탱게트(Mistinguett)는 20세기 초 프랑스의 레뷔 배우이자 가수로, '물랑루즈'와 '폴리베르제르' 같은 파리 카바레의 인기 스타였다.

2. 토머스 무어는 자신의 시를 혹평한 비평가와 격투를 벌였는데, 결투 상대에게 총알이 없는 권총을 주었다는 사실이 밝혀져 두고두고 놀림감이 되었다.

3. 「누가복음」1장에서 천사 가브리엘은 마리아에게 하느님의 아들을 수태했음을 고지한다.

4. 「마태복음」14장에서 헤롯 왕의 후처 헤로디아의 딸 살로메는 헤롯 왕의 생일에 춤을 추고 그 보상으로 어머니와 왕의 결혼을 반대한 요한의 머리를 쟁반에 담아 간다.

5. 배스 체어(bath chair)는 영국의 배스 지방에서 고안된 현대식 휠체어의 전신으로, 일인용 안락의자에 차양과 바퀴를 달아 노약자를 싣고 사람이나 동물이 끌 수 있도록 만든 일종의 소형 마차다.

6. 지롤라모 사보나롤라(Girolamo Savonarola)는 15세기 이탈리아의 설교자로, 로마교회를 비판하고 피렌체가 새로운 예루살렘이 되리라 예언하면서 엄격한 신앙 부흥책을 꾀했다. 사치와 향락을 유발하는 물건들을 모아 공공장소에서 불태우는 등 극적인 선전을 즐겼으나, 직접 불위를 걷는 기적을 보이겠다고 군중을 모은 자리에 소나기가 내려 민심을 잃었고, 얼마 못 가 이단으로 몰려

교수형당하고 시신은 불태워졌다.

7. 월터 윌리엄 스킷(Walter William Skeat)은 19세기 영국의 문헌학자로, 영어 어원사전을 집필했고 제프리 초서(Geoffrey Chaucer) 전집을 비롯한 여러 중세 문헌을 편집했다. 니콜로 파가니니(Niccolò Paganini)는 19세기 이탈리아의 바이올린 연주자로, 특유의 화려한 기교 때문에 악마에게 영혼을 팔았다는 소문에 시달렸다.

8. "그저 노래하네, 황혼 속에서 (Just a song at twilight)"는 19세기 아일랜드의 작곡가 제임스 몰로이(James Molloy)가 곡을 쓰고 작사가 클리프턴 빙엄(Clifton Bingham)이 가사를 붙인 유행가 「오래되고 달콤한 사랑 노래(Love's Old Sweet Song)」의 한 소절이다.

9. 존 바틀릿(John Bartlett)은 19세기 미국의 출판업자로, 성서와 셰익스피어 등의 인용문 모음집을 만들어 팔았으며 말년에는 방대한 셰익스피어 용어 색인을 출판했다.

10. 갈릴레이의 유명한 말 "그래도 지구는 돈다(Eppur si move)"를 변조한 것이다. 원래 이 말은 18세기 이탈리아 출신의 문필가로 영국에서 활동했던 주세페 바레티(Giuseppe Baretti)가 『이탈리아 도서관(Italian Library)』에서 지어낸 것으로, 갈릴레이가 직접 한 말은 아니다.

11. 기원전 5세기 그리스의 의사 히포크라테스(Hippocrates)가 쓴

『격언집(Aphorismi)』의 첫 구절 "인생은 짧고, 예술은 길다(Vita brevis, ars longa)"에서 따온 말이다. 그러나 원문의 맥락에서 이 문장의 의미는 '인생은 짧고, 의술을 익히는 데는 긴 시간이 걸린다'에 가깝다.

12. "시간을 들여 애써 다듬어라(Limae labor et mora)"는 기원전 1세기 로마의 시인 호라티우스가 쓴 『시학(Ars Poetica)』의 한 구절이다.

13. 해블록 엘리스(Havelock Ellis)는 19-20세기 영국의 의사로, 동성애와 자기애를 비롯해 인간의 성에 대한 과학적 연구를 개척했으며 훗날 정신분석에 영향을 주었다.

14. 월리 휘마닌(Wally Whimaneen)은 19세기 미국의 시인 월트 휘트먼(Walt Whitman)의 이름을 아일랜드 식으로 변형한 것이다. 또한 '월리'는 아일랜드 속어로 '공부만 하는 멍청이'라는 의미가 있다.

15. 베레지나 강은 1812년 러시아 원정에서 실패하고 후퇴하던 나폴레옹 군이 최후의 일격을 당해 많은 병력을 잃은 곳으로, 이후 프랑스어에서 '재앙'의 동의어처럼 쓰였다.

16. 탈레르 백작은 19세기 프랑스의 소설가 스탕달(Stendhal)의 『적과 흑(Le Rouge et le Noir)』에 잠깐 등장하는 불쾌한 졸부다.

17. 그로크(Grock)는 스위스 출신의 연예인 샤를 아드리앵 베타시(Charles Adrien Wettach)의

무대명이다. 그로크는 20세기 전반기 유럽 최고의 어릿광대로, "그러얼 리가아아아아아아아(Nisscht mööööööglich)"는 그의 대표적인 유행어 중 하나였다.

18. 켐피스는 『그리스도를 본받아』 1권 5장에서 성서를 "겸손하게, 단순하게, 성실하게(humiliter, simpliciter, et fideliter)" 읽어야만 마음의 양식이 된다고 조언한다.

19. 댄 1세(Dan the first)는 14세기 영국 문필가 제프리 초서를 가리킨다.

20. 이 노래는 스페인 아라곤 지방의 민속 춤곡 「호타(Jota)」의 레퍼토리 중 하나다.

21. 「마가복음」 8장 33절에서 베드로가 사람들 앞에서 자신의 죽음과 부활을 공공연히 말하는 예수를 말리려 하자 예수가 "사탄아 너는 내 뒤로 물러가라(Vade retro me satana)"라고 꾸짖는다. 이는 가톨릭교회의 구마 주문으로도 쓰인다.

22. 「요한복음」 8장에서 예수는 간통한 여자 앞에서 죄 없는 자만 돌로 치라 하여 여자를 구하고 11장에서 죽은 나사로를 되살린다.

23. 엠페도클레스(Empedocles)는 기원전 5세기경 그리스의 철학자로 말년에는 신을 자처했으며 기적을 보이기 위해 에트나 화산 분화구에 몸을 던져 자살했다고 전해진다.

24. 네모는 19세기 프랑스의 소설가

쥘 베른(Jules Verne)의 『해저 2만 리(Vingt mille lieues sous les mers)』에 등장하는 잠수함 노틸러스호의 선장으로, 인간 사회에 대한 염증으로 육지와 인연을 끊은 수수께끼의 인물이다. '네모(nemo)'는 라틴어로 '아무도 아닌 자'라는 의미이기도 하다.

25. 알렉산드르 보로딘(Alexander Borodin)은 19세기 러시아의 의학자 겸 작곡가로, 러시아적인 색채가 강한 서정적인 작품들을 남겼다. 「중앙아시아의 초원에서」, 「이고리 왕자」 등이 유명하다.

26. 예니체리는 14세기 오스만튀르크에서 창설한 군대로, 유럽에서 징용한 기독교인을 이슬람교로 개종시켜 술탄의 친위대로 삼았다.

27. 전설에 따르면, 로마를 건국한 남자들은 성대한 축제를 열어 이웃 지역의 사람들을 모으고 술에 취하게 한 다음 사비니의 여인들을 강간하여 신부로 삼았다. 다비드와 푸생을 비롯한 여러 화가들이 이 주제로 그림을 그렸다.

28. 쿠마이의 시빌라는 아폴론 신전의 무녀로, 오비디우스의 『변신(Metamorphosis)』 14권에서 죽은 아버지를 만나러 가는 아이네이스의 저승길 안내인으로 등장한다. 또한 시빌라는 베르길리우스의 『목가집(Bucolica)』에서 예수를 연상시키는 구원자의 탄생을 예언하며, 이 때문에 미켈란젤로가 그린 시스티나 성당의 천장화에 예언자 중 하나로 그려진다.

29. 17세기 프랑스의 동화 작가 샤를 페로(Charles Perrault)의 『옛날이야기(Histoires ou contes du temps passé)』에 수록된 「엄지 동자(Le petit Poucet)」에서, 엄지 동자는 생활이 궁핍해 자식들을 버리려는 부모의 계획을 알아채고 미리 주머니에 자갈을 채워 두었다가 집으로 돌아가는 길잡이로 삼는다.

30. 15세기 이탈리아 화가 토마소 마사초(Tommaso Masaccio)는 그의 동료였던 마솔리노 다 파니칼레(Masolino da Panicale)와 함께 각각 '덩치 큰 톰'과 '작은 톰'으로 불렸다. 여기서 저자는 런던 내셔널 갤러리에 전시된 마사초의 작품 「성모마리아와 아기」를 참조하고 있는 것으로 추정된다.

31. 15세기 이탈리아의 조각가 루카 델라 로비아(Luca della Robbia)는 테라코타에 백색 유약을 입혀 광택을 내는 독창적인 기법으로 일가를 이루었으며, 성모와 아기 예수의 모티프로 여러 점의 작품을 남겼다.

32. 이 책 258면 내용 참조.

33. 바스 부인은 초서의 『캔터베리 이야기(The Canterbury Tales)』에 등장하는 화자 중 유일한 여자로, 본인이 겪은 다섯 번의 결혼을 바탕으로 남녀 관계에 대해 능동적으로 이야기한다.

34. 풀어 쓰자면 과일 주스와 코코아, 시리얼, 야채 스틱과 야채 수프, 파와 닭고기 수프, 푸딩, 사과 소스와 젤리, 스낵 등으로, 술이나 마약은 일절 포함되지 않은 건강한 메뉴다.

35. 스뫼르브뢰드(Smørrebrød)는 납작한 호밀 빵에 버터를 바르고 다양한 토핑을 얹어 먹는 일종의 오픈 샌드위치다.

36. 「잠언」25장 11절에는 "적절히 한 말은 은 그림들에 있는 금 사과들 같으니라."라고 쓰여 있다.

37. 「전도서」7장 6절에는 "가시나무가 솥 밑에서 우지직 소리를 내는 것처럼 어리석은 자의 웃음도 그와 같나니 이것도 헛되니라."라고 적혀 있다.

38. 『신곡』 「지옥 편」 5곡에서, 단테는 육욕의 죄로 지옥에 간 영혼들 중에서 라벤나 영주의 딸 프란체스카를 발견한다. 프란체스카는 리미니 영주의 아들 조반니와 정략결혼 했으나 그의 동생 파올로와 사랑에 빠져 남편의 손에 살해되었다. 프란체스카는 "비참할 때 행복했던 옛 시절을 떠올리는 일만큼(ricordarsi del tempo felice) 괴로운 것은 없어요."라고 단테에게 말한다. 본문의 인용문은 조금 변형되어 있다.

39. 19세기 아일랜드 시인 제임스 클래런스 맹건(James Clarence Mangan)의 시 「음울한 로잘린(Dark Rosaleen)」 중 한 대목이다.

40. 조너선 스위프트의 풍자소설 『걸리버 여행기(The Gulliver's Travels)』에서, 걸리버는 라퓨타의 속국 발니바르비의 수도 라가도의 한 학자가 오이에서 햇빛을 추출하는 방법을 연구하는 것을 본다. 라가도의 학자들은 비현실적인 연구만 하여 발니바르비의 경제를 파탄에 빠뜨리는 것으로 묘사된다.

41. 셰익스피어의 『헨리 5세(Henry V)』에서, 아쟁쿠르 전투가 끝나고 부르고뉴 공작이 "온화한 평화"를 요구하자 헨리 5세가 평화를 원한다면 조건을 맞추어 구입해야 할 것이라고 말한다.

42. 도그베리는 셰익스피어의 『헛소동(Much Ado About Nothing)』에 나오는 익살스럽고 우둔한 경관의 이름이다.

43. 20세기 영국 작가 윈덤 루이스(Wyndham Lewis)는 1927년 발표한 『사자와 여우: 셰익스피어 희극에서 남자 주인공의 역할(The Lion and the Fox: The Role of the Hero in the Plays of Shakespeare)』에서, 사자 같은 면과 여우 같은 면을 조화시켜야 성공적인 통치자가 될 수 있다는 마키아벨리의 말에서 출발하여, 여우 같은 성질이 부족하고 사자 같은 야수성을 폭발시키는 셰익스피어의 왕들을 아프리카 부족사회의 족장들과 연결시킨다.

44. 레익스와 오필리는 16세기 잉글랜드가 아일랜드를 본격적으로 식민화하면서 대농장을 건설한

지역이다. 저자는 아일랜드 원주민들이 쐐기 모양으로 돌출된 머리 모양이었다는 학설에 관심이 있었고 이 특징을 등장인물 중 여러 사람에게 부여한다.

45. 켐피스는『그리스도를 본받아』 2권 3장에서 고난에서 벗어나려 하기보다 고난 속에서 가장 큰 평화를 누릴 수 있음을 알아야 하며 그런 자가 바로 "자기 자신의 정복자, 세계의 지배자, 그리스도의 친구, 천상의 계승자(haeres caeli)"라고 칭송한다.

46. 오비디우스의『변신』3권에서 수면에 비친 자기 이미지와 사랑에 빠진 나르키수스는 "만지는 것이 허용되지 않는다면 (…) 바라봄으로써 내 비참한 망상에 영양분을 댈 수 있게 해 주시오!"라고 외치며 옷을 찢고 "대리석처럼 창백한 두 손으로 드러난 가슴을 때려" 천천히 죽어 간다.

47. 이 시는 13세기 프랑스 시인 기욤 드 로리스(Guillaume de Lorris)가 시작하고 장 드 묑(Jean de Meun)이 이어 쓴『장미 이야기(Roman de la Rose)』에 나오는 것으로, 드 묑이 이어 쓴 2부에 등장한다.

48. 베케트는 1930년 장 뒤 샤(Jean du Chas)라는 이름으로 '집중주의'에 관한 글을 발표한 적이 있다.

49.「로즈 마리(Rose Marie)」는 1920년대의 인기 뮤지컬로, 오페라 가수 마리가 감옥에서 탈출한 오빠를 구하기 위해 정체를 숨기고 그를 잡으려는 경찰 잭과 함께 로즈라는

가명으로 로키산맥으로 떠났다가 사랑에 빠지는 이야기다. 대표 곡으로 「인디언 사랑 노래(Indian Love Call)」가 당대에 크게 히트했다.

50. '곰리(Gormely)'라는 이름은 멍청이를 뜻하는 '곰(gorm)' 또는 '곰리스(gormless)'와 연관된다.

51. 18세기 이탈리아 작곡가 도메니코 스카를라티(Domenico Scarlatti)의 하프시코드 소나타 G장조를 가리킨다. 스카를라티는 이 곡에 망상, 환상 등을 뜻하는 '카프리초'라는 부제를 달았다.

52. 17세기 독일의 신플라톤주의적 신비주의자 야콥 뵈메(Jakob Böhme)는 구두 직공으로 교육을 거의 받지 못했으나 신비체험을 겪고 책을 쓰기 시작해 철인으로 명성을 떨쳤다.

53. 하이어워사(Hiawatha)는 아메리카 원주민의 신화적 지도자로, 이로쿼이 동맹을 창설해 평화를 가져온 문명의 화신으로 추앙되었다. 미국 시인 헨리 워즈워스 롱펠로(Henry Wadsworth Longfellow)가 1855년 발표한「하이어워사의 노래(Song of Hiawatha)」의 주인공으로도 유명하다.

54.「잠언」25장 20절에서 "마음이 상한 자에게 노래하는 것은 추운 날에 옷을 벗음 같고 소다 위에 식초를 부음 같으니라."라고 한다.

55. 거지 부인(Mrs. Gummidge)은 19세기 영국 소설가 찰스 디킨스 (Charles Dickens)의『데이비드

코퍼필드(David Copperfield)』에
등장하는 괴팍한 미망인이다.

56. 로버트 버턴은 『우울의 해부』
3부에서 사랑에서 비롯된 우울의
치료법 중 최선은 "그들의 욕망을 풀어
주는 것"이라고 말하면서도, 사랑하는
연인이 법이나 관습에 의해 금지된
결혼을 기어코 한다면, "그 결과는
절망적이며," "그들은 늑대의 귀를
잡고 있는 것과 같고, 그들은 불타
죽거나 굶어 죽을 것"이라고 쓴다.

57. 덤 크램보(dumb crambo)는
정해진 단어와 음조가 비슷한 다른
단어를 힌트로 주고, 사람들이 원래의
단어를 추측해 몸짓으로 표현하게
하는 놀이다.

58. 브로브딩낵(Brobdingnag)은
스위프트의 『걸리버 여행기』에 나오는
거인국이다.

59. 4세기 로마 신학자 아우렐리우스
아우구스티누스(Aurelius
Augustinus)는 『고백록
(Confessiones)』 10권 21장에서
"기억은 정신의 내장"이라는 말로
기억과 정신의 관계를 규정하면서,
기억이 기쁘고 슬픈 일을 저장할 때는
그런 감정적 차원을 녹여 없앤다고
설명한다. 벨라콰는 이 대목을
요약해서 변형했다.

60. 19세기 프랑스 시인 샤를
보들레르(Charles Baudelaire)의 시
「나 그대를 밤의 궁륭처럼 사랑하오(Je
t'adore à l'égal de la voûte
nocturne)」를 인용했다.

61. 페로의 「빨간 두건 꼬마(Le Petit
Chaperon rouge)」에서 할머니가
늑대를 손녀로 착각해서 오두막에
들어오는 법을 알려 주는 말이다.

62. "어둠만이 보이는(darkness
visible)"이라는 구절은 원래 17세기
영국의 시인 존 밀턴(John Milton)의
『실낙원(Paradise Lost)』 1권 1편에서
신에 도전한 사탄이 지옥에 떨어져
맞닥뜨린 빛의 부재를 묘사하는
대목으로, 이는 「욥기」 10장 22절에서
신의 시험에 든 욥이 지옥에 떨어지기
전에 시험을 거두기를 청하며 "어둠의
땅은 (…) 빛도 어둠 같으니이다."라고
고하는 대목을 변형한 것이다.

63. 『햄릿』 1막 2장에서 호레이쇼는
햄릿에게 선왕의 유령이 나타났음을
고하면서 "분노보다는 슬픔이 어린
낯빛"이었다고 묘사한다.

사랑과 레테[1]

터프 씨 가족, 남편과 부인과 그들의 오직 하나뿐인 루비는, 아이리시타운의 작은 집에 살았다. 정찬이, 이 집에서는 점심때였는데, 끝났을 때, 터프 씨는 그의 방에 가서 누웠고 터프 부인과 루비는 주방에 가서 커피를 마시며 수다를 떨 참이었다. 어머니는 아담하고, 창백하고 통통했고, 변화를 거쳤음에도 감탄스러울 정도로 잘 보존되어 있었다. 그녀는 알맞은 양의 물을 냄비에 붓고 끓이기 시작했다.

"그가 몇 시에 오려나?" 그녀가 말했다.

"세 시 정도라고 했어요." 루비가 말했다.

"자동차로?" 터프 부인이 말했다.

"자동차로 왔으면 하던데요." 루비가 답했다.

터프 부인은 진심으로 그러길 바랐으니, 그녀는 파티에 동참하라는 초대를 받지 않을까 생각하고 있었기 때문이었다. 그녀는 딸의 앞길을 막느니 차라리 죽어 버릴 것이었지만, 그녀가 짐칸에 타고 얌전히 앉아 간다면, 자신이 즐거운 시간에 동참하는 데 반대할 이유는 없어 보였다. 그녀는 작은 분쇄기에 콩을 털어 넣고 맹렬하게 갈아서 가루로 만들었다. 루비는, 설상가상으로 신경쇠약이라, 그녀의 귀를 틀어막았다. 터프 부인은, 물을 올려놓은 쪽의 맞은편 소나무 탁자에 자리 잡고 앉아서, 창밖의 완벽한 날씨를 내다보았다.

"어디 갈 거야?" 그녀가 말했다. 그녀에겐 자녀를 염려하는 어머니의 자연스러운 호기심이 있었다.

"묻지 마세요." 루비가 답했으니, 이런 질문이라면 전부 질색이었다.

그들이 이야기하는 그 남자, 세 시에 자동차를 몰고 방문했으면 하는 그는, 하필이면 망할 벨라콰였다.

물이 끓자, 터프 부인은 일어나서 커피를 넣고, 불을 줄이고, 고루 저어서 좀 더 끓였다. 커피 끓이는 방법치고는 이상해 보이지만, 결과적으로는 마땅했다.

"너도 다과라도 내놓지 그러니." 터프 부인이 간청했다. 그녀는 빈둥대는 것을 못 참았다.

"아, 싫어요." 루비가 말했다. "진짜로 됐다고요."

복도에서 반 시간을 알리는 종이 울렸다. 두 시 반 넘어서, 그것은 아이리시타운에서, 행동 개시의 시간이었다.

"두 시 반!" 터프 부인이 벌컥 외쳤으니, 그녀는 그렇게 늦은 줄 몰랐던 것이다.

루비는 그보다 이른 시간이 아닌 게 기뻤다. 커피 향기가 주방에 퍼졌다. 커피를 앞에 두고 몽상에 잠기면 딱 좋을 시간이었다. 하지만 그녀는 어머니가 틀림없이 수다를 떨고 싶어 하고, 질문과 제안을 퍼부어 댈 것을 알고 있었다. 그래서 커피가 나오고 어머니가 자리를 잡고 앉아서 편안하게 이야기를 하려는 찰나에 그녀가 대뜸 말했다.

"내 생각에, 엄마, 엄마만 괜찮으면, 나는 내 커피 가지고 화장실에 가려고요, 속이 좀 불편해서요."

터프 부인은 루비의 변덕에 익숙했고 그것을 대개는 철학적으로 받아들였다. 하지만 이번 바람은 정말 좀 너무 유별났다. 화장실에서 커피라고! 아버지가 들으면 뭐라고 하시겠니? 그러나.

"로지너도 있는데," 터프 부인이 말했다. "그것도 화장실에서 같이 마실래?"

독자 여러분, 로지너는 독주 한 방울을 가리킨다.

루비는 일어나서 커피를 한 모금 마시고 빈자리를 만들었다.

"나는 글로리아로 할래요." 그녀가 말했다.

독자 여러분, 글로리아는 브랜디 섞은 커피를 가리킨다.

터프 부인은 차려 놓은 커피에 브랜디를 평소 허용치보다 더 적게 부어 주었고, 루비는 방에서 나갔다.

우리는 벨라콰에 관해 좀 알지만, 루비 터프는 이 지면에서 생경한 존재다. 이 놀라운 모험을 읽는 사람들이 뭐가 뭔지 모르겠다고 콧방귀를 흥흥 뀔까 봐 우려스러운 관계로 우리는 지금의 이 소강상태를 활용해서, 벨라콰는 아직 오는 중이고, 터프 부인은 주방에서 생각에 잠겼고 루비는 글로리아를 두고 몽상에 잠겨 있으니, 이 후자의 여성에 관해 좀 더 상세히 이야기하겠다.

오랫동안, 그녀 개인의 미모 때문에 그리고 또 아마도, 그보다는 덜하겠지만, 그녀의 독특한 정신 때문에, 루비는 수많은 와인 잔이 쏟아지는 계기가 되었다. 그러나 이제, 나이가 서른서넛 정도 되면서, 그녀는 더 이상 그런 존재가 아니었다. 우리가 그녀를 선택한 바로 그때 그녀의 외모가 어떠했는지 조금이라도 궁금한 사람이 있다면 우리는 감히 더블린 내셔널 갤러리에 걸린 페루지노의 피에타에 묘사된 막달라*를 가리켜 보이고 싶은데, 다만 우리 여자 주인공의 머리카락은 적갈색이 아니라 검은색이라는 것을 언제나 주지해야 한다. 불필요하게 이보다 더 많은 힌트가 주어지면 그녀의 외모가 우리를 속박할 것인데, 벨라콰는 그것을 거의 알아채지도 못했음을 유념하자.

생명의 실체는 그녀의 성미를, 고도로 낭만적이고 이상주의적인 그녀의 천성을 거의 원자 단위의 절망으로 환원했다. 그녀의 감상적 경험은 실로 불운했다. 그녀가 기대한 사랑은, 지금보다 더 젊고 더 군침 도는 여성이었을 때, 그녀와 그녀의 애인을 마치 쌍성을 이루는 태양처럼 강력하고 최종적으로 통합 또는 고정하는 것이어야 했지만, 그것이 잇달아 현현할 때마다 그 결과를, 알면 알수록 그녀는 그것을 꺼리게 되었고, 실망과 역겨움만 더했으니, 왜냐하면 그녀가 그토록 간절히 원했던 것은, 완전히 다른 체제에 속했기 때문이었다. 이 같은 성적인 절망의 결과, 첫 번째로, 그녀는 그런 경험을 완전히 삼갔고, 두 번째로, 천상의 연접을 맺고 싶어 근질거릴 때면 그보다 이상적인 방법에 의탁해서, 특히 음악과 위스키가 가장 효과적임을 알았고, 마지막으로, 내실을 향해 고양이 같은 소리를 내어 뭐든 간에 그것이 줄 수 있는 추레한 즐거움을 찾았다. 그러나 이, 앙바라 드 리셰스**는, 그녀가 경멸적인 태도의 젊은 여성인 한에서만 누릴 수 있는 것으로, 그녀의 매력이 격감하는 데 따라 비례 감각을 획득한 이들을 애써 호객하면서 자연스럽게 줄어들었다. 사랑의 결실은, 피가 뜨겁던 날들에는 비천하게

* 이 인물은, 번쩍이는 유리 케이스 뒤에 캔버스가 옹송그리고 있는 탓에, 부분별로 나누어 감상하는 수밖에 없다. 그러나 인내심이 있고, 기억력이 좋다면 화가의 의도에 근접하는 총체적 표현을 도출할 수 있다고 한다. —원주
** *embarras de richesse*. '처치 곤란한 풍요.' 프랑스어.

치부되더니, 그녀가 그것들에 대한 열의를 발견하자마자 신포도로
변했다. 과거에 그녀는 내키지 않아서 몸을 사렸지만, 이제는
하는 수 없이 그렇게 했으니, 차이가 있다면 이렇게 물러나 있을
때 그녀에게 위안을 주었던 희망이 사라졌다는 것이었다. 그녀가
보기에 그녀의 인생은 일련의 계단식 농담 같았다.

벨라콰, 그녀의 옷자락에 신성한 구애를 바치고 지극히
순종적으로 안전거리 바깥에서 그의 환희를 불구로 만드는 이
남자는, 형용할 수 없는 머나먼 연인 바로 그것을 표상했으니
한때 고향을 그리는 운석처럼 **그것**이 풍부했던 그녀는 무수히
많은 훌륭한 청년들을 이 연인의 제물로 바치곤 했다. 그리고
이제, 금속성의 별은 땅에 떨어져 빛을 잃었고, **그것**은 메말랐고
청년들은 떠났는데, 그가 나타나, 아이러니한 행운의 여신의
대리인처럼, 그녀의 정신에 그녀가 상실한 것을 상기시키고
그녀가 그리던 것에 대한 슬픔을 불러일으켰다. 그럼에도 그녀가
그의 존재를 용인한 것은 조만간, 취기가 오르거나 그저 그런
무절제로, 그가 급기야 자기 주제를 잊고 그녀를 품에 안으리라는
희망이 있었기 때문이었다.

이 모든 것에 덧붙여 사실 그녀는 오랫동안 불치의 질환을
앓았고 적어도 열다섯 명의 의사들에게 확진 판정을 받았는데,
그중 열 명은 무신론자에, 독자적으로 활동하는 인물들로, 그녀는
인생이 앞으로 훨씬 더 길게 이어지리라고 기대할 필요가 없으니,
우리가 확신하는바 아무리 신랄한 독자라도 인정할 수밖에 없을
것이라, 루비는 극단적으로 비참한 상황에 처했으며, 우리가 너무
멀지 않은 미래에 들려줄 수 있었으면 하는 사태는 신빙성이 있다
왜냐하면 우리가 보기에 벨라콰의 무책임함과, 불충분한 동기로
일을 저지르는 그의 능력은, 앞의 불운한 모험들에서 이미 충분히
밝혀져 더 이상 놀랄 일도 아니기 때문이다. 이 행실의 명백한
보상이 무엇인지 묻는다면 그는 어쩌면 정의의 색채를 띠고
자연의 법칙에 비유될 수도 있을 것이다. 정신병원은 그를 위한
장소였다.

그는 루비를 육성했고, 언제나 그리 신경 쓰지는 않았지만,
그녀가 그의 편에서 연기할 배역에 맞춰 그녀를 준비시키는 데

꼭 맞게 계산된 방식으로 신중하게 사랑을 나눴는데, 이 배역의 핵심은, 그녀가 다 영글었다고 판단되었을 때 그가 밝혔던바, 그녀가 그의 펠로 데 세*를 묵인해야 한다는 것으로, 그는 독자적으로 이것을 실행하지 못하는 것을 몹시 애석해 했다. 그가 어떻게 그 자신을 파괴하겠다는 결심을 굳혔는지 우리로서는 알 수 없다. 가장 단순한 방도는, 어떤 행동의 동기가 표현하기 어려울 정도로 잠재의식적인 경우, 그 행동을 엑스 니힐로**라고 칭하고 행하는 것이다. 우리는 이 문제를 현재 국면에서는 그냥 남겨 두고 따라오기를 간청하는 바이다.

정상적이고 양식 있는 여성이라면 '어째서?'가 아니라 (이것은 너무 심층적이라) '뭐라고?'라고 되물을 테지만, 가련한 루비는 언제나 그런 정교한 면이 부족해서, 벨라콰가 그의 계획을 밝히자마자 그녀는 그에게 이유를 알려 달라고 요청했다. 이때 그는, 우리가 알다시피, 제시할 것이 없었는데도, 이 점에 대단히 잘 대비해서, 그는 자기 끄나풀의 정신을 연구해서 이미 예측하고 있었기에, 그는 그때 거기서 성실한 연구로 제공할 수 있는 최선의 것을 그녀에게 퍼부어 댔다. 그것은 그리스와 로마의 이유, 질풍노도의 이유, 형이상학적, 미학적, 성애적, 반성애적, 화학적 이유, 아크라가스의 엠페도클레스와 십자가의 요한의 이유, 그러니까 진짜 이유가 아닌 모든 것이었으니, 진짜 이유는 존재하지 않았고, 적어도 대화 용도로는 없었다. 루비는, 이렇게 폭풍처럼 쏟아지는 동기에 짓눌려, 이것이 그녀가 의심했던 것처럼, 애송이가 일시적으로 터진 분통에 굴복한 것이 아니라, 어른이 만반의 준비를 하고 확고하고 심지어 고귀한 목적을 추구하는 것임을, 인정할 수밖에 없었고, 이렇게 인정함으로써 거의 기쁨에 가까운 상태로 이행했다. 그녀는 어떤 경우든 이미 끝장났는데, 이제 상당히 아름답게 쾅 하고 끝낼 기회가 생긴 것이었다. 그래서 일이 준비되었고, 필요한 조치가 취해졌고, 날짜가 그해 봄으로 정해졌고 장소가 그 근처로 선택되었는데,

---

 felo de se. '자살.' 라틴어.
* ex nihilo. '무에서 나왔다.' 라틴어.

10월의 베네치아는 아아 애석하게도 실행 가능성이 없어 기각되었다. 이제 그 운명의 날이 왔으니 루비는, 몰리 시그림 뒤에 철학자 스퀘어 씨가 숨어 있는 것 같은[2] 자세로, 똬리를 틀고 앉아 있었고, 그때 벨라콰는, 어마어마한 돈을 주고 시간제로 빌려 온 허세 넘치는 스포츠 로드스터를 타고, 아이리시타운을 향해 가속페달을 밟고 있었다.

그가 얼마나 격렬하게 이것을 행했는지, 제삼자 위험에 대비해 보험을 들기는커녕 그는 심지어 운전면허증 소지자도 아니었는데, 그는 속도를 내어 도로를 질주하면서 잔뜩 욕을 먹었다. 상류계급 보행자들과 자전거 탄 사람들이 그를 돌아보았다. "이 유선형의 대형차는," 그들이 고개를 흔들며, 말했으니, "명백한 위협이야." 도시 수비대는 시내와 교외의 여러 지점에서 그의 번호를 채 갔다. 피어스 스트리트에서 그는 마차 바퀴를 들이받아서 떨어뜨렸고 그 단면이 베드로가 고뇌 끝에 말고의 귀를 벤 것처럼 깨끗했는데,[3] 그래도 멈추지 않았다. 게다가, 어디였더라 저기 미친한 거리에서는, 어린애들이 사방치기나 공차기나 다른 놀이를 하는 것을 쭉정이 날리듯 우르르 흩뜨리기까지 했다. 그러나 끔찍하게 솟아오른 빅토리아 다리 앞에서, 그 엄혹한 분기점에서, 그 자신의 만용에 갑자기 공포가 밀려와 그는 차를 세우고, 내려서 그것을 밀어 올렸고 행인의 도움을 받아 다리를 건넜다. 그다음에 그는 오후 내내 얌전하게 운전해서 더 이상의 사고 없이 제시간에 그의 공모자의 집에 도착했다.

터프 부인이 벽력같이 문을 활짝 열었다. 그녀는 벨라콰에게 애정 공세를 퍼부었고, 그의 커다랗고 창백한 아가리는 상상 속의 방탕함으로 잔뜩 오용되었다.

"루비," 그녀는, 제삼자의 위치에서, 뻐꾸기처럼, 노래했다. "루비이! 루비이!"

그런데 그녀가 대체 곡조를 바꾸기는 할까, 그것이 의문이었다.

루비가 달랑거리며 계단을 내려왔는데, 아랫입술에 잇자국이 선명해서 벌에 쏘였다는 핑계도 더는 안 통할 지경이었다.

"보닛과 숄을 걸치도록 해." 벨라콰가 거칠게 말했다. "그리고 나가는 거다."

터프 부인은 경악해서 움찔했다. 그녀는 누가 그녀의 루비에게 그런 투로 말하는 것을 처음 들었다. 그러나 루비는 순한 양처럼 코트를 입었고 신경도 안 쓰는 것 같았다. 터프 부인의 입장에서는 그녀가 초대받지 못하리라는 것이 너무나 명백해졌다.

"간단한 다과라도 내놓을까요?" 그녀가 얼음 같은 목소리로 벨라콰에게 말했다. "나가기 전에?" 그녀는 빈둥대는 것을 못 참았다.

루비는 그렇게 어처구니없는 말은 들어 본 적도 없다고 생각했다. 나가기 전에 다과라니! 그들이 만약에 돌아온다면 그때에야 다과가 필요할 것이었다.

"엄마도 참," 그녀가 말했다. "지금 우리 나가야 되는 거 안 보여요."

벨라콰도 베일리에서 거하게 점심을 먹었다고 맞장구를 쳤다. 그에게 진실은 없었다.

"어디로 나가는데?" 터프 부인이 말했다.

"나가요," 루비가 소리쳤다. "그냥 나간다고."

그녀가 확실히 좀 이상한 분위기라고, 터프 부인은 생각했다. 그러나. 그들은 적어도 그녀가 문간까지 나오는 것을 막을 수는 없었다.

"어디서 나온 자동차예요?" 그녀가 말했다.

만약 여러분이 그 차를 봤다면 이것이 아주 자연스러운 질문이라는 데 여러분도 동의할 것이다.

벨라콰는 자동차 엔지니어의 회사 이름을 댔다.

"아 그렇구나." 터프 부인이 말했다.

터프 씨는 살금살금 창가에 가서 커튼 뒤에서 바깥을 훔쳐보았다. 그는 가족을 위해 뼈 빠지게 일했는데 고작 안전 자전거를 살 수 있었을 뿐이다. 쓰라린 표정이 그의 푸르뎅뎅한 얼굴 위로 번졌다.

벨라콰가 드디어 시동을 걸었는데, 정작 그 자신은 확실한 생각이 아무것도 없어서, 한참 클러치만 태우던 끝에, 그들은 할리우드 스타일로 돌진했다. 터프 부인은 어떤 응답을 받든지 롯을 향해 손을 흔들었을 것이었다.⁴ 허겁지겁 떠나는 것이 그들의 말을 대신하는 것이었을까? 루비가 떠나면서 내뱉은 못된 소리가, "우리가 보이면 오는 줄 아세요," 그녀의 귓가에 맴돌았다 그녀가 계단을 오르는데 터프 씨가 내려왔다. 그들은 지나쳐 갔다

"저 젊은이한텐 뭔가가 있어요." 터프 부인이 아래쪽에 대고 말했다. "마음에 안 드네요."

"애송이 새끼." 터프 씨가 위쪽에 대고 말했다.

그들 간의 거리가 점점 벌어졌다.

"루비가 너무 이상해요." 터프 부인이 아래쪽에 대고 소리쳤다.

"발랑 까진 년." 터프 씨가 위쪽에 대고 소리쳤다.

그는 비록 안전 자전거나 살 수 있는 수준이었지만 그럼에도 과묵한 남자였다. 술독에 빠지는 데도 좋은 점들이 있는 법이고, 그는 생각했으니, 이 냄새나는 세상에도 파랑새보다 좋은 것들이 있는 법이다.

애송이 새끼와 발랑 까진 년은 계속 달리기만 했고 그들 사이에는 죽음 같은 침묵이 흘렀다. 자동차가 어느 높은 산의 발치에 무사히 들어갈 때까지 그들은 한 마디도 나누지 않았다. 그러나 루비는 벨라콰가 뒷자리의 트렁크를 열고 가방을 꺼내는 것을 보고 이제 슬슬 어색해지는 침묵을 깨야겠다고 생각했다.

"뭐 가져왔어," 그녀가 말했다. "출산용품 가방 같은데?"

"소크라테스," 벨라콰가 답했다. "그의 어머니의 아들, 그리고 독미나리."

"아니," 그녀가 말했다. "헛소리 말고, 뭐야?"

벨라콰가 각각의 물건에 하나씩 손가락을 뻗었다.

"연발 권총과 총알, 베로날, 술 한 병하고 술잔, 그리고 표지판."

루비는 오한을 억누를 수 없었다.

"아이고 하느님," 그녀가 말했다. "무슨 표지판?"

"우리가 달아나는 곳에." 벨라콰가 답했고, 그녀가 그에게 말하라고 애걸해도 그는 한 마디도 더 말하지 않을 참이었다. 표지판은 그 자신의 생각이었고 그는 그것이 자랑스러웠다. 때가 되면 그녀는 좋든 싫든 그것을 받아들여야 할 것이었다. 그는

그것을 간직하고 있다가 그녀를 살짝 놀라게 해 줄 생각이었다.

그들은 침묵 속에 산을 올랐다. 도요새와 뇌조 비슷한 무언가가 사방에서 수풀 밖으로 휙휙 튀어나왔고, 토끼 여러 마리가, 그들의 형상대로 가만히 앉아 있다가, 깜짝 놀라서 달아났으니, 과연 사냥터지기의 자랑거리였다. 그들은 맹렬하게 돌진해서 무성한 히스 덤불과 산앵두나무를 헤치고 올라갔다. 루비는 땀을 흘렸다. 높은 철조망이, 지붕널처럼 산을 에워싸고, 그들의 길을 가로막았다.

"이 울타리는 대체 뭐람?" 루비가 숨을 헐떡였다.

어느 쪽이든 그들의 눈이 닿는 곳마다 위풍당당하게 자란 고사리가 철조망을 뒤덮고 있었다. 벨라콰는 설명을 짜내려고 그의 뇌를 괴롭혔다. 결국 그는 포기해야 했다.

"하느님 맙소사, 나는 정말 모르겠다." 그가 외쳤다.

그것은 확실히 가장 놀라운 일이었다.

숙녀 먼저. 루비가 철조망을 올라갔다. 벨라콰는, 그의 손에 가방을 들고 정중하게 기다리며, 그녀 다리의 진실한 모습을 즐겁게 흘끔거렸다. 그녀의 그 부위를 상세히 살필 기회를 얻은 것은 이번이 처음이었고 확실히 그가 예전에 본 것들은 이보다 나빴다. 그들은 계속 나아갔고 곧 정상이, 요정의 토담5에 완전히 에워싸인 모습으로, 시야에 들어왔는데, 그렇지만 여전히 제법 먼 거리에 있었다.

루비가 발을 헛디뎌 넘어졌는데, 하필 얼굴 쪽으로 부딪혔다. 벨라콰가 튼튼한 두 팔을 내밀어 그녀를 일으켜 세웠다.

"다치지 않았니?" 그가 다정하게 물었다.

"이 더럽고 낡은 치마가 발에 걸려서." 그녀가 화를 내며 말했다.

"그거 참 거추장스럽다," 벨라콰가 동의했다. "벗어 버려."

불현듯 루비는 이것이 정말 좋은 제안처럼 들려서 지체 없이 행동에 나섰고 페티코트 따위를 입지 않는 여성들의 일원이 되어 당당히 일어섰다. 가방에는 빈자리가 없어서, 벨라콰는 그 치마를 접어서 그의 팔에 둘렀고, 루비는, 몹시 편안해져서, 속바지 차림으로 정상으로 돌격했다.

벨라콰는, 앞서가다가, 갑자기 멈춰서, 박수를 치고, 빙그르 돌아서 루비에게 알았다고 말했다. 그는 마주 선 그녀가 무릎까지 빠지는 히스 덤불 속에 서 있다는 것을 날카롭게 의식하면서, 한숨 돌릴 수 있다는 것과 그것이 무엇인지 귀찮게 묻지 않는 것에 감사했다.

"그들은 저렇게 철조망에 덤불을 비끄러매서," 그가 말했다. "뇌조가 그것들을 볼 수 있게 한 거야."

여전히 그녀는 이해하지 못했다.

"그래서 울타리를 가로질러 날다가 다치지 않게 한 거지."

이제 그녀는 이해했다. 그녀가 취한 차분한 태도가 벨라콰를 괴롭혔다. 표지판은 이 찬란한 폭로보다 성공적이기를 바라는 수밖에 없었다. 이제 히스 덤불은 그녀의 스타킹 밴드까지 차올랐고, 그녀는 마치 유사에 빠진 사람처럼 히스 덤불 속으로 가라앉는 듯 보였다. 그녀가 무릎을 꿇고 굴복할 수도 있을까? '이 산의 정기가,' 벨라콰의 마음이 웅얼거렸으니, '나를 강건하게 지키네'.

차를 주차한 이후로 지금까지 그들은 살아 있는 영혼을 하나도 보지 못했다.

꼭대기에 올라가 그들이 맨 먼저 해야 했던 일은 물론 전망에 감탄하는 것, 특히 던레러 일대가 스리록 산과 킬마쇼그 산 등성이에 완벽하게 둘러싸인 모습, 항구가 푸른 바다에 탄원하듯 길게 뻗은 모습을 언급하는 것이었다. 젊은 사제들이 산비탈의 숲속에서 노래하고 있었다. 그들은 그들의 소리를 들었고 그들이 지핀 불에서 피어오르는 연기를 보았다. 서쪽 계곡의 낙엽송 조림지는 벨라콰의 눈에서 거의 눈물을 뽑아낼 지경이었는데, 그중 몇몇은 글렌두 산 비탈을 따라 제멋대로 자라나, 저 너머에 누운, 표범처럼 얼룩무늬를 이루었으니, 그는 싱[6]을 생각하며 기력을 회복했다. 위클로, 여드름 난 젖가슴들이 드글드글한 그곳에 관해서는, 그가 고찰하기를 거부했다. 루비도 동의했다. 북쪽으로 펼쳐진 평원과 도시는 그들 둘 다 그런 기분인 상태로는 아무 의미도 없었다. 인간의 똥이 토담 안에 있었다.

줄 하나로 제어되는 판토치니*처럼 그들은 히스 덤불이 무성한 서쪽 비탈에 몸을 던졌다. 이제부터 끝까지는 무언가 아주 세코하게** 펀치와 주디7처럼 착착 진행되니, 루비는 어느 때보다 더 야한 막달라처럼 보였고, 벨라콰는 매춘부의 행로8에서 튀어나온 감독관처럼 보였다. 그는 가방을 열지 않고 계속 미뤘다.

"나는 축음기를 가져올까 생각했어." 그가 말했다. "라벨의 「파반」하고. 그리고—."

"그리고 너는 또 생각했겠지." 루비가 말했다. 그녀는 중간에 끼어드는 너무 짜증 나는 습관이 있었다.

"오 그래," 벨라콰가 말했다. "평소처럼 창백하게 드리웠지."9 저 문학청년을 보라.

"안됐어," 루비가 말했다. "그게 있었으면 더 편했을 텐데."

행복한 인판타***여! 벨라스케스의 그림이 된 다음에는 어떤 팽솜****도 없었으니!10

"네가 치마를 다시 입어 주면," 벨라콰가 거칠게 말했다. "이제 걷는 건 끝났으니까 말이야, 그러면 내가 좀 편해지겠는데."

확실히, 사태는 더 힘들어지고 있었다. 이 시점에서는 아무리 사소한 것도 사과 수레를 뒤집어엎을 수 있었다.

루비는 귀를 쫑긋 세웠다. 이거 결국 선전포고인 거야? 그렇다면 그녀는 더 이상 그의 말에 따를 생각이 없었다.

"난 빠질래." 그녀가 말했다.

벨라콰는, 낙엽송 숲을 뚫어져라 바라보면서, 잠시 부루퉁했다.

"그래," 그가 이윽고 투덜거렸다. "우리 조금 마시고 시작할까?"

루비는 기분이 좋아졌다. 그는 가방을 되도록 조금 열고, 손을 집어넣어서, 술병을 잡아채고, 술잔들을 꺼낸 다음 얼른 닫았다.

"15년산이야," 그가 만족스럽게 말했다. "외상으로 샀어."

---

* fantoccini. '꼭두각시.' 영어.

** secco. '스타카토로 짧게 끊겨서.' 이탈리아어.

*** Infanta. '왕녀.' 스페인어.

**** pensum. '지루한 일.' 프랑스어.

그가 이래저래 빚진 모든 돈. 그가 지금 그것을 단번에 해내지
못하면 그는 거덜 날 것이었다.

"하느님 맙소사," 그가 외치면서, 주머니 속에서 열정적으로
손짓 신호를 보내는 것처럼 행동했다. "나 스크루를 깜빡했나 봐."

"흥," 루비가 말했다. "어쩜 그러니. 그 대가리를 깨 버려, 그
모가지를 쏴 버려."

그러나 스크루는 늘 그렇듯이 나타났고 그들은 쭉 들이켰다.

"너비 없는 길이,"[11] 벨라콰가 헐떡거렸다. "바로 그 생각이야,
더블린 바의 하이어워사."

그들은 또 한 잔 했다.

"그거면 둘이 네 잔씩 나오겠네." 루비가 말했다. "한 병에
여덟 잔 나온다고 하니까."

벨라콰가 술병을 치켜들었다. 그건 그녀의 말에 이의가
있다는 것이었다.

"세 잔까지 안 갈 거면 두 잔도 없어." 그가 말했다.

그들은 또 한 잔 했다.

"오 삶 속의 죽음이라니." 벨라콰가 고래고래 소리 질렀다.
"다시없을 날들."[12]

그는 가방을 덮쳐서 표지판을 끄집어낸 다음 그녀에게
보였다. 낡은 자동차 번호판 위에 대충 하얀색으로 칠한 것이 그녀
눈앞에 나타났다.

일시적으로 제정신이었다

IK-6996이 지워진 자리에 이 명문이 적혔다. 그것은
팰림프세스트였다.

루비는, 술김에 용기백배해서, 큰 소리로 비웃음을 흘렸다.
"그건 아니다," 그녀가 말했다. "그건 진짜 아니네."

실망스럽게도 그녀가 이렇게 말하는 것이 들렸다. 불쌍한
벨라콰. 서글프게도 그는 팔을 쭉 뻗은 채 표지판을 들고 있었다.

"네 맘에 안 드는 거지." 그가 말했다.

"별로야," 루비가 말했다. "너무 별로야."

"내가 의도한 건 표현 방식이 아니야." 벨라콰가 말했다. "내가 의도한 건 발상이라고."

그가 의도한 것이 무엇이든 마찬가지였다.

"나한테 채가 있다면," 그녀가 말했다. "그걸 파묻을 거야, 발상이고 뭐고 전부 다."

벨라콰는 그 불쾌한 물건을 전면이 아래로 가도록 히스 덤불에 내려놓았다. 이제 가방 안에는 화기, 탄약, 베로날 외에는 아무것도 없었다.

빛이 죽어 가기 시작했으니, 허비할 시간이 없었다.

"너는 총에 맞을래," 벨라콰가 말했다. "아니면 독을 먹을래? 전자라면, 어느 부위가 좋아? 심장? 관자놀이? 후자라면," 가방을 건네며, "알아서 해".

루비는 그것을 돌려주었다.

"장전해." 그녀가 명령했다.

"슈발리에 댕뒤스트리*는," 벨라콰가 총알을 집어넣으면서, 말했다. "거의 모두 그들의 뇌를 날려 버리지. 크뤼게르[13]가 그 규칙을 증명했어."

"우리 정확히 같이 죽는 것 아닌가 자기야," 루비가 느릿느릿 말했다. "그렇지?"

"아아," 벨라콰가 한숨을 내쉬었다. "뭘 기대할 수 있겠어? 하지만 몇 분 정도는," 너그럽게 연발 권총을 휘두르며, "달걀 삶는 데 걸리는 시간 정도, 영원에 비하면 그게 무슨 대수겠어?"

"그렇지만," 루비가 말했다. "둘이 같이 의식을 잃는다면 멋질 텐데."

"우선권의 문제는," 벨라콰가 연단에 선 것처럼, 말했다. "언제나 제기되지, 심지어 교황과 나폴레옹 사이에서도."[14]

"'교황 그 역겨운 놈,'" 루비가 인용했다. "'그가 그녀의 영혼을 탈색했으니…'"[15]

"하지만 아마 너는 그 이야기를 모를 텐데." 벨라콰가 연관성을 무시하고, 말했다.

---

* Chevaliers d'industrie. '사기꾼들.' 프랑스어.

"나야 모르지." 루비가 말했다. "그리고 나는 알고 싶지도 않아

"그래," 벨라콰가 말했다. "그렇다면 나는 그들이 엄격하게 공간적인 방식으로 그것을 해결했다고만 말해 두지."

"그러면 우리도 그렇게 하지?" 루비가 말했다.

가스가 어디선가 새고 있는 모양이다.

"우리는," 벨라콰가 말했다. "쌍둥이처럼—."

"길을 잃었지." 루비가 비웃었다.

"모래시계의 노예가 되니. 우리가 팔짱을 끼고 달려 나갈 공간은 없네."

"마치 세상에 하나밖에 없는 것처럼." 루비가 말했다. "쳇!"

"우리는 같은 곳에서 갈망에 빠지니," 벨라콰가 말했다. "그게 어려운 거지."

"뭐, 사소한 문제네." 루비가 말했다. "그리고 어쨌든 숙녀 먼저야."

"그러시든가." 벨라콰가 말했다. "내가 더 멋진 한 방이 될 테니까."

그러나 루비는, 그녀의 가슴을 활짝 펴거나 그녀의 머리를 꼿꼿이 세우고 터뜨릴 준비를 하는 대신, 술을 들이켰다. 벨라콰는 벌컥 화를 냈다.

"망할," 그가 소리쳤다. "우리 이거 전부 몇 주 전에 합의하지 않았어? 했어, 안 했어?"

"합의에 도달했지," 루비가 말했다. "확실히."

"그러면 이 빌어먹을 이야기를 왜 해야 되는데?"

루비가 그녀의 술을 마셨다.

"그리고 우리한테 술 한 방울은 남겨 줘야지." 그가 으르렁댔다. "네가 가고 나면 나도 그게 필요할 거라고."

그 형언할 수 없는 감각, 격분과 안도가 한데 뭉쳤다가, 이완하고, 차라리 비탄이, 외과의의 잘못을 적발한 고문 의사의 전신 감각이, 지금 벨라콰의 내부에서 폭발했다. 그는 갑자기 배 속이 뜨거워지는 것을 느꼈다. 저 개 같은 년이 발을 빼려고 해.

위스키는 대체로 루비에게 별처럼 반짝이는 느낌을 안겨 주었지만, 어째선지 이번에는 그녀에게 그런 식으로 작용하지

못했는데, 이것이 얼마나 특별한 경우였는지를 생각해 보면 그렇게 놀랄 일도 아니었다. 바로 그때 그녀를 깜짝 놀라게 하면서 연발 권총이 발사되었고, 다행히 피해는 없었으며, 총알은 인 테람* 어딘가 아무도 모를 곳에 떨어졌다. 그러나 확실히 순간적으로 그녀는 총에 맞았다고 생각했다. 간담이 서늘한 침묵이, 폭발에 뒤따랐고, 그 핵심에서 그들의 눈이 마주쳤다.

"하느님의 손길이야." 벨라콰가 속삭였다.

이 난관에서 누가 그의 행실을 심판할 것인가? 전적으로 야비하다고 비난받을 일인가? 그는 단지 젊은 여성이 당황스러운 상황을 모면할 수 있도록 신사답게 애쓴 것일 수도 있지 않은가? 그것은 요령이었나 아니면 색욕이었나 아니면 하얀 깃털[16]이었나 아니면 사고였나 아니면 무엇이었나? 우리는 사실을 진술한다. 우리는 그 의미를 추정하여 단정 짓지 않는다.

"디지투스 데이**야," 그가 말했다. "이번만은."

이 발언이 오히려 그의 속내를 드러낸다, 그렇지 않은가?

최초의 놀라움과 충격이 지나고 침묵이 그 격분을 소모시키자 격동하는 생혈이 우리의 젊은 두 흉악범의 가슴에서 샘솟아, 그들은 필연적으로 혼례에 도달했다. 우리의 지휘부에 극도의 경의를 표하며, 그들이 누운 히스 덤불에서 발끝으로 조심조심 빠져나오면서, 우리는 낮은 목소리로 이를 언급하는 바이다.

그것은 앞으로 오랫동안, 루비가 죽고 그가 늙은 낙관주의자가 될 무렵, 충분히 그의 자랑거리가 될 수 있을 것이니, 그 이전도 그 이후도 아닌, 적어도 이 경우에, 그는 그가 시도한 것을 성취했다. 카르,*** 만물을 노래하는 데 유능한 어떤 이의 말을 빌리자면, 라무르 에 라 모르****—카에수라*****—네 퀸 멤 쇼즈.******[17]

그들의 밤이 무슨 일이 있어도 음악으로 충만하기를.

---

* in terram. '땅 위에.' 라틴어.
** Digitus Dei. '하느님의 손길.' 라틴어.
*** car. '왜냐하면.' 프랑스어.
**** l'Amour et la Mort. '사랑과 죽음은.' 프랑스어.
***** caesura. '중간 휴지.' 라틴어/영어.
****** n'est qu'une même chose. '하나의 동일한 것이기에.' 프랑스어.

1. 단테의『신곡』「연옥 편」31곡에서 '나'는 베아트리체의 인도를 받아 지상에서 지은 죄의 기억을 씻는 레테의 강을 지나 천국으로 나아갈 준비를 한다.

2. 몰리 시그림과 스퀘어 씨는 모두 18세기 영국 소설가 헨리 필딩(Henry Fielding)의『업둥이 톰 존스 이야기 (The History of Tom Jones, a Foundling)』속 등장인물로, 몰리는 톰의 첫사랑인 사냥터지기의 딸이고 스퀘어 씨는 톰의 철학 선생이다.

3. 「요한복음」18장 10절에서 베드로는 예수가 유대인들에게 체포되는 것을 막기 위해 대제사장의 부하 말고의 오른쪽 귀를 벤다.

4. 「창세기」11장 19절에서, 소돔과 고모라가 신의 심판을 받아 롯의 가족이 피신할 때 롯의 아내는 뒤를 돌아보다가 소금 기둥으로 변한다.

5. 아일랜드에서 발견되는 원형의 소규모 토성(土城)으로, 고고학적으로는 고대 켈트인들이 마을을 둘러싼 경계선으로 만들었다고 추정되지만, 아일랜드 전설에서는 흔히 요정의 영역으로 간주된다.

6. 19세기 아일랜드의 극작가 존 밀링턴 싱(John Millington Synge)은 젊은 시절 위클로주(州)를 여행하면서 아일랜드 민속 문화와 게일어의 전통에 빠져들었고, 이를 바탕으로 아일랜드 문예부흥 운동을 이끌었다.

7. 「펀치와 주디(Punch and Judy)」는 펀치와 그의 아내 주디가 주인공인 영국의 전통 인형극으로, 대개 한 사람이 인형을 조종하며 잔혹하고 우스꽝스러운 상황을 연출한다.

8. 「매춘부의 행로(The Harlot's Progress)」는 18세기 영국 화가 윌리엄 호가스(William Hogarth)의 6면 연속화로, 시골 처녀가 런던에 올라와서 매춘부로 전락하고 죽음에 이르는 과정을 그렸다.

9. 『햄릿』3막 1장에서, 햄릿은 삶과 죽음의 기로에서 번민하며 "생각이 창백하게 드리우니(with the pale cast of thought) 결단이 본래의 제 빛깔을 잃고 해쓱해진다"라며 자신의 우유부단을 책망한다.

10. 17세기 스페인의 화가 디에고 벨라스케스(Diego Velázquez)는 유명한 「시녀들(Las Meninas)」을 포함해 스페인의 왕녀 마르가리타 테레사(Margarita Teresa)를 자주 그렸다. 19-20세기 프랑스의 작곡가 모리스 라벨(Maurice Ravel)은 「죽은 왕녀를 위한 파반(Pavane pour une infante défunte)」을 벨라스케스의 그림과 같은 분위기라고 언급한 적이 있다고 한다.

11. 기원전 3-4세기 그리스의 수학자 유클리드(Euclid)는 『기하학 원론(Stoicheia)』에서 선을 "너비 없는 길이"로 정의한다. 20세기 아일랜드의 작가 제임스 조이스(James Joyce)의 『피네간의 경야(Finnegans Wake)』 2권 2장에는 아버지에게 붙잡혀 들어간 셈, 숀, 이씨가 술집에서

유클리드의 『기하학 원론』을 함께
읽는 대목이 나온다.

12. 19세기 영국 시인 앨프리드 테니슨
(Alfred Tennyson)의 시 「눈물이,
부질없는 눈물이(Tears, Idle Tears)」의
마지막 구절이다.

13. 19-20세기 스웨덴 사업가 이바르
크뤼게르(Ivar Kreuger)는 사기에
가까운 혁신적 자본 운용 방식으로
거대 재벌을 형성했으나 1929년
대공황 이후 몰락해 1932년 자살했다.

14. 프랑스는 대혁명 이후
가톨릭교회를 대대적으로 탄압했으나,
나폴레옹이 1801년 로마 교황 피우스
7세(Pius VII)와 정교 협약을 맺고
프랑스의 가톨릭교회는 프랑스 정부가
관리하는 방식으로 가톨릭교회의
활동을 인정한다. 이는 혁명 이후
분열된 프랑스를 재통합하고 절대
권력자로서 나폴레옹의 지위를 다지는
기반이 되었다.

15. 루비가 "인용"하는 시는
베케트가 1930년에 출간한
「호로스코프(Whoroscope)」를
개인적으로 고쳐 쓴 버전의 일부다.
이 버전은 따로 출간되지 않았고,
현재 해리 랜섬 인문학 연구 센터
에이브러햄 레벤설(Abraham
Leventhal) 문서고에서 찾아볼 수
있다.

16. 19세기 영국 판화가 윌리엄 엘름스
(William Elmes)는 「말라깽이 꼬마가
파리로 몰래 기어드네—꼬리에 하얀
깃털을 달고서(Little Bony Sneaking
into Paris—with a White Feather
in His Tail)」라는 풍자화에서 러시아
침공에 실패한 나폴레옹이 파리에
혼자 돌아온 것을 겁쟁이의 상징인
하얀 깃털을 엉덩이에 꽂은 모습으로
묘사했다.

17. 16세기 프랑스 시인 피에르 드
롱사르(Pierre de Ronsard)의 시집
『엘렌을 위한 소네트(Sonnets pour
Hélène)』중 한 구절이다.

퇴장

어느 운명적이고 화창한 봄날 저녁 그는 걸음을 멈추고, 쉬기 위해서가 아니라 그 정경을 온몸으로 빨아들이기 위해, 죽은 보스 크로커의 말 경주장 한가운데 섰는데, 그곳은 더 이상 말을 찾아볼 수 없는 장소였다. 용감한 암말 프리티 폴리가 근처에 묻혀 있었다. 화창한 날씨에 이 광활한 곳을, 반짝이는 초록 풀로 뒤덮인 수에이커의 땅을 거니는 것은, 거의 샹티이 성 방향으로 그곳 경마장을 가로지르는 것만큼 좋았다. 이때 지팡이에 기대어, 북쪽으로는 구릉지 아래 레퍼스타운이 자리 잡고 남쪽으로는 투룩 산과 스리룩 산이 높게 솟은 가운데, 벨라콰는 좋았던 옛 시절의 말들을 애석하게 떠올렸으니, 그것들이 이 풍경에 줄 수 있었던 것을 다 자란 양과 새끼 양 무리는 줄 수 없기 때문이었다. 후자는 매 순간 이 세계로 튀어나오고 있었고,[1] 풀밭은 진홍빛 산후 분비물로 얼룩졌으며, 종달새들은 노래하고 있고, 산울타리는 부서지고 있고, 태양은 빛나고 있고, 하늘은 마리아 님의 푸른 망토였고, 데이지 꽃은 만발했고, 모든 것이 제자리에 있었다. 다만 뻐꾸기가 없었다. 그것은 묵상 중에 하느님이 끼어드는 것을 막기 어려운 그런 봄날 저녁 중 하나였다.

벨라콰는 그의 나머지 몸무게를 전부 지팡이에 기대고 그 정경을 눈여겨보며, 일종의 맹목적인 열정에 잠겨 있었고, 그의 암캐 케리 블루 테리어는 에메랄드빛 들판에서 그의 곁에 앉아 있었다. 그녀는 이제 늙어 가고 있었고, 더 이상 힘들게 사냥을 나가지 못했다. 그녀는 고양이를 나무 위로 쫓아 보낼 수 있었고, 그쯤이야 문제도 아니었지만, 그녀는 그 이상으로 움직이는 데 관심이 없었다. 그래서 그녀는 그냥 앉아 있었고, 크로커의 말 경주장에는 고양이가 없다는 것을 훤히 꿰고 있기에, 무슨 일이 벌어지는지 별 관심이 없었다. 새끼 양이 매애 하고 우는 소리가 그녀를 약간 흥분시켰을 뿐이었다.

아이고 하느님, 벨라콰에게 이런 생각이 떠올랐으니, 내가 1년 중 이 시기가 늦가을보다 더 좋다고 느낄 무렵엔 분명 나의 최상이 지난 다음이겠지.

이 생생한 생각은, 일단 인지된 다음에는 도무지 반박할 수 없었지만, 그가 옴짝달싹 못 할 정도로 그를 괴롭히지는 않았다.

그의 최상의 최악을 지나는 데는, 오히려, 그렇게 끔찍할 것도 없었다. 조만간 그는 눈에 눈물이 글썽글썽해서 돌로 된 정원 내부를 기어 다니고 싶어질 것이었다. 실제로 그 증거로, 행여나 증거가 필요하다면, 그는 괴로워하기보다 신이 나서, 지팡이에 기댔던 그의 몸무게를 일으켜 세워 앞으로 나아갔으니, 진정한 퇴락의 효과는 언제나 그를 물 위로 끌어올려 바싹 말렸을 뿐 뒤흔들지는 못했던 것이다. 암캐가 뒤따라 걸었다. 그녀는 덥고 지루했다.

천천히 그는 눈길을 들어 그의 목적지와 수평이 되도록 맞추었다. 톰의 숲, 그것이 멀리 나지막한 구릉을 장식용 빗처럼 아름답게 빛냈다. 거기서 그는 밀회를 가지곤 했지만, 그것은 그저 낚시꾼이 강에서 물고기를 잡는 것과 같은 의미였다. 그는 거기에 자주 드나들어서 안팎으로 전부 알았으나, 거기 식재된 나무의 이름만은 대지 못했을 것이다. 참나무, 아니면 느릅나무, 그가 모호하게 이름을 대 봐야, 설령 예전에 봤다고 해도 더 잘 알 수는 없었을 것이다. 이런 촌놈, 그는 참나무와 느릅나무를 구별할 줄 몰랐다. 그러나 낙엽송만은 그도 알았는데, 작은 뚱보였을 때 낙엽송에 올라간 적이 있었기 때문으로, 이 신생 조림지, 가슴을 저미는 회록색 숲이, 구릉 위에서 이때 그의 눈을 사로잡았다. 가슴을 저미는 동시에 위안을 주는, 그 효과는 그가 나아가는 동안 엄청난 위력으로 작용했다.

그는 자신의 아내가 남첩을 두는 데 동의하기만 하면 만사가 두루 얼마나 유쾌해질지 생각했다. 그녀는 그가 그녀를 얼마나 사랑하는지 알면서도 그녀에게 남첩을 구해 주겠다는 말은 들으려 하지 않았다. 그는 약혼만 했을 뿐이지만, 이미 피앙세를 아내로 여겼으니, 그 기대감은 이 같은 상태 변화에 착수하는 젊은 남자들이 모범으로 삼아야 마땅할 것이었다. 시시때때로 그는 그녀에게 그들의 결혼 생활을 아내의 뻐꾸기 놀음이라는 견고한 기반 위에 세우자고 촉구했다. 그녀는 그의 정서를 이해하고 납득했으며, 그녀는 그의 논거가 타당하다고 인정했지만, 그럼에도 그녀는 스스로 그에 맞춰 행동하기 싫었고 그럴 수도 없었다. 그는 꼴사나운 젊은 놈, 일종의 멍청한 톰 존스가 아니었다. 그녀는 혼례를 알리는 종이 울리기 전에 그녀의 난센스로 그의 애정을 말살할 것이었고, 그걸로 끝일 터였다.

이것과 그에 연관된 불안들을 그의 정신 속에서 거듭거듭 곱씹으며 그는 이윽고 말 경주장의 남쪽 경계선과 샛길에 다다랐으니 길게 이어진 맞은편 들판으로 가려면 여기를 가로질러야 했다. 그러니까, 넓은 면적의 평야, 산울타리와 도랑과 축복받은 풀밭과 데이지 꽃, 깊은 흉터 같은 도로를 지나고, 이를 다시 몇 번이나 반복해야, 그는 숲에 다다를 것이었다. 그 나이의 암캐가 넘기에는 벽이 너무 높아서, 그는 그녀가 건널 수 있도록 잿빛 궁둥이를 번쩍 들어올려 주었다. 그가 멈춰 서서 분석해 보았다면 이것은 그에게 즐거움을 주었을 것이다. 그러나 그 자신은, 장애물을 간단히 처리하면서, 생각했으니, 모든 것이 말해지고 행해짐이 젊고 활기차다는 것은 이 얼마나 찬란한 일이냐.

멀리 도로 끄트머리의 도랑에는 이상한 마차가 세워져 있었는데, 바퀴가 높은 구식 수레에, 누더기가 걸려 있었다. 벨라콰는 수레를 끄는 동물 같은 것이 없나 두리번거렸지만, 정신 나간 멍에가 하늘에서 떨어졌을 리도 없는데, 운송용 짐승 비슷한 것도 보이지 않았고, 심지어 소 한 마리 없었다. 수레 밑에는 완벽하게 전락하고 내쫓긴 거리의 떠돌이가 쪼그리고 앉아 무언가 또는 다른 일로 몹시 부산했다. 그것이 갓 태어난 새끼 양이라도 되는 듯이 햇빛이 이 아래로 내리쬐였다. 벨라콰가 전체적인 윤곽을 흘끗 보고 느낀 것은, 형편없는 부르주아, 그의 거세한 수탉 같은 아랫배에 대한 폭발적인 수치심이었다. 암캐가, 아주 쌀쌀맞은 태도로, 수레 가까이 다가가 누더기의 냄새를 맡았다.

"이그뭬여!" 부랑자가 벽력같이 외쳤다.

이제 벨라콰는 그가 하던 일을 볼 수 있었다. 그는 냄비 아니면 팬을 고치고 있었다. 그는 근심에 차서 그의 도구로 그 용기를 두드리고 있었다. 그러나 암캐는 집에 있는 것처럼 느긋했다.

"내 뱃지가 저즛네," 부랑자가 부드럽게 말했다. "겁징이여 내도 치암."

정말로 그의 바지가 그랬다!

이 사생활이란 그가 언제나 양도할 수 없다고 여겼던, 기독교인의 궁극적인 특권인데, 지금 그것이 누군가의 애완동물로 인해 훼손된 것이다. 그는 빌미를 잡았다고 할 만했는데도, 그의 목소리에는 아무 원한이 없었다. 그러나 벨라콰는 극도로 당황했다.

"좋은 저녁이네요," 그가 두려움으로 벌벌 떨면서 지껄였다. "아름다운 저녁이에요."

어떤 역경에도 맞설 수 있는 미소가 수레 밑 남자의 슬픈 얼굴을 변형시켰다. 그는 대단히 잘생겼고 무성한, 손질이 안 되었다고도 할 수 있는, 검은색 머리카락과 콧수염으로 덮여 있었다.

"끝내주네." 그가 말했다.

그 이후에는 더 이상의 언급이 불가능했다. 사과나 보상에 대한 문제가 아예 제기되지 않았다. 이 탁월한 인물에게는 본능적인 고귀함이 있었으니 그에게 사생활이란, 저녁 무렵 수레 밑에서 맛보는 그의 즐거움과 원통함은, 벨라콰가 운이 좋다면 언젠가 얻게 될 것처럼, 그렇게 획득되는 것이 아니고, 선행되는 것이라, 그는 모든 예의범절의 걸고리와 냄비 걸이들을 무장해제했다. 벨라콰는 그의 지팡이를 들어 애매모호하고 과장된 동작을 해 보이고 도로를 따라 내려가면서 이 땜장이, 이 진정한 인간의 삶에서 마침내 빠져나왔다.

그러나 그가 얼마 못 가서, 그가 아직 도로를 벗어나 들판의 다음 구역으로 들어가지도 않았는데, 그의 뒤에서 울음소리와 타라탄타라 하는 발굽 소리가 들렸다. 하필이면 그의 가장 소중한 루시, 그의 약혼녀가, 장엄한 암말의 등 위에서 두 다리를 쫙 벌리고 있었다. 고삐를 당기며 그녀는 그를 지나쳐 흙탕물을 튀기며 진짜 폭풍처럼 말을 돌려세웠다. 그녀의 탈것이 차분해지고 그녀 자신의 헐떡임도 다소 누그러들자 그녀는 깜짝 놀란, 말하자면, 약간 짜증 난 벨라콰에게 그녀가 어떻게 거기 왔는지 설명했다.

"아, 내가 잠깐 들렀는데 네가 나갔다고 하시더라고."

벨라콰는 암말의 부드러운 턱살을 어루만졌다. 불쌍한 짐승, 그것은 거품을 물도록 달렸다. 그것은 아주 하얀 눈으로 그를 보았다. 그것은 그가 친근하게 구는 것을 참고 견디려 했는데 왜냐하면 그런 것이 그것이 지켜야 하는 굴종적 상태였기 때문이지만, 그러나 그것은 죽기 전에, 인간을 물어 버리고 싶었다.

"그래서 나는 뭘 할지 모르겠어서, 그래서 네 생각은 어때?"

벨라콰는 상상이 안 되었다. 그 상황에서 할 일은 없지만 최선을 다하는 수밖에 없을 것 같았다.

"나는 지붕 위에서 일어났고 앤 언니도 그랬어."[2]

"아냐!" 벨라콰가 외쳤다. 이것은 즐거웠다.

"맞아, 그리고 나는 결국 널 발견했지, 여기 말 경주장에 혼자 있었잖아."

이것은 매혹적이었다. 벨라콰는 그녀의 다리로 몸을 뻗었다.

"자기야!" 그녀가 벌컥 소리쳤다.

"자," 그가 말했다. "자 자 자."

"그래서 내가 한달음에 도로를 따라," 그녀는 작은 동작의 성공으로 긴장이 풀려 있었다. "여기 이렇게 온 거야."

그녀는 그를 검거했고, 그녀는 그를 중단시켰고, 그것은 거의 영화에서 대양 쾌속선을 잡는 것만큼 좋았다. 그는 그녀의 구부러진 무릎에 키스했다.

"브라바!"

누군가 그를 이렇게 필요로 한다고 생각하니! 그는 감동받지 않을 수 없었다.

루시는 얼굴과 몸매가 매혹적이었고, 인간 전체가 대단히 완벽했다. 일례로, 그녀는 칠흑처럼 어둡고 변함없이 창백했으며, 그녀의 짧고 풍성한 머리카락은 채광창 같은 이마에서 깃발처럼 뒤로 휘날렸다. 그러나 그녀를 항목별로 기술하는 것은 시간 낭비일 것이다. 정말이지 이 젊은 여성은 결점이나 흠이 없었다. 그러나 우리는 그녀를 놓아주기 전에, 노쇠할 수밖에 없는 그녀의 가련한 몸에 관해 말해야 할 것 같은데, 그녀의 뒷다리는, 그것들이 시작되는 곳에서 끝나는 곳까지, 시뇨렐리[3]의 한 페이지를 당당히 장식했을 법했다. 그것을 이렇게 표현해 보자,

그녀의 승마용 반바지를 그것들이 뚫고 나왔다고. 여성의 다리에 관해, 허벅지까지 포함해서, 무엇을 더 말할 수 있겠는가? 아니면 이 모든 것이 그저 우스운가?

벨라콰는, 멀리서 훔쳐보기의 대상이 되었다는 처음의 황홀감이 사그라들자, 그녀가 대체 무엇을 원하는지 궁금했다. 그러나 그녀는 특별히 무언가 원한다기보다는, 그저 그와 같이 있고 싶은 것 같았다. 물론 이것은 거짓이었고, 그녀는 특별히 무언가를 원했다. 그러나.

"들어 봐 나의 소중한 루시." 그가 일종의 최후의 보루로써 말했다. "내 생각에 너라면 충분히 이해해 줄 것 같은데 말이야 있잖아 내가 오늘 저녁에는 나의,"—사실을 은폐할 수 있는 애정 어린 말을 찾느라 좀 머뭇거린 끝에—"나의 평클라인*4과 함께 시간을 보낼 수 없을 것 같아."

그러나 그녀는 아주 괴로운 표정으로 얼굴을 찡그렸다. 그녀의 이 도마뱀 같은 놈, 그는 상습적으로 그녀를 무시하고 딴청을 부리는 것 같았는데, 얼른 서둘러서 그가 주의하지 않았다면 그녀는 더 이상 그를 필요로 하지 않게 되었을 것이다.

"내가 설사를 해서," 그가 불평하고 사죄했다. "하느님이 나를 도우시기를, 나는 누구하고도 어울릴 수가 없는걸 하물며 사랑스러운 루시하고는."

사랑스러운 루체른, 사랑스러운 루시.

실제로 그녀는 사랑스러움 이상이라, 노벨상 받은 예이츠가 암시한 것이 있으나,5 그녀에게는 칠흑 같은 머리카락과 변함없이 창백한 얼굴, 능직 천으로 덮인 무릎과 검은색 저지 천 안쪽에서 살짝 땀 흘리는 단단한 가슴이 있었다.

이제 그녀가 나설 차례다.

그녀는 궁금했으니, 그는 정말로, 내가 그와 동행하고 싶어 한다고 상상한 걸까, 그것은 지금 나로서는 펜 닦개만큼 무용한 것인데. 펜촉에 잉크 덩어리가 끼어도 그냥 놔두지, 그것을 달리 표현하자면, 와인에 앙금이 쌓여도 그냥 놔두지.

---

* Fünklein. '작은 불꽃.' 독일어.

그는 말했고, 그녀가 알다시피, 그녀가 충분히 오래 가만히 있기만 하면, 어쩔 수 없이 그랬다.

"나는 그것으로부터 퇴장한다는 의미로 밖에 나갔어."

"무엇으로부터 퇴장하는데?" 루시가 외쳤다. 그녀는 그의 감정 기복이 지긋지긋하고 피곤했다.

"아 나도 몰라," 그가 말했다. "우리의 오랜 친구, 악마의 욕조[6]일까."

그는 그의 악마의 손가락을 들어 암말의 털가죽에 도안을 끼적거리면서, 그것을 어떻게 그릴 수 있을지 궁금해했다.

"그다음에 내가 생각해 보니까," 그가 마침내 말했다. "숲에 가서 잠시 수르숨 코르다* 하는 게 최선이겠더라고."

이 또한 거짓이었으니, 왜냐하면 숲은 그의 생각을 하루 종일 잠식했기 때문이다. 그는 일종의 비참한 확신에 차서 그것을 말했다.

"코르다**는 좋지." 루시가 말했다.

그녀가 영악한 미소를 지으며 이 단어들을 말할 때 진실이, 또는 그와 아주 흡사한 무언가가, 그녀를 거칠게 후려쳐서 그녀는 거의 안장에서 떨어질 뻔했다. 그러나 그녀는 그녀 자신을 추슬렀고 벨라콰는, 말고삐 근처에서 어정거리며 재앙을 자초하던 중이라, 아무것도 보지 못했다.

"내 생각에," 그가 슬프게 말했다. "너는 이렇게 사적인 경험은 믿지 않을 거야, 내가 아는데 여자들은 보통 그런단 말이야. 그리고 만약 네가 지금 그런 것을 불신한다면—"

그는 멈췄고, 너무 명백하게도, 심지어 암말도 눈치챌 정도로, 그는 너무 멀리 갔다.

그동안 암캐는 내내 무엇을 하고 있었나? 그녀는 도랑가에 앉아서, 듣고 있었다.

태양이 남쪽으로 내려가는 모양인지, 이 집단은 이제 전부 다 루시의 왼편에 있는 높은 산울타리가 드리우는 그림자 안으로

---

sursum corda. '마음을 드높이.' 라틴어.

* Corda. '마음.' 라틴어.

들어갔지만, 확실히 그녀의 오른편에 있는 말 경주장은 여전히
빛나고 있었다. 종달새들은 둥지로 돌아갔고 떼까마귀들은 떠나고
있었지만 목가적인 떠들썩함은 그치지 않아서, 새끼 양들은 빛이
사라질수록 더 시끄럽게 울어 댔고 개들은 멀리서 짖어 대기
시작했다. 그러나 뻐꾸기는 여전히 유보 상태였다. 벨라콰는 도랑
쪽으로 물러서서 우유부단하게 그의 애완동물 곁에 서 있었고,
암말은 고개를 숙인 채 눈을 감고 있었으며, 루시는 그것의 등
위에서 꼼짝 않고 앉은 채로 정면을 응시하고 있어, 그들 모두,
여자, 암캐, 암말, 남자는, 귀를 기울이고 있는 것처럼 보였다.
부랑자는 그의 인접한 바큇살 사이로 그들을 볼 수 있었으니, 그는
충분히 멀리 있어서 적당한 위치로 머리를 움직이면 집단 전체가
바퀴의 한 부분 안으로 들어왔다.

　　루시는, 그녀의 끔찍한 추측을 증명하기로 결심하고, 서둘러
그녀의 연인에게 창피를 주어 타협을 이끌어 냈으니, 행동 방침에
관한 한 그는 물론 그녀의 손에 쥐인 밀랍 같았기* 때문이다.
그들은 숲으로 들어가는 오솔길 쪽 입구에서 만나기로 했는데,
그는 전원을 곧바로 가로질러 그의 길을 가고 그녀는, 암말을
몰고 벽과 도랑을 지나는 게 전혀 불가능했기에, 도로를 따라
돌아서 그녀의 길을 가기로 했다. 어떤 역경이 그들을 가로막아
이 지점에서 그들의 길에 출자하지 못하게 했는가? 집단은 깨졌고
얼마 안 있어 부랑자는, 그가 엿보던 틈새로, 녹색 띠를 두른
잿빛의 도로만 보았다.

　　루시는 경쾌한 걸음으로 말을 몰았다. 이 움직임의 효과로
그녀는 대개 신이 났지만, 이번에는 그러지 못했음을 우리는
지적할 수 있을 터인데, 그녀는 불현듯 떠오른 벨라콰의 이미지에
너무 동요해서, 만약 그것이 사실이라면, 그녀의 친구로서,
일생의 여정을 함께할 그녀의 동반자로서, 그는 지옥에나 떨어질
것이었다. 만약 그녀가 두려워하는 일이 사실이라면 그녀의
마음은 부서지고, 그녀의 약혼은 말할 것도 없었다. 하지만 진짜
그럴까? 이 좋은 집안의 젊은이가, 그녀가 아는 한에는 매사에

---

*「핑걸」 참조. —원주

그렇게 고결하고, 정신적으로 그렇게 심오하고, 게다가 대학에
있는 사람이, 그렇게 징그러운 벌레일 수 있을까? 생각조차 할
수 없는 노릇이지만 그녀는 그의 진짜 본성에 전혀 무지했는지
그녀의 사랑이, 이제 1년도 넘었는데 포트러시의 팔레 드
당스*에서 발작적으로 태동하여, 매일매일 꾸준히 자라 이제는
병적인 열정 같은 것에 육박하도록 내버려 두었던 것이다. 그러나
동시에 그녀는 번뜩 떠오른 그 무시무시한 진단이 그녀가 여태껏
속내를 알 수 없었던 그의 특정한 행동들에 완벽하게 부합한다는
것을 인정할 수밖에 없었으니, 그의 온갖 유아적인 말들, 이를테면
그와 함께 음악처럼 살아가되 몸은 다른 사람의 아내가 되라는 둥,
'수르숨 코르다'와 '사적인 경험'으로 귀결된 그의 온갖 장광설이며,
그들의 로맨스가 처음 시작될 때부터, 그는 저녁 무렵이면
그녀를 떠나 모래언덕을 배회하곤 했는데, 바로 지금, 혼례 바로
전날까지 이러고 있으니, 그녀는 언제나 이 시간을, 결말이 어떻게
나든 간에, 소나무 조림지에서 목이 졸린 것처럼, 생각하게 될
것이었다.

　그래도 이제 작고 예쁜 독일 소녀는 진정이 되었고,
"비 하임리히!"**라고 되뇌며 그녀의 해럴즈 크로스 출신
탄츠헤어***와 동시에 솔잎 덮인 땅을 올랐다.

　붉은 산사나무 산울타리 사이로 오르막길이 굽이굽이
이어졌다. 루시는, 먼저 도착하려고 안달해서, 계속 빠른 걸음으로
암말을 몰았고, 무릎에 힘을 꽉 주면서 오르락내리락하는 어려운
동작을 미세한 타이밍으로 조절했다. 그러나 너무 집중한
나머지 손 닿는 곳에 쥐똥나무가 있었을 텐데 그녀는 알지도
못하고 관심도 없어서, 그 꽃들은, 그늘이 길어지면서 이제 막
가장 아름다운 모습으로 저물어 가고 있었지만, 말을 타고 가던
불행한 여성에게 아무 인상도 남기지 못했다. 그녀가 전혀 본
적이 없는 그 숲, 그 모든 악행의 근원이, 그녀 바로 앞에 약간

---

* Palais de Danse. '무도회장.' 프랑스어.

** Wie heimlich! '어쩜 그렇게 은밀하게!' 독일어.

*** Tanzherr. '남자 무용수.' 독일어.

거리를 두고 모습을 드러냈으니, 벌목공 오두막이 즐비해서 마치 울타리를 두른 것 같았지만, 그 이면의 은밀한 것들을 숨길 정도로 조밀하지는 않았다. 그녀는 높이 솟은 연기 기둥이, 마치 독일 가곡처럼, 기호들의 매연처럼, 소나무 숲의 짙은 녹색을 배경으로 너울거리는 것을 피해서 움직였다.

벨라콰는 이것들을 보았으니, 나무들, 연기 기둥, 산사나무, 죽은 새끼 양들이 산울타리 위에 누워 있는 것까지, 1년 중 봄의 상징들을 모두 보았다. 그는 그러려고 했다. 그리고 루시는, 정신의 갑작스러운 혼돈 속을 헤매느라, 아무것도 보지 못했다. 작고 가련한 루시! 그녀는 그 무심한 말, "코르다는 좋지" 이후로 그녀를 사로잡은 생각을 떨쳐 내려고 발버둥쳤지만, 그럴수록 그것은 다른 모든 것을 몰아내면서 오히려 득세하는 듯했다. 그녀의 다정한 벨라콰가 그녀가 사랑했던 연인의 자리를 벗어나 그 모든 혼란스럽고 어두운 행실 속에 극도로 불쾌한 묘사에나 어울리는 진부한 염탐꾼으로 전락한 것은 용감한 소녀가 그녀의 정서 체계에 심대한 충격을 준다는 이유만으로 간단히 제쳐 둘 수 있는 문제가 아니었다. 두 명의 벨라콰, 오래 알고 지낸 소중한 수수께끼와 이제 뻔하게 드러난 비열한 인간이, 그녀의 마음과 잔혹한 배틀도어7 게임을 하고 있었다. 하지만 그녀는 잠들기 전에 둘 사이에서 결정을 해야 했고, 그녀는 어떻게 해야 하는지 몰랐지만, 그녀는 아무 계획도 없었지만, 어떻게든 그녀는 그것을 할 것이었다. 어떤 혐오스러운 진실이 그녀 내부에서 태동하더라도, 확실한 것이 유감스러운 것보다는 낫지 않겠는가?

이제 완연히 황혼이었다.

소리 없는 최고급 리무진이, 다임러가 틀림없었는데, 술 취한 나리가 몰던 그 차가, 경고도 하지 않고 아슬아슬하게 커브를 돌다가 암말의 흉골을 무시무시하게 들이받았다. 루시는 끔찍하게 뒤로 나자빠져서 다리를 허우적거리며 뒷몸을 부딪혔고, 척추의 기저부가, 그다음에는 두개골의 기저부가, 땅바닥에 사정없이 처박혔으며, 암말이 그녀 위로 쓰러졌고, 자동차 바퀴들이 덜컹거리며 암말의 나머지 부분 위로 밀고 올라왔으니, 암말은 거기서 그때 그 황혼 속에서, 상 주테 윙 크리,* 숨을 거뒀다.
그러나 루시는 그렇게 운이 좋지 않아서, 평생 절름발이로 살았고
그녀의 아름다움은 끔찍한 손상을 입었다.

이제 벨라콰가 움직일 차례다.

그는 시간에 맞춰 랑데부 장소에 도착했고, 루시가 거기서
그를 맞이하리라 기대했는데, 왜냐하면 그는 오는 도중에 저녁의
인상에 감탄하며 한참 어슬렁거렸기 때문이었다. 그는 입구를
기어올라 풀밭에 앉아서 그녀가 오기를 기다렸지만, 물론 그녀는
나타나지 않았다.

"빌어먹을," 그는 급기야 개에게 말했다. "그녀는 내가 여기서
밤새 기다리기를 기대하나?"

그는 그녀에게 5분을 더 주었고, 그다음에 그는 자리에서
일어나 구릉으로 걸어 올라가서 숲가에 이르렀다. 거기서
그는 몸을 돌려 그의 약한 눈으로 어두워지는 풍경을 훑었다.
그녀가 바로 전에 지붕 위에 서서 그를 열렬히 찾은 끝에 비로소
발견했듯이, 이제는 그가 구릉 위에 섰으나 그녀와는, 이런 차이가
있었으니, 그는 그렇게 열렬하지 않아서 그녀의 자취조차 보이지
않았을 때 오히려 안도했다. 조금씩 실제로 그는 그녀를 찾길
멈추고 그 대신 정경을 바라보았다.

바로 이때 그는 격통이 치미는 것을 느끼며, 멀리서 헐떡거리는
소리를 들었는데, 크렉스-크렉스, 크렉스-크렉스, 크렉스-크렉스,
그해 처음으로 흰눈썹뜸부기가 우는 소리였다. 격통이 치밀었던
것은, 그가 아직 뻐꾸기 소리를 듣지 못했기 때문이었다. 그는
어디선가 뭔가 틀림없이 잘못됐다는 느낌을 지울 수가 없었는데
날이면 날마다 뻐꾸기 소리를 듣던 남자에게 갑자기 흰눈썹뜸부기
소리가 들린 것이다. 전자의 새가 들려주는 벨벳 같은 3도 화음과,
그 행복의 약속은, 그에게 허락되지 않았고,[8] 그가 결코 본 적 없는
것이 토해 내는 죽음의 헐떡거림이 대신 제안되었다. 벨라콰가
불길한 징조를 심각하게 여기지 않아 다행이었다. 그는 암캐를
나무에 묶고, 그의 솔방울 같은 눈을 켜고 숲으로 들어갔다.

---

sans jeter un cri. '외마디 비명도 내지르지 않고,' 프랑스어.

그가 루시 탓으로 돌린 그 모든 지연으로 인해 그가 평소 다니던 때를 한참 넘긴 시간이었고 숲속은 매우 어두웠다. 그가 평소 이용하던 모든 은신처에서 허탕을 치고 소용없다며 포기하고 집에 돌아가려는 순간 불현듯 그는 움푹 꺼진 곳에서 퍼덕거리는 백색의 반짝거림을 감지했다. 이것은 프로일라인*과 친구였다. 벨라콰는 조심스럽게 뒤에서 다가가 잠시 지켜보았다. 그러나 이번만은, 그에게 무슨 문제가 있었든 간에, 그는 그 공연에 별로 열의가 없는 것 같았고, 실제로 너무 열의가 없어서 아무것도 안 보고 멍하니 어둠 속을 응시하고 있자니 스스로도 놀랄 지경이라, 위에서 그를 짓누르는 숲의 무게와 어둠과 침묵만을 감각하고 있을 뿐이었다. 마치 바닷속처럼 몹시 숨이 막혔다.

그는 결국 몸을 일으켜 발끝으로 이끼를 밟으며 들키지 않도록 살금살금 자리를 떴다. 그는 집에 가서 루시 곁에 앉아 축음기를 틀고 그가 그때 어떻게 느꼈는지 알아볼 것이었다. 그러나 그는 지면 가까이 솟은 썩은 나뭇가지에 발이 걸렸고, 그것은 요란한 소리를 내며 부러졌고 그는 앞으로 고꾸라져 얼굴을 부딪혔다. 그다음에, 무슨 일이 벌어졌는지 그가 거의 깨닫기도 전에, 그는 여기저기 나무를 헤치며 달리기 시작했고 격노한 탄츠헤어는 발을 쿵쿵 굴리며 뒤에서 바짝 추격했다.

지형을 잘 알기 때문에 벨라콰가 누릴 수도 있었을 모든 이점은 그의 발이 이래저래 벗겨져서 그냥 걷기도 괴로울뿐더러, 하물며 달리기는 고문이었다는 사실로 넉넉히 상쇄되고도 남았다. 그가 암캐를 묶어 두고 숲으로 들어간 지점이 가까워졌을 때 그는 빠르게 추격당하고 있으며 돌아서서 싸우는 수밖에 다른 도리가 없음을 깨달았다. 지팡이를 짧게 잡고 속도를 늦추면서 그는 나무가 무성한 곳을 피해 달리다가 갑자기 멈춰 서서 몸을 돌리고, 양손을 써서 날카로운 지팡이 끝으로 추격자의 하복부를 쑤셨다. 이 일격은, 비록 좋은 생각이었지만, 서툴게 실행되었다. 탄츠헤어는 그것이 날아드는 것을 보았고, 춤추듯이 가볍게 그

---

* Fräulein. '처녀.' 독일어.

궤적을 피한 다음, 곡선으로 미끄러지며, 머리를 숙이고, 힘을 모아, 사냥감을 향해 돌진해서 그를 땅바닥으로 밀어붙였다.

이제 격렬한 싸움이 뒤따랐다. 벨라콰는, 여자처럼 싸우면서, 발로 차고, 할퀴고, 잡아 뜯고 깨물며, 신사답게 저항했다. 그러나 그의 힘은 그의 속도만큼 형편없었고 그는 금세 울면서 자비를 구해야 하는 처지가 되었다. 그러자 승리자는, 무자비하게 얼굴이 바닥 쪽을 향하도록 그의 목덜미를 잡고, 지팡이로 잔혹한 체벌을 가했다. 암캐는, 제 딴에는 정의를 실현하려고, 목줄을 팽팽하게 당겼다. 프뢸라인은, 유령처럼 어둠 속에서 얇고 하얀 드레스 차림으로, 숲가까지 와서 지켜보고, 황홀해 하고, 자신의 젖가슴을 움켜쥐었으니, 남성들을 향한 용맹함은 여성들을 향한 기량의 상징이라.9

벨라콰의 비명 소리는 점점 더 가늘어졌고 드디어 탄츠헤어는, 그의 분노가 잦아들면서, 손을 멈추고, 작별의 의미로 발길질을 해 준 다음 잔뜩 뻐기면서 그의 건장한 팔로 여자를 끼고 사라졌다.

얼마나 오래 그가 거기 누워 있었는지, 반쯤 정신이 나간 상태였기에, 그는 알 길이 없었다. 캄캄한 한밤중이 되어서야 그는 고통스럽게 기어가서 암캐를 풀어 주었다. 마찬가지로 그는 어떻게 집까지 갔는지도 이해할 수 없었는데, 온갖 산울타리와 도랑을 타고 넘는다기보다는 벌벌 기어서 갔고, 암캐는 그녀 나름대로 최선을 다해 따라오도록 내버려 두었다. 그의 젊음과 활력에 대해서는 이쯤 해 두기로 하자.

그러나 템푸스 에닥스,* 지금 그는 루시와 결혼해서 행복하게 살고 있고 남첩 문제도 더는 제기되지 않는다. 그들은 늘 축음기를 틀어 놓고 앉아 있는데, 둘 다 「안 디 무지크」10를 제일 좋아하고, 그는 이보다 더 좋은 세계들을 그녀의 커다란 눈 속에서 발견하며, 그들은 결코 그녀가 양지바른 자리를 바라던11 옛 시절에 대해 내비치지 않는다.

---

* *tempus edax.* '시간은 집어삼키니.' 라틴어.

1. 이 문장은 "There is one born every minute."이라는 관용구를 변용한 것이다. 직역하면 "(멍청이들은) 매 순간 태어나는군."이라는 뜻이지만 "여기 멍청이가 또 하나 있군.", "자네 참 멍청한 짓을 했군." 정도의 의미로 쓰인다.

2. 페로의 「푸른 수염(Barbe Bleue)」에서, 금지된 방에 들어갔음이 발각되어 죽음의 위기에 몰린 '푸른 수염'의 아내는 언니 앤을 지붕 위로 보내 오빠들이 구하러 오는지 보게 한다.

3. 15-6세기 이탈리아의 화가 루카 시뇨렐리(Luca Signorelli)는 해부학 연구에 몰두하여 인물을 그릴 때 골격과 근육의 특징적 형태를 재현하는 데 역점을 두었다.

4. 13-4세기 독일의 신비사상가 마이스터 에크하르트(Meister Eckhart)는 인간의 영혼에 "작은 불꽃(Fünklein)"이 있으며 이는 곧 신성의 일부로서, 인간은 이를 통해 신과 소통하고 합일할 수 있다고 주장했다.

5. 19-20세기 아일랜드의 시인으로 1923년 노벨 문학상을 수상한 윌리엄 버틀러 예이츠(William Butler Yeats)는 「결코 마음을 다 주지 말기를(Never give all the heart)」에서 "사랑스러운 것은 모두 / 한순간의, 꿈결 같은, 상냥한 즐거움일 뿐"이라고 노래한다.

6. 16-7세기 영국의 학자 로버트 버턴(Robert Burton)은 『우울의 해부(The Anatomy of Melancholy)』에서 우울을 "악마의 욕조(Balneum Diaboli)"라고 표현한다.

7. 배틀도어(battledore)는 배드민턴의 전신인 전통 놀이로, 셔틀콕이 땅에 떨어지지 않도록 라켓으로 주고받는 게임이다.

8. 디킨스의 소설 『마틴 처즐위트(Martin Chuzzlewit)』에 나오는 간호사 갬프 부인은 술주정뱅이로 s 음을 g 음으로 변형하는 등 말버릇이 특이하다. 여기서 베케트는 "딸을 가지는 축복은 나한테는 허작되지 않았지만(the blessing of a daughter was deniged me)"이라는 갬프 부인의 말투를 쓰고 있다.

9. 16-7세기 영국의 시인 존 던(John Donne)의 「용맹함에 관한 에세이(An Essay of Valour)」의 한 구절이다.

10. 「안 디 무지크(An die Musik, '음악에게')」는 19세기 오스트리아의 작곡가 프란츠 슈베르트(Franz Schubert)가 친구인 프란츠 폰 쇼버 (Franz von Schober)의 시에 곡을 붙인 노래로, 다음과 같이 시작한다. "그대 고상한 예술이여, 얼마나 많은 음울한 시간에, / 인생의 황량한 영역이 나를 농락할 때, / 그대는 내 마음에 온화한 사랑을 불 지피고, / 나를 더 좋은 세계로 인도했지!"

11. 17세기 프랑스 작가 블레즈 파스칼 (Blaise Pascal)은 『팡세(Pensées)』 295번에서 이렇게 쓴다. "나의 것,

당신의 것.—'이 개는 나의 것이야,' 저
가난한 아이들이 말한다. '저 양지바른
자리는 나의 것이야.' 이것은 지상의
모든 것에 대한 강탈의 시작이자 그
이미지다."

이 무슨 불운

벨라콰는 절름발이 루시와 결혼하고 너무 행복했던 탓에 그녀가
죽었을 때 그 자신을 너무 측은해 하는 감이 있었는데, 그녀가
죽은 것은 그 끔찍한 사고*의 2주년 전날로, 여성에게만 가능하지
않은가 싶은 그런 의연함으로 2년 동안 엄청난 물리적 고통을
감내한 끝에, 그녀는 인간의 마음을 찢어 놓는 극도로 잔혹한
희망과 절망의 양극단을 넘어 둘 사이의 자비로운 합의에
다다랐으니, 그것은 그녀가 죽기 몇 달 전의 일로, 묵묵히 상황을
감내하는 그 평정심은 그녀의 친구들에 의해 찬미되었고 벨라콰
자신에게 결코 작지 않은 위안이 되었다.

　　따라서 그녀의 죽음은 제때 찾아온 해방이었고 홀아비는,
망자를 아는 사람들이 말도 못 하게 역겨워 할 정도로, 마땅히
드러내야 할 비탄을 하나도 보이지 않았다. 그는 그 자신을 위해
눈물을 전혀 뽑아낼 수 없었는데, 이 젊은 남자는 그 위안의 원천을
탐닉한 끝에 벌써 거덜 냈기 때문이다. 또한 그는 그녀를 위해
그러고 싶다거나 그래야 한다는 최소한의 분별도 없었고, 그의
조막만 한 연민은 온통 살아 있음에 몰두해 있었는데, 그러니까
이런저런 특정한 불운이 아니라, 이름 없는 다중적인 현 순간의
재빠른 흐름, 우리가 감히 말하건대, 추상적인 차원의, 생명
말이다. 이 비인격적 연민은 저주받은 것으로 대부분은 견딜 수
없는 공덕이었고 아주 약간은 하느님과 인간 사회에 대한 확실한
죄였다. 그러나 벨라콰는 다른 도리가 없었으니, 그가 감지하는
것은 다른 무엇도 아닌 이것, 궁극적이고, 한결같고 연속적이고,
상황에 구애받지 않고, 아직 못 죽은 모두에게 차별 없이, 노역 없이
부과되는 것이었다. 공적으로, 그것은 이런저런 비참한 개인에 대한
냉담함으로만 인식되고, 쓸모없다고 여겨졌지만, 사적으로 그것은
명백하게 아주 대단한 이점이 있었다.

　　모든 쭈그렁바가지들과 사내답지 못한 놈들, 남자와 여자,
그가 여태껏 보고 들은 사람들은 전부 동정심의 감미로운 점액을
굴리며 발음을 웅얼거리다가, 그 분비물을 제때 처리했으니, 그

---

* 「퇴장」 참조. ―원주

풍미가 상당히 소진됐을 때, 비바 스푸타* 하고 1종 우편으로,
사별의 배출 기관을 통해 내보냈던 것이다. 그는 머리부터
발끝까지 인간의 사향 분비물을 뒤집어쓴 것 같았고 두 번 다시
깨끗해지거나 달콤한 냄새가, 즉 그 자신의 냄새가, 나지 않을 것만
같아서, 그는 그 냄새들을 항상 특별히 만족스럽게 킁킁거렸다.
그러나 시간이 다 되면서 이것들은 되살아나기 시작했고
쭈그렁바가지들이 뱉어 놓은 침은, 루시의 무덤이 침하하면서,
파랗게 잔디가 자라고 심지어 데이지 꽃이 피려고 하면서,
내성적으로 그것들 자신의 상처를 향했고 그것들의 가장 가깝고
가장 소중한 좀 더 최근의 것들을 향했다. 이 경애하는 악취가
회복되면서, 이 코를 찌르는 보호막에 둘러싸여 마치 거품을 두른
거품벌레처럼, 벨라콰는 정원을 거닐고 금어초를 희롱하곤 했다.
그것들 앞에 무릎을 꿇고 먼지와 진흙투성이 땅에서 그것들의 목을
부드럽게 조르면 그것들의 혀가 튀어나왔으니, 저 남청빛 시간에
그러니까 유일하게 들리는 개 짖는 소리조차 (목가적 모티브를
딱 하나만 생각해 보자면) 거의 들리지 않을 정도로, 산맥 아래
까마득히 멀리서 흘러나와 딱 맞는 강도의 격통으로 다가오는 그
시간에, 그가 찾아낸 이 오락거리는 이 계절의 우울한 기분에 가장
잘 어울렸고 동화를 갈구하는 그의 천성을 가장 잘 만족시켰으며,
그 외침은 그의 소중한 입시시모서티[1]의 부름과도 부합하는 것
같았으니, 그런 아름다운 단어가 존재한다고 말할 수 있다면
말이다. 그 자신이 밀덴도의 궁정을 어슬렁거리는 성 조지[2] 같은
존재라고 생각하니 마음이 흐뭇했다.

금어초는 그것들 스스로 죽어 가기 시작했고 벨라콰는 더
좋은 세계들을 보여 주었던 저 창문들, 루시의 커다랗고 검은 눈의
빈자리를 점점 더 많이 느끼기 시작해서, 어느 화창한 오후 잠에서
깨었을 때 자신이 어떤 실속 있는 여자와 미친 듯이 사랑에 빠진
것을 깨달았으니—그것은 신성한 열광으로, 여러분도 알겠지만,
여러분들의 음란한 열정과는 전혀 무관했다. 그가 형편 닿는 대로
가급적 일찍 부드러운 그의 손과 요행으로 섬기게 된 이 여성은,

---

* *viva sputa*. '만세 가래가 나온다.' 영어/이탈리아어.

그렇게 대단하지는 않았지만, 노력해서 얻은 것이 아닌, 어떤 특별한 분위기가 있었다. 처음에 그녀가 말하길 안 돼요, 그리고는 오 안 돼요, 그리고는 오 정말, 그리고는 그렇지만 정말, 그리고는, 낭랑한 목소리로, 그래요 자기.

우리가 실속 있는 여자라고 말할 때는 그녀가 약속된 뭉치였다는 뜻인데, 그런 판단의 근거는 일반적으로 그녀 아버지의 영향력 그리고 특히 그의 호흡이 노래를 부르고, 나서, 말하자면, 단기채권처럼, 촉박해지는 데 있었다. 벨라콰가 이런 정황을 감지했음을 부인한다면 명백한 것도 알아보지 못한다는 점에서 그를 실제보다 더한 멍청이로 제시하게 될 것이고, 반면 아주 조금이라도, 미래의 유산 수령인에 대한 그의 퉁명스러운 집착에, 그런 것이 깔려 있었다고 암시한다면, 우리로서는 별로 관여하고 싶지 않은 그런 불명예를 성립시킬 것이었다. 그러니까 우리는 최소한의 자비를 발휘해서, 그 구절이 진동을 멈출 때까지 눈을 내리깔고 딴생각을 한 다음, 그가 상당히 젊은 한 사람에 대해 기대감을 가지고 올림포스처럼 장대한 그의 공상 중 하나를 펼치는 것을, 가볍게 지켜보도록 하자. 우리가 그 장애물을 이보다 더 근사하게 넘을 방법은 없을 것이다.

그녀의 이름 그것은 셀마 보그스[3]로, 오토 올라프 보그스 부부의 딸 중에 나이 어린 쪽이었다. 그녀는 루시처럼 그런 식으로 아름답지는 않았고, 그렇다고 아름다움을 초월하는 것처럼 보인다고, 이를테면 알바처럼, 그런 말을 들을 정도는 아니었으며, 그렇다고 또 자신의 삶과 인격에 따귀를 때리는, 아마도 루비처럼, 그런 짓을 하지도 않았다. 그녀는 늙은 남자들을 달리게 하지도 않았고 젊은 남자들을 멈춰 세우지도 않았다. 평이하게 말해서 그녀는 예나 지금이나 확실히 아름답지 않아서 그녀를 한번 보면 잊기 어려웠는데, 그것이 말하자면, 베누스 칼리피게[4]보다도, 더하다고 할 수 있다. 그녀의 문제는 일단 그녀가 보이게끔 하는 것이었다. 그러나 그녀는 참으로, 벨라콰가 질리지도 않고 자기 혼자 강력하게 주장하는바, 아주 매쇼혹적인 성격이었고, 이에 더하여, 그가 마찬가지로 끈질기게 물리치는바, 엄격하게 성적인 관점에서, 강렬한 호소력이 있었다.

오토 올라프는 화장실 용품과 필수품으로 돈을 벌었다. 그의 취미는, 그의 평생 과업, 지적 창조물, 사랑의 노고와 기타 등등이었던 그 찬란한 회사 업무에 적극적으로 참여하기를 그만둔 뒤로는, 고급 가구였다. 그는 노스 그레이트 조지스 스트리트에서 가장 근사하고 가장 포괄적인 고급 가구 컬렉션을 가졌다고 알려졌는데, 그 형편없는 지역을 벗어나, 폭스록의 그들 자신의 바로 자신의 집으로 옮겨 놓자고 그의 아내와 첫째 아이가 간청했음에도, 그는 거칠게 거절했다. 그의 소년기의, 배관공 업계의 혁신가로 칭송되던 때의, 가장 소중한 기억들, 그의 청년기의, 사업과 (부루퉁한 눈길로 보그스 부인을 바라보며) 연애 사건 사무에, 쏟아부었던 그토록 방대한 땀과 그의 승리, 그 인생의 춘분점에서, 그가 위생 용품 사업으로 자수성가하는, 하지점에 이르기까지, 불굴의 경력을 이루는 그 모든 오르내림, 가장 비천한 붙박이 가재도구에서 수립되어 이제 헤플화이트 가구와 봉베 코모드[5]의 영광으로 마무리되는, 그 모든 것이 좋았던 옛날 위대한 옛날 노스 그레이트 조지스 스트리트와 결부되어 있었으니, 이를 고려하여 그는 아무에게도 발길질당하기 싫었지만 그렇다고 다른 누군가에게 자진해서 키스하지도 않았던 그 자신의 일부를 그의 아내와 첫째 아이에게 기쁘게 환기시키곤 했다.

보그스 씨가 벨라콰를 경멸하고 셀마가 그의 신부가 되는 데 동의하는 한 가지 공통 근거는, 그가 시인이라는 사실이었다. 시인은 진정 참으로 혼인할 만한 존재로, 날 때부터, 알다시피, 사랑에 대한 사랑이 넘치는, 라로슈푸코가 말하는 두 번째 열정이 켜진 여성[6]과 같다. 너무나 혼인할 만해서 여성들은, 하느님이 그들을 축복할지니, 그들에게 저항하지 못할지라, 하느님이 그들을 도우심이니. 물론 번식에만 관심 있고 영혼이 천진무구한 자들은 예외로, 이들은, 이들을 화나게 하려는 것이 아니라, 공인회계사나 출판사 편집자의 더 균형 잡히고 정확한 황홀경을 선호했다. 지금 셀마는, 더 바랄 만한 점이 아무리 많다고 해도, 번식용 처자는 아니었다. 그녀는 적어도 좋은 얼굴의 애너그램을 가졌으며,[7] 영혼에 관해 말하자면, 그것은 반짝거리거나 또는 적어도 선호되는 부분으로, 그녀의 특제품이었다. 그것은 벨라콰가 어떻게 안 돼요와 그 파생어들에 맞서 버티는 것만으로 결국 그녀를, 제비가 처마로 날아들듯이 또는 간당간당하게 걸린 당구공이 포켓의 소용돌이로 빨려 들듯이, 그의 냉혹한 품으로 날아들게 했는지를 설명한다.

다른 한편으로, 보그스 씨는, 모든 문인은 문맹의 직업을 가져야 한다는 콜리지의 견해를 따랐다. 실제로 그는 콜리지보다 한 걸음 더 나아간 것 같았으니 그의 주장에, 보그스 부인과 셀마는 당황하고, 그의 나이 많은 딸 우나는, 그녀를 위해 이미 유인원 한 마리가 지옥에서 대기하고 있었는데, 그녀는 만족하고, 그리고 벨라콰는 불안해진바, 그가 주위를 둘러보고 이른바 시인이라는 작자가 그의 배 밑바닥의 썩은 물로 그의 사업에 간섭하는 것을 보고 있자니 벨트슈메르츠*가 치밀어서 그만 방에서 나가야겠다고 말했던 것이다. 거기 있던 시인은, 보그스 씨가 자리를 지키고 있는 것을 보고, 용기를 내어 외쳤다.

"벨트슈메르츠라고요, 보그스 선생님, 제가 듣기로 이렇게 말씀하신 겁니까?"

보그스 씨는 고개를 뒤로 젖혀서 거의 턱살이 터져 나갈 것 같은 상태로 노래했고, 살짝 달콤한 그 테너 톤의 목소리는 그것을 처음 듣는 사람들을 틀림없이 전율시켰다.

"그는 벨트를 맸지
언제든 그의 거시기가
아프다 싶으면.
화학물질 조끼로
그의 가슴을 가렸지
쿠션을 세게 먹일 때면."

벨라콰가 비탄에 잠긴 목소리로 보그스 부인에게 말했으니, 감상은 완곡하게 표현될 때 가장 통렬했다.

"보그스 씨가 이런 목소리를 가졌는지 전혀 몰랐습니다."

---

* B(W)eltschmerz. '염세.' 독일어.

보그스 씨가 부여받은 이 재능은, 턱살이, 페럿 한 포대처럼,
약간 경련하다가 가라앉았을 때, 더욱 품격 없이 나아갔다.

"그는 키니네를 먹었지…'[8]

"오토," 보그스 부인이 소리쳤다. "이제 됐어요."

"종소리처럼 맑군요." 벨라콰가 말했다. "저는 전혀 이야기를
듣지 못했어요."

"그럼," 보그스 씨가 말했다. "진짜 고급스러운 목소리지."
그는 눈을 감았고 그의 출발점이었던 화장실들로 되돌아갔다. "좀
멋지지." 그가 긍정했다.

"얼마나 멋있으신지!" 벨라콰가 소리쳤다. "진짜 삼차원
오르간입니다, 보그스 선생님, 저의 명예와 말[語]을 걸겠습니다."

보그스 부인은 토지 수용 위원회에 애인이 있었고, 이게 좀
엄청나서 사실 악의가 있는 그녀 주변의 어떤 부인들은 기회를
놓칠세라 차이가 상당하다고, 보그스 씨와 셀마가, 체격도 그렇고
성격도 다르다고, 주장하기도 했는데, 그는 아주 쾌활하고,
금발 머리에, 모든 면에서 튼실했으며, 그런 속성은, 보라, 그의
우나에게도 똑같이 적용되었지만, 그녀는 저렇게 부스스한 검은
머리의 피조물이었던 것이다. 그것은 가장 놀라운 변칙으로,
완곡하게 표현하자면 그렇고, 가족의 친지 누구도 무시하기
어려운 것이었다.

뻐꾸기로 추정되는 자는, 정확히는 모르지만 태어날 때부터
오스틴 리드 상회의 옷을 차려입었던 것 같은 인상의 저 말쑥하고
땅딸막한 관료들 중 하나일 것인데, 더 잘 알려진 특징적인
차이가 몇 가지 있었으니, 보조개 있는 턱에, 강아지 같은 밝은
갈색 눈동자는 무척 호소력이 있었고, 표면에 주름이 없는
넓고 하얀 이마는 얼굴 하부의 족히 두 배는 될 것 같았으며,
거기에 뿌리박힌 영원히 축축하게 뻗친 머리는 스스로 마카사르
머릿기름을 분비하여 눈 쪽으로 배출하는 듯이 보였다. 그는
굽 높은 구두를 신으면 5피트 5인치에 달했고, 그의 코는 길고
곧았으며 그의 신발은 정 사이즈의 1.5배로 거의 지탱하지 못할

만큼 컸다. 그의 콧구멍 가에 있는 한 뭉텅이의 콧수염은 마치 은신처 입구에서 겁에 질려 웅크린 동물처럼, 아주 미세한 위험 신호에도 허둥지둥 구멍으로 들어갈 태세였다. 그는 온화한 감별력을 가지고 그의 말을 내뱉어서, 마치 과자 제조인이 케이크에 설탕 아이싱을 뿌리는 것 같았다. 그는 추잡한 정신의 소유자로, 여자들에 대한 대단한 확신과 기량이 있었고, 모든 고금의, 농담을, 재치 있게 받아칠 수 있었다. 그는 공적으로 사교를 위해 조금만 마셨지만, 사적으로 그것을 벌충했다. 그의 이름은 월터 드래핀[9]이었다.

오토 올라프는 필시 그를 두고 난처한 선택의 기로에 섰을 것이었다. 그는 월터 드래핀에 관해 무언가 알려질 것이 있음을 전부 알고 있었고 그를 특별히 신경 써서 대했다. 누구든 그의 수고를 덜어 준 사람은, 월터는 벌써 수년째 그랬는데, 응당 그의 존중을 믿고 의지할 수 있었다. 그래서 그 기만적인 관료는 노스 그레이트 조지스 스트리트의 집을 자기 마음대로 썼고 거기서, 그가 한때 그 특권을 집주인의 침상에서 남용했듯이, 지금은 그의 포도주 디캔터로 그러고 있었다. 실제로 그는 성 아우구스티누스의 사다리의 드높은 위치에서[10] 현기증 나는 만족감에 사로잡혀 있었고, 보그스 부인과의 수치스러운 행위는 떠올릴 수도 없는 깊은 심연 속에 있어서, 이제 때가 되었다고 스스로 말할 수 있는 힘은 그를 완전히 떠나 버릴 것이었다.

브라이디 보그스는 아무것도 아니어서, 오토 올라프가 그녀를 아내로 삼기 전에 신중하게 확인했던 그런, 아내도 아니었고, 모든 일에 중용을 추구하는 월터의 취향에 어울리는 그런, 정부도 아니었다. 그나마 그녀에게 조금의 긍정적인 가치가 허용된다면 그것은 그녀가 가내 고용인에게 쏟는 열정에서 비롯됐겠지만, 거의 천치 수준으로 이도 저도 아닌 여자 주인에게 고용된 그 인물의 완고함은 그보다 더 갖추고 덜 봉사받는 그런 이들에게서 감탄의 표현을 자아냈으니 거기에는 물론, 악의가 없지 않았다.

나이 많은 딸은 영 둔했다. 성스러운 노리치의 줄리언[11]을 떠올린 다음, 그녀의 모습에 맹렬한 시큼함을 더하고, 그녀의 세포조직에 지방 100웨이트를 더하고, 자선과 기도를 제하고,

부질없이 오포포낙스와 아사포에티다[12]를 뿌리고, 그리고 이제 터키식 목욕에다 얼굴 마사지까지 받고 나온 빛나는 우나를 보라. 하지만 다른 한편으로 그녀는 한 가지 재주를 만끽했는데 벨라콰는 이에 대한 그의 존경심을 말로 표현할 수 없었으니, 그것은, 외워서 연주하는 능력으로, 처음 한마디만 주어지면, 모차르트 소나타든 뭐든 간에, 실로폰 같은 정확성과 일관된 메조포르테로 중요한 음과 그렇지 않은 음에 대한 최소한의 구별을 전부 무시하고 가는 것이었다. 벨라콰는, 우나와의 관계를 개선하려고 안달했고, 그녀는 그와 그에게 연관된 모든 것을 극도로 혐오해서, 그는 감탄으로 목이 메어, 오거너 출판사의 악보로, 이 기예를 통달해 보려고 했지만, 그것은 고생스러웠고, 그는 재빠르게 몸을 사리는 법을 터득했다.

　작은 새가 이제 때가 되었다고 월터 드래핀에게 속삭이자 그는, 마침 비어 있었던 오른손으로, 그의 주머니에서 카드를 꺼내 읽었으니, 청색 바탕에 은색으로 인쇄된 것이었다.

오토 올라프 보그스 부부가

월터 드래핀 씨

일행에게

기쁘게 참석해 주시기를 청하니

그들의 딸

셀마

그리고

벨라콰 수아[13] 씨가

글래스네빈

세인트 다말 교회[14]에서

8월 1일 토요일

오후 2시 30분에

결혼식을 올리고

노스 그레이트 조지스 스트리트 55번지에서

피로연이 있습니다

노스 그레이트 조지스 스트리트 55번지　　　　　　회신 요망

그것이 어찌나 비문(碑文)처럼 읽히는지, 한 줄이 끝나는
휴지부마다 끔찍한 한숨이 새어 나왔다. 그럼에도, 월터는
생각했으니, 이런 경우의 초대장이라면 앙장브망* 효과를 조금
기대할 수도 있지 않나, 그는 늘 그렇게 자만심을 해소했다.
하! 그는 머리를 카드에서 멀찍이 떨어뜨리고 전체를 살폈다.
전형적인 브라이디 보그스의 작품이었다. 그것이 그에게 무엇을
상기시켰는가? 아일랜드 교회 주일학교 선행 개근상? 아니다.
그들은 그의 상장을 옛집의 가족 성서에 가둬 놓았는데, 그것은
「애가」가 끝나고 「에제키엘서」가 시작되는 위치를 표시했다.
그렇다면 아마도 졸업생 동창회 만찬 메뉴, 학교 상징 색이 들어간
그것? 아니다. 월터는 무거운 한숨을 내쉬었다. 그는 그것이
무언가 상기시킨다는 것을 알았지만, 그 무엇이 무엇인지는,
거듭거듭 브라이디와 그녀의 스타일 감각을 곱씹어 봐도, 그는
알아낼 수가 없었다. 틀림없이 그것은 그가 가장 기대하지 않은
순간에 그에게 되돌아올 것이었다. 그러나 그의 하찮은 앙장브망
농담은 아주 따끔했다. 그는 그것을 두 번째로 해소했다. 그의
마음에 들지 않았던 것은 그것이 약간 난해하다는 점, 앙장브망이
뭔지 아는 사람이 거의 없다는 점뿐이었다. 이를테면, 그것이 술집
골방을 들썩이리라 기대하기는 어려웠다. 그러니, 그는 그것을
그의 책에 집어넣는 수밖에.

　　동일한 우편물 안에 별도로 그는 보그스 부인의 전갈을
받았다. "소중한 월터, 오토와 나는 정말 간절하게 당신이, 가족의
오랜 친지로서, 행복한 부부의 건강을 위해 축배를 들길 바라고
있어요. 우리가 희망하건대, 소중한 월터, 내가 확신하건대,
당신은 그래 주겠지요." 여기에 그는 얼른 답장을 썼다. "소중한
브라이디, 물론 나는 그런 임무를 더할 나위 없이 행복하고
명예롭게 수행해야 할 것입니다."

　　소중한 오토 올라프! 그의 탁자들과 의자들에 심취해서
사기나 당하고 있었으니, 그가 알다시피, 월터에게 그랬고, 그가
생각하기에, 벨라콰에게 그랬다. 이제 드래핀 씨, 여태껏 수고해

---

* enjambement. '다음 행으로 시구 걸치기.' 프랑스어.

주신 이분은, 위스키나 마시게 하고, 셀마, 사랑의 조우로 생겨난
이 부산물은, 그녀가 좋아하는 사람에게 그녀 자신을 바치게 하자
서커스 같은 결혼식은 무슨 일이 있어도, 그의 집이 침공당하고
그의 가구들이 파괴되어도, 열리게 하자. 그 후에 올 날들은 더
나은 안식의 날들이 될 것이니. 소중한 오토 올라프!

벨라콰는 그의 의무를 다하는 데 충분한 융자를 받으려고
협상을 준비 중이었는데, 이 의무는 그와 같이 소박한 조건의
남자를 무겁게 짓눌렀다. 반지(되찾은 루시의 것), 예식과 관련된
끝없는 수수료, 교구 목사, 교회 관리인, 오르간 주자, 혼례 집전
성직자, 종치기에게 바치는 돈, 커다란 신부용 부케, 조그만 신부
들러리용 꽃다발, 새 리넨 보를 비롯해서 온갖 필수 불가결한
가재도구, 게다가 후딱 다녀올 신혼여행 비용은 말할 것도 없으니
빌린 자동차로 코네마라[15]를 돌기나 할, 그런 피아스코*를, 그는
일주일이나 길어야 열흘을 넘길 생각이 전혀 없었다.

신랑 들러리가 술 한 병을 사이에 두고 그가 문제를 해결할 수
있도록 도왔다.

"내 말은 그게 아니고," 벨라콰가 말했을 때는, 그들의 독자적인
추산치 평균이 간접 비용으로 10파운드 더 늘어난 상황이었다….

"간접이라!" 신랑 들러리가 낄낄거렸다. "그거 멋지네!"

벨라콰는 아주 겁나게 움츠러들었다.

"내가 너를 오해한 게 아니면," 그가 말했다. "네가 분수를
모르는 거지."

"뭐라고," 신랑 들러리가 말했다. "뭐라고, 뭐라고. 나쁜 뜻은
없었어."

벨라콰가 자기 좋을 때에 다시 화면 안으로 돌아왔다.

"내 말은 그게 아니라고," 그가 재개했다. "이 미묘한 상황에
선물을 줘서 너를 모욕하려는 건 아니야."

신랑 들러리는 작은 암시만으로도 고개를 쳐들고 몸을
비틀었다.

"그렇지만," 벨라콰는 서둘러 이 느낌의 고상함을 완화했다.

---

* fiasco. '엄청난 실패, 남성의 성적 불능.' 영어/프랑스어.

"만약 네가 굳이 내 「하이포탈라미온」[16] 초고를 교정하고, 서명하고, 날짜를 명기하고, 헌정하고, 시간감이 있는 색깔의 스카이버 양가죽으로 반 장정을 해 준다면, 너는 더할 나위 없이 환영받을 거야."

캐퍼 퀸,[17] 우리는 그를 이렇게 불러야 하는데, 그의 숭배자들에게는 헤어리로 통했지만, 그는 아주 반들반들했고, 여자들에게는 타이니로 통했지만, 그는 아주 우람했으니, 이자는 그냥 독신남, 그래서 예의범절을 어기지 않고 벨라콰의 곁을 지킬 만한 사람이 아니라, 떠오르는 작가들 중 하나였고, 이는 그가 날쌔게 커팅스 협회 회원직을 붙들게 된 경위를 설명한다. 그는 지금 감사로 목이 메었다.

"오," 그가 숨을 몰아쉬다가 "정말 나는… 정말 너는…." 그리고 무너져 내렸다. 주어, 술어, 목적어를 가진 문장을 만들려면 헤어리는 연필과 종이가 필요했다.

"캐퍼," 벨라콰가 말했다. "더 말하지 마. 내가 대신할 테니까."

헤어리는 기쁨의 헐떡임이 어느 정도 가라앉자 손을 들었다.

"글쎄." 벨라콰가 말했다.

"백리향 색깔." 헤어리가 말하고, 무너져 내렸다.

"글쎄." 벨라콰가 말했다.

"세이지 그린," 헤어리가 말했다. "내 말이 맞지?"

죽음 같은 침묵이 이 제안에 뒤따랐으니 헤어리가 보기에 그의 후견인의 영혼은 자신의 감옥을 이미 떠나서, 어떻게든 가석방을 받았다는 인상이라, 그가 벌써 그 자신의 출발을 둘러댈 무언가 가볍고 바보 같은 말을 짜내려고 애쓰고 있을 때 벨라콰가 감정으로 부풀어 터질 것 같은 목소리로, 답했다.

"우에에조 블르외에, 쿨뢰에에르 뒤 탕,
볼 라 무에, 프롬프트멍."*[18]

---

* Ouayseau bleheu, couleurre du temps, Vole à mouay, promptement. '파라앙새 애애, 시간의 색까알, 나에게 즉시 날아오럼.' 프랑스어.

그리고 울음을 터뜨렸다.

헤어리는 자리에서 일어나 날카롭게 부드러운 걸음걸이로 문으로 향했다. 요령, 요령, 요령, 그는 생각했으니, 이런 때에는 요령이 필요했다.

"우리의 임무를 연구하고," 벨라콰가 훌쩍거렸다. "열두 시 넘어서는 나를 찾지 마."

보그스 가족이 비밀 회동을 가졌다.

"셀마," 우나가 퉁명스럽게 말했다. "부디 친절을 베풀어 너의 관심을 우리에게 나눠 주겠니."

왜냐하면 셀마의 생각은, 백설공주 같은 신부에게 요구되는 까다로운 동작에서 무단으로 일탈한 채, 평소의 날개에 올라타고 이미 골웨이로, 코노트의 정문과 돌의 꿈으로, 더 정확히 말해 성 니콜라스 교회로 날아가 버렸기 때문인데 벨라콰가 계획하기를, 만약 그들이 도착했을 때 아직 닫히지 않았다면, 지체 없이 그곳에 가서 무릎을 꿇고, 그의 오른쪽에 그녀를 세우고 드디어 즐거운 변화를 시작하기 위해, 유서 깊은 서약을 수행하면서, 크루소와 콜럼버스의 영혼을, 불러낼 것이니, 그들은 거기서 그보다 먼저 무릎을 꿇었더라.[19] 그러면 틀림없이, 그들이 항구 쪽으로 돌아와 그레이트 서던 호텔에서 그들의 방을 합치면, 그녀는 해가 지는 바다를 볼 것이었다. 그녀 앞에 그런 전망이 펼쳐져 있는데 어떻게 그녀의 관심을 그들에게 줄 수 있었겠는가? 오 네가 형통하고, 행복하리로다.[20]

오토 올라프는 짧은 노래를 불렀다. 보그스 부인은 그냥 앉아서, 크고 공허한 노파처럼, 거의 무감각하게 있었다. 우나는 큰 연필로 날카롭게 탁자를 쳤다. 어느 정도 질서가 복원되고, 약간의 관심이 보이자, 그녀가 그녀의 목록을 참조하면서, 말했다

"우리는 신부 들러리가 다섯 명뿐이에요. 클레그 쌍둥이와 퓨어포이 세 쌍둥이."

이 진술은 논박되지 않았다. 오토 올라프에게 다섯 명은 상당히 많은 수로 보였다. 그가 활동하던 시절에는 그렇게 여겨졌을 것이었다.

"그렇지만 우리는 아홉 명이 필요하다고요." 우나가 소리쳤다

다행히도 한 가지 생각이 이때 보그스 부인에게 떠올랐다.

"애야," 그녀가 말했다. "일곱 명이면 충분하지 않을까?"

핀 두 개 따위엔 아랑곳 않고 우나는 회의장에서 퇴장할 수도 있었을 것이다.

"내 생각에는 안 그래요." 그녀가 말했다.

그런 발상! 그것은 마치 축구 시즌의 마무리 골 같았다.

"그렇지만," 그녀가 덧붙였다. "내 결혼식도 아닌걸요."

이 수긍 속에 전해진 아이러니한 어조에 발끈해서 셀마는 일단 그녀의 어머니 편에 붙었다. 실제로 이 일은 언제나 쉽지 않은 문제였고, 보그스 부인은 거의 켈레스티누스 5세만큼 초당파적이었다. 단테라면 아마도 이 점 때문에 그녀를 싫어했을 것이다.[21]

"나는 대찬성이에요." 셀마가 말했다. "되도록 적은 편이 품위 있잖아요."

"아주 독보적인 정족수구나," 오토 올라프가 말했다. "아홉 명보다 더하네."

"들러리 대표로서," 우나가 말했다. "나는 반대예요."

다시 보그스 부인이 구원하러 왔다. 그녀는 결코 그런 방식을 취한 적이 없었다.

"그럼 한 자리만 남기지." 그녀가 말했다.

"에나 내시는 어때요?" 셀마가 말했다.

"곤란해," 우나가 말했다. "그녀는 냄새나."

"그러면 맥길리커디 집안 여자는." 오토 올라프가 말했다.

보그스 부인이 자세를 고쳐 앉았다.

"나는 맥길리커디 집안 여자를 하나도 몰라요." 우나가 말했다. "어머니, 맥길리커디 집안 여자 중에 아는 사람 있어요?"

아니, 보그스 부인은 완전히 깜깜이었다. 따라서 그녀와 우나는 분연히 해명을 기다리기 시작했다.

"미안해요." 오토 올라프가 말했다. "나쁜 뜻은 없었어."

"대체 그 여자가 누군데요?" 어머니와 딸이 함께 소리쳤다.

"아무 생각 없이 말했다니까." 오토 올라프가 말했다.

보그스 부인은 완전히 아연실색했다. 어떻게 생각 없이

여자 이름을 입에 올릴 수 있었을까? 그런 일은 심리학적으로
불가능했다. 입은 살짝 벌어지고 콧구멍은 팽창된 채로 그녀는
기분 나쁜 말을 한 사람을 향해 심리학적 불가능성들로 눈을
부라렸다.

"모녀가 둘 다 지옥 불에 타 죽겠네." 그가 갑자기 부루퉁해서
말했다. "그냥 농담한 거야."

보그스 부인은, 여전히 어쩔 줄 몰랐지만, 번쩍 정신을 차리고
이 해명을 받아들였다. 우나는 조금도 재미있어 하지 않았다. 사실
그녀는 이 모든 일에서 손을 씻고 싶은 격심한 충동을 느꼈다.

"나는 알바 퍼듀를 제안해요." 그녀가 말했다. 그것은 정녕
제안이 아니라 지명에 가까웠다.

"그게 그녀의 마지막 말이었다." 오토 올라프가 논평했다.

알바 퍼듀는, 기억하겠지만, 「축축한 밤」에 나온 작고 멋진
여자다. 셀마는, 벨라콰가 그녀의 호감을 사려고 그 반쯤 잊힌
사랑 이야기를 자기 식으로 각색해서 들려준 적이 있었기에,
자신의 크나큰 만족을 거의 감추지 못했다. 그녀의 용솟음치던
피가 충분히 잦아들자 그녀는, 겨우 들릴 만한 목소리로, 이
극도로 경멸적인 과장법을 입에 담았다.

"저도 재청합니다."

이제 오토 올라프가 청할 차례였다.

"나도 이해해." 우나가 말했으니 그녀는, 그녀의 아버지와
달리, 평이한 질문에 평이한 대답을 할 수 있는 사람이었다. "내가
잘못했다면, 바로잡아 줘, 셀마, 신랑의 옛 열정을 들추다니."

"그럼 저 애가 안 그랬겠지." 단순한 오토 올라프가 말했다.

보그스 부인조차 이 우둔함에 반응하는 흥겨움의 폭발에
동참하지 않을 수 없었다. 특히 우나는 그러다가 아무래도 다칠 것
같았다. 그녀는 극도로 무시무시하게 벌벌 떨고 땀을 흘렸다.

"오 하느님!" 그녀가 헐떡였다. "안 그랬을 거라니!"

그러나 자연은 그녀 자신의 것을 소중히 하니 무언가
시끄럽게 찢어지는 소리가 들렸다. 우나는 웃음을 멈추고 완전히
잠잠해졌다. 그녀의 드레스 상체 부분이 제 목숨을 던져 그녀의
생명을 구한 것이다.

벨라콰는 예식 전 2주 동안 너무 조용히 지내서 무슨 변태 과정을 완수하려는 것이 아닌가 싶을 정도였다. 그는 캐퍼 퀸의 재량에 모든 것을 맡기고, 말했다. "여기 돈이 있으니까, 네가 할 수 있는 한 최고로 해 줘."

그러나 이런 무기력이, 일부는 피로 때문이고 또 일부는 틀림없이 자기 정화가 필요했기 때문인데, 잠식해 들어오기 전에, 그는 다방면으로 분주하게 지냈으니, 고리대금업자를 찾고, 반지를 되찾고, 혼인 대축전을 위해 쭈그렁바가지들 중에서 보그스 부부에 상응하는 두 사람을 찾았다. 이 마지막 임무를 추진하면서 벨라콰는 온갖 종류의 모욕적인 거절을 계속 감내해야 했고 루시의 사후 체온이 그의 얼굴에, 마치 그녀가 한 병의 화이트 버건디인 것처럼, 내던져지는 괴로움을 견뎌야 했다. 결국 어떤 여자 사촌, 거의 믿을 수 없을 정도로 먼 친척과, 일종의 거의 존재 불가한 스트럴드브러그,[22] 벨라콰의 아버지가 "소중한 늙은 지미 덕"이라고 부르던 분이, 이 난국에 대처하는 데 동의했다. 허마이어니 노이체와 제임스 스컴이 이 사회 부적응자 두 명의 이름이었다. 일찍이 벨라콰는 둘 중 누구에게도 눈길을 준 적이 없었는데 왜냐하면 그는 신동이었기 때문이다.

날마다 셀마가 잠시 들르는 것을 제외하면, 벨라콰의 칩거는 방해받지 않고, 원래 다들 그러는 걸로 수긍되었다. 쏟아지는 결혼 선물도, 그를 향한 것이 아니라, 그는 친구가 없었으므로, 그녀를 향했는데, 그녀는 날마다 진행 상황을 알리며 그를 격려했다.

그녀는 어느 날 오후 약간 흥분 상태로 찾아왔다. 벨라콰는 침대에서 일어나 키스를 받았고, 그것이 예상 외로 게걸스러워서 그는 끝마치기도 전에 쇠약해졌다. 불쌍한 친구, 그는 그동안 식사에 제대로 신경 쓰지 않았던 것이다.

"유어 프레즌트 이즈 갓."[*] 그녀가 말했다.

벨라콰, 매일 일정 시간을 다중 언어의 찬란함에 할애하는 남자에게, 이 구절은 엄청난 충격으로 다가왔다. 아마도 지금이 그에게 보상이 되어 줄 것이었다.

Your present is got(t). '너의 예물을 받았어/너의 현재는 신이야.' 영어/독일어.

"그게 오늘 아침에 왔어." 그녀가 말했다.

"정확히 몇 시에?" 벨라콰가 말하면서, 평소의
비아냥거림으로 그의 신경을 안정시켰다. "그게 제일 중요하지."

"너는 도대체 무슨 귀신이 씌어서," 셀마가 유쾌함이 싹
가셔서, 말했다. "그렇게 지독하게 굴어?"

아, 그가 안다면야.

"하지만 용케 말이야," 그녀가 말했다. "내가 너한테 말해 줄
수 있단 말이지."

벨라콰는 잠깐 생각하다가 침묵을 지키는 편을 택했다.

"왜냐하면," 그녀가 말을 이었다. "내가 맨 처음 한 일이 그걸
맞춰 놓는 거였거든."

극악무도한 진실이 그의 정신에 떠올랐다.

"시계는 아니겠지." 그가 간청했다. "할아버지의
괘종시계라고는 말하지 마."

"할아버지와 할머니," 그녀가 말하고 말았다. "시간 측정기의
조상님."

그는 그의 얼굴을 벽 쪽으로 돌렸다. 그는 근년에 루시의
허락을 얻어서 집 안에 어떤 종류의 크로노미터를 두는 것도
용인하지 않았는데, 그에게 시간의 국지적 표명은 매 시간
뇌에 가해지는 여섯 번의 태형이었고, 심지어 태양의 그림자도
고문이었으니, 이제 와서 이 시간-기폭 장치를 곁에 둔다면 그의
남은 날들은 끔찍한 소음으로 귀먹을 것이었다. 그것은 충분히
약혼 파기 요인이 될 수 있었다.

그녀가 떠나고 한참 후에도 그는 몸부림치다가 문득, 지옥에
떨어진 영혼 앞에 하느님이 나타나듯이, 그는 언제나 괴물의
탈출을 막을 수 있고 그 죽음의 두개골을 벽 쪽으로 돌려놓을 수
있다는, 그런 생각을 아침 녘에 산비둘기의 찬가와 함께 떠올렸다
그다음에 그는 잠들었다.

몇 시에 캐퍼 퀸이 여기, 저기, 어디든, 그가 대리하는 인물의
이해관계를 돌보았는가. 자기표현의 진실성과 동떨어진 일에는
미흡한 사람임을 스스로 의식하면서, 그는 소박한 도착적 위임을
기반으로, 이번 일에서 그를 돕고 있었는데, 스프러울이라는

인물, 도심부의 회사에 다니다가 최근에 잘린 이 증권 중개인은, 강 북쪽의 쇼핑센터들에서 능숙하게 거래를 선도할 줄 알았으니 이는 참으로 루비보다 값진 것이었다.[23] 화창하고 운명적인 토요일 아침 일찍 그들은 만나서 부케를, 커다란 신부용 하나와 조그만 꽃다발 일곱 개를 사기로 했다.

"보그스 부인이," 헤어리가 말했다. "우리가 좀?"

"우리가 좀 뭐요?" 스프러울이 말했다.

"제 생각에는 아마도 꽃을." 헤어리가 말했다.

"다중수태."[24] 스프러울이 말했다.

그는 메리 스트리트의 꽃집으로 향했다. 여자 주인은, 재고 중에서 다섯 번째 수술로 수분되어 배아가 형성되기 시작한 금어초를 발견하고, 무척 기뻐하던 참이었다.

"오, 스프러울 선생님," 그녀가 외쳤다. "믿기지 않으시겠지만…."

"좋은 아침이에요." 스프러울이 말했다. "큰 난초 하나하고 제일 좋은 옥스아이 일곱 송이 주세요."

이때 캐퍼 퀸은, 아무리 흥정에 소질이 없다지만, 어떤 적합함의 감각을 타고났고, 실제로 아주 예리한 사람이어서 확실하게 자신의 방어선을 지킬 수 있었다.

"내 의뢰인을 대신해서," 그가 말했다. "난초 두 촉은 되어야 한다고 주장하는 바입니다."

"아무럼 어떻습니까." 스프러울이 말했다. "세 촉으로 하든가, 한 타로 하든가."

"두 촉." 헤어리가 반복했다.

"큰 난초 두 촉." 스프러울이 말했다. "그리고 제일 좋은 옥스아이 일곱 송이."

마치 요술봉을 휘두른 것처럼 아홉 송이가 그녀 손에 나타났다.

"네 묶음으로," 스프러울이 말했다. "하나, 둘, 셋, 그리고 난초 한 다발." 신속하게 그는 주소와 배송물을 한 장의 종이 위에 등치시켰다. "자," 그가 말했다. "맨 먼저 해 줘요."

이제 그녀는 총액을 말했고 이는 구매자에게 크나큰 놀라움을 안겼다. 그는 헤어리에게 호소했다.

"퀸 씨," 그가 말했다. "내가 깨어 있는 겁니까 아니면 잠들어 있는 겁니까?"[25]

그녀는 넉넉한 숫자를 부르는 데 그치지 않고 그녀도 먹고살아야 한다고 말했다. 스프러울은 연관점을 찾을 수가 없었다. 그는 여기가 나소 스트리트[26]가 아닌 게 확실한지 자신의 볼을 꼬집었다.

"나의 소중한 사장님," 그가 말했다. "우리가 나소 스트리트에 살아야 하는 건 아니잖습니까."

이 지적이 그의 적수를 너무나 약화시켰기에, 그녀는 그가 정가만큼의 금액을 그녀의 손에 쥐여 주는 수모를 겪었다.

"이걸 가져요," 그가 성찬식을 거행하는 듯한 목소리로, 말했다. "아니면 그만두든가."

차가운 합금이 그녀의 뜨거운 손바닥에서, 우울과 삶의 충동에 결합되어, 스프러울에게 유리한 쪽으로 상황을 결정지었다. 그에 기반하여 전투원들이 몹시 활달하게 악수를 나눴다. 양쪽 모두 승리를 거머쥔 것에 크게 만족하는데 어떻게 원한이 문제 될 수 있겠는가?

스프러울은, 그의 임무가 종결되고, 오벌 바[27]에서 자신의 수수료를 받았는데, 그곳에 그는 아무 볼일도 없었지만 헤어리는 진과 페퍼민트로 그의 고용주를 위해 건배해야 했다.

"행복한 개애로군." 스프러울이 말했다. 그는 세계대전에서도 멀쩡하게 살아 돌아온 사람이었다.

헤어리는 엄청난 감각 과민이라서 합법적인 주류 판매소에 있다는 사실만으로, 그 방종함과는 거의 무관하게, 충분히 기분이 들떴다. 이제 그래서, 그런 상황의 영향 아래, 그는 찬란하게 앞뒤가 안 맞는 말로 행복한 벨라콰라는 관념의 모순성과 그런 기행으로 전락할 수밖에 없는 그 욕망의 부적절함에 대해 장황하게 떠들었다.

"간음이로다." 그가 고래고래 소리 질렀다. "셰키나*[28]가 보고 있거늘."

---

* Shekinah. '하느님의 현현.' 영어.

이 논평은 극도로 열정적인 불쾌감의 발작으로 보좌되고
장식되었기에 가히 자선 행위로서 전직 증권 중개인은,
보이스카우트와 그들의 방식에 익숙하지만 두 번 다시 그런
식으로 살지 않을 것임을 스스로 잘 아는 이 남자는, 그의 빈 잔을
흥분한 동행인의 충격 완충재로 대신했다.

화창한 거리에서 달콤 쌉쌀한 슬픔이 스프러울에게
밀려왔으니, 헤어지는 것은 달콤했지만, 그의 봉사가 더 이상
필요치 않음을 깨닫는 것은 쌉쌀했다.

"안녕히," 그가 위압적인 손을 불쑥 내밀며, 말했다. "당신이
가는 길에 행운이 따르기를."

그러나 헤어리는 너무, 그의 위치에서 뿜어져 나오는
매연으로 너무 가득 차고 너무 압도당해서, 대답은커녕, 악수도 못
했다. 그는 발을 내디디며, 지하철 에스컬레이터에 몸을 싣고, 인파
속으로 사라졌다. 스프러울은 슬픈 눈으로 하늘을 올려다보았고
그날이, 숫자로 지칭할 수 없는 그 뛰어난 시간이, 아름다운
걸스카우트의 갈랑트[*] 형태로, 구름 사이로 저무는 것을 보았다.
그녀가 두 번째 손가락으로 그에게 손짓하니, 마치 렌스터
음악학교 중등부에서, 피아노 부문 수료를 준비하는 소녀 같았다.
이 달콤한 환상을 바탕으로 그는 부드럽게 마음의 문을 닫고, 그의
정신 속에서 그것을 마치 열병 환자를 닦아 주는 식초 스펀지처럼
느끼면서, 그것을 따라 오벌로 진군했다.

헤어리가 메탈 브리지[29] 한가운데에서 월터 드래핀이 아니면
누구를 만나겠는가, 계집애처럼 방금 세정하고 나와서 작달막한
연미복과 수장(袖章)을 걸친 그의 모습은 방금 간 손도끼처럼
말쑥하고 날렵했다. 태양이 그를, 그의 나른한 뒤통수를 밝게
비췄으니, 그는 왕관 같은 모자를 손에 쥐고 있었다. 두 신사는
이야기를 주고받는 사이였다.

"여기가 내가 서서," 이 왜소한 피조물이 말하면서, 한숨을
쉬었고 그 때문에 헤어리는 초조하게 두리번거리며 주변 감옥들과
궁전들을 살폈다. "리피 강 수영 대회를 관람하는 곳이지."

---

[*] galant(e). '애교점.' 프랑스어.

"푸른 눈의 고양이들은," 거인 캐퍼가 인용했는데, 다른
이유는 아니고 단지 그 구절이 그의 정신을 스쳐 지났고 지금 이
순간은 재치 있게 그것을 방출할 기회였기 때문이었다. "전부 귀가
안 들린다지요."

월터는 미소 지었고, 그는 무척 즐거워져서, 그는 다정한
태양을 향해 그의 작은 얼굴을 들어 보였으니 마치 키스를
받으려는 어린이 같았다.

"굴을 파고 사는 투코투코 쥐는," 그가 답했다. "종종 눈이 안
보이지만, 두더지는 언제나 맨정신이 아니라네."[30]

두더지는 언제나 맨정신이 아니다. 심오한 경구로다.
헤어리는, 그가 아는 모든 것을 짜내어 그만큼 말해 보려
애썼지만, 머리를 푹 숙였으니, 이 패배자는 신사답게, 월터가
그의 시도를 가상히 여길 것이라는 확신을 위안으로 삼았다.
불쌍한 헤어리, 그는 어마어마한 양의 지식이 있었지만, 글쓰기
도구 일체가 부재할 때는 이를 알릴 수가 없었다.

"그 형언할 수 없는 초대장은," 월터가 외쳤다. "하필이면
앙장브망이 부족하더군!"

그가 처음부터 느꼈던 의혹이 사실로 확인되었으니 헤어리는
분명 그가 무엇을 말하는지 모르고 있었다. 이제 그것은 그의 책에
넣는 수밖에 다른 도리가 없었다. 월터의 책은 출간되는 데 오랜
시간이 걸렸는데 왜냐하면 그가 일반적인 방식으로 그의 마음을
떠나게 할 수 없는 것이라면 무엇이든 던져 넣는 쓰레기통 이상의
무언가로 그것을 대하기를 거부했기 때문이다.

"그럼 이제 자네는 가서," 그가 말했다. "자네의 행복한
의뢰인과 접선하도록 하고, 나는 내 단춧구멍에 꽂을 것을
사야겠네."

이것은, 두더지와 앙장브망에 뒤이어 너무 빨랐고, 헤어리의
머릿속은 부글부글 끓어서, 그의 입 밖으로 '장미'라는 한 단어가
커다란 거품처럼 튀어나왔다.

"피처럼 붉게 새로 태어나," 월터가 말했다. "향기로운
고통으로. 응?"[31]

헤어리는, 의뢰인의 시간과 그 자신의 연약한 에너지를

일종의 고무 스탈린에 낭비하고 있음을 불현듯 깨닫고, 다소 상스러울 정도로 급작스럽게 출발했으며, 혼자 남은 월터는 거대한 중앙청을 감상하며 그의 축축한 머리를 공기 중에 말리려는 듯이 어슬렁거렸다. 지나가던 유머 작가는 텅 빈 모자 안에 1페니 동전을 떨어뜨렸고, 그것은 푹신한 충전재 속에 소리 없이 떨어졌으며, 그렇게 농담은 상실되었다.

팔러먼트 스트리트에서 장례 행렬이 지나갔고 헤어리는 모자를 벗지 않았다. 중앙에 선 많은 문상객들은, 지역사회의 전 부문이 숙연하게 경례하는 데서 적잖은 위안을 얻었기에, 그가 그러지 않는 것을 보고 마음속에 분노가 일었지만, 그 순간에는 그런 내색을 하지 않도록 행동을 단속했다. 젊은 사람들, 아마도 이방인들은 여기서 교훈을 얻어야 할 것이니, 장례 행렬이 지나가면 언제나 슬퍼하고, 모자를 벗어야 하며, 이는 작고한 이에 대한 경의의 행동이라기보다 살아남은 사람들에게 공감을 표하는 것이다. 이렇게 화창한 어느 날 헤어리는, 가족 친지들 사이에서 영구차 뒷자리에 꼿꼿하고 의연하게 앉아, 작업자가 한 손으로 곡괭이를 내려놓는 모습이나, 명랑한 멋쟁이가 그의 주머니에서 그의 두 손을 와락 잡아 빼는데, 그 몸짓이 백합 1톤보다 더 가치 있고 위안이 되는 광경을, 보게 될 것이다. 벨라콰의 경우, 그의 루시에게 헌신한 이후로 언제나 모자를 착용하는데, 이는 그의 성향과 반대되지만, 만에 하나 코르테주*와 마주칠 때를 대비한 행동이다.

신랑 들러리는 몰즈워스 스트리트에서 모건³² 한 대를 찾아오라는 지시를 받았는데, 이것은 빠르지만 시끄러운 차로, 보그스 가족의 친구 한 사람이 마침 여행을 가게 되어 빌린 것이었다. 말할 필요도 없이 어떤 천치 같은 놈이 예술적인 동네³³ 쪽으로 바짝 붙여서 주차해 둔 바람에 불운한 헤어리는, 서쪽 정류장에서 나와 듀크 스트리트의 평소의 혼란을 지나, 한시도 지체할 시간이 없다는 느낌에 그늘진 남쪽 보도를 따라 서둘러 왔고, 그래서 그가 찾아야 한다고 지시받은 그 한 개짜리 뒷바퀴를

---

* cortège. '장례 행렬.' 영어/프랑스어.

발견할 무렵에는 거의 절망한 상태였다. 그는 결국 그것을, 차량 행렬의 끝에서 한두 번째 줄에서, 알아보고 몹시 안도했지만, 그와 동시에 당황하기도 했는데 한 무리의 남자애들, 건달들과 정차 안내원 한 사람이 그 주위에 모여서 이 이상한 기계의 디자인과 퍼포먼스에 대한 평가를 교환하고 있었기 때문이었다. 그는 그럼에도 침착하게 자동차를 살폈으니, 그가 엄격하게 명받은 대로, 혹시라도 첨부되었을지 모를 혼인의 휘장이 없는지, 틀림없이 최선의 의도로, 그 몸체에, 마치 전리품처럼, 무언가 각인되거나 다른 수치스러운 증표가 없는지 보았다. 이상 없음에 만족하고, 그가 그 경량체에 설치된 거대한 프레임을 들어 올리자 즉각 구경꾼들의 전문가 논평이 줄어들었는데, 우리가 안내원은 예외로 친다면 말이지만, 그는 가장 진지하게 집중해서, 야유하고 웃음을 터뜨리며, 새조개 껍데기처럼 건들거렸다. 헤어리는, 도대체 그다음에는 무엇을 해야 할지 몰라서, 얼굴을 붉힌 채 가망 없이 계기판 앞에 앉아 있었다. 자동차 엔진의 시동을 거는 일반적인 준비 과정은 잘 알고 있었지만, 이것을 상상할 수 있는 모든 방식으로 조합해서 저, 아마도 예외적인, 모건에 적용해 봐도 소용이 없었다. 남자애들은 밀고 싶어서, 건달들은 끌고 싶어서 잔뜩 안달하는 동안, 안내원은 참지 못하고 카뷰레터를 향해 쇄도하여 엔진을 흔들어 댔는데, 그때 엔진이 극도로 심술궂고 예기치 못한 방식으로 배기 폭발을 일으키며 움직이기 시작해서, 이 친절한 친구의 팔을 부러뜨렸다. 헤어리가 시간이 너무 촉박해서 그의 심장을 위버멘쉬* 수준으로 경화시키고, 굉음을 울리며 엔진을 작동시키자 그는 돌연히, 거꾸러지고 벌떡거리는 폭발과 함께, 킬데어 스트리트 모퉁이를 사선으로 가로지르며 버스 앞부분 아래를 통과했는데, 다행히도 후방 번호판이 떨어지는 것 이상의 피해는 없었고 그리하여, 시적 정의의 간결한 국면을 제시했을 뿐만 아니라, 날개 달린 안내인에게 보상의 핵심을 제공했다.

이렇게 온갖 사소한 만남과 분쟁이 햇빛 넘치는 더블린에서 일어난다.

---

* Übermensch. '초인.' 독일어.

벨라콰는 탁월한 하룻밤을 보냈는데, 그가 친히 그의 정신의 내용에 정확한 가치를 부여한 날이면, 그것이 기쁨이든 슬픔이든 간에 늘 그랬고, 그래서 정오의 잔혹한 타격에 맞추어 헤어리가 그 기계를 그의 창 아래 세웠을 때 그는 아직도 일어나지 않은 상태였다. 지난밤 은밀하게 마신 다량의 술도 이 무기력에 기여했을 테지만, 그렇다고 해도 그 효과는 미미했을 것이라, 허다하게 수차례 부질없이, 단순히 그의 정신력이 해결하지 못하리라는 이유로, 그가 피렌체의 소르델로[34]처럼 몸부림칠 때면, 어떤 자세라도 고통스러웠기 때문이었다.

그는 그의 화끈거리는 눈을 뜨고 헤어리를 본 다음, 일어나서, 씻고, 면도하고 치장했는데, 그동안 아무 말도 없었고 아무 도움도 받지 않았다. 그들은 미리 준비한 가방을 모건의 빈칸에 밀어 넣었다. 벨라콰는 전신 거울 앞에 섰다.

"작은 것들이, 헤어리," 그가 말했는데, 그의 목소리는, 너무 오래 말을 안 한 터라, 그의 귀에 거슬렸다. "연인들을 떼어 놓는 거야."

"산은 그러지 않지." 헤어리가 말했다.

"그래, 도시 성벽도 그러지 않아."[35] 벨라콰가 말했다.

헤어리는 애도의 뜻으로 그의 동행인에게 돌진했으니, 그는 그저 그럴 수밖에 없었지만, 거부당했다.

"나 뒤쪽 괜찮아?" 벨라콰가 물었다.

"어떤지 너도 알잖아." 헤어리가 말했고, 따라서 그로서는 흔치 않은 명확한 태도로 그가 후반의 전 측면에 대하여 관용하지 않고 의존하지 않음을 단언했다. "너는 너 자신의 풍부함 속에 죽어 가지."

벨라콰는 그의 검지로 그의 입술을 억지로 벌렸다.

"만약 내가 사랑하는 것이," 그가 말했다. "오스트레일리아에만 있다면."

충실한 동행인 캐퍼는 그저 점점 흐려졌으니, 적어도 대화용으로는 그랬다.

"반면 내가 찾고자 하는 것은," 벨라콰가 말했는데, 거의 생각의 연쇄를 그대로 따라가는 것 같았다. "내가 볼 수 있는 한 어디에도 없으니."

"보비스쿰,"*36 캐퍼가 속삭였다. "나 맞게 한 거야?"

구름이 태양을 가렸고, 방이 어두워졌고, 빛이 전신 거울에서 빠져나갔고 벨라콰는, 그의 눈이 촉촉해지는 것을 느끼며, 그 자신의 흐려진 이미지에서 등을 돌렸다.

"기억해," 그가 말했다. "이제 찰스턴을 관두는 나에게 참된 것이란, 둠 비비트 아우트 비비트 아우트 밍크시트.**37 그걸 지금 기록해 놔."

케이커 놈들!38

그다음에 차를 몰고 도심부를 가로지르면서 단춧구멍을 비워 놓는 것은 반 푼어치 타르를 아끼는 짓39이라는 생각이 그에게 떠올랐으니 분명 그랬다. 그래서 그는 꽃 가게에 들어가서 자줏빛 베로니카 꽃술을, 잘못된 옷깃에 꽂고 나왔다. 헤어리가 빤히 쳐다보았다. 예의범절을 어긴 것보다도 정장을 반대로 입고 결혼하려는 그 멍청한 무모함에 그는 놀랐다.

염병할 호텔이 그들의 다음 기착지였다. 헤어리가 그의 옷을 갈아입자 과거 어느 때보다 옴 붙은 백수의 왕처럼 보였다. 벨라콰는 검소하게 흑맥주와 파로 점심을 먹었는데, 두 번째 결혼을 앞둔 남자의, 한 끼 식사는 못 된다고, 혹자는 생각할 만했다. 그러나.

성 타마르 교회, 뾰족한 끄트머리가 거의 추잡함의 지점에 이른 그곳에서, 신부 들러리들은, 장갑처럼 달라붙는 얇은 실크를 두른 채 지독한 옥스아이를 자랑스레 들어 보였고, 이제 막 보그스 부인이, 직접 고른 거즈 천과 옴팔로데스 한 다발로 가슴을 가린 채, 월터와 함께 합류했는데, 그가 몹시 휘청거리고 우쭐거리며, 다 함께 교회 입구에 모여 있던 차에 모르간테와 모르구테40가, 우나의 악독한 표현을 빌리자면, 팔짱을 낀 것이 아니라 한 덩어리로, 돌진해 들어왔다. 월터를 제외한 모두가 신랑의 입김에 기겁해서 뒷걸음쳤다. 보그스 부인은 옴팔로데스 꽃다발에 그녀의 얼굴을 파묻었고(불쌍하고 가련한 셀마!), 클레그 쌍둥이는 일제히

---

* Vobiscum. '그대와 함께.' 라틴어.
** *Dum vivit aut bibit aut minxit.* '사는 동안 술 취했을 때나 오줌 쌀 때나.' 라틴어.

진홍색으로 물들었으며, 퓨어포이 쌍둥이는 그늘로 몰려갔지만, 우나만은 신성모독적인 것이라면 무엇이든 혐오하는 탓에 그 말을 입에서 뱉지 않았다. 퍼뷰 양은 그 냄새가 오히려 상쾌하다고 느꼈다. 비열한 놈과 그의 충실한 동행인은 성단소로 진군해서 입구 옆에 자리를 잡았으니, 그중 후자는 오른쪽에 섰고 작은 놈은 후방에 섰으며, 각자 손에 모자를 쥐었다.

　　남쪽 신도석은 보그스 일당의 구성원들과 지지자들이 풍부하게 비치되어 있었으나, 북쪽은 텅 비어서 두 괴물이 서로 떨어져 앉아 있을 뿐이었는데, 지미 '덕' 스컴, 희끗희끗하고 터무니없는, 이 늙어 빠진 백치는, 나비넥타이와 풀오버 스웨터를 입고, 보이지 않는 스파게티를 끊임없이 씹어 대면서 이를 갈았고, 허마이어니 노이체, 이 건장한 체격의 색골은 따로 운송된 목발 사이에 검은색과 연보라색 옷을 입고 헐떡였다. 그녀의 상실된 성적 반구는, 그녀가 평생 동안 날카롭게 찾아다녔는데도, 어쩌다 보니 그녀의 궤도로 한 번도 진입하지 않았고, 이제는, 그녀의 관절 마디마디가 백묵처럼 바스러지는 가운데, 그런 흥미로운 감각으로 인생을 마무리하리라는 거창한 희망은 없었다. 그녀는 스컴의 정신에 어떤 혼란을 초래했는지 거의 꿈도 꾸지 못하나, 그는 그녀의 뒤에서 정확히 매력을 제거할 만한 거리에 앉아[4] 공기를 우물거리고 꿀럭거린다.

　　"에케."* 헤어리가 예정대로, 속삭이자, 벨라콰의 심장이 자신을 둘러싼 상자 벽을 대책 없이 두들겨 댔으니, 교회는 갑자기 십자가 모양의 짐승 우리가 되고, 천상의 불도그들이 성단소를 장악하고, 의례 행렬이 현관에서 냄새를 맡고 짖어 델 태세라, 교회 익랑은 퀴드삭**이었다. 오르간 주자가 암살자처럼 그의 다락방으로 뛰어들어 다채로운 힘들을 움직이기 시작하니 그것들은 때가 되면 명랑한 곡조로 성숙할 것이었다. 셀마는, 회색과 녹색의 피에드풀,*** 옆이 길게 트인 치마에 네그레스

---

* Ecce. '보라.' 라틴어.
** cul-de-sac. '막다른 골목.' 프랑스어.
*** pied-de-poule. '바둑판무늬.' 프랑스어.

핑크의 피케 패턴으로 치장한 아주 매력적이고 부당한 모습으로, 오토 올라프의 오른팔을 끼고 복도를 쓸고 있었는데, 올라프의 머릿속은 55번지를 떠난 다음부터 무언가 한 토막이 부글거리고 있었고 그것은 지금도 그를 떠나지 않았다.

> 한 번에 조금만 마셔라,
> 와인에 물을 타라,
> 할 수 있으면 술잔을 놓쳐라,
> 그리고 맨 먼저 떠나라.[42]

늙고 지혜로운 오토 올라프! 그는 결국 핏덩어리 때문에 죽었고 그의 지하 저장고를 뻐꾸기에게 남겼다.

　신부 들러리들은, 알바, 보그스 부인과 월터의 기묘한 삼각 편대로 끝을 내면서, 그들의 속도는 신부를 따르고 그들의 행동거지는 들러리 대표를 따른 끝에, 빠르고 시무룩하게 나아갔으니, 우나가 통제 불가능하고 부적절한 위치에서 그녀의 얇은 실크 옷이 잘 익은 열매처럼 터져 나가고 있음을 알아챘기 때문이다. 옷이 완전히 터지면 안 된다는 공포가, 그녀가 분연히 일어나 역겨운 동생의 장갑과 부케를 받아 들었을 때, 그 상황 때문에 악화된 습관적인 인간 혐오를 넘어서서, 그녀로 하여금, 따라서 그녀의 들러리 부대까지, 막대기 두 짝을 겹쳐 놓은 것처럼 짜증 나 보이게 만들었다. 늘 그렇듯이 알바는 예외였는데 그녀는, 영구적으로 그녀 존재의 일부가 된 것 같은 핵심 장기들의 오래된 고통이 경감되면서, 그녀가 특이한 들러리가 아니라 신부로 나섰다 해도 그보다 더 즐겁기는 어려웠을 것이다. 그녀의 뒤꿈치에 바짝 붙은 월터와 함께 그녀는 바삐 움직였다.

　벨라콰가 하느님을 느꼈다거나 셀마가 열두 사도들의 총합을 느꼈다거나 하는 이야기까지 하지 않더라도, 무언가 불명확한 방식으로 장엄한 예식에 어떤 종류 또는 부류의 신비로운 광휘가 전해져 조지프 스미스[43]라면 감동적이라고 느꼈을 법했다. 벨라콰는 고양이 목에 방울을 다는 쥐처럼 반지를 건넸고, 그 혼자서 그의 사랑이 결혼으로 결합됨을 알리는 짧은 기도를 드리는데 그것이 표식이며 맹세를 전부 뒤로 밀어낼 만큼 크게 부풀어 그녀가 반지 안쪽 귀퉁이에 새겨진 문장, 멘스 메아 루키아 루케스키트 루케 투아*44를 읽는 고통을 덜어 주었다. 그의 정신 상태는 이 단계에서 극도로 긴장하고 복잡해져서 (우리가 그가 거쳐온 그 모든 것을 고려해 보면 당연한 일이니, 사별에서 시작해서, 사계절 내내 모자를 써야 했던 일, 보그스 양에 대한 그의 열정이 초래한 달콤하고 날카로운 고통, 그를 기분 좋은 쇠약 상태로 내려놓았던 침대 속으로의 긴 퇴각, 흑맥주와 파, 그리고 이제 겉으로 보이는 가시적 기호로 낙인찍히는 감각에 다다른 것이라) 그의 소중한 망자 루시가 창백하고 들뜬 모습으로 이 구절의 두 번째 대목에 귀를 기울이는 것 같았으니,

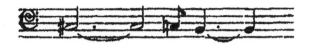

단추 푼 교향곡45 제I악장의 그 부분 말이다. 당신이 무슨 말을 하든, 망자의 정신이 튀어 오르지 않게 억누를 수는 없다.46

고양이에 관해 말하자면, 셀마는 예식 내내 고양이 같았고 불가해했고 저 유명한 포도 재배학적 구절47에도 전혀 불편하지 않았지만 벨라콰는 그 말에 너무 당황하고, 아마도 화가 났다는 말이 더 적합할 것이라, 그의 넓적한 접시 같은 얼굴이 본래의 거무죽죽한 색에서 진홍색으로 그리고 다시 시퍼런 색으로 변해 갔다. 그렇다면 그는 첫 번째로… 그의 신부를 유황 처리48할 기회를 노려서 확실히 해 둬야 하나? 아니다, 그것은 인간의 무고함을 더럽히는 행태일 것이다. 그리고 뭘 확실히 해 둔다고? 올리브? 그 비유의 부조리함과 무스카이 볼리탄테스** 같은 그 모든 배음들 때문에 그는 엄청난 재채기를 했는데 그것은 성례를 완전히 끝장낼 수도 있었지만 냉정하고 숙련된 사제가 이 조야함을 손으로 가리듯이 짧은 기도로 넘겼다.

---

* *Mens mea Lucia lucescit luce tua.* '나의 마음이 루시아 그대의 마음으로 빛난다.' 라틴어.
** muscae volitantes. '날아다니는 파리, 비문증.' 라틴어/영어.

손에 관해 말하자면, 셀마의 오른손은, 예식의 권고 사항대로 마치 퀸-을-찾아라 카드 게임을 하는 것처럼 춤추듯이 날렵하게 움직이면서, 성단소의 넋을 빼놓았다. 부목사는 로댕 미술관 밖에서는 그런 것을 본 적이 없다고 단언했는데, 이에 사무원은 뒤러의 드로잉을 사제는 그의 재임 기간을 연상했으며, 그리고 벨라콰의 경우, 그렇게 오랫동안 계속 시계 반대 방향으로 눈을 돌리고 자세를 취하면서 신음을 참으려고 폭풍처럼 괴로워하며, 모파상의 작열하는 표현을 빌리자면, 정신의 필록세라[49]에 사로잡힌 죄를 고발당했다.

드디어 그들이 모든 이의의 가능성을 넘어 다 함께 합의한바, 친애하는 신랑 신부는 그 후로 영원히 평화롭게 살아갈지라 그러자 비로소 그들은 울음을 터뜨릴 수 있게 되었고, 오토 올라프가 노래하자

참석하소서, 경외로우신 아버지시여!
이 신부를 보내 주소서[50]

이것이 스컴의 시드니[51]적인 마음에 격렬한 감동을 안겼으니 그는 그 자신을 내던져, 좋든 싫든 간에, 허마이어니가 가로대에 걸터앉은 신도석으로 뛰어들었으며, 거기서, 친인척의 시기적절한 감정으로 위장한 채, 돼지처럼 열렬하게 파고들고 코를 킁킁거리며 그녀의 애정을 갈구했으니 결정 작용[52]이 뭔지 모르는 점잖은 사람들에게는 그저 무시무시해 보였을 것이었다. 제의실이 닫히고, 그곳에서의 서명도, 직무도 키스도 끝나자, 거의 오르간 주자가 그의 악기를 재정비하기도 전에, 보그스 부인이 55번지로 돌아와, 그 델리카테센을 둘러싼 모슬린 옷을 벗어던졌다. 알바는 월터와 택시를 탔고, 오토 올라프와 모르구테는 전차를 탔는데, 두 괴물은 어떻게 거기까지 갔는지 전혀 몰랐고, 신부 들러리들로 말하자면, 우나를 제외한 모두가 현명하게 얼른 망토를 두르고 차를 얻어탔으니, 그들이 왜 현란한 도로변에서 요정처럼 그저 두 발로 떠돌기만 했겠는가.

이런 것들은 사소한 일이지만 매우 중요하다.

응접실이 붐볐다고 말하면 완곡한 표현이 될 것이었다.
손님들이 꽉꽉 들어찼다. 오토 올라프는 거기서 가능한 어떤
자세로도 극도로 고통스럽다고 느꼈는데, 그는 어쩔 수 없이 그의
가구들을, 그의 소중한 것들을 지켜보면서, 그가 그것들을 구할 수
없음을 알기에 무력하게 괴로워할 수밖에 없었다.

이 회합에는 무언가 아주 반짝이고 육즙이 풍부한 것, 무언가
아주 소용돌이 같은 것이 있었는데 움직여 나가려고 기다리는
사람들의 행렬이 한가운데부터 느슨하게 돌돌 말려서, 월터는
천천히 그러나 확실히 베노초 프레스코53를 떠올리고 이것을 몹시
냄새나는 목소리로 알바에게 말했다.

"멍청한 나귀와 온갖 것들." 그녀가 답했으니, 이루 말할 수
없이 신랄했다.

우나는 양처럼 발을 굴렀고 거기 참석한 모든 사람들이
양처럼 그녀를 향해 겁에 질린 얼굴을 돌렸다. 그녀는 용케 그녀의
얇은 실크 옷을 강화하고 떠받치는 데 성공했지만, 이제 그녀는
새로운 불평거리가 생겼으니, 말인즉슨, 신혼부부가, 맨 먼저
집에 와서 대기하고 있다가 축하를 받았어야 하는데, 실제로는
아직도 나타나지 않았다는 것이었다. 그래서 이 완전 중단
사태에 대한 고발이 행해졌다. 지금처럼 머리 없는 상황에서는
돌돌 말린 행렬이 예정대로 출구를 통해 풀려나갈 수 없었고, 이
행렬이 풀려나가지 않으면 무심한 신사 숙녀 여러분의 혼잡한
상황이 해소될 수 없다는 것은 명백했는데 그것이, 말하자면, 중앙
태엽이기 때문이었다. 그러나 무단으로 일탈한 부부를 내보내
그들의 자리를 지키게 하면 보라 저 꽉꽉 눌러 찬 것이, 마치
마법처럼, 명랑하게 해결되어 입식 점심 자리로 이어질 것이었다.
그 와중에, 이 무슨 훌륭한 침의 낭비인지!

"나를 일으켜 줘요 퀸 씨." 우나가 울부짖었고, 그녀의 분노와
함께 경계심은 바람에 날아갔다.

헤어리는 그의 동반자가 폭발하는 모습을 맹렬하게
지켜보았는데, 그녀가 이렇게 규제를 추구하는 동안, 그들은 둘이
함께—비유를 살짝 다양화하자면—이 혼인의 밧줄을 이루는
네 번째 매듭을 형성하고 있어서, 그들의 바로 앞에는, 그러니까,

보그스 부인과 스컴이 있었고, 그는 허마이어니의 거대한 옆구리 살을, 그녀의 목발 속으로 마치 수은처럼 축 처지고 흘러내린 고깃덩어리를, 뒤지고 있었으며, 불쌍한 오토 올라프는, 사지를 떨고 있었던 것이라―헤어리는 효과적인 동시에 예의 바르게 붙들 수 있는, 너무 뻔하지 않게 일종의 넬슨 기술[54]을 시도할 만한 지점을, 맹렬하게 찾으면서도, 다른 한편으로 그녀가 대체 무슨 목적으로 일으켜 달라고 했는지 계속 탐구하고 있었다.

그러나 그가 소란을 피울 수 있게 되기 전에 그의 얼굴이 붉어지고 화끈거리고 헐떡거리고 장황하게, 거대한 동요가, 학대 속에 드높아진 벨라콰의 목소리가 두드러지는 가운데, 현관에서 들려왔다. 그들이 드디어 도착한 것인데, 진짜 도시 수비대의 최고 높은 사람이 임무 수행의 일환으로 그들과 동행했고 넋이 나간 주차 안내원이, 돌처럼 창백한 얼굴로 명백한 유죄를 시사하는 번호판을 한손 가득 움켜쥐고 있었다.

오토 올라프는 그의 팔꿈치를 허마이어니의 목발 구멍에 집어넣고 쿡 찔렀다. 그렇게 그녀의 관심을 얻은 그는, 황폐한 목소리로 속삭였다. "내 오른쪽 폐는 아주 약하답니다."

허마이어니가 작은 공포의 말을 내뱉었다.

"하지만 내 왼쪽 폐는," 그가 고래고래 소리쳤다. "땡땡거리는 종처럼 건강이 넘치지요."

"제가 추정하는바," 보그스 부인이 제임스 스컴에게 말했는데 그의 얼굴이 넓적한 채처럼 너무 사납게 공기를 휘젓기 시작해서 그녀는 그가 친척 여성의 편에서 무언가 신사다운 행위를 타결하려는 것이 아닌가 우려했다. "제가 상정하고 용인하는바 보그스 씨는 그의 자택에서 그가 원하는 대로 말하고 행동할 수 있습니다."

제임스는, 이러한 견지에서 그에게 제시된 현안에 대하여, 즉각적으로 방침을 따랐다.

안내원의 비스듬한 케피 모자, 그 녹색 띠와 금색 하프, 그의 제멋대로 자란 머리카락과 이마의 흑백 아래로 쨍쨍거리는 울부짖음에, 월터는 너무 황홀해서 그저 눈을 감고 피사로 돌아가는 수밖에 없었다. 이 이탈리아계 아일랜드인의 회상

능력은 말 그대로 광대했고, 그의 『그저 그런 여자들에 대한 꿈』,[55]
과거 10년에서 15년 동안 리마이 라보르* 상태로 묶여 있는
이 책이, 출판되기만 한다면, 월터는 그럴 예정이라고 말하는데,
우리는 분명 그걸 구해서 어쨌든 그걸 볼 수 있게 될 것이다.

벨라콰는 그의 억류자와 고발자에게 극도로 흉포하게 악담을
퍼부었다. 오토 올라프가, 그다음에 캐퍼가, 그들의 대열에서
이탈해, 전자는 모든 위험에도 불구하고 화평을 시도했고, 후자는,
마음속 울분이 폭발해서, 깨끗이 털어놓았다. 안내원은 순식간에
위협에 굴복하여 그의 부상이, 그의 평소 업무 행위도 아니고,
도움을 요청받은 행위도 아니고, 순수하고도 단순하게 그 자신의
과도한 열의에서 빚어진 것이었고, 그 근원에는 의심의 여지 없이
욕심이 자리하고 있었음을 시인했다.

방향 전환이 이루어졌고, 소액이, 어떤 근거로도 배상적인
속성이 있다고 간주하기는 어려운 금액이, 그가 풀려나는 대가로
기부되었다. 이로써 사건은 종결되었다.

"그가 어찌나 가여운지 내 가슴에서 피가 나는구먼." 월터가
말했다.

"전혀 아닌데," 알바가 말했다. "그는 보험 안 들었대요?"

그녀는 갑자기 생각이 떠올랐다.

"집에서 봐요." 그녀가 월터에게 말했다.

월터는 예전에 그가 어떻게 무사히 들여보내졌는지 설명했고,
이에 기반하여, 만약 제안이 여전히 유효하다면, 그는 기쁜
마음으로 기꺼이 그녀의 집에 가 보겠다고 말했다. 그들은 그가
사랑하는 긴 우회로 중 하나로 갈 것이었다.

"나는 약속은 안 해요." 알바가 말했다.

점심은 모두와 그 외의 잡다한 사람들에게 커다란 실망을
안겼으니—당밀 몇 통과 얼음 섞인 곡식 껍질이 전부였다.
벨라콰는 눈을 감고, 과거의 어느 때보다 명료하게, 맥주
펌프를 보았다. 단것이 조금씩 나누어졌고 그다음에 셀마가
케이크 자르기를 거부했다. 그녀는 참 이상한 여자였다. 우나와

---

limae labor. '유예.' 라틴어.

브라이디가 강하게 재촉하자 그녀는 그녀의 남편에게 호소했다. 그녀의 남편! 그는 그녀에게, 상당히 솔직한 태도로, 그녀가 무슨 말을 하는지 어렵사리 알아들은 끝에, 모두가 그녀에게 그렇게 하라고 채근하고 있으니 차라리 그놈을 베어 버리는 편이 더 자애롭지 않겠느냐고 조언했다. 그는 이 주제에 열의를 보이면서 그녀에게 조금만 더 버티라고, 조금만 더 있으면 다 끝날 거라고 말했다. 다급하고 다소 은밀한 여담으로 시작된 것이 이제 정규적인 테트아테트*로 발전했고, 결국 셀마가 그 자애로운 일을 하려고 몸을 돌렸을 때는 케이크가 산산조각 나 있었다. 거기에는 오렌지 꽃이 장식되어 있었는데. 물욕광들의 손길을 피한 몇 안 되는 것들을 그녀는 그러모아 그녀의 가슴 안에 숨겼다. 이것들을 그녀는 나무통 깊숙이 고이 간직해서 그녀가 숨 쉬는 한 계속 아 줄 것이라, 이것들과 그녀의 난초 두 촉과 벨라콰의 베로니카, 이것들은 무슨 일이 있어도 그녀가 지키기로 결심한 열정적인 헌신을 나선형으로 상승시키니, 보그 라 갈레르!** 시간은 이 기념품들을 산산이 부숴 놓겠지만 적어도 그 요소들은 영원히 그녀의 소유가 될 것이었다. 그녀는 가장 이상한 여자였다.

월터는 오토 올라프의 제국 시대 오토만 의자의 오뷔송산(産 천에 그의 부츠를 닦고서, 그의 기니 금화 술잔을 샴페인-젓개로 두드려서 좌중을 조용히 시킨 다음 그의 이야기를 풀어놓았으니, 역회전이 불가능한 톱니바퀴처럼 결코 철회할 수 없는 그 단조로운 목소리는, 다음과 같이 흘러갔다.

"기록에 따르면 하원 의원인 어떤 귀부인이, 그것도 펨 코버트***가, 자기 발로 일어서서, 그 발은—그녀는 더블린 출신이라—스위프트가, 이 나라의 여성들이 생크스의 암말처럼 제 발로 걸어 다니지 않는다고 꾸짖으면서, 가만히 뉘어 두는 데 딱 어울린다고 묘사했던 것입니다만,56 이렇게 선언했어요. '나는 사람을 취하게 만드는 술을 한 방울이라도 내 입술로 넘기느니

---

* tête-à-tête. '마주 봄.' 프랑스어.
** Vogue la galère! '여하튼 배를 저어라!' 프랑스어.
*** feme covert. '기혼 여성.' 영어.

차라리 간음을 저지를 것입니다.' 그러자 무례한 제빵사가, 노동당 측의 이해관계로 돌아와, 대꾸했지요. '우리 모두 그러지 않겠습니까, 부인?'"

이 도입부는 보통선거권을 얻기에는 너무 고밀도였다. 오토 올라프의 경우 그것이 효과를 발휘하는 데 대략 5분 정도 걸렸고, 그제야 그는 대책 없이 히스테릭하게 웃어 댔다. 월터의 모습은, 그가 환상적인 의자 쿠션 위에서 앞뒤로 왔다 갔다 하는 꼴이, 마치 동물 우리에 갇히거나 선거에 뛰어든 사람 같아, 그의 신경망을 뒤집어엎고 그의 마음을 악의와 광기로 급속 충전했다.

"'일 포 마르셰 아베크 르 탕.' 극우의 대리인이 말했습니다. '슬라 데팡.'** 브리앙[57]이 무덤처럼 음침하게 비웃으며 답했습니다. '당 쿠아 일 마르슈.'*** 그러니 저에게 야유를 보내지 마십시오, 헤어샤프텐,**** 왜냐하면 그러다간 제가 거의 끝장날 것 같으니까요.'"

그는 머리를 수그리고, 오랜 여행을 마친 한 마리 펠리컨처럼, 그의 무시무시한 콧수염 끝을 귀처럼 쫑긋거리고 불명예스러운 행위 도중에 들켜서 깜짝 놀란 사람처럼 발을 꼼지락거렸다. "그는 제정신이 아니에요." 악의를 품은 부인들의 대표가 말했다. 오토 올라프는 게걸음으로 식품 거치대에 다가갔다. 우나는 대단히 과시적으로 커다란 쿠션 위에 앉았다. "그가 시작하면 알려 줘." 그녀가 말했다. 셀마의 눈은 오렌지 꽃을 찾아 이리저리 재빨리 움직이고 있었고, 벨라콰는 셀마를 지켜보고 있었고 알바는 그를 지켜보고 있었다. 제임스와 허마이어니는, 당밀을 먹고 용기백배해서, 레장스 양식의 트뤼모***** 앞에서 자세를 취해 보고 있었다. 보그스 부인은 남편과 애인을 둘 다 그녀의 가시 범위 안에 들일 수 있는 유리한 위치를 점하기 위해 교묘하게

동작 중이었다. 평소의 사복 방범대원은, 그 아수라장에서
머리와 어깨를 치키고, 그의 신문을 읽고 있었다. 찬란한
사교성을 자랑하는 두 사람이 근처에서 서로의 존재를 발견했다.
"취했네요." 한쪽이 말하자, "불이 잘 붙었어요." 다른 한쪽이
맞장구쳤고, 그들은 한참 의미심장한 눈빛을 교환했다.

　　월터에게 공정하게 하자면 이 말은 반드시 해야 하는데 그는
이렇게 처량한 외면으로 뚫고 들어갈 수 있는 사람이 아닌지라,
그 외면 뒤에 모든 것은 알 프레스코* 상태의 자비로우신
하느님의 보좌이며 셰키나이며 그분 자신이었으니, 그는 더할
나위 없이 맵시 있는 갑옷으로 무장하고, 알바-모르겐**으로
그의 상처를 감싸며 과수원의 나무들 사이로 태양이 푸르고
얕은 바다를 향해 서투르게 내려앉는 것을 보았다. 흠칫 놀라서
제정신을 차리고, 실의의 망토를 벗으며, 그는 머릿속을 지나간
첫마디를 말했다.

　　'셈페르 이비 유베니스 쿰 비르기네, 눌라 세넥투스
　　눌라퀘 비스 모르비, 눌루스 돌로르…'***58

보그스 부인은, 이미 오토 올라프의 뒤늦은 낄낄거림을 듣고 그가
살금살금 움직여서 식품 거치대 위에 있는 캐슬 푸딩을 전부
회수하는 것을 보면서 전율하던 참이라, 이제 그가 이것들을 그의
적을 향해 속사포처럼 던져 대기 시작했을 때는 별로 놀라지도
않았다. 그러나 월터는 그런 별 볼 일 없는 포탄들을 차단할
수 있었고, 심지어 하나 잡아서 먹기도 했는데, 그에 비하여
늙은이의 힘은, 그리고 그의 분노는, 금세 소진되었다. 그의
동맥이 닳아빠지기 시작하고, 앞서 말한 치명적 결과에 이른 것은
이때부터였다.

---

* Al fresco. '신선함.' 이탈리아어.
** Alba-Morgen. '하얗게 빛나는-아침.' 라틴어/독일어.
*** Semper ibi juvenis cum virgine, nulla senectus Nullaque vis morbi, nullus
dolor… '언제나 처녀가 있고, 늙지 않고 병에 걸리지 않고, 고통받지 않고.' 라틴어.

"내가 이 잔을 들고," 월터가 말하면서, 마치 둥근 방패를 드는 것처럼 그것을 아래로 쭉 내려서 약간 왼쪽으로 들었다. "철철 넘치는 이 영광스러운 잔을, 여기 계신 분들과 나이, 질병, 병약, 또는 선약으로 우리와 함께하지 못한 많은 분들을 대신하여, 그대들에게, 가장 소중한 셀마, 우리가 사랑하는 이여, 그리고 그대, 수아 씨, 셀마가 사랑하고 그녀의 사랑을 받으니 단언컨대 우리도 모두 사랑하는 이여, 이제 그대들이 누릴 지복의 문턱에서, 혼인을 완성하는 이런저런 수많은 것들, 저속하고 그런 것들에 대하여, 그대들이 유념해야 하는바."

그는 부지런히 잔을 흔들고, 느린 어퍼컷으로 그 자신에게 잔을 부딪혀, 마셨다.

"나는 이 눈을 감고," 그가 말을 계속하면서, 그 눈을 보그스 부인에게 고정하고 잔을 다시 바닥에 내려놓았다. "그들이 저 인상적인 섬, 아발론, 아틀란티스, 헤스페리데스, 오 브레슬59에서, 억지 주장을 하자는 것은 아닙니다만, 서로 겹쳐져서 와안벽한 사랑의 샴쌍둥이로 하나가 되고, 최고로 유쾌한 자연환경에서 흥겹게 지내는 것을 봅니다. 오 저 별이, 그들의 욕망으로 과격하게 이글거리니, 나의 것도 아니고, 나의 친구들이여, 그대들 것도 아니라, 어떤 두 별도, 사도 바울이 우리에게 이야기한 것처럼, 영광의 문제에서는 동등하지 않으니,60 그들에게 합법적인 만곡형의 기쁨을 주기를!" 그는 영광스러운 술잔에 남은 것을 털어 넣었다. "히멘*의 자애로운 난잡함과 보호에 우리가 그들을 맡기나니, 이제, 앞으로 그리고 영원히. 슬랜처."**

이렇게 월터의 연설은 끝났는데, 그렇게 나쁜 연설이었으니 끝나서 아주 좋다고 모두가 느꼈으나, 그는 황홀감에 여전히 그 자세로 오토만 의자 위에 서서, 박수갈채를 음미하고 있었으니, 벨라콰는 아직 나올 게 더 남았다고 생각했고 그래서 우나의 목소리가 들렸을 때 깜짝 놀랐던바, 질질 끄는 것과 정반대되는 성향이 변함없이 그녀를 가장 끔찍한 열정 속으로 던져 넣었고,

---

* Hÿmen. '혼인의 신.' 라틴어.
** Slainte. '건강을 위해.' 게일어/영어.

그녀는 심통 사납게 그에게 필요한 일을 하라고 요구했다. "이제 수아 씨, 이제 그다음에는 수아 씨, 우리가 당신을 기다리고 있는데요 수아 씨." 이 추악한 끼어들기로 인해 그의 감사 인사는 원래 의도했던 것보다 덜 다정해졌다. 그는 자리에서 일어서서, 그가 능숙하게 구사하는 창백한 목소리로 말했다.

"감사드립니다, 보그스 양, 이제부터 조금의 모호함도 없이 이렇게 불릴 텐데, 그녀가 늘 그러듯 적시에 지적해 주셨습니다. 드래핀 씨는, 다정하고 격렬한 감수분열을 선사해 주셨습니다. 작은 두 마리 꿀벌 같은 부부는, 풍족한 하사금을 내려 주셨습니다. 신부 들러리들은, 특별히 그들의 리더 벨벨[61]을 따라, 이날을 맞아 섬세하게 계산된 직무를 수행해 주었으니, 그것은 단순한 버팀목 이상이었고 비스 아 테르고* 이하였습니다. 스컴과 노이체, 두 분이 아직 난국을 타개하지 못한 것을 보게 되어 기쁩니다. 나의 충직한 친구이자 훌륭한 들러리, 타이니 헤어리 캐퍼 퀸은, 국면을 전환하면서, 날이면 날마다, 나와 많은 이들을 위해 애써 주었으니, 그의 영적 실체는 지금에 이르러 내가 확신하건대 아 페 아콩플리**라 하겠습니다. 모든 교회 직원 여러분, 가브리엘 신부,[62] 그리고 많은 분들, 요컨대, 돌고 도는 세상사의 한순간을, 아무리 보잘것없는 방식이라고 하나, 목격하고 찬사를 보내기 위해 여기까지 시간을 내어 와 주신 분들께 감사드립니다. 엘렐레우.*** 주주.****"

플루타르코스의 학생은 그 자신이 현대적 학교의 물리학자와 어깨를 나란히 하고 있었던 것을 깨달았다.

"거기 당신은 그를," 전자가 말했다. "땅콩 껍질에 넣을 수 있지요."

"이 쌍각조개 같은 세상." 후자가 말했다.

두 사람의 눈이 마주쳤는데 눈물이 그렁그렁했다.

---

* vis a tergo. '배후의 권력.' 라틴어.
** a fait accompli. '기정사실.' 프랑스어.
*** Eleleu. '아이고.' 그리스어.
**** Joujou. '장난감.' 프랑스어.

벨라콰의 이 말들이 만족을 줄 수도 있었을 아주 작은 기회조차
완전히 박살났던 것은 그가 계속 관찰당하고 있었기 때문인데,
그는 셀마[63]와 안도의 한숨으로 이루어진 복합적인 무언극 중에,
감사 인사를 할 때마다 손가락으로 숫자를 세고 있었던 것이다.
셀마는 충격으로 침묵이 내려앉은 분위기 속에 문가로 걸어가,
문을 열고 나가서 문을 닫았는데, 그런 독립의 표현은 오히려
우나의 허를 찔렀으니, 그녀는 명백하게 가장 절실히 그녀의
도움이 필요한 순간에, 큰 소리를 내면서 커다란 쿠션에 주저앉을
생각이었고, 그래서 신부를 공개적으로 조롱할 계획이었다.

다른 한편 헤어리는, 마지막까지 그가 의뢰받은 일에
충실하게, 재빨리 업무에 복귀했다.

"얼른 나가서," 벨라콰가 말했다. "그녀를 골목으로 몰아서
덴마크 스트리트로 못 나가게 해."

하객들은 이제 뻣뻣하게 응접실로 자리를 옮기고 있었으니,
월터와 오토 올라프는 그 알바라는 인물에 대해 의견이 갈리면서
격렬하게 흥분했다가, 오토 올라프가 물러났고, 허마이어니와
제임스는, 그가 그녀를 무덤처럼 깊은 바퀴 달린 안락의자로
밀어붙이면서, 쇠퇴기를 끝냈다. 이 기괴한 마차는 승객이 그녀의
발을 땅에 내린 결과로 복도 한가운데 멈췄는데, 그것이 교태인지
아니면 피로의 표현인지는 우리가 독자에게 결정할 문제로 남겨
두겠다.

"내 목발 짐." 그녀가 말했다.

짐은 목발을 가지러 돌아갔고, 월터는 허마이어니와 안식을
취했고, 알바는 오토 올라프를 날려 보냈고, 짐은 빗자루를 가지고
돌아왔고, 허마이어니는 어떻게든 그걸 겨드랑이 사이에 끼웠고,
월터는 다시 알바와 합류했다. 그들 넷은 모두 조용히 그들이
있던 곳, 즉 복도에서, 수단과 방법을 논했는데, 처음에는 각자
이야기하다가, 그다음에, 그들의 이해관계가 일치한다는 것을
서로 엿듣고, 함께 모였다. 머리 둘보다는 넷이 낫고, 넷보다는
여덟이 낫고, 기타 등등.

비교적 온당한 시간차를 두고 벨라콰는 짧게 사과했고
(기억하겠지만, 일전에 그가, 그로브너 호텔에서 시인에게 했던

것처럼), 방을 나가서, 계단을 뛰어올라, 카자크족처럼 그의 신부를 따라잡은 다음 은밀한 방식으로 그녀를 집 뒤편의 정원으로 데리고 내려왔다. 그는 좁은 길로 이어지는 쪽문을 열쇠로 열었고 그의 사랑은 이걸로 그가 휘말린 소송을 초기 단계에 원활하게 풀 수 있기를 허황되게도 희망했으나, 다음 순간 그들은 그 혐오스러운 부지를 피해 갔으니 정원에서 천식 걸린 말 같은 소리가 들리자 그는 돌아설 수밖에 없었다. 이것은 저 억누를 수 없는 4인조로부터 나는 소리로, 허마이어니, 알바, 월터, 제임스는, 땀을 흘리고, 애원하며, 그들만의 휴가를 보내고 있었다.

벨라콰는 가축처럼 멍한 눈으로, 이 모든 일이 그에게 또 일어났다는 감각에 압도되어, 꿈꾸는 것처럼 또는 결과적 존재처럼 서 있었다. 그다음에 그는 쪽문의 한쪽으로, 셀마는 다른 쪽으로 비켜섰으니, 마치 카우디네의 퇴각로[64] 같아, 그는 혼잣말하며, 탈주자들이 전차에 타려는 여자들처럼 뒷문으로 쇄도하는 것을 바라보았다. "사랑받는 사람들이 살아야 하는 것이 옳겠지." 바로 그 순간에 그는 그 자신에 대한 관심을, 마치 손이 닿지 않는 포도를 대하듯이, 결정적으로 상실했다고, 그는 몇 년 후에 지적하곤 했다.

그러나 이미 경보음이 울렸으니, 창문에서 얼굴들이 튀어나왔고, 우나가 힘차게 대혼란의 비명을 내지르기 시작했고, 사교성 좋은 사람들과 사복 대원이 정원으로 거꾸러질 듯 달려 나와 추격의 선봉에 섰다. 벨라콰는 헤어리 형태의 통을 그들에게 던지고,[65] 쪽문을 바깥에서 잠근 다음 그 자신과 그의 아내를 모건에 태워, 빠르지만 시끄럽게 사라졌다.

나머지 넷에 관해서라면, 그들은 카펠라 레인에 다다라서, 근사한 체노테카,* 샤르몽 하우스까지 가서야 겨우 안심했다. 아무도 거기서 그들을 찾으리라고는 생각하지 않을 것이었다.

루시는 짐칸의 아트라 쿠라**[66]였고 골웨이로 가는 길의 가장 좋은 부분이었다.

---

* cenotheca (cena+enoteca). '식당 겸 술집.' 이탈리아어.
** atra cura. '어두운 마음.' 라틴어.

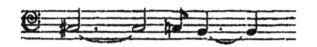

그들 전부가 목을 축이려고 멈춰 섰다. 셸마는, 변함없이 그를
거슬리게 하는 쪽에서, 자신이 수아 부인이라고 주장하기
시작하며, 그의 작은 가슴을 두근두근하게 만들었다. 그는 그녀가
결코 본 적 없는 얼굴을 그녀에게 돌렸다.

"바빌란[67]이라는 말 들어 본 적 있어?" 그가 말했다.

이제 셸마는 용감한 여자였다.

"뭐라고?"그녀가 말했다.

벨라콰는 그 이상한 단어의 철자를 일일이 불러 주었다.

"전혀," 그녀가 말했다. "그게 뭐야? 먹는 거야?"

"오," 그가 말했다. "네가 생각하는 건 바바고."

"그럼 됐어." 그녀가 말했다.

그의 눈이 바싹 말라서, 그가 눈을 감았더니, 과거 어느 때보다
뚜렷하게 보이는 것이, 노새가, 무릎까지 진창에 빠져 있고, 등
위에는 비버 한 마리가 두 다리를 벌리고 앉아, 목검으로 그놈을
내리치고 있었다.

그러나 그녀는 용감하기만 한 것이 아니라, 그녀는
신중하기도 했다.

"너의 베로니카," 그녀가 말했다. "내가 엄청 갖고 싶어
했는데, 어디 갔어?"

그는 그 부분에 손을 찰싹 가져다 댔다. 아아! 꽃술은 이미
고개를 수그리고, 그 줄기가 틈새 사이로 꾸물꾸물 빠져나가, 땅에
떨어지고 발아래 짓밟혔으니.

"서쪽으로 갔어." 그가 말했다.

그들은 더 나아갔다.

1. 자기지상주의라는 뜻의 단어 '입시시모서티(ipsissimosity)'는 19세기 독일 철학자 프리드리히 니체(Friedrich Nietzsche)의 신조어 '입시시모시태트(Ipsissimosität)'의 영어 번역어다. 니체는 라틴어로 자기 자신을 뜻하는 단어 '입세(ipse)'를 변형해서 이 단어를 만들었고, 『선악의 저편(Jenseits von Gut und Bose)』 207절에서 "온갖 주관적인 것과 저주받은 자기지상주의에 한 번도 죽도록 싫증을 느껴 보지 않은 사람이 있었던가!"라고 쓴다.

2. 밀덴도는 스위프트의 『걸리버 여행기』에 나오는 소인국 릴리풋의 수도다. 성 게오르기우스 또는 성 조지(St. George)는 로마의 박해로 처형된 초기 순교자로, 흔히 용을 죽이고 공주를 구한 용맹한 기사로 묘사되는 잉글랜드의 수호성인이다.

3. '보그스(bboggs)'라는 이름은 '늪지' 또는 '화장실'이라는 의미의 '보그(bog)'와 연관된다. 이는 보그스 가문의 화장실 용품 사업과도 관련되지만, 벨라콰의 첫 번째 특성으로 진술된 '진창에 빠져 꼼짝달싹 못 하는(bogged)' 상태와도 의미가 이어진다.

4. '베누스 칼리피게(Venus Callipyge)'는 고대 로마의 대리석상으로, 고개를 뒤로 살짝 돌리고 옷을 걷어 올려 마치 자신의 엉덩이를 바라보는 듯한 자세를 취하고 있다. 처음 발굴되었을 때는 머리 부분이 없었으나 후대에 복원가가 이와 같은 자세의 머리를 덧붙였다.

5. 일반적으로 '봉베 코모드(bombé commodes)'는 로코코 양식의 불룩한 서랍장을 가리킨다. 그러나 영국에서 '코모드'는 좌석 아래에 요강을 받친 환자용 의자를, 미국에서 '코모드'는 양변기'를 가리키기도 한다.

6. 17세기 프랑스 작가 프랑수아 드 라로슈푸코(François de La Rochefoucauld)는 『잠언록(Maximes)』에서 "여자는 첫 번째 열정 속에서 사랑하는 사람을 사랑하고 두 번째 열정 속에서 사랑을 사랑한다"라고 쓴다.

7. 존 던은 「비가 II: 애너그램(Elegy II: The Anagram)」에서 "비록 그녀의 모든 부분이 제자리에 놓여 있지는 않지만 / 그녀는 좋은 얼굴의 애너그램을 가졌지"라고 노래한다.

8. 이 노래는 당대의 보드빌 공연 레퍼토리 「건강염려증 환자(The Hypochondriac)」 코러스의 일부다.

9. '드래핀(Draffin)'이라는 이름은 '찌꺼기'라는 의미의 '드래프(draff)'—이 책 전체의 가제였고 결과적으로 마지막 단편의 제목이 된—와 연관된다.

10. 19세기 미국 시인 헨리 워즈워스 롱펠로(Henry Wadsworth Longfellow)는 「성 아우구스티누스의 사다리(The Ladder of St. Augustine)」에서 모든 저급한 갈망을 밟고 오르는 영적 성장을 노래한다.

11. 노리치의 줄리언(Julian of

Norwich)은 14-5세기 영국의 신비주의자로, 홀로 은둔하며 병상에 누워 신비체험을 하고 이를 바탕으로 『신성한 사랑의 계시(Revelations of Divine Love)』를 남겼다.

12. 버턴은 『우울의 해부』 3부에서 사랑에서 비롯된 우울의 치료법 중 하나로 "남자와 여자의 결점, 결혼의 비참, 육욕의 행사 등 기분 나쁜 사실들을 적시하여 조언하고 설득하는 것"을 꼽으면서, 상사병에 걸린 남자에게 사랑하는 사람이 유행에 뒤떨어진 할머니 같은 옷을 입고 숯 검댕을 칠하고 "오포포낙스, 사가페눔, 아사포에티다, 아니면 그 비슷한 추잡한 진액의 냄새를 풍기는" 모습을 상상하게 하는 것을 예로 든다.

13. '수아(Shuah)'는 성서에 나오는 이름이다. 「창세기」 38장에서 유다는 수아의 딸을 아내로 맞아 엘, 오난, 셀라라는 세 아들을 낳는다. 유다는 엘에게 다말을 아내로 주었으나 엘이 하느님의 노여움으로 죽게 되자, 둘째 아들 오난에게 다말을 취해 대를 잇게 한다. 그러나 오난이 이를 원치 않아 체외사정을 시도하자 하느님이 노하여 그 또한 죽인다. 오난의 죄에 대해서는 논란이 있었으나 정자의 낭비라는 측면에서 자위의 죄와 연관되었고, 결과적으로 '오나니즘(onanism)'이 '자위'를 뜻하게 되었다. 이후 다말은 유다를 속이고 그를 취하여 쌍둥이 아들을 낳는다.

14. 글래스네빈은 더블린에서 가장 유명한 공동묘지가 있는 곳이며, 다말은 성녀가 아니라 「사무엘기 하」

13장에서 오빠 암논에게 강간당하는 다윗의 딸이다.

15. 아일랜드 서부 해안의 불모지로, 호수와 늪이 많고 토탄이 퇴적되어 있다.

16. 16세기 영국 시인 에드먼드 스펜서(Edmund Spenser)는 자신의 결혼식을 찬미하는 축혼곡을 써서 그리스어로 '신부의 노래'를 뜻하는 '에피탈라미온(Epithalamion)'이라는 제목을 붙였다. 이후 또 다른 결혼식의 축시를 쓰면서 예식 '앞에(pro-)' 지어진 노래라고 하여 '프로탈라미온(Prothalamion)'이라 명명했는데, 이 신조어는 훗날 결혼 축가를 뜻하는 일반명사로 정착했다. 저자는 '아래의, 저하되는(hypo-)'의 의미를 덧씌워 이 단어를 고쳐 쓰고 있다.

17. '캐퍼(capper)'는 '모자를 쓴 사람', '끝장', '바람잡이' 등의 의미가 있다. '농담을 더 재치 있게 받아쳐서 말문을 막아 버린다'라는 뜻의 동사 '캡(cap)'—이 동사는 앞서 월터 드레핀을 묘사하는 데도 쓰였는데—의 의미와 연관 지어 생각할 수도 있다. '퀸(quin)'은 '다섯 쌍둥이'라는 뜻이기도 하고 말라리아 열병 치료제 '키니네'를 뜻하기도 한다.

18. 17세기 프랑스 작가 마리카트린 돌누아(Marie-Catherine d'Aulnoy)의 동화 「파랑새(L'Oiseau bleu)」 중 한 대목이다. 예쁜 공주가 잘생긴 왕자와 결혼하는 것을 질투한 계모와 의붓 자매가 공주를 높은 탑에 가두고

왕자를 파랑새로 만들지만 결국 행복해진다는 이야기로, 인용된 구절은 탑에 갇힌 공주가 왕자를 부르는 노래다. 이 동화의 영역판은 1892년 스코틀랜드 작가 앤드루 랭(Andrew Lang)이 편집한 『초록 동화책(The Green Fairy Book)』에 수록되었다.

19. 15세기 이탈리아 출신 탐험가 크리스토퍼 콜럼버스(Christopher Columbus)는 1477년 골웨이의 성 니콜라스 교회를 방문해서 기도한 적이 있다고 전해진다.

20. 「시편」 128장 2-3절에서 "네가 행복하고 형통하리로다. 네 아내는 네 집 곁에서 열매를 많이 맺는 포도나무 같으며 네 자식들은 네 상 둘레의 올리브 묘목 같으리로다."라는 구절을 변용했다.

21. 『신곡』 「지옥 편」 3곡에서, 지옥의 입구에 들어선 단테는 "비겁한 나머지 엄청난 사퇴를 한 사람 (…) 하느님도 하느님의 반대자들도 다 싫어하는 사악한 자들의 무리"를 보는데, 이는 대체로 1294년 교황직에 올랐으나 반년 만에 직위를 포기한 켈레스티누스 5세를 가리킨다고 여겨진다.

22. 스트럴드브러그는 『걸리버 여행기』에서 러그내그 왕국에 사는 불멸과 노화의 운명을 함께 짊어진 종족이다.

23. 「욥기」 28장 18절에 "산호나 진주는 말할 필요도 없나니 지혜는 루비보다 더 값지도다."라는 구절이 있다.

24. 19-20세기 미국 출신의 영국 시인 T. S. 엘리엇(Eliot)은 「엘리엇 씨의 일요일 아침 서비스(Mr. Eliot's Sunday Morning Service)」에서 "태초에 말씀이 있었으니. / 유일자의 다중수태,"라고 노래한다.

25. 키츠의 「나이팅게일에게 부치는 시」는 "그것은 환상인가, 백일몽인가? / 그 음악이 달아나니—나는 깨어 있는가, 잠들어 있는가?"라는 말로 끝난다.

26. 나소 스트리트는 트리니티 대학교 남쪽 길로, 1904년 6월 10일 제임스 조이스가 연인 노라 버나클(Nora Barnacle)을 처음 만난 장소로 유명하다. 며칠 후인 6월 16일 조이스는 버나클과 정식으로 데이트했고, 훗날 이 날짜는 조이스의 대작 『율리시스(Ulysses)』의 배경이자 주제가 된다.

27. '오벌 바(The Oval Bar)'는 1822년 주류 판매업 허가를 받은 더블린의 유서 깊은 술집이다.

28. 19세기 영국 평론가 토머스 칼라일 (Thomas Carlyle)은 『영웅 숭배론(On Heroes, Hero-Worship, and The Heroic in History)』에서 "진정한 셰키나는 인간이다."라고 쓴다.

29. 더블린의 리피 강을 가로지르는 하페니 다리를 가리킨다. 정식 명칭은 리피 다리지만, 하프 페니의 통행료를 받는다고 해서 오랫동안 '하페니 브리지'라고 불렸고, 1816년 처음 개통 당시는 철제 교량이 드물어서

'메탈 브리지' 또는 '아이언 브리지'로 통했다.

30. 여기서 헤어리와 월터가 주고받는 동물에 관한 문구들은 모두 19세기 영국 생물학자 찰스 다윈(Charles Darwin)의 『종의 기원(On the Origin of Species)』 일부를 변형해 인용한 것이다.

31. 17-8세기 영국 시인 알렉산더 포프(Alexander Pope)는 「인간에 대한 에세이: 서간 I(An Essay on Man: Epistle I)」에서 인간의 타고난 감각 이상을 원하는 것을 경계하면서 "무슨 소용이 있겠는가, (…) / 지독한 냄새가 순식간에 뇌로 날아들어, 장미의 향기로운 고통 속에 죽어 간다면?"이라고 노래한다.

32. 모건(Morgan) 사에서 나온 삼륜차.

33. 더블린 몰즈워스 스트리트의 동쪽 끝은 국립 박물관, 미술관, 도서관이 모여 있는 문화 지구로 이어진다.

34. 13세기 이탈리아의 음유시인 소르델로 다 고이토(Sordello da Goito)는 1220년경 피렌체의 술집에서 대단한 난투극에 휘말렸다고 하며 이는 소르델로 자신을 포함한 여러 음유시인들이 노래로 찬미하기도 했다. 또한 소르델로는 단테의 『신곡』 「연옥 편」 6곡에서 연옥으로 가는 입구의 안내인으로 등장한다.

35. 오비디우스의 『변신』 3권에서 수면에 비친 자기 이미지와 사랑에 빠진 나르키수스는 "나는 사랑하여 바라보지만, 내가 바라보고 사랑하는 것에 닿을 수 없구나. (…) 우리를 갈라놓는 것은 넓은 바다도, 길도, 산도, 성문 닫힌 성벽도 아니다. 그저 약간의 물이 우리를 떼어 놓고 있다!"라고 한탄한다.

36. 버턴은 『우울의 해부』 2부에서 "질투, 악의, 혐오, 적의, 경쟁, 야망, 자기애 기타 등등"으로 비롯된 "정신의 열정과 동요"에는 철학적, 신학적 계율과 타의 모범으로 자신을 무장하는 것만큼 좋은 치료법이 없다고 설파하면서, 기독교로 개종한 옛 사람의 비문을 인용한다. "내 쉴 곳을 찾았으니, 요행과 희망은 안녕, / 이제 남들을 비웃으리라, / 나는 그대와 함께(vobiscum)이니."

37. 버턴은 『우울의 해부』 1부에서 우울의 전조들을 검토하면서, 우울 때문에 죽지는 않으나 자살하거나 죽음을 자초할 수는 있으며, "그들의 고통은 그 정도로 참을 수 없고, 견딜 수 없고, 비통하고, 폭력적"이며, "사는 동안(Dum vivit)" "그토록 말할 수 없이 계속된다"라고 쓴다.

38. 17세기 영국에서 퀘이커 교파는 영적 환희를 중시하여 악령에 씌었다는 평판이 있었다. 버턴은 『우울의 해부』에서 이런 광신적 믿음과 행동이 우울과 연관되며 이는 궁극적으로 악마에게서 비롯된 것이라고 주장하여 당대의 반퀘이커적 분위기에 불을 지폈다.

39. "반 푼어치 타르를 아낀다고 배 한 척을 버린다"라는 격언을 응용했다.

40. 15세기 이탈리아의 작가 루이지 풀치(Luigi Pulci)의 시 「모르간테(Il Morgante)」에서, 거인 모르간테와 '조그만 거인' 마르구테는 기사도 문학을 패러디하는 우스꽝스러운 모험담을 펼친다.

41. '거리를 두고 보면 매력적으로 보인다'라는 속담을 변형한 것이다.

42. 스위프트의 『스텔라에게 보내는 편지』 중 편지 XXI의 한 부분이다.

43. 조지프 스미스 주니어(Joseph Smith, Jr.)는 19세기 미국의 종교 지도자로 몰몬교의 창시자이다.

44. 버턴은 『우울의 해부』 3부에서 사랑에 의한 우울의 증상 중 하나로, 남자가 사랑하는 연인이 태양이라도 되는 것처럼 그 일거수일투족에 울고 웃으며 아무것도 하지 못하게 되는 상태를 이렇게 묘사한다.

45. 베토벤 교향곡 7번을 가리킨다고 추정된다.

46. 이어지는 뒷문장과 함께, 저자는 '망자의 정신을 억누르다(keep a dead mind down)'라는 표현에서 '죽은 고양이 반등(dead cat bounce, 주식시장에서 주가 폭락에 이어지는 짧은 반등)'을 연결시키고 있다.

47. 「시편」 128장 3절 "네 아내는 네 집 곁에서 열매를 많이 맺는 포도나무 같으며 네 자식들은 네 상 둘레의 올리브 묘목 같으리로다."를 말한다.

48. 유황은 포도나무 흰가룻병의 방제약으로 쓰인다.

49. 필록세라는 북미에서 유래한 포도나무 진딧물로 19세기 유럽에 유입되어 포도밭을 궤멸시키며 '파괴자'라는 별명을 얻었다. 19세기 프랑스 소설가 기 드 모파상(Guy de Maupassant)의 단편소설 「이혼(Divorce)」에서, 주인공인 가난한 공증인은 부유한 여성이 혼인 상대를 구한다는 신문 광고에 정신이 나갔던 상황을 "정신의 필록세라"에 사로잡혔다고 표현한다.

50. 19세기 영국 시인 존 케블(John Kebel)의 시 「성스러운 결혼(Holy Matrimony)」 중 한 구절이다.

51. 16세기 영국의 시인 필립 시드니(Philip Sidney)를 가리키는 듯하다. 시드니는 엘리자베스 시대의 대표적인 시인으로 사랑을 주제로 한 여러 편의 작품을 남겼다.

52. 스탕달은 『연애론(De l'amour)』에서 상대를 이상화하는 사랑의 작용을 잘츠부르크의 소금 광산에서 나뭇가지가 소금 결정에 뒤덮여 완전히 새로운 아름다움으로 탈바꿈하는 것에 비유한다.

53. 15세기 이탈리아 화가 베노초 고촐리(Benozzo Gozzoli)는 메디치 궁의 마기 예배당 벽면을 빙 둘러 동방박사 행렬을 프레스코화로 그렸다

54. 겨드랑이 사이로 팔을 넣어 목을 조르는 레슬링 기술이다.

55. 『발길질보다 따끔함』보다 먼저 집필된 저자의 미발표 소설이다. 이 소설은 출판사에서 거절당했고, 그 뒤 일부가 『발길질보다 따끔함』의 단편들로 변형되었다.

56. 스위프트의 『스텔라에게 보내는 편지』 중 편지 XVII의 한 부분.

57. 19-20세기 프랑스의 정치가 아리스티드 브리앙(Aristide Briand).

58. 13세기 브르타뉴 수도사 렌의 윌리엄(William of Rennes)의 『브리튼 왕들의 행적(Gesta Regum Britanniae)』 중 한 구절. 이 작품은 12세기 영국 성직자 몬머스의 제프리 (Geoffrey of Monmouth)가 정리한 『브리튼 왕들의 역사(Historia Regum Britanniae)』를 라틴어 서사시 형태로 개작한 것으로, 아서왕의 전설을 담고 있다. 인용된 구절은 아서왕이 죽은 후에 도달한다는 환상의 섬 아발론을 묘사하는 대목이다.

59. 아일랜드에서 대서양 방향에 존재한다고 구전되던 환상의 섬이다. 언제나 안개에 가려져 있고 1년에 7일만 모습을 드러내며 결코 도달할 수 없다고 한다.

60. 「고린도전서」 15장 41절에서, 사도 바울은 "해의 영광이 다르고 달의 영광이 다르며 별들의 영광이 다르니 이 별과 저 별의 영광이 다르도다."라고 가르친다.

61. 돌누아의 동화 「벨벨 또는 기사 포르튀네(Belle-Belle ou Le Chevalier Fortuné)」에서 주인공 벨벨은 늙은 아버지를 대신해 남장을 하고 '포르튀네(유복한 사람)'라는 이름으로 도시에 나가서 여인들의 사랑을 얻고 용을 죽이며 마지막에 왕과 결혼한다.

62. 가브리엘 신부(Abbé Gabriel)는 캉 대학교의 수학과 교수로 1925년 추운 겨울의 대주기가 돌아온다는 주장으로 당대에 작은 화제를 불러일으켰다.

63. '셀라(Selah)'는 「시편」을 비롯해 『성서』에서 일종의 추임새처럼 쓰이는 말로 정확한 의미는 알 수 없다.

64. 기원전 4세기 로마군은 이탈리아 중남부의 삼니움족과 전쟁을 치르던 중 적의 계략에 넘어가서 입구도 출구도 막힌 카우디네 협곡에 갇혔고, 결국 항복하여 무장해제당한 채 양쪽으로 늘어선 삼니움족 사이로 걸어 나왔다. 이는 후대에 '카우디움의 굴욕'으로 회자된다.

65. 스위프트는 『통 이야기(A Tale of a Tub)』 서두에서, 뱃사람들이 바다에서 고래를 만나면 배를 공격하지 말고 그 대신 통을 던져 준다는데 자신의 책은 그 통과 같다고 적었다.

66. 호라티우스의 「송시 lll(Ode lll)」에서 "말 탄 사람의 뒷자리에 어두운 마음이 앉아 있다."라는 구절을 인용하고 있다.

67. '바빌란(babylan)'은 스탕달이 『아르망스(Armance)』의 등장인물 옥타브에 관해 아르망스를 사랑하지만

그렇기 때문에 사랑의 완성에 도달하지
못하는 성불구자로 묘사한 데서
유래한 단어다. 직접적으로는 필리핀의
전통 주술사 '바바일란(babaylan)'이
주로 여성 또는 여성화된 남성들로
이루어졌던 것과 관계 있다.

스메랄디나의 연애편지[1]

벨 벨 내 사랑, 언제나 그리고 항상 나의 것!!

　　너의 편지는 눈물로 젖었고 죽음만이 유일의 것이야. 나는
비통하게 울고 있었어, 눈물! 눈물! 눈물! 딴 아무것도 못 하고,
그때 네 편지는 더 눈물이 낫어, 자꾸 자꾸 읽었더니 내 얼굴이
온통 잉크 자국이었지. 눈물이 내 얼굴에 흘러내리고 있어. 아침
일찍이고, 태양이 검은색 나무들 뒤로 떠고 있고 곧 그것은
변하겠지, 하늘은 파란색이 되고 나무들은 황금빛 갈색이
되겠지만, 그래도 한 가지 변하지 안는 게 있어, 이 고통과 처
눈물. 오! 벨 나는 너를 끔찍해 사랑해, 나는 너를 끔찍해 원해,
나는 네 몸을 원해 너의 부드럽고 하얀 몸 나겔나크트!* 내 몸이
너를 이렇게 끔찍해 원해, 내 손과 입술과 가슴과 나에게 있는 딴
모든 것이, 때로 내 약속을 지키기가 너무 어렵지만 나는 지금까지
그것을 지켜 왔고 앞으로도 쭉 그럴 거야 언젠가 우리가 다시 만나
내가 마침내 너를 가질 수 있고, 마침내 겔립터**가 될 때까지.
언 쪽이 더 클까, 둘이서로 떨어져 있는 고통, 아니면 둘이서로
아름다움에 눈물 흘리며 둘이서로 같이 있는 고통 중에? 아마토
후자가 더 클 거야, 그렇지 않으면 우리는 비참함 외에 딴 무엇에
대한 희망도 버려야 할 테니까.

　　나는 어젯밤 큰 영화관에 갔어, 무엇보다 흔히 보이는
포옹과 키스가 전혀 업었어, 내 생각에 내가 이번 영화「슈투름
위버 아시엔」***처럼 즐겁거나 슬프게 느꼈던 적이 업어, 만약
더블린에서 하면 꼭 가서 봐, 「데어 레벤더 라이히남」****하고
같은 레기*****인데, 다른 모든 영화들하고는 진차 완전 달라,
사랑(모두가 이해하는 바로 그 의미로) 이야기가 업고 달콤한
얼굴을 짓는 바보 같은 여자들도 업고, 거의가 경이로운
얼굴의 늙은 아시아 사람들하고, 검은 호수들하고 거대한

---

* Nagelnackt! '손톱뿐인 알몸!' 독일어.
** Geliebte. '애인.' 독일어.
*** *Sturm über Asien*. '아시아의 폭풍.' 독일어.
**** *Der Lebende Leichnam*. '살아 있는 시체.' 독일어.
***** Regie. '감독.' 독일어.

란트샤프텐*이 나와. 집에 오는데 초승달이 있었어, 그것은
검은 나무들 우로 너무 거대해 보여서 나는 눈물이 낫어. 나는
팔을 넓게 벌리고 상상하려고 애쓰었어 네가 그 달이 빛나는
밤들에 그랬던 것처럼 내 가슴 위에 누어서 나를 바라보고 있다고
그때 우리는 큰 밤나무들 아래로 함께 걸었고 나뭇가지 사이로
별이 빛나었지.

　　나는 어떤 여자를 새로 만났는데, 아주 아름답고, 칠흑 같은
머리에 아주 창백하고, 그녀는 유일으로 이집트어만 말해. 그녀는
나에게 사랑하는 남자 이야기를 했어, 지금 그는 멀리 아메리카에
어딘가 쓸쓸한 곳에 있고 앞으로 삼 년은 돌아오지 안을 것이고
그녀에게 편지도 못 쓰는데 왜냐하면 그가 머무는 곳에는
우체국이 업거든 그래서 그녀는 유일으로 4달에 한 번뿐 편지를
받아, 상상해 봐 만약 우리가 둘이서로 유일으로 4달에 한 번뿐
편지를 받는다면 우리는 지금 어떤 상태일지, 불쌍한 여자야 나는
그녀가 참 안타까워. 우리는 어느 날 5시에 차를 마시고 춤추는
곳에 갔어, 그것은 좀 지리하지만 아무 생각 없이 사람들이 입고
있는 것만 신경 쓰고 남자들이 5분마다 타이를 고쳐 매는 것을
보는 것은 꽤 재미있어. 집에 오는 길에 나는 갑짜기 끔찍한 슬픈
상태가 되어서 한 마디도 하지 안었어, 물론 그들은 나에게 화가
났지만, 그때 나는 하나도 상관업어써 망할, 나는 버스를 탔어
나는 작은 책과 연필을 꺼내서 이렇게 100번 썼어, **사**랑하는
사랑하는 **사**랑하는 벨 벨 벨, 내 인생에 이렇게 간절하게 나는
사랑하는 사람을 원하고, 그와 함께, 그와 함께 있고 싶다고 느낀
적이 업는 것 같아. 나는 너를 원해 너무 많이 이 단어의 모든
의미로, 너를 유일으로 너만을. 나는 버스에서 내린 후 길을 따라
걸었어 나는 반지니히!** 반지니히! 반지니히! 하고 외쳤어. 슐랑크
부인이 네 양말을 보내 주어서 나는 선보다 더 많이 울었어. 나는
너에게 그걸 보낼 생각은 아니야, 나는 그걸 너의 달콤한 편지와
함께 서랍에 넣어 둘래. 나는 또오 어떤 남자에게 토요일 저녁에

---

* Landschaften. '풍광.' 독일어.

** Wahnsinnig! '미친!' 독일어.

함께 춤추러 가자고 데이트 신청하는 편지를 받았는데, 아마토 나는 갈 거야. 나는 내가 사랑하는 사람은 신경 쓰지 안고 그러다 보면 시간이 더 빨리 간다는 걸 알아, 그 사람이 좀 바보이긴 해도 춤은 제법 추고 나와 키도 맞아. 추파를 받는 건 아주 재미있지만 거기서 더 나아가면 안 되.

그다음에 나는 담배 파이프를 든 늙은 남자를 만났는데 그는 나한테 파란색 경고장²이 온다고 말했고 그다음에 복도에선 열쇠를 든 뚱뚱한 남자를 만났는데 그는 **그뤼스 고트***라고 말했지만 나는 듣지 않아써.

곧 나는 시간을 셀 거야 내가 역에 가서 사람 많은 플랫폼에서 너를 찾을 수 있을 때까지 그렇지만 나의 회색 옷을 입을 수 있을 것 같진 않아 만약 너무 추우면 나는 **엄**마의 털 코트를 입어야겠지. 너는 23일엔 내 옆에 있게 될 거야 그렇지 않아 벨, 아름다운 입술과 손과 눈과 얼굴과 너에게 있는 모든 것이 아름다운 나의 벨, 지금 너는 가여운 쓰린 얼굴을 하고 있겠지만 그것은 중요하지 안아. 괴로운 고통과 슬픔도 두 주만 더 있으면! 14일만 더 있으면 오! 하느님 그리고 처 잠들지 못하는 밤들!!! 언제까지? 언제까지?

나는 어젯밤 너와 나에 관한 아주 이상한 꿈을 꾸었어 어느 어두운 숲속에서 우리가 길 위에 함께 누어 있는데, 갑짜기 너가 아기로 변해서 사랑이 무엇인지 몰라었고 나는 너에게 세상 무엇보다 사랑한다고 말하려고 했지만 너는 이해하지 못하었고 나와 아무 상관 업는 것처럼 하였는데 그게 모두 꿈이었고 그래서 중요하지 안아. 내게는 소용이 없어 내가 얼마나 너를 사랑하는지 너에게 말하려고 애쓰고는 있지만 왜냐하면 나는 절대 성공하지 못할 테니까, 나는 그것을 학실이 아니까. 그가 내가 언재나 찾던 그 남자인가요? 그래요! 하지만 그렇다면 왜 그는 내가 지난 6달 동안 갈망하던 것을 줄 수 업지요? 나는 가끔 너의 무엇 때문에 내가 이렇게 너를 많이 사랑하는 것인지 궁금해. 나는 너를 사랑해 위버 알레스 인 디저 벨트, 메아 알즈 알레스 아우프 힘멜, 에르더

---

* Grüss Gott. '하느님의 축복이 있기를.' 독일어.

운트 휠러.* 내가 하느님에게 감사하는 한 가지는 우리의 사랑이 이렇게 거대하다는 거야. 나는 가끔 네가 태어나서 우리가 만난 것을 누구에게 감사해야 하는지 궁금해, 아마도 네가 태어난 것이 누구 탓인지 내가 알아내려고 하지 안는 게 좋을 거야. 그것은 결국 같은 문제야, 그러니까, 내가 유일으로 아는 것은 **하나**이고 그건 **나는 너를 사랑해 나는 언재나 너의 스메랄디나**라는 거야 내 인생에서 유일으로 가장 중요한 것은 **너는 나를 사랑해 너는 언제나 나의 벨**이라는 거야.

아날리제가 피아노를 마구 두드리고 있고 평화가 업서서 나는 그만할래. 이제 나는 가서『디 그로세 리베』**라는 나의 책을 읽다가 아마 베토벤 소나타를 연주하려고 노력할 텐데, 그것만이 유일으로 나를 나의 비참함에서 벗어나게 할 수 있어, 나는 저녁에 혼자서 조용히 연주하는 것이 좋아 그것은 나에게 정말 휴식이 되니까.

벨! 벨! 벨! 너의 편지가 방금 도착했어! 비록 네가 더 이상 전부 언재나 나의 것이 아니라 해도!!! 오! 하느님 너는 어떻게 그런 말을 할 수 있어, 하느님 제발 그러지 마!!! 하느님 제발 다시는 그런 말을 하지 마! 나는 방금 내 머리를 내 손에 파묻고 너의 편지를 눈물로 젖시고 있어… 벨! 벨! 네가 어떻게 나를 의심할 수 있어? 마인 루 이스트 힌 마인 헤르츠 이스트 슈베어 이히 핀더 지 님머 운트 님머 메어.***(괴테의 파우스트.)[3] 주여 주여 주여 제발 지큼 당장 정화키 내가 무엇을 했는지 나에게 말해 줘. 너는 무엇이든 상관업서? 분명히 너는 나 같은 염소는 상대 모타는 거야. 만약 내가 너에게 편지 쓰는 것을 그만둔다면 너는 이 편지를 읽을 수 없을 것이야 왜냐하면 그것은 온통 눈물일 테니까. 벨! 벨! 내 사랑은 너무 거대해서 내가 어떤 젊은 남자를

---

* Über alles in dieser Welt, mehr als alles auf Himmel, Erde und Hölle. '이 세상 무엇보다, 천상과 지상과 지옥의 무엇보다 더.' 독일어.

** Die Grosse Liebe. '위대한 사랑.' 독일어.

*** Meine Ruh ist hin mein Herz ist schwer ich finde Sie nimmer und nimmer mehr. '나의 평온은 사라지고 나의 가슴은 무거우니 나는 그 평온을 찾지 못하리 두 번 다시는.' 독일어.

소개받아서 그가 공손한 행동을 하기 시작하면 나는 온톤 벌벌 떨어. 나는 무엇을 위한 인생 하는지 알아, 너의 마지막 편지는 언재나 나의 가슴에 대고 있어 내가 아침에 일어나서 태양이 뜨는 것을 볼 때 말이야. 이히 제 디히 니히트 메어 트래넨 힌데른 미히!* 나의 하느님! 나의 진정한 개! 나의 아기!

나는 새 펜촉을 사야 해, 이 낡은 펜은 개들에게 줘야지, 나는 그것으로는 더 이상 쓸 수 업어, 그것은 내가 월워스에서 산 거야 그러니까 그것이 얼마나 좋은지 너는 상상할 수 있을 거야.

엄마는 오늘 오후에 나와 함께 산책 나가기를 원했지만, 나는 걷는 것이 너무 싫어, 나는 한 발을 다른 발 앞으로 신경 써서 움직이는 것이 너무 피곤해. 너는 지난여름이 기억나 (물론 그는 그래) 누어서 벌들이 웅웅거리고 새들이 노래하는 것을 듣는 것이 얼마나 좋았는지 말이야, 큰 나비가 지나쳐 갓어, 그것은 웅장해 보였어, 그것은 어두운 갈색에 노란색 얼룩이 있고 햇빛을 받아 퍽 아름다워 보였어, 그리고 내 몸은 전부 온톤 좀 갈색이었고 나는 더 이상 추위를 느끼지 안었어. 이제 눈은 전부 녹었고 숲은 더없이 검은색이고 하늘은 이른 아침만 빼고 언재나 회색이고 심지어 그것도 검은 구름들 사이로 빨간색 얼룩이 보이는 것뿐이야.

내 머리는 새로 감았고 나는 평소보다 좀 더 에네르기**가 있지만 여전히 아주 파시프*** 느낌이야. 하느님 제발 너 자신을 너무 많이 쓰지 말고 다시 그렇게 취하지 않게 노력해, 내 말은 네가 아플 정도로 하지는 말라는 거야.

우리는 오늘 저녁 버스로 집에 왔지만 들판을 가로질러 작은 샛길이 많은 길에는 가지 안었는데 왜냐하면 큰 도로 공사를 하고 있었기 때문이야. 엄마는 언재나 너에 대해 물어. 그녀는 시간이 날아간다고, 크리스마스까지 시간이 전혀 업을 거라고 말하고

---

* Ich seh' Dich nicht mehr Tränen hindern mich! '눈물이 가로막아 나는 네가 더 이상 보이지 않아!' 독일어.

** Energie. '기운.' 독일어.

*** Passiv. '수동적인.' 독일어.

홀러 부인이 가끔 그녀의 침대를 정리해 주면 좋겠다고 말해.
나는 그녀가 **아빠**에게 말하는 것을 들었어, 나는 어째서 아이비와
빌이 내 신경을 긁는지 궁금해 그들이 계속 함께 있을 때 말이야
스메리와 벨은 그런 적이 없었는데. 그녀는 우리가 둘이서로
무릎에 앉아 있거나 그러면 뭐라고 해, 내 생각에 그것은 아이비와
빌의 사랑이 진짜가 아니기 때문이야, 언제나 그것에 대한 어떤
종류의 애착이 있는 것 같아.

　　나는 그리고또 온종일 늙은 몸을 저주해 왜냐하면 내 다리에
어떤 망할 것이 생겨서 내가 거이 걷지를 못하거든, 그것이
무엇인지 어쩌다 거기 생겼는지 모르지만 그것은 거기 있고
빌어먹을 물질로 가득 찼어.

　　오늘은 모든 것이 전보다 더 명확하게 보이는 그런 날 중의
하나이고 나는 모든 것이 결국 잘되리라 확신해.

　　데어 탁 비어트 코먼 운트 디 슈틸러 **나흐트!!!**[*4]

언제인지 나는 게나우[**] 몰르지만 그렇게 생각하지 안으면 나는
이 고뇌, 이 끔찍하고 길고 어두운 밤들 속에 쓸려질 것이고
유일으로 너의 이미지만 나를 위로해. 나는 그 작은 하얀색
조각상이 참 좋고 언젠가 너와 내가 그것처럼 서 있게 되기를
갈망하고 누군가 바깥에 있어서 언제든 들어올 수 있다는 생각은
하지 안아.

　　아르슐로흐베는 결혼해서 그의 아내와 함께
슈바이츠스위스로 갔어.

　　너는 나에게 임물을 달라고 부탁하지. 내 생각에 나는 이미
너에게 충분히 큰 임물을 주었어. 내가 간절히 보고 싶은 것은
네가 나의 '아름다움'(네가 그렇게 말했지)에 관해 쓴 '그것'이야
나는 이 말을 꼭 해야 해 (아무 친찬도 원하지 않아) 나는 보통의
썩은 남자들이 여자들에 관해 쓰는 것을 제외하면 딴 쓰야 할 것이

---

* Der Tag wird kommen und die stille NACHT! '낮이 올 것이요 고요한 밤이!' 독일어.
** genau. '정확히.' 독일어.

무엇인지 알 수가 업어.

　자기야 벨 나는 멈춰야 해. 내 침대가 나 없이 외롭고 네 사진이 키스를 기다리고 있어 그러니 나는 그것들 모두에게 평온을 주는 편이 좋아. 곧 모든 것이 끝날 것이고, 너는 내 곁에 있을 것이고 다시 그 경이로운 고통을 느낄 거야 우리가 어두운 산맥과 아래 큰 검정 호수에서 그랬던 것처럼 우리는 앵초꽃과 플리더*로 뒤덮인 들판을 걸을 것이고 다시 한 번 너의 품에 안길 거야

　너의 슬픈 사랑
스메랄디나

추신. 고요한 밤에 하루 더 가까이!!!

---

* Flieder. '라일락.' 독일어.

1. 이 글의 화자 스메랄디나는 독일에 살면서 영어를 외국어로 구사하기 때문에, 철자법을 무시하여 소리 나는 대로 쓸 때가 많고, 동사 변형 등에서 외국어 사용자 특유의 문법 오류가 종종 발견된다. 저자의 퇴고나 편집자의 교정을 거치지 않은 구어체의 외국어 풍 문장은 그 자체로 스메랄디나의 캐릭터를 표현한다.

2. 독일에서 '파란색 편지(Der Blaue Brief)'는 학교에서 학생이 유급 위험이 있음을 알리는 편지를 뜻한다.

3. 18-9세기 독일 시인 요한 볼프강 폰 괴테(Johann Wolfgang von Goethe)의 『파우스트(Faust)』에서 사랑에 빠진 그레첸이 물레 앞에서 독백하는 대목이다.

4. 19세기 오스트리아 극작가 프란츠 그릴파르처(Franz Grillparzer)의 희극 「바다의 물결 사랑의 물결(Des Meeres und der Liebe Wellen)」의 한 대목이다. 아프로디테를 섬기는 무녀 헤로와 사랑에 빠진 레안데르가 매일 밤 그녀의 등불을 보고 바다를 건너 그녀를 만나러 가지만, 둘의 만남을 알아챈 사제가 등불을 꺼 버리자 레안데르는 바다에 빠져 죽고 만다. 인용된 구절은 헤로가 레안데르의 시신 앞에서 통곡하는 대목이다. "날이 올 것이요 고요한 밤이, / 봄이, 가을이, 기나긴 여름의 즐거움이, / 그러나 그대는 없으니. 레안데르, 내 말이 들리나요? 결코! / 결코, 아니, 아니, 결코!"

노란색

야간 간호사가 다섯 시 정각에 벌떡 일어나 불을 켰다. 벨라콰는 무척 상쾌한 기분으로 일어났고 이 새로운 날과 씨름하고 싶은 생각이 간절했다. 그는 풋내기 소년 시절, 하디의 『테스』의 한 구절에, 성공회 총회의 톱니바퀴의 힘으로 구한 그 책에, 밑줄을 쳐 놓았으니, 비탄이 추측을 멈추면, 잠이 기회를 찾는 법이라.[1] 그는 수년 동안 그 문장을 주물렀고 이제는, 그 어휘를 고쳐서, 비탄 대신 기쁨을 넣어, 그가 처한 상황에 부응했으며, 심지어 그것에 의지하여 특정한 처치에 따른 압박감을 견뎠는데 그는 그것이 혹시라도 예정되지 않은 것 아닐까 염려했지만, 그것은 끝끝내 계속 유효했다. 그가 일어났을 때는 그것이 그의 정신 속에 있어서, 그것이 마치 그가 잠든 내내 거기 있었던 것 같았고, 꿈들에 맞서 그 연약한 자리를 지킨 것 같았다.

간호사가 차 한 주전자와 강염기 용액 한 잔을 쟁반에 받쳐 들고 왔다.

"체!" 벨라콰가 크게 소리 냈다.

그러나 냉담한 여자는 이를 무시하는 편을 택했다.

"그들이 나는 언제 해 준답니까?" 그가 물었다.

"당신은 열두 시에 내려가요." 그녀가 말했다.

내려가⋯!

그녀는 떠나갔다.

그는 염기성 용액과 차 두 잔을 마셨는데 그것들 모두 저주받을 물건이었다. 그다음에 물론 그는 정신이 확 들었으니, 불쌍한 친구. 그러나 그가 무슨 관심이 있겠나, 짓궂은 벨라콰가 무슨 관심이 있겠나? 그는 전등을 끄고 여기 등을 기대고 가장 어두운 시간에, 담배를 피웠다.

그가 아무리 잘 해낸다 해도, 그는 무시무시한 상황에 처해 있었다. 열두 시 정각이면 그는 수술용 메스로 갈라지고—지익!—벌어질 것이었다. 지금 그의 정신은 이런 생각을 즐길 만한 상태가 아니었다. 이런 훈족 같은 생각이 지금처럼 무방비 상태인 그의 가련한 마음 깊은 곳에, 어제는 불안에 탐닉하고 그다음에는 밤새 푹 자서 뒤죽박죽인 거기에, 일단 발을 들이기만 하면, 그것은 몰살당할 것이었다. 그 생각

말고, 그 마음 깊은 곳이, 그의 바람과는 정반대였다. 그 자신은, 그에게 공정하게 말해서, 그의 관심사가 아니었다. 그의 정신은 그가 관심을 가진 모든 것들을 위해 기꺼이 함락되겠지만, 그는 그 늙어 빠진 후레자식이 이제 지긋지긋했다. 그러나 불운하게도 이놈은 그의 행동에 나타날 것이었으니, 그들이 그에게 다가오면 그는 울부짖고 발길질하고 깨물고 할퀴고, 집행유예를 애걸하고 어쩌면 심지어 침대에 오줌을 지리고, 그러면 그의 죽은 가족에게 얼마나 불명예가 되겠는가! 위대하고 유서 깊은 위그노 기풍의 가족, 그는 그들에게 그런 추잡한 짓을 할 수 없었다. (가능한 한 요란스럽지 않게 상황이 정리되기를 바라는 그의 자연스러운 열망은 말할 필요도 없다.)

마취 상태로 겪을 나의 고난은, 정교하고 아름답겠지만, 나는 그것을 기억할 수 없을지라, 그는 곰곰이 생각했다.

그는 시가를 비벼 끄고 전등을 켰는데, 이는 빛과 함께하려는 것이 아니라 그가 스스로 좀 더 확신이 설 때까지 새벽을 보류하려는 것이었다. 새벽과, 그것이 암시하는 추잡한 탄생을, 그는 견딜 수 없었다. 그는 완전히 나락에 빠져서, 이 규칙적이고 거의, 그가 때로 느끼기에, 피상적인 분만의 장면을 견딜 수 없었다. 이는 단순히 어리석은 생각이었고 그도 그것을 잘 알았다. 그는 그 자신을 고쳐 보려고, 겁을 주거나 웃겨서 이 허약함을 벗어나도록 해 봤지만, 소용없었다. 그는 지쳐서 혼잣말하곤 했다. 내가 나지. 그것이 그의 모든 묵상과 노력의 결말이었다. 내가 나지. 그는 예전에 어디선가 그 구절을 읽고 마음에 들어서 그것을 자기 것으로 삼았다.

그러나 적어도 하느님은 훌륭하셨으니, 우리가 그분을 어떻게 모셔야 할지 알기만 한다면 그분은 대개 그러하신지라, 이렇게, 그(벨라콰)와 그 시련 사이에 여섯 시간이 있었고, 그가 그의 정신을 준비할 수 있도록 여섯 시간이 할당되어 있었으니, 이는 마치 어여쁜 유녀가 적을 상대하기 전에 그녀의 얼굴을 정돈하는 것과 같았다. 그의 목에 메스가 닿고, 그가 저주받은 자들의 고문을 당하면서도 평화롭게 잠에 빠져든 어린아이처럼 보이는 것은, 하나도 중요하지 않았으니, 그의 정신이 그런 생각의 지배자인 한, 구원을 바라건대 그것들은 아무것도 아니었다. 그가 해야 했던 것, 그리고 통상적인 게으름으로 최후의 순간까지 미루어 왔던 것은, 그날이 가기 전에 그가 감내해야 하는 그 모든 친절하고 하찮은 행위들에 대한 생각을 그의 정신이 열렬히 받아들일 수 있도록 준비하는 것이었다. 그다음에는 그가 좋은 얼굴을 꾸며 보일 수 있을 것이었다. 안 그러면 그럴 수 없었다. 안 그러면 그들이 왔을 때, 그는 깨물고, 할퀴고, 기타 등등을 할 것이었다. 이제는 좋은 얼굴이, 대담하게 악마나 상관하라는 표정이, 그의 유일한 관심사였다. (물론 그가 가능한 한 소란스럽지 않게 만사가 잘되기를 열망하고 있었음을 제외한다면 말이다.) 그는 이런 점에서, 다가올 시련이 구제 불능인 그 자신을 조명하리라는 점에서, 그 자신을 고찰하기를 멈추지 않았는데, 왜냐하면 그는 진짜로 그 늙어 빠진 후레자식이 지긋지긋했기 때문이다. 아니, 그가 관심을 가진 것은 오로지 다른 사람들, 엘리베이터 보이, 간호사들과 수간호사들, 그의 옷을 벗기러 오는 현장 의사, 저명한 외과 의사, 곁에서 더러운 것을 치우고 찌꺼기를 소각장에 보내는 잡역부, 그리고 그의 죽은 가족의 친지 전부였으니, 그들은 진실 전체를 찾아낼 것이었다. 그는 중요하지 않았고, 그는 그였다. 그러나 이 외부인들, 가족의 기풍과 기타 등등, 이 모든 것은 중요하게 여겨져야 했다.

머리 위의 방에서 천식 환자가 심장이 터질 듯이 기침을 하고 있었다. 하느님의 은총이 있기를, 당신 덕분에 내가 좀 편해지네요, 벨라콰는 생각했다. 그러나 그 불운한 잠은 언제 작용했는가? 그날 내내, 그날 온종일, 그날의 압박을 통해서. 정각 열두 시에 그는 몸 성히 잘 있거나, 또는, 더 잘되면, 그저 깜빡 졸 것이었다. 그동안 그는 계속 기침을 했는데, 마치 크루소가 힘겹게 그의 소유물을 해안으로, 아늑한 집이 될 곳으로, 끌어올리는 것 같았다.

벨라콰가 팔을 길게 뻗어 전등을 껐다. 그것이 그림자를 드리웠다. 그는 눈을 감을 것이었고, 그렇게 새벽을 속일 것이었다. 어쨌든 눈이란 무엇이었는가? 정신의 뒷문. 그것은 닫아 두는 편이 더 안전했다.

그가 훌륭한 핏줄이거나 아니면, 그러지 못해서, 저돌적인 인간이었다면. 고귀한 푸른 혈통이거나 아니면 싸움닭이었다면! 그가 자기 과시 속에 살았던 만큼만 그의 정신 속에서 살았다면. 그러면 그는 그 자신을 준비시키느라 이 고생을 하지 않아도 되었을 것이다. 그러면 그것은 단지 낯선 침대에서 편안한 자세를 찾고, 잠을 자려고 하거나 책을 보면서, 차분하게 안겔루스[2]를 기다리면 되는 문제였을 것이다. 그러나 그는 나태하고 비겁한 부르주아로, 어떤 점에서는 매우 재능 있었지만, 그가 어떻게 그의 정신을 꾸며 놓고 그곳에서 사는지 허풍을 떨었던 것처럼 그렇게, 가장 선량하고 빛나는 의미에서 사생활에 적합하지는 않았는데, 왜냐하면 그것은 모든 것이 말해지고 행해진 후의 마지막 구렁텅이였기 때문이다. 그러나 그는 그때까지 기다리지 않는 편이 더 좋았고, 그는 지체 없이 거기에 정착하는 편이, 아마도 그가 세상 속에서 집처럼 편안하게 느끼기 시작할 바로 그 순간에, 세상이 그를 발길질해서 거기로 떠밀 때까지 기다리지 않는 편이 현명할 거라고 공상했다. 그는 더 이상 이런 식으로 가슴속에 칩거할 수도 없었고 그것을 아예 떨쳐 낼 수도 없었다. 그러니 이제는 어둠 속에 등을 대고 누워서, 그의 재능을 연습하는 것 외에는 다른 도리가 없었다. 물론 그가 그의 죽은 가족의 친지들을 괴롭히는 것을 (그의 죽은 가족의 친지들이 비용을 대는 치료를 위태롭게 하는 것은 말할 필요도 없고) 택하지 않는다면 말이다. 그러나 그가 그렇게 하기에는 식료품상의 명예 의식이 너무 컸다. 그런 일이 벌어지게 하느니 그는 차라리 그의 마음 깊은 곳에 매달릴 것이었고, 상황에 대비하여 그의 가련한 마음 깊은 곳에 활기를 불어넣을 것이었다.

불쌍한 벨라콰, 그는 아주 지루한, 따분한 아침을 맞은 것처럼 이런 식으로 싸움을 준비하고 있는 듯했다. 그러나 그는 나중에 만회할 것이니, 나중에 그에게 좋은 시간이 도래하고, 의사들이 그에게 냉담하게 지낼 수 있는 새로운 기회를 준다.

이 위기 상황에서 그의 전술은 무엇이었나?

그보다 덜 절박한 경우였다면 그는 그 생각에 맞서 그의 정신에 바리케이드를 치는 것으로 만족했을 것이다. 그러나 이것은 기껏해야 허술한 대책이었으니, 왜냐하면 그 생각은,

아무리 적이 노골적으로 나오고 그에 맞서 엄격하게 방비한다고
해도, 조만간 아군의 옷자락 아래로 기어들 것이 거의 확실했고,
그러면 게임 끝이었기 때문이다. 그럼에도 불구하고, 역경이
정해진 길로 진군하면, 그는 틀림없이 타고난 나태함에 굴복하여
그런 경로를 택했을 것이고, 그는 그저 딴생각을 하면서 애써
사태를 낙관하는 데 만족했을 것이다. 그러나 이것은 보통의
또는 동산의 곤경이 아니어서, 이번에는 그가 제대로 그것에
대항했으니, 이 우울한 상황에 미봉책을 내놓을 수는 없었다.

따라서 그의 계획은 그 생각의 진입을 거부하는 것이 아니라,
그의 정신이 그것을 받아들일 준비가 될 때까지 그것을 억류하는
것이었다. 그다음에 그것을 받아들이고 그것을 분쇄하자.
그 후레자식을 말소하자. 그는 침대에서 이를 박박 갈았다.
출랑거리는 그ㅡ, 그것을 사제처럼 갈기갈기 찢어 버리자.
여기까지는 좋다. 하지만 어떻게. 벨라콰는 그의 정신을 들쑤시며
적합한 파괴의 엔진을 찾았다.

이 결정적인 순간에 훌륭하신 하느님이 그를 도우러 오셨으니
던의 역설 중 한 구절이 그에게 떠올랐다. 이제 우리 현자들 중에,
헤라클리투스의 눈물에 웃을 사람은 많아도 데모크리투스의
웃음에 눈물 흘릴 사람은 없을 것임을, 나는 의심치 않는다.[3]
이것은 하느님의 선물이었으니 틀림없었다. 그 구절이 어떤
판단을 제공한다는 말이 아니라, 그 관점들, 지혜의 양극단이
벨라콰에게 들어왔다. 분명히 그가 하나의 규칙으로서 이 흑백의
상호 대체적 선택지에 관심이 있는 것은 아니었다. 실제로 그는
심지어 위험을 무릅쓰고 스스로 작은 역설을 생각해 냈으니,
요컨대 대조적인 것 간에는 상호 대체 관계가 성립할 수 없다는
것이었다. 하지만 인간은 그런 순간에 다정해져야 하는 것 아닐까?
벨라콰는 이 주제를 냉큼 낚아챘다. 웃어야 했을까 울어야 했을까?
결과는 똑같았겠지만, 이때는 어느 쪽이어야 했을까? 사치스럽게
양쪽 다 취하기에는 너무 늦었다. 이제 잠시 동안 그는 이 두 가지
계층의 광선 중에서 이것 아니면 저것으로, 말하자면 적외선과
자외선으로, 그의 정신을 가득 채우고 그의 적을 벌집으로 만들
준비를 할 것이었다.

정말이지, 이보다 음울하게 보낸 아침은 기억나질 않아, 벨라콰는 생각했으나, 악마가 재촉하면, 필요에 몰리면 어쩔 수 없다 했으니, 이는 참된 말이었다.

그의 착란이 이렇게 완전 중요한 시점에 다다랐을 때 벨라콰는 그 자신이 빠르게 눈을 깜빡이는 것을 깨달았는데, 규칙적인 눈 깜빡임, 그것은 새벽의 작은 질풍을 그의 정신에 활활 흘려 넣었다. 이는 의도된 것이 아니었지만, 좀 신기한 방식으로 그에게 유익한 것 같아서 그는 그것을 계속했고, 점차 두개골 내부가 쓰라리기 시작했다. 그러자 그는 그만두고 다시 딜레마로 돌아왔다.

여기서, 실상 사업의 핵심 국면마다, 그는 개인적이고 그 자신에게 합당한 것의 감각을 희생해서 다른 사람들에게 어떤 인상을, 거의 신사다운 인상을, 주는 것의 바람직함을 앞세웠다. 그는 그 자신을 완전히 삭제하고 가련한 군인처럼 행동해야 한다. 이 같은 최우선의 고려 사항 때문에 그는 빔과 봄,[4] 그로크, 데모크리투스, 뭐든 간에 그런 것을 택하고, 그 어두운 역상을 그보다 덜 공적인 경우로 미뤄 두었다. 이는 뭐랄까 자제였는데, 왜냐하면 벨라콰는 질질 짜는 철학자에게 저항할 수 없었고, 더구나, 헤라클리투스의 경우처럼, 알 듯 모를 듯 하기까지 하다면 더욱 그랬다. 그는 우중충하게 눈물에 젖을 때가 딱 맞았고, 여기에 그 독특함을 인정받은 소크라테스 이전의 인간까지 구비된다면 아주 사치스럽게 그랬다. 하늘이 잿빛일 때, 그는 그토록 자주 외치지 않았던가. "이렇게 또 한순간이 지나가고 나는 내 인생의 나머지를 에페수스의 헤라클리투스에게 봉헌하니, 나는 델로스 섬의 잠수부처럼, 세 번째나 네 번째 잠수 후에, 더 이상 수면 위로 돌아오지 않아야 하리라!"

그러나 이 시체 안치소에서 눈물을 흘리면 오해받을 것이었다. 모든 직원들이, 수간호사부터 엘리베이터 보이까지, 그의 눈물을, 또는, 어쩌면 더 좋게, 그의 비극적 태도를, 당연히 그들 자신을 포함하는 인류 일반의 어리석음이 아니라, 그의 목 뒤에 달린 벽돌만 한 종양 때문이라고 착각할 것이었다. 이 착각은 아주 자연스러울 것이어서 벨라콰는 그들을 탓하지 않았다. 이 문제에 관한 한 살아 있는 사람 누구도 탓할 수 없었다. 그러나 소문이 돌 것이라 벨라콰가, 활짝 웃으며 참는 대신, 수도꼭지처럼 눈물을 줄줄 흘렸다거나, 거의 그 수준까지 갔다고 할 것이었다. 그러면 그는 망신당할 것이었고, 그 연장선에서, 그의 죽은 가족도 그럴 것이었다.

그래서 이제 그의 진로는 명확했다. 그는 그의 정신을 웃음으로 무장할 것이었고, 웃음이 딱 맞는 말은 아니지만 그걸로, 매 지점에서, 어떻게든 해내야 할 것이라, 그다음에 그는 그 생각을 받아들여 산산조각 낼 것이었다. 블랙베리를 잔뜩 먹은 것처럼, 박장대소가 터져 나온 얼룩을, 이것도 딱 맞는 말은 아니지만 어쨌든, 그의 입술에 묻히고 그는 날쌔게, 오네 하스트 아버 오네 라스트,*5 고문실에 들어설 것이었다. 그의 의연함은 일반적으로 칭찬받을 만할 것이었다.

어떻게 그는 이 계획을 집행하는 데까지 나아갔나?

그는 잊었고, 그는 그것이 더 이상 필요 없었다.

야간 간호사가 일곱 시에 또 한 주전자의 차와 토스트 두 쪽을 가져와서 그를 방해했다.

"이제 당신이 먹을 수 있는 건 그게 다예요." 그녀가 말했다.

무례한 계집! 벨라콰는 거의 이렇게 말해서 분란을 일으킬 뻔했다.

"염기성 용액이 당신한테 좀 통하던가요?"

그녀가 그의 체온과 맥박을 재는 동안 병자는 그녀를 평가했다. 그녀는 좀 바짝 다듬어져 있었다.

"그것들이 나한테 소곤소곤하더군요." 그가 말했다.

그녀가 떠나자 그가 생각하기를 참으로 거의 완전무결한 갈색 머리라고, 밤새 일했는데도 그렇게 말쑥하고 깔끔하다니, 맨 앞의 형편없고 미개한 노파가 책을 떨어뜨렸다느니 메리언 로의 자동차 소리가 시끄러워서 잠을 못 자겠다느니 하면서 뭐라고 손짓 발짓 할 때마다 달려갔는데도 말이다. 하기야 지옥에나 떨어지라지 대체 뭐가 중요하겠나!

---

* Ohne Hast aber ohne Rast. '서두르지 않고 그러나 멈춰 서지도 않고.' 독일어.

토지수용위원회 너머 동쪽으로 창백한 채찍 자국이 이어졌다.
그날은 잘 흘러가고 있었다.

야간 간호사가 쟁반을 가지러 돌아왔다. 이제 그녀는, 그가
착각한 게 아니라면, 세 번째로 나타난 것이었다. 그녀는 아주
짧게 휴식할 것이었고, 저녁을 먹고 잠자리에 들 것이었다. 그러나
잠들지는 않고. 그곳은 그 시간에 너무 시끄럽고 밝았으며, 그녀의
침대는 냉장고 같았다. 그녀는 이 야간 당직에 익숙해질 수
없었으니, 그녀는 정말 그럴 수 없었다. 그녀는 몸무게가 줄었고
그녀의 가련한 얼굴은 해쓱해졌다. 게다가 그녀의 피앙세와
약속을 잡기도 아주 어려웠다. 이 무슨 인생인지!

"나중에 봐요." 그녀가 말했다.

여기에는 반론의 여지가 없었다. 벨라콰는 그녀에게 기쁨을
주는 동시에 그에게도 공정한 대답을 맹렬하게 찾아 헤맸다. 물론
오 플레지르*가 바로 그것이었지만, 언어가 잘못되었다. 결국 그는
그래야겠지요로 정하고 그것을 그녀에게 시큰둥하게 내뱉었는데,
그때 그녀는 절반 이상 문 밖으로 나간 상태였다. 누가 그에게
그냥 두고 아무 말 말라고 조언했다면 훨씬 좋았을 것이었다.

그가 계속 그 자신의 어리석음을 저주하면서 그의 귀중한
시간을 낭비하는 동안 문이 벌컥 열리고 주간 간호사가 풀 먹인
앞치마로 강하고 급한 소리[6]를 내며 들어왔다. 그녀가 그날 그의
담당이었다. 그녀는 아슬아슬하게 아름다울 뻔했으니, 이 애버딘
장로교파는. 애버딘![7]

약간의 대화 끝에 벨라콰는 문득 말을 흘렸는데, 마치 그냥
생각이 난 것 같은 말투였지만, 실은 그것이 조금 전부터 점점 더
그를 괴롭히던 참이었다.

"오 간호사 W.C.가 어딘지도 알면 좋을 것 같은데."

이런 식으로, 갑자기, 구두점도 없이.

그녀가 그에게 하던 말을 끝내자 그는 그곳이 어딘지 대충
알았다. 그러나 그는 어리석게도 그의 불편한 짐을 매달고 침대에서
미적거리는 편을 택했고, 그런 친밀한 부류가 뻔히 알도록 오줌을

---

* *Au plaisir*. '기꺼이.' 프랑스어.

찔끔거리는 행위는 삼가는 편이 더 품위 있을 거라고 그 자신을 속여 넘겼다. 이 일시 멈춤을 더욱 그럴듯하게 꾸미려고 안달해서 그는 미란다에게 자기는 언제 해 줄 건지 물었다.

"야간 간호사가 말 안 했어요," 그녀가 날카롭게 말했다. "열두 시예요."

그래서 야간 간호사와는 예전에 갈라섰지요. 요망한 예쁜이!

그는 자리에서 일어나, 미란다가 침대 곁에서 일하도록 놔두고 자리를 떴다. 그가 돌아왔을 때 그녀는 없었다. 그는 다시 정돈된 침대로 들어갔다.

이제 태양이, 그 습관의 동물이, 창문으로 빛을 들여보냈다.

가련한 아셴푸텔*8이, 당돌하게 잇몸을 다 드러내고, 불을 피울 작대기와 석탄을 가지고 팔짝팔짝 뛰어 들어왔다.

"아침이에요." 그녀가 말했다.

"그래요," 벨라콰가 말했다. 그러나 그는 즉시 개심했다. "여기 참 멋진 방이지요," 그가 외쳤다. "아침 해가 가득해요."

아셴푸텔에게 그의 역량을 보이는 데는 그거면 충분했다.

"아주 멋지네요," 그녀가 비통하게 말했다. "불길이 나한테 바로 떨어져요." 그녀는 블라인드를 내렸다. "나한테는 번거롭다고요 훌륭한 불길이." 그녀가 말했다.

이는 분명 그것을 바라보는 한 가지 방식이었다.

"예전에 여기 노인이 하나 있었는데," 그녀가 말했다. "그치는 코를 골면서도 블라인드를 못 내리게 했어요."

어느 늙은 멍청이가 그녀의 심기를 거스른 것이, 분명했다.

"하느님이 와도 안 된다고," 그녀가 말했다. "그래서 내가 어떻게 했게요?" 그녀는 불길을 쌓아 올리다가 무릎을 대고 빙그르르 돌아앉았다. 벨라콰는 그녀에게 응했다.

"어떻게 했는데요?" 그가 말했다.

그녀는 빙그레 웃으며 그녀의 업무로 돌아갔다.

"의자로 그걸 막아 버리는 거예요," 그녀가 말했다. "그의 셔츠는 등받이에 걸쳐 놓고요."

---

* Aschenputtel. '재투성이.' 독일어.

"하." 벨라콰가 외쳤다.

"다시 그가 일어나 보면," 그녀가 으쓱거렸다. "무슨 말인지 알죠." 그녀는 이 작은 속임수를 떠올리며 행복하게 웃었다. "나는 물론 얼씬도 안 하니까 괜찮지요." 그녀가 말했다.

그녀는 말하고 또 말했고 불쌍한 벨라콰는, 그의 정신이 아직 완비되지 않은 채로, 그의 역할을 끝까지 수행해야 했다. 어쨌든 그는 아주 우호적인 인상을 주는 데 성공했다.

"그럼," 그녀가 드디어, 형언할 수 없는 음률로 말했다. "이제 안녕. 나중에 봐요."

"그거 괜찮네요." 벨라콰가 말했다.

아셴푸텔은 잡역부 앤디와 결혼을 약속한 사이로, 몇 년째 관계를 유지하고 있었다. 그동안 그녀는 그에게 개 같은 삶을 안겼다.

곧 불길이 굴뚝으로 솟구쳤고 벨라콰는 충동을 이기지 못하고 자리에서 일어나, IOO,OOO 슈미즈에서 산 얇은 푸른색 잠옷만 걸친 채로, 그 앞에 앉았다. 위층의 기침 소리는 처음 들리던 때보다 훨씬 약해진 상태였다. 그 남자는 점차 안정되고 있었으니, 그것을 깨닫는 데 셜록 홈스는 필요 없었다. 그러나 낡고 훌륭하고 노리끼리한 벽 위로, 그의 왼손으로 왈칵 밀려드는, 더 높은 톤의 기둥이, 태양을 표상하면서, 조용히 태양 반대 방향으로 회전하고 있었다. 이렇게 방울지며 떨어지는 시간은, 벨라콰가 생각하기를, 양동이에 떨어지는 진물 같으니, 세계는 새로운 청소부를 원한다. 그는 블라인드를, 두 블라인드 모두, 내릴 것이었다.

그런데 그가 막 그러려는 찰나 수간호사가 아침 신문을 가지고 들어왔고, 이것이, 이럴 수가, 그의 정신을 그것으로부터 떼어 놓았다. 수간호사를 묘사하기는 불가능하다. 그녀는 괜찮았다. 그녀가 이리저리 움직이면서 그를 불안하게 했다.

벨라콰가 말문을 열었다.

"참 멋진 아침이에요," 그가 술술 말했다. "멋진 방이지요, 아침 해가 가득해요."

수간호사는 그냥 사라졌을 뿐, 그에 대한 다른 말은 없었다. 여자는 한순간 거기 있다가 다음 순간 떠났다. 그것은 비범했다.

수술실 간호사가 들어왔다. 이곳에 얼마나 많은 여자들이 있는 것 같던지! 그녀는 여성계의 훌륭한 신품 샤토브리앙으로, 마치 윈카르니스[9] 병에 담긴 것 같았다. 그녀는 그의 목을 재빨리 살폈다.

"체," 그녀가 비웃었다. "아무것도 아니네요."

"전혀 아니죠." 벨라콰가 말했다.

"그게 전부예요?"

벨라콰는 그녀의 어투에 전혀 관심이 없었다.

"그리고 발가락 하나를," 그가 말했다. "떼어 내야 해요, 그러니까 발가락 일부를요."

"머리끝부터," 그녀가 깔깔거리며 웃었다. "발끝까지."

여기에는 반론의 여지가 없었다. 그러나 그는 교훈을 얻었다. 그는 그것을 흘려 넘겼다.

이 여자는 알고 보면 더 괜찮았다. 그녀는 태도가 거칠었지만, 그녀는 극도로 온화했다. 그녀는 잘해 낼 것 같은 환자들 모두에게 붕대 감는 법을 가르쳤다. 그녀가 준 작고 괴상한 수동 윈치로 이것을 잘해 내기란 결코 쉬운 일이 아니었다. 두루마리는 방추 모양이었다. 그러나 일단 그 장치의 기질을 이해하게 되면, 그것을 잘 구슬러서 단단하고 호리호리한 릴, 완벽한 원기둥을 얻어 낼 수 있었고, 그러면 그녀가 기뻐했다. 그녀의 손을 거쳐 간 이 모든 자발적인 노예들, 그녀는 그들 각자에게 일일이 듣기 좋은 말을 해 주었다. "이렇게 단단하고 똑바르게 붕대를 감은 건 처음 보네요." 그녀는 말하곤 했다. 그다음에, 이에 기초하여 성립된 우정이 뭔가 더─어떻게 말해야 할까?─실질적인 수준으로 발전하려는 것 같을 때, 환자는 갑자기 집에 가도 될 만큼 좋아져 있곤 했다. 어떤 악의에 찬 운명이 이 찬란한 여성을 추격했다. 수년 후, 나머지 직원들을 잊은 후에도, 그녀는 부지불식간에 정신에 떠오를 것이었다. 그녀는 벨라콰의 붕대 감는 솜씨에는 감점을 주었다.

미란다가 돌아왔는데, 이번에는 붕대 쟁반을 가져왔다. 그 육감적으로 튀어나온 입 아래턱과, 꽉 다문 입술은, 거의 보카 로마나[*]라 할 것인데, 어떻게 그는 예전에 그것을 알아보지

---

[*] Bocca romana. '로마식 입.' 이탈리아어.

못했을까? 그것은 같은 여자였을까?

"이제." 그녀가 말했다.

그녀는 피크르산과 에테르산으로 무장하고 그 부위를 맹렬히 공격했다. 그는 어째서 그녀가 그의 작은 호색함 덩어리에 그토록 가혹하게 굴어야 하는지 이해할 수 없었다. 그가 아는 한 그것은 패혈증이 아니었다. 그런데 왜 이렇게 가혹한가? 파헤친 자리의 끄트머리로 만에 하나 그것이 침입할 가능성 고작 그것 때문에? 그것은 아주 이상했다. 심지어 털을 밀지도 않았다. 그것은 뻐꾸기 부리처럼 짧은 털 아래로 돌출해 있었다. 그는 그것이 유해하지 않으리라고 믿었다. 정말이지 그는 그것이 축소되는 것을 감당할 수 없었다. 그의 작은 호색함 덩어리.

그의 목덜미 전체를 신부처럼 단장하고 (피크르산의 외설적인 얼룩을 중화시키고) 그의 눈알이 튀어나올 것처럼 단단하게 붕대를 감은 다음, 그녀는 발가락 쪽으로 동정 어린 관심을 돌렸다. 그녀는 전체 대열을, 머리끝부터 발끝까지 싹싹 닦았다. 갑자기 그녀가 킥킥거리기 시작했다. 벨라콰는 거의 그녀의 눈에 발길질을 할 뻔했으니, 그는 그 정도로 충격을 받았다. 그녀가 감히 그의 계획을 침해하다니! 그는 이렇게 사소하고 지엽적인 방식으로 간지럼 태우는 것을 거부하면서, 이를 아랫입술에 대고 손바닥으로 틀어막았으니, 그녀는 자기 분수를 잊었다고, 그렇게밖에 말할 수 없었다. 아무리 데모크리투스라도, 한계가 있다고, 그는 느꼈다.

"족발이 아주 길쑥허네." 그녀가 낄낄거렸다.

천상의 아버지, 저 피조물은 이중 언어 사용자였다. 길쑥한 족발! 벨라콰는 짜증을 삼켰다.

"그것도 곧 옛늘 일이제." 그는 큰 목소리로 말했다. 그의 멋 부린 답변은 재치가 부족했지만 스타일로 보충했다. 하지만 그것은 이 화강암으로 된 메두사에게 효과가 없었다.

"발이 길지요," 그가 쾌활하게 말했다. "나도 알아요, 아니면 코가 길든가요. 그렇지만 발가락이 길면, 그건 무슨 의미일까요?"

답이 없었다. 그 여자가 아예 백치가 되었나? 아니면 그의 말을 듣지 못했나? 지린내 나는 피크르산으로 그곳을 강타하고 그녀의 오트밀을 미리 식혀 두느라고. 그는 그녀에게 다시 부딪혀 볼 것이었다.

"내 말은," 그가 으르렁거렸다. "당신이 그렇게 좋아하는 저 발가락은 이제 곧 기억으로만 남을 거라고요." 그는 그보다 평이하게 표현할 방법이 없었다.

그의 목소리 다음에 들려온 그녀의 목소리는 거의 들릴락 말락 했다. 그것은 다음과 같았다.

"그래요,"—그 단어는 감쇄하고 반복되었다—"그래요, 그의 골칫거리는 거의 끝났어요."

벨라콰는 완전히 무너졌으니, 그는 그럴 수밖에 없었다. 이 아득한 목소리가, 코르 앙글레*처럼 저녁을 타고 흐르니, 그리고 저 그의 것이, 저 그의 것이 마지막 지푸라기였다. 그는 양손에 자기 얼굴을 묻었고, 누가 자기를 보든지 관심도 없었다.

"나는," 그가 훌쩍거렸다. "고양이가 그걸 가져갔으면 좋겠어요, 괜찮다면."

그녀는 붕대 감기를 결코 끝내지 않을 것 같았고, 그것은 족히 1펄롱[10]이 넘었다. 그러나 물론 어떤 일도 운에 맡겨지지는 않을 것이었고, 벨라콰는 그 점에 감사할 수 있었다. 그래도 그것은 그의 발가락 길이에 비해 다소 불균형한 것 같았다. 결국 그녀는 그의 정강이 둘레를 전부 단단히 감았다. 그다음에 그녀는 쟁반을 챙겨 떠났다. 어떤 사람들은 가고, 다른 사람들은 떠난다. 벨라콰는 그날 밤 침대에 있던 이 두 사람 중에서 거절당한 쪽이 된 것 같았다. 그는 미란다가 그 자신에게 등을 돌리도록 한 것 같았다. 이것은 그렇다면 반 푼어치 페인트[11]였을까? 미란다에게 얼마나 의지했는데. 메르드![**]

그것은 모두 리스터[12]의 잘못이었다. 이 저주받을 행복한 빅토리아인들.

그의 가슴이 그것을 에워싼 상자 속에서 심하게 쿵쿵거렸고 그것은 호통의 의미였으니 그가 전부 잘못했고, 다른 무엇보다도

---

* Cor anglais. '잉글리시 호른.' 프랑스어.
** Merde! '빌어먹을!' 프랑스어.

분노가 그의 곁을 잘 지킬 텐데, 웃음은 너무 미약한 것 같았고, 그러니까 결국 징징거리는 것이었다. 그러나 다시 생각하면 아니다, 분노는 결정적인 순간에 옆길로 샐 것이었고, 그는 양처럼 남겨질 것이었다. 어쨌든 되돌리기는 너무 늦었다. 그는 신중하게 그의 정신에 그 생각이 들어오면 어떤 느낌일지 떠올려 보려 애썼다…. 아무 일도 없었고, 그는 아무 충격도 못 느꼈다. 그러니 적어도 그는 그 짐승에게 말뚝을 박은 것이었고, 그것은 상당한 성과였다.

이 지점에서 그는 아래층으로 내려갔고 진정으로 군사적인 철수, 육군 수송대 노릇을 했다. 다시 돌아오면서 그는 그럼에도 만사가 잘될 거라고 믿어 의심치 않았다. 그는 숙직실 바깥에서 휘파람을 잠시 불었다. 그가 돌아왔을 때 그의 방에는 아무것도 남아 있지 않았고 다만 미란다가, 어느 때보다 턱이 돌출한 미란다가, 주사기에 약을 넣고 있었다. 벨라콰는 이 일의 무게를 경감하려고 애썼다.

"지금 뭐 해요?" 그가 말했다.

그러나 그녀는 그의 엉덩이에 그 무기를 꽂아 넣고 그가 사태를 깨닫기도 전에 약을 주입했다. 울음은 그를 피해 가지 않았다.

"내가 하는 말 못 들었어요?" 그가 말했다. "내가 주장하건대, 나는 권리가 있다고요. 이게 무슨 의미인지, 이 주입의 목적이 뭔지 알아야 한다고요, 내 말 듣고 있어요?"

"환자들이 다 맞는 거예요," 그녀가 말했다. "수술실로 내려가기 전에요."

수술실로 내려간다! 이곳에 그를 파괴하려는, 신체와 영혼을 끝장내려는 음모가 있었나? 그의 혀가 입천장에 달라붙었다. 그들이 그의 분비액을 건조시켰다. 전문가 집단이 선제공격에 성공한 것이다!

수술실 양말은 그다음으로 작은 흥분을 안겼다. 정말이지 수술실은 그것 자신을 아주 진지하게 여기는 것 같았다. 너의 양말하고 지옥에나 가 버려, 내가 원하는 건 너의 정신이야, 그는 생각했다.

이제 상황이 더 빠르게 바뀌기 시작했다. 맨 먼저 주님의 천사가 와서 우스운 이야기로 그를 도왔는데, 정말이지 진짜 너무 웃겨서, 벨라콰는 그 생각을 하면 언제나 눈물이 날 때까지 웃었으니, 그것은 아마추어 극단에서 작은 역할을 맡게 된 교구 목사의 이야기였다. 그가 할 일은 연발 권총이 발사되면 자기 가슴을 움켜쥐고, "아이고 하느님! 내가 맞았네!" 하고 외치며 쓰러져 죽는 것뿐이었다. 교구 목사가 분명히 말하길, 그가 그렇게 속된 경우에 "아이고 하느님"이라고 말하기를 거부하는 데 그들이 반대하지 않는다면, 그는 아주 행복하리라고 했다. 만약 그들이 반대하지 않는다면, 그는 그것을 "자비를 베푸소서!" 아니면 "맹세코!" 아니면 그 비슷한 것으로, 대체할 것이었다. "오 이런! 내가 맞았네!" 이건 어떤가?

그러나 극단은 너무 아마추어라서 연발 권총이 진짜로 발사됐고 하느님의 인간은 꼼짝도 못 했다.

"오!" 그는 외쳤다. "오…! … **예수님! 내가 맞았네!**"

은혜롭게도 벨라콰는 지저분하고 저열한 저교회파 프로테스탄트 고급 취향이어서 이런 스코틀랜드 재담에도 웃을 수 있었다. 웃음! 그가 얼마나 웃었는지, 확실히. 눈물이 날 때까지.

그는 자리에서 일어나 매무새를 가다듬기 시작했다. 이제 그는 애써 귀 기울이지 않으면 천식 환자의 숨소리를 들을 수 없었다. 그날은 위험한 고비를 넘겼다는 걸, 어떤 바보라도 그것을 알 수 있었다. 벽난로 위 선반에 놓인 밀봉된 작은 종이 상자가 그의 눈에 띄었다. 그는 거기 적힌 문구를 읽었다. 근육 내 주입 방식 빈혈 집중 치료용 프레스 철분 앰풀 주사제. 등록상표-모차르트. 돈 조반니의 작은 헥센마이스터*가, 이제 그의 좁은 방에 완전히 잘못 놓여, 무혈의 창백함 속으로 끌려들다니! 이 얼마나 재미있는가. 정말이지 오늘 아침 세상은 아주 훌륭한 상태였다.

이제 여자 둘이 더 왔는데, 그들은 끝날 줄을 모르니, 하나는 특정 연령대고, 다른 하나는 아닌, 여자들이 들어와, 그들의 수갑을 풀면서 진군했다. 그들은 침대로 덤벼들었다. 예방적

---

* Hexenmeister. '마법사.' 독일어.

기름종이, 이동식 작업대…. 벨라콰는 허우적허우적 불가로 갔고, 그의 파자마 끄트머리는 자전거 선수가 바짓단을 불길한 양말 안쪽으로 밀어넣은 것처럼 되었다. 그는 대가도 치르지 않고, 담배를 한 대 더 피울 것이었다. 그가 그것에 대해 생각해 봤을 때, 그것은 무척 놀라웠으니, 어떻게 이곳의 판에 박힌 일과 전체가, 가장 하찮은 세부까지, 소의 발가락[13] 수준까지도 오로지 하나의 목표, 그러니까 결국 고통의 경감을 촉진하도록 계산되었을까. 그가 지금 어떻게 그것을 이루는 i 자의 점을 찍고 t 자의 십자 모양을 재주껏 그리는지 보라. 그는 최후의 카드를 던져야 하는 순간에 다다르고 있었다.

은밀하게 그들은 그의 노란색 얼굴에서 불안의 신호를 찾았다. 헛수고였다. 그것은 가면이었다. 그러나 아마도 그의 목소리는 떨릴 것이었다. 그중 하나, 인생이 바뀐 여자가, 자청해서 짜증 난 어조로 말했다.

"비미시 수간호사는 당신을 축복하지 않을 거예요, 훌륭한 양말을 더럽혀 놓다니."

비미시 수간호사는 그를 축복하지 않을 것이었다.

이 인물의 목소리는 황폐했지만, 그녀는 그것을 더 남용했다.

"당신 매트 위에 안 설 거예요?"

그는 순식간에 정신을 다잡았으니, 그는 매트 위에 설 것이었다. 그는 이 지점에서 그들과 대면할 것이었다. 그가 매트 위에 서기를 거부한다면 그는 이 두 여자가 보기에 가망이 없을 것이었다.

"뭐든지," 그가 말했다. "비미시 수간호사의 명에 따르지요."

미란다는 바쁜 아침을 보내고 있었다. 이제 그녀는 네 번째 아니면 다섯 번째로 나타났으니, 그가 셈을 놓친 것이었는데, 어슴푸레한 조수들을 완비했다. 방이 잿빛 여자들로 가득 찬 것 같았다. 그것은 꿈결 같았다.

"당신 이에 문제가 있으면," 그녀가 말했다. "제거할지도 몰라요."

그의 시각이 가까이 왔고,[14] 눈을 깜빡이며 그 사실을 못 본 체하는 일은 없었다.

엘리베이터를 타고 미란다와 같이 내려가면서 그는 손에 쥔 그의 안경의 촉감을 느꼈다. 이것은 말하자면 축복받은 사건이었으니, 마침 침묵이 어색해지던 찰나였다.

"이것 좀 맡아 줄래요?" 그가 말했다.

그녀는 그것을 가슴에 집어넣었다. 성스러운 피조물 같으니! 그는 나중에 그녀를 덮칠 것이었다.

"수술 중에는," 그녀가 말했다. "금연이에요."

외과의가 그의 귀중한 손을 씻고 있을 무렵 벨라콰는 으쓱거리며 대기실을 통과했다. 그는 깨끗한 손을 가진지라 더 강할 것이로다. 벨라콰는 외과의와 교차했다. 그러나 그는 윈카르니스를 보고 잠시 반짝이는 미소를 지었다. 그녀는 그것을 금방 잊지 않을 것이었다.

그는 신랑처럼 수술대에 뛰어올랐다. 현장 의사는 훌륭한 상태였으니, 그는 이제 막 신랑 들러리를 서고 와서, 제의 안에 완전히 정장을 갖춰 입고 있었다. 그는 권고 사항을 낭송하고 힘차게 노즐을 열었다.

"당신 괜찮아요?" 벨라콰가 말했다.

혼합물은 너무 진했고, 그 점에는 의문의 여지가 없었다. 그의 가슴은 달음박질쳤고, 끔찍한 노란색이 그의 두개골을 두들겼다. "최고 수준이죠." 그는 그를 가리키는 게 아닌 그런 말을 들었다. 그 표현에 그는 안심했다. 신랑 들러리가 마개를 움켜쥐었다.

아이고 예수님! 그가 죽었다!

그들은 그를 청진하는 것을 까맣게 잊었던 것이다!

1. 『테스(Tess of the d'Urbervilles)』의 실제 원문은 '비탄(grief)' 대신 '슬픔(sorrow)'이라고 적혀 있다.

2. 성모마리아의 수태를 찬미하는 기도로, 전통적으로 성당과 수도원에서 하루 세 번 아침 여섯 시, 정오, 저녁 여섯 시에 진행된다. "주님의 천사가 마리아께 아뢰니 성령으로 잉태하셨나이다"라는 라틴어 기도문의 첫 단어를 따서 '안젤루스(천사)'라고 부르며, 기도 시간에 맞춰 교회에서 종을 치기 때문에 '삼종기도'라고도 한다.

3. 존 던(John Donne)의 『유베닐리아, 또는 어떤 역설들과 문제들(Iuvenilia: or certaine paradoxes and problemes)』 10장 「현명한 인간은 많이 웃는 것으로 알 수 있다」의 한 구절이다. 그는 여기서 세상을 비관하여 우는 헤라클리투스와 세상이 한심해서 웃는 데모크리투스 중 후자의 편을 든다.

4. 빔과 봄(Bim and Bom)은 19-20세기 폴란드 출신의 예술가 이반 라둔스키(Ivan Radunsky)가 이끌었던 모스크바의 서커스 광대 듀오다.

5. 괴테는 시집 『부드러운 격언 II (Zahme Xenien II)』에서, "별처럼, / 서두르지 않고, / 그러나 멈춰 서지도 않고, / 각자 그들 자신의 짐을 / 중심으로 회전하라."라고 노래한다.

6. 「사도행전」 2장 2행에서 사람들이 오순절을 지내려 모여 있었을 때

"하늘로부터 급하고 강한 바람 소리"가 들리며 성령이 내려와 이들이 불현듯 히브리어로 말하게 된다.

7. 애버딘은 스코틀랜드의 유서 깊은 도시로, 화강암 건물이 많아 '회색 도시'라고도 불린다.

8. 「아셴푸텔(Aschenputtel)」은 유럽에서 전승되던 신데렐라 이야기의 원형으로, 19세기 독일의 언어학자 야코프와 빌헬름 그림 형제(Jacob und Wilhelm Grimm)의 기록을 통해 후대에 알려졌다.

9. '윈카르니스(Wincarnis)'는 와인이 주원료인 영국의 자양강장 음료다.

10. 경마에서 1펄롱은 약 200미터를 가리킨다.

11. '반 푼어치 타르를 아낀다고 배 한 척을 버린다'라는 격언을 응용한 것. 이와 유사한 표현이 단편 「이 무슨 불운」에도 등장한다.

12. 19세기 영국의 의사 조지프 리스터(Joseph Lister)는 외과 수술에 멸균 시술법을 도입했다.

13. 19세기 중반까지 아일랜드에서는 4분의 1 에이커의 목초지를 소 한 마리가 풀을 뜯는 넓이라는 의미에서 '소의 풀(cow's grass)'이라는 단위로 셈했다. 그러나 인구 증가로 경작지가 늘고 토지 소유가 세분화되면서 이 단위 역시 '소의 발(cow's foot)', 그리고 다시 '소의 발가락(cow's toe)'으로 세분화되었다.

14. 「마태복음」 26장 45행에서
예수는 체포되기 직전 제자들에게
"그의 시각이 가까이 왔고 사람의
아들이 배반을 당해 죄인들의 손에
넘겨졌느니라."라고 말한다.

찌꺼기

수아, 벨라콰, 요양원에서.

이것은 수아 부인에게 김빠진 뉴스였는데, 왜냐하면 그녀는 이미 직접 (전화로) 그것을 주입했으니까, 그럼에도 그녀는, 다음 날 아침 신문에서 그것을 읽고, 놀라서 작은 충격을 받았으니, 마치 손님으로 북적거리는 호텔의 예약에 성공했다는 전보를 펼쳐 보는 것 같았다. 그다음에는 친구들 생각이 났는데, 그들의 가늠할 수 없는 비탄이 그들의 베이컨과 달걀에 풍미를 더하고, 그녀의 크나큰 상실에 조의를 표하는 첫마디의 음률이 오트밀에서 마멀레이드까지, 속삭임과 한숨에서 담소의 차분한 외침까지 오르내리며, 그녀가 거론할 수 있었을 십수 명의 식구들 사이를 떠다닐 것이라, 그 생각이 그녀의 신체 경제 전반에 시동을 걸고, 그 결과를 고스란히 그녀의 얼굴에 바로 드러내면서, 애도의 바퀴를 돌리기 시작했다. 그때부터 그녀는 생각이나 느낌 없이, 그저 질척한 감상, 눈물 젖은 전신 감각이 되었다.

이 특정한 수아 부인, 여태 진술된 이 인물은 어떤 경우에도 결코, 처녀명 셀마 보그스와 같이 말하지 않고, 애초에 그녀가 아니다. 처녀명 셀마 보그스는 그때 코네마라에서 석양과 밀월로 횡사했다. 그다음에는 얼마 안 있어 갑자기 그들 전부 죽은 모양으로, 루시는 물론 오래전에 죽었고, 루비는 예상대로 죽었고, 위니는 품위 있게 죽었고, 알바 퍼듀는 집에서 보살핌을 받다가 자연히 죽었다. 벨라콰가 주위를 둘러보니 스메랄디나만 유일하게 항해를 계속하고 있었다. 단숨에 그녀는 그의 정신을 결단으로 몰고 갔으니 앞에 인용된 편지에 피력된바 그녀는 단순히 그를 사랑하는 것이 아니라 흡사 고르곤처럼 안달하면서 그를 원했기 때문이다. 그리하여 다른 누구도 아닌 그녀가 이제 수아 부인으로서, 1년 남짓 그가 노파 역을 맡은 노파와 청년의 복합체를 이루고 자외선의 친밀함을 누린 후에, 그녀가 그보다 더 오래 살기 시작했음을 신문에서 읽게 된다.

몸은 중요하지 않지만 그녀의 몸은 뭔가 이런 식이어서, 커다랗고 거대한 가슴, 커다란 골반, 보티첼리 풍의 허벅지,

안짱다리, 각진 발목, 비틀비틀, 포파타,* 거대 유방, 칭얼칭얼-
울먹울먹, 가슴가슴가슴가슴, 진짜 단추-터지는, 무르익은
바이프.** 그다음에, 시야 바깥에 이 돌고래 프리즘 위에 높이
올려진, 가장 달콤하고 작고 창백한 피사넬로[1]의 새 모양 얼굴.
그녀는 마치 루크레치아 델 페데[2] 같은, 창백한 미인, 창백한 미인
브라우트***였고, 바람을 받은 낡은 돛 같은 겨울 피부를 가졌다.
새 같은 코에서 체육적 또는 심미적 콧방울이 솟아난 그
뿌리와 그 원천은 결코 질리지 않아, 그가 둔화성 비염이라도
걸리지 않은 다음에야, 벨라콰의 검지 살과 손톱은 수년 동안
그곳을 쑤시고 파헤치고 뚫어 댔으니 이는 그가 안경을 닦는
것만큼이나 오래전부터 계속해 온 일이었고(소모의 황홀감!),
그게 아니면 목을 조르고 교살하는 떨림과 꾸밈음을 견뎠는데
그 스쵸펜인가 피숑인가 쇼피넥인가 쇼피네토인가 누구든 간에
그놈의 빈켈무지크****는 그놈 이름이 프레드라는 것만큼이나
확실하게 그녀를 실컷 껴안았지만, 그놈은 클라인마이스터*****의
라이덴샤프트주케라이******와 (베케트 씨에게 감사를) 병실의
재능 때문에 (필드 씨에게 감사를) 평생 죽어 갔고(오베르 씨에게
감사를),[3] 그것도 아니라면 풀다 강이든 톨카 강이든 포들 강이든
불가 강이든 되는대로 건너서 등반했지만, 그는 이런 각각의 모든
일들을 통해 어떤 종류의 승화와 같은 천부당만부당한 과잉에
영합하고 있다고는 꿈에도 생각하지 않았다. 형편없이 빈약하고
축축한 넝마 같은 윗입술은, 퍼그의 주둥이처럼 위로 뒤집혀서
거의 오리나 코브라처럼 조소하는 모습으로 콧구멍 쪽을
향했으나, 다행히도 음탕하게 불룩 튀어나온 그 짝패와 앞으로
튀어나온 턱이 그 인상을 교정하여—탁월하게 회복시켰다. 이
건강한 여자의 두개골은 쐐기 모양이었다. 귀는 물론 조개껍데기

---

* Poppata. '쭈쭈.' 이탈리아어.
** Weib. '계집.' 독일어.
*** Braut. '신부.' 독일어.
**** Winkelmusik. '골방-음악.' 독일어.
***** Kleinmeister. '조막만 한-거장.' 독일어.
****** Leidenschaftsucherei. '열정을-찾는-짓거리.' 독일어.

같았고, 눈은 한 줄기 물푸레나무처럼 (그가 제일 좋아하는
색으로) 얼빠진 정신을 꿰뚫었다. 머리카락은 솥처럼 검었는데
관자놀이를 가로질러 어찌나 굵고 낮게 자랐는지 이마가 작은
채광창처럼 (그가 제일 찬탄하는 형태의 이마 모양으로) 보였다.
하지만 몸이 뭐가 중요한가?

그녀는 좁은 침대의 잘못된 방향으로 나왔지만, 그녀는 어느
쪽이 옳은 방향인지 그녀의 정신 안에서 결코 확실하게 정하지
못하고, 그가 눕혀진 방에 갔으니, 커다란 성서가 냅킨에 싸인 채
그의 턱 아래 가만히 놓여 있었다. 그녀는 연꽃무늬 잠옷을 입고
침대 머리맡에 서서, 아무것도 보이지 않는 멍한 눈으로, 그녀의
숨을 참았다. 그의 앞머리는, 그녀가 용기를 내어 손등을 대어
보았을 때, 그녀가 생각한 것보다 훨씬 덜 차가웠지만, 이는 물론
그녀 자신의 말초 순환이, 형편없는 탓으로 설명되었다. 그녀는
그의 두 손을 잡고, 마주 접힌 그 손을, 그녀가 바란 것과 달리
가슴 쪽이 아니라, 그보다 아래 놓였던 것을, 옮겨 놓았다. 이와
거의 동시에 그녀는 무릎을 꿇고 주저앉았으나 어떤 발작적인
불안이, 겉보기에 사후경직이 비껴간 것 같은 이 시체에 아무
일도 없어야 한다는 생각이, 그녀를 일으켜 세웠다. 그녀는 다
괜찮기를 바랐다. 기도도 해 주지 못하고, 그 불만에 찬 얼굴을,
산산이 흩어져 버릴 그 삐죽거리는 정직성을 마지막으로
오래 바라보지도 못하고, 그녀는 상복을 준비하러 떠났으니,
연꽃무늬를 입은 채로 나타날 수는 없었기 때문이다. 그녀는
검은색이 어울렸고, 검은색과 녹색은 언제나 그녀의 색이었다.
그녀는 염두에 두었던 것을 방에서 찾았지만, 이 에티오피아식
원피스는 에메랄드가 박힌 부분이 찢어지고 베여 있었다. 그녀는
조각난 원환 같은 활 모양 창가에 있는 작업대로 그것을 가져갔고,
그녀는 부들부들 떨면서 자리에 앉아 그것을 고치기 시작했다.
마치 거품을 타고 하늘에 떠 있는 것처럼, 햇빛이 (커튼을 통해)
밀려들었고, 그녀의 주변은 온통 푸르렀다. 금세 바닥에는
반짝이는 조각들이 흩뿌려졌고, 그녀는 가슴이 아파서 그것들을
찢어 놓았으니 그것들이 너무 예뻐 보인 것이다. 꽃은 안 돼,
달콤한 꽃은 안 되니.[4]

신문에 한 줄 삽입된 것이
검은색 드레스 하나 만드는 데 얼마나 마이너스가 될는지?

그녀는 너무 슬프고 바빴고, 흐느낌은 그녀의 정신 안에서 너무
빨리 무르익어 터졌고 일은 너무 잘되어서, 그녀는 뚱뚱하고
칙칙한 악마가 집으로 다가오는 것도 알아보지 못했고 그가
자갈밭을 침범하지 않으려고 소란을 피우는 것도 듣지 못했다.
그의 카드가 펼쳐졌다. 말라코다 씨.⁵ 극히 정중하게 측량을
원하신다고. 흐느낌이, 폭발하는 대신, 가라앉았다. 스메랄디나는
훌쩍이며 죄송하지만 이 말라코다 씨라는 분은 받아들일 수
없다고, 그녀는 주인님을 측량하도록 내버려둘 수 없다고 말했다.
메리 앤의 염병할 특질들이 평소보다 훨씬 더 남용되었다. 그러나,
이런 위기 상황에서, 그녀는 주인마님보다 열 배 열다섯 배는 더
가치 있었다.

"그는 주인님 크기 정도 될 거예요." 그녀가 말했다.

그녀가 그걸 알아봤다고 상상하기만 해도!

"그러면 네가 그에게 그렇게 말하지 그러니." 스메랄디나가
신음했다. "그리고 그분에게 잘해 보시라고 하고 여기 올라와서
나를 괴롭히지 말라고 해."

1인치 정도가 대체 이런저런 식으로 얼마나 아니 애초에
중요할 수 있었을까? 아라고나이트나 페페리노⁶를 아껴 써야
한다는 데는 의문의 여지가 없었다. 관이 그를 갉아먹지는 않을
것이었다.

메리 앤이 괴로워하는 사람에게 돌아와 말라코다 씨가 지금
그 검은색 갈고리 같은 손으로 테이프를 들고 계단을 뛰어올라
오는 중이라는 슬픈 소식을 전했다. 스메랄디나는 시동을 걸고,
가위를 움켜쥐고, 문을 향해 돌진하기 시작했다. 그러나 꽃무늬
잠옷 차림에 대한 생각이 바로 직전에 그녀를 붙들었다. 또
그랬잖아!

"최소한 차라도 한 잔 가져와." 그녀가 말했다.

메리 앤이 방을 떠났다.

"그리고 살짝 익힌 달걀도." 스메랄디나가 소리쳤다.

작은 화환이, 말할 필요도 없이 칼라 꽃으로 이루어진 것이, 상자에 담겨 도착했는데—익명이었다. 이것을 스메랄디나는 파묻었다. 그녀가 정원사를 찾아보니, 이 느리고 수줍은 게으름뱅이는 콧수염이 흠뻑 젖은 채, 멍하니 대책 없는 태도로 벌레 먹은 수염패랭이꽃 화단에 물을 주고 있었다. 누군가 그의 장미를, 장미 모양 물뿌리개 캡을 훔쳐 가는 바람에, 그는 거센 물살로 꽃대를 다 꺾어 놓았다. 그녀는 냉큼 산중에서 고사리 두 바구니를 뜯어 오라고 그를 보냈다. 그다음에 그는 집으로 돌아갈 것이었다. 그녀는 직접 유칼립투스 가지를 꺾었다.

교구사제가 저속 기어로 대로를 온통 헤집으며 달려와, 창가를 힐끔 살피고 최악의 우려가 현실이 되었음을 확인한 후, 번쩍번쩍하는 그의 총(總)강철을 슬픔과 분노로 자갈밭에 던져 놓은 채, 바로 걸어서 들어왔다.

"누군가 침몰한 것을 몰랐습니다." 그가 열정적인 투로 언명했다. "나는 많은 사람들을 보아 왔지요."

"아니에요." 스메랄디나가 말했다.

"자동으로 주어집니다," 그가 소리쳤다. "하늘 높은 곳에서 강력한 힘이," 엄지손가락으로 딱 소리를 내며 "이렇게요. 천국에서 만나지요."

"그래요." 스메랄디나가 말했다.

"그가 도착하자마자," 두 손으로 박수를 치고 위를 올려다보며 (어째서 위를?) "시간 없는 곳에 도달하기만 하면, 당신이 그에게 뛰어드는 것보다 더 빠르게 말입니다."

"그가 옳아요." 스메랄디나가 말했다. "나는 그걸 알아요."

"그러니 기뻐하세요." 교구사제가 소리쳤다.

그는 베 짜는 북처럼7 페달을 밟으며 (그러나 그녀가 기뻐하겠다고 약조하기도 전에) 성찬식을 거행하러 떠났으니, 그는 자전거 받침대 위 가방 안에 늘 성체를 잔뜩 챙겨 가지고 다녔는데, 이번에는 길 저편 윗동네에 사는 돈 많은 거세한 숫양 차례로 그의 이야기는 이제 거의 끝나 가고 있었다. 한 번에 7실링 6센트.

캐퍼 퀸이 타이어 끝으로 살금살금, 자기 소유의 자동차를 타고 도착했다. 그는 미망인을 덮쳤고, 그는 그저 그럴 수밖에 없었다. 그녀는 어떤 면에선 분별 있는 여자여서, 그녀는 스스럼없이 그녀 자신의 몸무게만큼 나가는 남자의 품에 결국 그녀 자신을 내맡겼다. 그들이 떨어져 나가고, 당근이 기름 묻은 깡통에서 뽑혀 나오자, 헤어리는 굽신거리며 그녀 앞에 서서, 그녀의 명령을 기다렸다. 그는 대단히 향상되었으니, 시간에 속한 것들과의 교류가 그를 대단히 향상시켰다. 이제 그는 제법 잘 말할 수 있어서, 그는 한두 마디 던지고 좌절해서 그의 시간을 포기하지 않아도 되었다.

그가 차에 짐을 싣는 동안 그녀는 곁에 서 있었다. 가방들은 고사리와 양치식물로 불룩하게 채웠고, 유칼립투스 가지와 필요할 때를 대비한 소량의 간식을 낡은 승마용 재킷에 비끄러맸고, 최상급 버베나 덤불도 똑같이 처리했고, 이끼가 한 통, 철사 핀이 한 자루 있었다. 이 모든 것이 안전하게 실리고 차가 올바른 방향으로 향하자, 헤어리는 그녀의 안내를 따라 집 안으로 들어와서 자세를 잡았고, 목발이 잘 갈라졌고, 커다란 두 발이 벌어졌고, 손바닥의 볼록한 부분이 두 개의 달랑거리는 피 주머니를 향해 펼쳐졌고, 자라다 만 유방이 자명하게, 눈앞에 드러났다. 심지어 아일랜드에도 동물이 몇 종류 있어서, 지금은 일반적으로 변종으로 간주되지만, 일부 동물학자는 이들을 종으로 분류한다. 그는 비탄이 이목구비를 빚어 내면서 그의 얼굴이 향상된다고 느꼈다.

"그를 볼 수 있을까?" 그가 마치 트리니티 대학교 도서관에서 책을 구하려는 사제처럼, 속삭였다.

그녀는 애써 몸을 일으켜 계단을 올라갔고, 그녀는 마치 자기 것인 양 시체 안치실로 안내했다. 그들이 갈라서면서, 둘 사이의 침대에 안치된 몸은 마치 벨라스케스의 「창들」에서 두 국가 사이에 놓인 열쇠,[8] 부다와 페스트 사이를 가로지르는 물길, 기타 등등 같았고, 현실의 하이픈이었다.

"무척 아름다워." 헤어리가 말했다.

"내 생각에도 무척." 스메랄디나가 말했다.

"그들 모두가." 헤어리가 말했다.

눈물을 흘리라고, 저주받을 놈아, 그녀는 생각했으니, 나는

못 한단 말이야. 그러나 그는 더 잘해서, 그는 한 양동이만큼의
눈물을 참았다. 그의 얼굴은 급속히 향상되었다.

그들은 침대 발치에서 다시 만나서, 마치 논쟁을 위해 일부러
만든 유사점 같은, 이 신선한 시점에 머리를 맞대고 머물러 있다가
스메랄디나가, 그 자세가 터무니없다는 느낌에, 몸을 일으켜, 방을
떠나며 문을 닫고, 죽어 가는 자와 죽은 자를 남겨 두었다.

헤어리는 이제 무언가를 느끼는 일이 모두 그에게 달렸다고
느꼈다.

"너는 부엽토보다 조용하군," 그는 그의 정신 안에서 말했다.
"너는 지구의 내장에 괴상하고 오래된 교훈을 소리 없이 주겠지."

그것이 그가 그때 짜낼 수 있는 최선이었다. 그러나 내장은
분명히 별로 적당한 단어가 아니었다. 그것은 앤 여왕이 통풍에
걸린 부분[9]이었다.

흉골 위에 경건하게 놓인 두 손은 어울리지 않아서, 작고한
십자군이, 고결한 전투에서 면제된 것 같았다. 헤어리는 끝이 안
보이는 두 팔을 뻗어서 대리석 같은 사지를 잡아당겼다. 두 개의
명사와 두 개의 형용구. 거기서 벗어나지를 못한다. 그는 얼마나
우둔한지.

'이게 마지막이야.' 그는 생각했다.

벨라콰는 종종 여자들을 만날 기대에 부풀곤 했는데, 특히
루시는, 베일 너머에서 신성하고 더 아름답게 변모했다. 이 무슨
희망인지! 죽음이 이미 그 순진함을 치유해 두었다.

헤어리는, 그의 얼굴이 최상일 때, 그것이 평일의 고기 만두,
스테이크, 콩팥 파이로 다시 악화되기 전에, 스메랄디나와 다시
합류하려고 안달해서, 하던 일을 멈추고 빠져나왔다. 그는 무언가
정말 엄청난 것을, 여태껏 아무도 느껴보지 못한 무언가를, 느낄
드문 기회를 놓치고 있다는 인상을 떨칠 수 없었기 때문이다.
그러나 시간이 촉박했다. 스메랄디나는 발로 땅을 긁고 있었고,
그의 개인적 특질들은 기울고 있었다(또는, 아마도 이쪽이
더 나을 텐데, 차오르고 있었다). 결국 그는 무릎을 꿇지도,
기도를 드리지도 않고 자리를 떠났지만, 그 경험에 이렇게 처음
직면하기를 앞두고 그의 뇌는 엎드려 애원했다. 그것은 적어도

무언가였다. 그는 느리고 장중한 라르고 음악을 반겼을 것이었고, 검은 건반의 사이음으로 이루어졌다면 더 좋았을 것이었다.

묘지는 조명이 고장 났고, 바다의 월장석이 위로 치켜든 무수한 발가락들을 씻고 있었고, 산맥은 묘비들 뒤에서 거무스름한 우첼로의 그림처럼 펼쳐져 있었다. 당신이 여태껏 보아온 것 중에 가장 멋진 작은 산골짜기. 헤어리는 방금 판 구덩이를 덮고 있던 널빤지를 걷어 내고 아래로, 아래로, 아래로 관리인이 일부러 치우지 않은 좁은 사다리를 따라 조심조심 내려갔다. 그의 머리가 지표면 아래로 들어갔다. 확실히 기개 있는 남자였다. 이 중대한 것이 스메랄디나에게는 결핍되어, 그녀는 결단의 순간에 쪼그리고 있을 뿐이었다.

그래, 긴 이야기를 짧게 줄이자면, 그들 사이에서 그들 한 쌍은, 그녀는 위에서 그에게 물건을 내려보내며, 무덤을 푹신하게 장식했으니, 바닥은 이끼와 양치식물로, 벽은 푸른 잎으로 멋지게 꾸몄다. 아래쪽은 진흙이 너무 단단해서 헤어리가 신발로 핀을 두드려야 했다. 그러나 그들은 일을 아주 잘 해내서, 작업이 끝났을 때는 진흙 한 점 보이지 않고, 온통 싱싱하고, 푸르고 아주 달콤한 향이 났다.

그러나 금세 검고 어두운 밤이 될 것이라, 차가운 바람이 올라왔고, 강렬한 빛이 산맥 아래 작은 언덕에서 시작되어, 월장석이 재로 변했다. 스메랄디나는 몸을 떨었고, 그녀는 그럴 만했다. 헤어리는, 그의 작품을 마지막으로 둘러보면서, 깔개 속의 벌레같이 아늑하게 있었다. 벨라콰는 죽어서 침대 위에 누워 시간을 초월한 조소를 얼굴에 드리우고 있었다. 헤어리가 구멍에서 나와서, 사다리를 들어 올리고, 널빤지를 다시 덮고 한숨을 쉬며 손을 비볐으니, 노동이 끝났다. 사랑의 노동, 괴로운 의무가.

갑자기 관리인이 거기 나타나, 황폐해진 좋은 사람이, 어떻게 하는지 방법을 알 만큼 술에 취해서, 축성된 땅을 돋보이게 했다. 그는 무엇보다 그들의 관심에 감동했으니, 버림받은 이들을 다뤄 온 그의 경험상으로는 유례없는 일이었다. 그의 입장에서는 그가 작고한 이들을 위해 뼈가 닳도록 일할 때, 고인이 그가 잘 알던 사람, 성인일 때뿐만 아니라, 소년일 때도 알던 사람이라면,

안심할 수 있었다. 스메랄디나는 소년 시절 벨라콰의 환영이 순간적으로, 낙엽송 숲 너머로 반짝이며 올라가는 것을, 그의 가슴이 세상을 향해 열리는 것을 보았다.

헤어리는 아버지, 형제, 남편, 고해신부, 가족의 친지(무슨 가족?), 그보다 더한 무언가 불가피한 것처럼 느끼면서, 휘청거리는 관리인을 처리하는 귀찮은 일을 떠맡았다. 스메랄디나는 말썽을 피웠다. 벨라콰는, 무언가 소름 끼치는 것으로 이상화되어, 미망인과 그녀의 거대한 수행원을, 이제 성큼성큼 떠나가는 이들을, 네 개의 사랑스러운 귀먹은 귀를, 별이 빛나는 하늘을 향해 살짝 들린 얼굴들을, 이 추저분한 일로 결합시켰다.

"집으로 헤어리." 그녀가 말했다.

헤어리는 발걸음을 재촉하며, 그녀를 감싸고, 그녀를 보조했다.

"달이 안 보여." 그녀가 말했다.

상자 속 스프링 인형처럼 위성이 순종하여, 그녀의 반짝이는 사다리를 해안으로 내려보냈다. 그녀는 그 달빛 앞에서 외롭고 긴 등반에 올랐다.

관리인은, 깊이 상처받아, 자신의 요통을 생각하며, 널빤지 위에 앉아 자신의 흑맥주 병을 늘어뜨렸다. 기네스 하면 빈약함이라, 지루한 스타우트. 그는 그 모든 추레한 미스터리에 흥미를 잃었고, 그는 전혀 상관하지 않았다. 그는 미래에, 그의 미래에 귀를 기울였으니, 그가 무엇을 들었는가? 고대의 그 모든 구멍 난 주제들이 되돌아와, 소리의 최고 음역으로 기어올랐다. 아주 좋아. 그의 존재의 본질이 원래 있던 곳에, 술과 술의 화성악에 머무르도록, 그의 냉담함의 궁극적 표현으로서 흔쾌히 용인되도록 내버려 두자. 그는 일어나서 사이프러스 나무에 대고 물을 뽑았다.

그날 밤 헤어리는 침대에 누워, 다양한 이유로 몸부림치다, 결국 불편한 잠에 빠져들었고, 전혀 상쾌하지 못한 기분으로 일어나 보니 비바람이 부는 것이, 날씨가 한밤중부터 나빠져 있었다.

정오에 스메랄디나는, 침대에서 그녀의 가장 내밀한 생각에
잠겨, 살짝 익힌 달걀을 생각하며 살짝 군침을 흘리는데, 메리
앤이 나타났다. 말라코다 씨. 입관 작업을 하고 싶으시다고.
스메랄디나가 쓰디쓴 목소리로 만약 그분이 입관 작업을 해야
한다면 왜 입관 작업을 그가 해야 하냐고 진술했으니, 확실히 메리
앤은 치유가 안 되는 문제로 그녀를 괴롭힐 명확한 이유가 없었다.

얇은 벽이, 훌륭하지만 얇은 벽이 그녀를 말라코다 씨와 발굽
달린 수행원, 끝장내려고 이글대는 종자들과 갈라놓고 있었다.
수의는 작고한 이에게 어울리지 않아, 프릴과 레이스가 활개 치는
그 옷을 입혀 놓으면 그는 팬터마임 속 아기처럼 보였다.

헤어리가 도착한 때는 마법의 시간, 호메로스의 황혼,
들쥐들이 무의식중에 순찰을 도는 시간이었다. 그는 무언가
미미하지만 각별한 것이 덮치는 느낌에 공동 상속자들을 제치고
급하게 걸어 들어왔다. 그는 수의가 작고한 이에게 어울리지
않는다는 데 완전히 동의했는데, 그걸 입으면 그가 뭐랄까 사기
당하고 무력한 사람처럼, 거의 제대로 못 죽은 사람처럼 보였다.
그는 저녁때까지 거기 있었다.

염두에 두어야 하는 것이 스메랄디나는 너무 자연스럽게
무사태평한 상태여서 마음 깊이 느끼기가, 또는 차라리, 아마도
이쪽이 더 나을 텐데, 마음 깊이 감상적인 사람이 되기가 전혀
쉽지 않았다. 그녀의 삶은 그녀가 군이 기억하는 한 물이
철철 새는 깨진 구멍 같았다. 남편은—대체 어떻게!—결국
다른 모든 것과 마찬가지로 구멍을 틀어막는 뱃밥, 예방 조치,
잘라드라퐁[10]의 철제 정조대였다. 벨라콰는 「이 무슨 불운」에서
그가 좋아했던 베로니카 꽃처럼 슬그머니 떨어져 나갔다. 잃은
사람은 찾는다.[11] 그 위상은 그렇게 단순하지 않았고, 이띤
감상적인 요인이 유희하여 (또는 작동하여) 그 위상을 복잡하게
만들었지만, 그것도 다소간일 뿐이었다.

그날 밤 날씨는 완전히 회복되어 장례식 하기에 좋은 수준을
넘어섰다. 말라코다와 친구들은 경쾌하게 일찌감치 육기통
영구차를 대동하고 나타났고, 그것은 율리시스의 배만큼 검었다.
그 악마는, 덮어 버리고 싶은 충동을 가누지 못해, 메리 앤에게

슬쩍 추파를 던지는 것이 고작이었다. 스메랄디나는 시체
안치실에 발길을 끊었는데, 그녀가 냉담해서가 아니라, 오히려
그 반대로, 죽음의 복식이, 그 창백한 깃발은 제쳐 두고라도,[12]
그녀에게 너무 과도했기 때문이다. 헤어리는, 점점 더 자신감
있는 하인이 되어 가는 양, 전적으로 같은 의견이었다. 그러니 그
선량한 남자가 모든 수단을 동원해서 덮어 버리도록 내버려 두자.
그것이 그가 거기 있는 이유였고, 그것이 그가 돈을 받고 고용된
이유였다. 그 악몽의 일족 전체가 온갖 수단과 방법을 동원해서
걸어 나오도록 내버려 두자.

이제야 그는 드디어 뚜껑을 덮으면서 활짝 웃고 있었다.

"꽃은 안 돼." 헤어리가 말했다.

하느님이 금하시니!

"친구도 안 돼."

물어볼 필요가 있을까!

교구사제가 시간에 딱 맞추어 도착했다. 그는 아침 내내
악령들을 내쫓았고, 그는 지저분하게 땀범벅이었다.

헤어리가 햇빛과 부드러운 바람이 있는 데로 뛰어나가,
불현듯 얼렁뚱땅 지은 영묘 같아진 집을 벗어나, 그의 감미로운
피후견인이 스카르밀리오네라는 이름의 운전사에게 보내는
메시지를 전했는데, 그것은 강경한 어조의 메시지로 그에게
전속력으로 달릴 때 적절한 주의를 기울이라고 촉구했다. "그녀가"
헤어리는 평소처럼 어려운 말로 허세를 부렸다. "최소한의 안전
계수를 충족할 수 있도록 하세요." 스카르밀리오네는 뻣뻣하고
공손한 얼굴로 이 요청을 받아들였다. 이렇게 나갔다 들어오는
동안 그는 오로지 그 자신의 양심과 정신의 속력 제어식 세탁기를
따랐을 뿐, 다른 무엇에도 연연하지 않았다. 그는 이 문제에 있어서
요지부동이었다. 헤어리는 상냥하게 얼어붙은 미소를 꺼렸다.

온통 우왕좌왕. 온갖 영혼들이 깃대 중간에서. 그럼-그럼.

메리 앤이 정원사가 공구 창고에 틀어박힌 것을 찾아냈는데,
뒤집어진 상자 위에서 망연자실해서, 신경질적으로 라피아 섬유
쪼가리로 매듭을 짓고 있었다. 그는 업무를 소홀히 하고 있는 것이
아니라, 그는 비탄에 잠겨 있었다.

"오로지 그분뿐이었어요." 메리 앤은 이렇게 말하면서, 고인이 된 그들의 고용주를 암시했는데, "내가 꿈꾸었던 사람은요." 마치 이걸로 정원사의 관심을 끌 수 있으리라고 생각하는 것 같았다. 하지만 그녀가 어떻게 그보다 더한 헌사를 바칠 수 있었겠는가? 정원사는 계속 웅크리고 있었고, 그녀는 그에게 다가갈 수 없었고, 그녀는 그저 검푸른 동전 같은 얼굴을 쳐들고 깨진 창문가에서 그녀의 의견과 인상을 떠들어 대며 잔뜩 귀찮게 하는 수밖에 없었다. 그녀는 대답을 기대하지 않았고, 그녀는 대답을 바라고 말을 멈추지 않았고, 그녀는 대답을 얻지 못했다. 그는 까마득히 멀리서 그 목소리를 들었지만, 그게 무슨 소리인지 이해하지는 못했다. 왜냐하면 그는, 일시적으로 하여튼 간에, 흙덩어리처럼 우울해졌고, 그래서 그 자신의 건강 상태에 대한 염려가 그가 인정하려 했던 것 이상으로 심각해졌기 때문이다. 그는 그곳의 업무로 과로하고 있었나? 말하기 어려웠다. 그는 메리 앤이 달려들어, 그녀의 목소리가 격노한 알랄리*처럼 높아지며, 식탁에 올릴 새를 잡는 소리를 들었다. 그는 그의 노끈을 찾아 두리번거리기 시작했다. 그것은 제자리에 없었다. 누군가 그의 노끈을 훔쳐 간 것이었다. 누군가 허락 없이 들어와서 그의 노끈을 가져갔고, 그 결과 이제 그는 무력하게 그의 브로콜리를 내려놓는 수밖에 없었다. 그는 일어나서 바깥으로 빠져나왔고, 그는 침을 흘리며 어둠 속에서 빛이 있는 데로 나왔고, 그는 햇빛이 비치는 한 장소를 택해 자리를 잡았고, 그는 거대 파리처럼 발진티푸스로 썩은 살덩어리를 조금씩 뜯어내고 있었다. 점진적으로 그는 기분이 나아졌다. 십중팔구 하느님이 그의 천상에 계신 것이었다.[13]

비록 무덤은 깊었지만 안장 과정은 깔끔했고, 갑자기 덜컹거리지도 않았다. 말[言]들은 추악한 것 위에서 아마도 살짝 잘못 조준되었으며, 분명하고 확실한 희망은 세상을 떠난다는 사실 앞에서 다소 후루룩 낭송되었다.[14] "흙에서 흙으로"에 담긴 어조는 모든 살아 있는 것에 대한 열정적이고 경멸적인 책망의

---

* Hallali. '사냥꾼의 함성.' 프랑스어.

승리였다. 어떻게 그들은 넘쳐 나는 비참을 계속 견디는지! 쳇!

"이제 게일어로는," 헤어리가 집에 가는 길에 말했다. "그렇게 말 못 하지요."

"무슨 말을 못 한다는 겁니까?" 교구사제가 말했다. 그는 대답을 듣기 전까지 안식을 취할 수 없었다.

"오 죽음이여 그대의 독침이 어디 있느냐?"[15] 헤어리가 답했다. "이렇게 거대한 관념들을 가리키는 말이 없다고요."

이것은 교구사제에게 충분하고도 남았으니, 이 아일랜드 성공회 참사회원은, 틀림없이 반짝이는 지푸라기 같은 방식으로,[16] 스메랄디나를 향해, 서둘러 외쳤다.

"내 아내가 당신을 무척 보고 싶어 했어요."

"오 탄저병이여," 헤어리가 말했다. "그대의 농포는 어디 있느냐?"

"그녀는 불 속을 건너고 있어요," 교구사제가 말했다. "그녀는 이해해요, 나의 가련하고 다정한 장모님!"

"오 G. P. I.[17]여," 헤어리가 말했다. "그대의 들쥐들은 어디 있느냐?"

하느님의 자비로 선량한 참사회원은 분노하는 데 시간이 걸렸다.

"기타 등등," 헤어리가 말했다. "기타 등등. 그들은 앞으로 영원히 그것을 말할 수 없으리라. 식충이의 횡설수설."

벨라콰가 죽어 묻히면서, 헤어리는 새 삶의 기회를 얻은 것 같았다. 그는 잘 말했으니, 칭찬받을 만한 확신이 있었고, 그는 더 좋아 보였으니, 과거 어느 때보다 덜 비대한 백치이자 생식불능자였으며, 그는 더 좋게 느꼈으니, 그것은 대단한 일이었다. 아마도 벨라콰가 살아 있는 동안에는 헤어리가 그 자신일 수 없었거나, 또는, 뭐랄까, 다른 무엇도 될 수 없었다는 것이, 이에 대한 설명이 될 것이다. 반면 이제 작고한 이는, 적어도 맞춤식으로 만들어졌을 그의 작동을 멈춘 부분들은, 억지로 동원되어, 캐퍼 퀸의 일상적인 빈 구멍에 노출의 위험 없이 통합될 수 있었다. 이미 벨라콰는 전부 죽은 것이 아니라, 그저 훼손되었을 뿐이었다. 스메랄디나는 무의식적으로 이에 감사했다.

그녀의 경우, 그녀는 마치 정반대의 변화를 겪은 것 같았다. 그녀는 부분적으로 죽었다. 그녀는 벨라콰가 그토록 고통스럽게 분리했던 그 특정한 부분, 그가 그 자신의 편의를 위해 그토록 잔인하게 사유화했던 그 공적인 부분, 방사선 사진으로 환원되고 그의 은밀한 일에 신선한 향을 내기 위해 착취되었던 그녀의 가장 덜 은밀한 측면*¹⁸에서 명확하게 더 이상 존재하지 않았다. 그것은 갱도 깊은 곳에서 죽은 새도매저키스트와 함께 있는 아빠였다. 그녀의 영적 등가물을, 말하자면, 닉 말라코다는 측량하고, 입관하고, 뚜껑을 덮었다. 아나고게**의 (괜찮다면 그리스어의 g로 읽어서) 소재로서 벌레들은 그녀에게 환영받았다.

남은 것은 훌륭하고 건장한 혹 덩어리로 어떤 소녀 또는 여자가, 「노란색」의 수술실 간호사가 목에서 내려놓은 그것은, 레벤스가이스트***로 터질 듯이 모든 봉합 부위에서 그녀의—말하자면 대단한—겉모습 그대로의 가치에 따라, 가능하다면 강제로, 취해지고 싶어서 근질근질했다.

이제 그렇게 되어 이 두 가지 과정이, 말하자면 일종의 주변적인 신진대사가, 독립적이지만 공통의 기원을 가지고, 남자의 경우에는 건설적으로, 여자의 경우에는 파괴적이고 유쾌하도록 똥 같은 것으로, 무덤가에서 차를 몰고 돌아올 때 동시에 절정에 달했다.

헤어리가 차를 멈췄다.

"내려요," 그가 교구사제에게 말했다. "나는 당신이 맘에 안 들어."

교구 목사는 말없이 스메랄디나에게 간청했다. 그녀는 뭐든 간에 그에게 할 말이 없었다. 살아생전 두 번 다시 그녀가 안락하게 덮개를 덮은 논란의 대상에서 그토록 편파적인 위치를 점하는 일은 없으리라, 그녀의 정신이 결단을 내렸다.

"청구서는 유언 집행자들에게 보내고," 헤어리가 말했다.

---

* 그토록 능란한 시인이 한때 벨라 멘초냐(아름다운 거짓말)라고 불렀던 것. ─원주
** anagogy (anagoge). '(성서의) 신비적 해석.' 영어/그리스어.
*** Lebensgeist. '생기.' 독일어.

"당신은 썩 꺼지십쇼."

교구사제는 헤어리가 명령한 대로 했다. 그는 비참한 기분이었다. 그들은 반대쪽 뺨을 삐죽 내밀어 볼 기회조차 그에게 주지 않았다. 그는 불붙은 석탄 생각으로 그의 뇌를 괴롭혔다. 자동차가 움직이기 시작하자 그는 잽싸게 발판에 뛰어오른 다음, 바람막이 창의 바람이 들지 않는 쪽으로 몸을 구부리고, 정확성은 개의치 않고, 통탄할 목소리로 읊조렸다.

"…더 이상 죽음도 없고 슬픔도 없고 눈물도 더 이상은 없을지라—"

어느 지점에서 자동차가 위험할 정도로 흔들리기 시작해서, 그는 그의 목숨을 구하기 위해 떨어져 나올 수밖에 없었다. 그는 도로변에 서서, 집에서 멀리 떨어진 채, 정확히 그렇게 기도한 것은 아니지만, 그들이 용서받기를, 희망했다.

"그가 당신에게 병자를 안겨 주려고 한 게 아닐까," 헤어리가 말했다. "그의 누 게푸즐룸[19]으로."

이야기할 것이 거의 남지 않았다. 그들이 돌아와 보니 집이 불타고 있어, 벨라콰가 세 명의 신부(新婦)를 데려왔던 그 집이 성난 용광로 같았다. 알고 보니 그들이 없는 사이에 정원사의 뇌 속에서 무언가 찰칵 켜졌던 것이라, 그는 일전에 하녀를 강간하고 건물에 불을 놓은 적이 있었다. 그때 그는 자포자기하지도 탈출을 시도하지도 않고, 공구 창고에 틀어박혀 체포되기를 기다렸다.

"메리 앤을 강간했어." 스메랄디나가 외쳤다.

"그녀의 증언이 그렇습니다," 도시 수비대의 고위 관리가 말했다. "경보를 울린 게 그녀였지요."

헤어리가 이 고위 관리를 위아래로 훑어보았다.

"당신 작대기가 안 보이는데." 그가 말했다.

"그 애는 어디 있지요?" 스메랄디나가 물었다.

"그녀는 모친이 사는 집으로 갔습니다." 고위 관리가 답했다.

그녀가 그에게 재시도했다.

"정원사는 어디 있지요?"

그러나 그는 이 질문을 예상하고 있었다.

"그는 체포에 저항했고, 그는 병원에 실려 갔습니다."

"소방대의 영웅들은 어디 있지요," 헤어리가 사태의
핵심에 들어가서, 말했다. "유서 깊은 소방대의 사내놈들, 테라
스트리트의 코사크인들은? 그들을 오늘 볼 수 있는 거요?
그들이라면 항염제처럼 행동할 텐데."

이 헤어리는 스메랄디나에게 하나의 계시였으니, 그는 진정
헤어리였다.

"그들은 불가피하게 억류되어 있습니다." 담당 관리가 말했다.

"나를 데려가 줘요." 스메랄디나가 단호하게 말했다. "집은
보험에 들었어요."

담당 관리는 이 의심스러운 정황을 머릿속에 기억해 두었다.
불쌍한 스메랄디나! 그녀는 이제 더 이상 할 일이 없었다.

"나와 함께 가자," 헤어리가 말했다. "이제 이 모든 일이
일어났으니, 내 사랑이 되어 줘."

"무슨 말인지 모르겠네." 스메랄디나가 말했다.

헤어리는 그가 의미한 바를 정확히 설명했다. 자줏빛 산맥의
한가운데서 차가 뻗어 버렸다. 헤어리가 공급받은 휘발유를 다 써
버린 것이다. 그러나 전혀 기죽지 않고 그는 계속 설명했다. 그는
오래되고 뻔한 이야기를 계속 계속, 설명하고 또 설명했다. 결국
그도 뻗어 버렸다.

"어쩌면 결국은," 스메랄디나가 중얼거렸다. "이게 내 사랑
벨이 바란 건지도 몰라."

"뭐라고?" 헤어리가 경악해서 소리쳤다.

그녀는 그의 설명을 간결하게 그에게 돌려주었다.

"내 사랑 스메리!" 헤어리가 소리쳤다. "달리 뭐겠어?"

그들은 침묵에 빠졌다. 헤어리는, 바로 앞에 눈부심 방지
처리가 된 바람막이 창 너머를 응시하면서, 여담이지만 그 유리창
넉분에 산맥이 폴 헨리[20]의 그림과 별반 다르지 않게 보였는데,
이제 슬슬 움직일 시간이라는 생각으로 기울고 있었다. 그러나
이는 의심의 여지가 없는 모양이었다. 스메랄디나는, 시체와
그녀 자신의 영적 등가물을 바닷가의 뼈 무더기에 놓아두고 멀리
멀리 떠나와서, 어떻게 전자를 잠시 기쁘게 할 수 있을지, 그것이,

아직 미완성이지만, 루시의 경우에 그랬던 것과 같이,* 그리고 어떻게 후자를 그녀의 기억에서조차 닦아 낼 수 있을지 오래도록 심사숙고하고 있었다.

"우리는 비문을 생각해야 해." 그녀가 말했다.

"그가 나한테 한번 말한 적 있어," 헤어리가 말했다. "이제 생각났는데, 그가 공식적으로 승인했을 거야, 그런데 기억이 안 나네."

관리인이 우뚝 서서 깊은 생각에 잠겼다. 뼈처럼 음울하게 빛나며 한숨 쉬는 묘비들 사이에서, 달은 제 임무를 수행하고, 바다는 그녀의 꿈속에서 흔들리고 헐떡이며, 언덕들은 배경으로 물러나서 그들 자신의 아티카의 베르길리우스를 따르고 있었으니, 그는 그 정경이 낭만적이라고 부를 만한 종류의 것인지 아니면 고전적이라고 간주하는 것이 더 마땅하지 않을지 즉석에서 결정하지 못해 허둥대고 있었다. 양쪽 요소가 모두 있었고, 그것은 반론의 여지가 없었다. 아마도 고전-낭만적이라는 것이 가장 적당한 추정일 것이다. 고전-낭만적 정경.

개인적으로 그는 고요하고 애석한 느낌이었다. 따라서 고전-낭만적 노동자였다. 장미가 장미에게 던지는 말들이 그의 정신에 떠올랐다. "정원사는 결코 죽은 적이 없다, 쉼표, 장미가 기억하기로는."[21] 그는 짧은 노래를 불렀고, 그는 들고 있던 스타우트 병을 들이켰고, 그는 눈물을 닦았고, 그는 편안하게 마음을 먹었다.

이렇게 세상사가 돌아간다.

---

* 더할 나위 없이 추잡하고 거짓된 비유. —원주

241

1. 15세기 이탈리아의 화가 피사넬로는 초상화를 섬세한 부조로 표현한 금속 메달 작업으로 유명하다.

2. 루크레치아 델 페데(Lucrezia del Fede)는 15-6세기 이탈리아의 화가 안드레아 델 사르토(Andrea del Sarto)의 아내로, 그의 그림에 묘사된 성모마리아의 모델로 추정된다.

3. 다니엘 프랑수아 에스프리 오베르 (Daniel Fran ois Esprit Auber)와 존 필드(John Field)는 각각 프랑스와 아일랜드의 19세기 작곡가로, 쇼팽을 비롯한 동시대 젊은 작곡가들에게 많은 영향을 주었다.

4. 셰익스피어의 『십이야(Twelfth Night)』 2막 4장에서 어릿광대가 부르는 노래의 일부로, 다음과 같이 이어진다. "꽃은 안 돼, 달콤한 꽃은 안 되니 / 내 검은 관 위에 뿌리지 마시오 / 친구는 안 돼, 친구의 인사는 안 되오 / 내 불쌍한 시체, 내 뼈는 내던져지리라."

5. 말라코다는 단테의 『신곡』 「지옥편」 21곡에서 쇠갈퀴를 들고 죄인들을 펄펄 끓는 역청 속으로 쑤셔 넣는 마귀 중 하나로, 단테 일행을 가로막고 잘못된 길을 알려준다. 뒤에 나오는 스카르밀리오네도 이 마귀 중 하나다.

6. 아라고나이트와 페페리노는 건물이나 무덤을 지을 때 쓰는 석회질 돌로, 고대 로마 때부터 쓰였다.

7. 「욥기」 7장 6행에서 욥은 "내 날들은 베 짜는 자의 북보다 빠르며 소망도

없이 허비되는도다."라고 탄식한다.

8. 벨라스케스의 회화 「브레다의 항복(Las lanzas)」(1635)을 가리킨다. 스페인이 네덜란드의 도시 브레다를 함락하고 도시의 열쇠를 건네받는 모습을 묘사한 작품으로, 열쇠를 주고받는 두 사람을 중심으로 짧은 창을 듬성듬성하게 든 도시 수비군과 긴 창을 일사불란하게 치켜든 스페인군이 마주 보는 구성을 취한다.

9. 스위프트는 『스텔라에게 보내는 편지』에서 이렇게 쓴다. "여왕은 괜찮아, 하지만 오래 살지는 못할 것 같아 걱정이야. 왜냐하면 여왕 내장에 통풍이 올 때가 있다고 들었거든(나는 '내장'이라는 단어가 싫어)."

10. 기욤 잘라드라퐁(Guillaume Jalade-Lafond)은 19세기 프랑스의 의사이자 발명가로 여성의 자위를 예방하기 위한 금속제 코르셋을 개발했다.

11. "찾은 사람은 가지고, 잃은 사람은 찾는다(Finders keepers, losers seekers)"라는 영국 속담이 있다.

12. 셰익스피어의 『로미오와 줄리엣 (Romeo and Juliet)』 5막 3장에서, 약을 먹고 가사 상태에 빠진 줄리엣을 죽었다고 착각한 로미오가 마지막 인사를 하는 대목이다. "그대는 정복되지 않았어. 아름다움의 깃발은 아직 그대의 입술과 그대의 뺨에서 진홍빛으로 펄럭이니, 죽음의 창백한 깃발이 거기까지 진군하지는 않은 거야."

13. 19세기 영국 시인 로버트 브라우닝의 운문극 「피파가 지나간다(Pippa Passes)」는 천진한 소녀 피파가 당대 빅토리아 사회의 부도덕한 인물들을 지나치면서 자기도 모르게 그들이 잊고 있었던 것을 깨우쳐 주는 내용을 담고 있다. 극 중에서 피파는 "해는 봄이요, / 날은 아침이니 / 아침은 일곱 시 / 산비탈은 이슬방울 / 종달새는 날아오르고 / 달팽이는 가시덤불에 / 하느님은 천상에 계시니— / 세상만사가 다 괜찮다네!"라고 노래한다.

14. 성공회의 장례 절차에서, 관에 흙을 덮을 때 사제는 다음과 같이 낭송한다. "그리하여 자비로우시고 전능하신 하느님이 친히 세상을 떠난 우리 사랑하는 형제의 영혼을 취하시니, 우리는 그의 몸을 땅에 안장합니다. 흙에서 흙으로, 재에서 재로, 티끌에서 티끌로. 우리 주 예수그리스도를 통해, 부활하고 영생하리라는 분명하고 확실한 희망이 있습니다."

15. 「고린도전서」 15장 54행으로, 장례식에서 많이 낭송되는 대목이다.

16. 성 아우구스티누스는 『고백록』 3권 주석에서 마니교에 빠졌던 젊은 시절을 돌이켜 "살아 있는 영혼보다도 반짝이는 지푸라기를 선호하는 사람들을 추종했다."라고 표현한다.

17. General Paralysis of the Insane. 정신병성진행마비.

18. 단테는 『향연(Convivio)』에서 직설적, 알레고리적, 도덕적, 신비적 글을 구별하면서, 알레고리적 글을 "아름다운 거짓말 아래 놀라운 진실이 숨어 있는" 것으로 표명한다. 이는 그 이전까지 주로 신학자들의 성서 해석에 적용되었던 알레고리의 개념을 시의 영역으로 가져온 것으로 평가된다.

19. 제임스 조이스의 『율리시스』에서 주인공 레오폴드 블룸이 공상하는 기이한 지상낙원 '뉴 블루머살렘(New Bloomusalem)'을 염두에 둔 표현으로 추정된다.

20. 19-20세기 아일랜드의 화가 폴 헨리(Paul Henry)는 아일랜드 서부의 자연 풍경을 후기인상파풍으로 묘사했다.

21. 18세기 프랑스 철학자 드니 디드로(Denis Diderot)의 『달랑베르의 꿈(Le Rêve de D'Alembert)』에서 레스피나스 부인은 "장미가 기억하기로는 정원사가 죽는 것을 본 이가 없다."라는 퐁트넬의 우화를 "일시적인 존재가 사물의 불변성을 믿는 것"의 예로 든다. 베르나르 퐁트넬(Bernard Le Bovier de Fontenelle)은 『세계의 다원성에 관한 대담(Entretiens sur la pluralité des mondes)』에서 "하루밖에 살지 못하는 장미들이 모여 옛날이야기를 한다면 (…) 자기들의 뒤를 이을 장미들에게 정원사를 물려주게 될 다른 장미들은 그 정원사의 모습을 조금도 바꾸지 못할 것이다. 그렇게 해서 장미들은 '우리는 항상 똑같은 정원사를 보았다. 우리들 장미가 아는 한, 우리는 그 사람만 보았을 뿐이다.'라고 말할 것"이라고 쓴다.

해설
커샌드라 넬슨

"너는 트리아농에 제법 편안하게 자리를 잡았나 봐."

　　사뮈엘 베케트는 1931년 11월 토머스 맥그리비에게 보내는 편지에 이렇게 썼다. 아일랜드의 시인이자 비평가인 맥그리비는 당시 파리에서 궁핍하지만 문학적인 생활을 꾸려 나가고 있었는데, 베케트는 더블린에서 트리니티 대학교의 프랑스어 강사로 건실하지만 보람 없이 사는 것보다 그 편이 훨씬 낫다고 보았다.[1] 3개월도 지나지 않아 그는 친구를 따라 해외에 나가기로 결심했다. 아일랜드를 떠나기 직전 맥그리비에게 보낸 또 다른 편지에서, 베케트는 자신의 계획을 이렇게 밝혔다.

> 며칠간은 아버지 집의 지붕을 고쳐야 했지만 지금은 시간이 비었어. 말그레 투 에 말그레 투스[malgré tout et malgré tous, '뭐가 어떻게 되든 누가 뭐라든'], 크리스마스만 지나면, 오스텐트를 거쳐, 독일 어딘가, 어쨌든 쾰른까지는 갈 거야. 다음 주 토요일 밤에 노스월에서 출발할 거고, 바라건대 (앙트르 누[entre nous, '우리끼리 얘기지만']) 몇 달 정도는 돌아오지 않았으면 해. 아직 트리니티에 사직서를 제출하지는 않았지만. 그들을 실망시키는 수밖에 없다면, 탕 피[tant pis, '하는 수 없지']. (⋯) 지금 교환이니 u.s.w.[기타 등등] 해서 떠난다는 건 정말이지 미친 짓이지만 지금을 놓치면 정말이지 절대 못 떠날 거야. 그리고 늘 그렇듯이 나는 배를 불태우는 짓은 안 해! 멀리서 그들에게 불을 뿜고 싶을 뿐이야.[2]

베케트는 독일 카셀에 사는 이모 시시 싱클레어(Cissie Sinclair)의 가족들과 크리스마스를 보내고 새해를 맞이한 후, 불현듯 강사직을 그만두겠다고 트리니티 대학교에 전보를 쳤다. 봄 학기 시작이 채 몇 주 남지 않은 때였다. 그는 1월 말에 파리로 떠났다.

　　그해 봄 베케트는 처음으로 온 힘을 다해 소설을 쓸 수 있는 기회를 얻었다. 이때 쓴 소설이『그저 그런 여인들에 대한 꿈』인데, 그중 일부는 고쳐서『발길질보다 따끔함』에 넣게 된다. 베케트는 3월부터 5월까지 거의 매일 아침마다 트리아농 호텔 방에서 사전, 어원 연구집, 성서 용어집, 그 외에 갖가지 참고 서적들을 늘어놓고 당시 그가 좋아하던 암시적이고 중대적인 양식을 구사하는 데 도움이 될 만한 것을 찾아보았다. 너무 많이 봐서 너덜너덜해진 단테의『신곡』연구본과 책을 읽다가 눈에 띄는 단어와 구절을 적어 놓은 노트도 손 닿는 곳에 두고, 그 인용구를 소설 속에 집어넣을 때마다 일일이 표시했다. 그렇게 몇 주 동안 글쓰기의 진정한 '백열'이 타오른 끝에『그저 그런 여인들에 대한 꿈』이 모습을 드러냈다.[3]

베케트는 파리에 있는 동안 유진 졸라스(Eugene Jolas)의 문학지『트랜지션(transition)』초현실주의 특집호에 들어갈 글을 번역했고, 랭보의「취한 배(Le Bateau ivre)」를 번역해서 『디스 쿼터(This Quarter)』의 편집자 에드워드 타이터스(Edward Titus)에게 팔기도 했다. 그는 이렇게 번 돈으로 7월에 런던으로 가서 출판업자들을 만나고 다녔다. 맨 처음 원고를 보여 준 사람은 채토 앤드 윈더스(Chatto & Windus)의 편집자 찰스 프렌티스(Charles Prentice)였다. 그는 1930년 베케트가 쓴 프루스트에 관한 짧은 논문을 '돌핀 북스' 시리즈로 출간한 적이 있었다. 그때부터 프렌티스는 베케트의 작품을 충실하게 건설적으로 비평해 주고 대단히 귀중한 논평을 제공했지만, 그때까지 베케트가 보여 준 시나 소설은 한 편도 받아 주지 않았다.[4] 베케트는 프렌티스의 조언에 따라『그저 그런 여인들에 대한 꿈』을 수정했지만, 이번에도 원고는 반려되었다.

당시 베케트는 호가스(Hogarth Press), 위셔트(Wishart), 조너선 케이프(Jonathan Cape), 그레이슨 앤드 그레이슨(Grayson & Grayson) 출판사에도 원고를 보냈다. 하염없이 회신을 기다리는 것은 조만간 도착하게 될 거절의 편지를 확인하는 것만큼이나 괴로운 일이어서, 베케트는 맥그리비에게 이렇게 불평했다.

"저 무례한 놈들은 일이 얼마나 진행되었는지 알려 줄 생각조차 없으니, 차일피일 시간만 보내기도 이젠 지긋지긋해."[5]

대부분의 출판사가 『그저 그런 여인들에 대한 꿈』의 출간
여부를 두고 오래 고민하지 않았다. 당대의 영국 출판사들은
『율리시스(Ulysses)』로 촉발된 포르노그래피 논란을 예민하게
의식했고, 상당수의 도서 검토서에서 '외설적'이라는 단어가
두드러졌다. 일례로 조너선 케이프 출판사의 에드워드
가넷(Edward Garnett)은 다음과 같이 썼다.

> 이런 물건은 건드리고 싶지도 않습니다. 베케트는 영리한
> 친구인 것 같은데, 조이스를 맹목적으로 모방해서 말도 안
> 되는 것을 만들어 놓았더군요. 표현은 기괴한 데다 온통
> 역겨울 정도로 겉치레뿐이니—게다가 외설적이라서,
> 이 부류는 글렀어요—이 책을 더구나 이런 제목으로
> 팔아서는 안 됩니다. 채토가 이 원고를 반려한 것은 올바른
> 결정이었어요.[6]

베케트는 비평이나 도서 검토 같은 일거리를 알아보았지만
(트리니티 대학교의 연봉 200파운드짜리 강사직을 포기했으니)
역시 별 소득이 없었다. 결국 8월 말에는 돈이 다 떨어져서 더블린
교외의 폭스록에 위치한 쿨드리나 자택의 가족들에게 돌아가야
했다. 그는 런던을 떠나기 전에 「단테와 바닷가재」라는 단편을
파리의 에드워드 타이터스에게 보냈다. 『그저 그런 여인들에
대한 꿈』과 이어지지는 않지만, 그 소설과 마찬가지로 벨라콰
수아가 주인공으로 나오는 이야기였다. 그리고 6주 후, 이 소설을
출간하겠다는 소식이 아일랜드로 전해졌다.[7]
　『그저 그런 여인들에 대한 꿈』의 출간 불가를 알리는 마지막
편지가 폭스록으로 날아든 것도 이 무렵이었다. "그 소설은 나오지
않을 거야." 그는 10월에 이렇게 썼다.

> 짜증 나는 섀턴 앤드 윈드업(Shatton & Windup)은 이
> 작품이 아주 훌륭하지만 출간은 못 하겠대, 도저히 그럴
> 수가 없다고. 사실 정신병원 같은 호가스에서는 펀치 씨처럼
> 원고를 집어 던졌어. 카디건을 걸치고 파이프를 문 케이프는

에퀘레 했고[écœuré, '구역질이 났고'] 그의 애버딘 테리어도
같은 의견이었지. 그레이슨은 원고를 잃어버렸거나 그걸로
뒤를 닦은 모양이야. 불알을 차 버릴 놈들! 그것들 전부 커즌
스트리트 Wı 66번지 너머에 있지.[8]

베케트는『그저 그런 여인들에 대한 꿈』의 원고를 밀쳐
놓고—그렇지만 이 책이 언젠가 출간될 수 있으리라는 희망이나
바람을 포기하진 않은 채로—벨라콰를 주인공 삼아 상호 연관된
일련의 단편을 쓰기 시작했다. 이 작업은 무(無)에서 출발하지
않았다.「단테와 바닷가재」는 이미 완성되어『디스 쿼터』에 실릴
예정이었고, 살짝 수정되어『발길질보다 따끔함』에 수록되었다.
「퇴장」의 경우, 심지어『그저 그런 여인들에 대한 꿈』을 쓰기
전인 1931년 여름에 쓴 것으로 추정되는 판본이 있었다. 게다가
베케트는『그저 그런 여인들에 대한 꿈』에서 두 부분을 거의
그대로 발췌해 단편으로 만들었는데, 이것이「축축한 밤」과
「스메랄디나의 연애편지」가 되었다.

쿨드리나 자택에서 글을 쓰는 것은 파리에서 글을 쓰는 것과
전혀 다른 경험이었다. 글쓰기의 '백열'은 간데없이, 그저 느리고
불만족스러운 작업을 꾸준히 계속해 나가는 것뿐이었다. "이번
글쓰기는 참으로 끔찍하게 따분해." 그는 맥그리비에게 이렇게
썼다. "'단편'을 두 개 더 썼는데, 아주 꽉 막힌 분위기로, 콤 사 상
콘빅시옹[comme ça sans conviction, '이게 말이야 확신이 없어'].
그저 무언가 하지 않으면 권태로 사멸할 것 같으니까."[9] 작업의
진행은 느렸고 때로는 완전히 중단되었다. 그럴 때마다 베케트는
적어도 단편 열두 편은 모여야 출간이 가능한 단편집을 만들 수
있으리라는 생각에 마지못해 작업에 복귀했다. "하지만 이건 전부
꿰슬 맞추기라 나는 재미가 없네."[10] 집에 돌아온 지 아홉 달이
지나서도 완성된 단편은 다섯 편뿐이었다.[11]

베케트는 글을 쓰지 않을 때 낸시 커나드(Nancy Cunard)의
『흑인문학: 선집(Negro: An Anthology)』에 들어갈 프랑스 시와
산문을 영어로 번역하고, 온갖 종류의 책을 읽었다. 그중에서
필딩(Henry Fielding)과 스위프트(Jonathan Swift)의 풍자적

자극은 『발길질보다 따끔함』의 여러 단편에서 표출된다. 또한 그는 더블린 근교의 산과 들에서 몇 시간씩 걷거나 자전거를 타기도 했다.[12] 여러 가지로 견디기 힘든 여름이었다. 귀향은 달갑지 않은 실패였고, 베케트가 벌써 두 번이나 겪은 부메랑 패턴—해외로 나갔다가 생각보다 일찍 아일랜드로 끌려들어오는 일—의 반복이었다. 벨라콰 수아의 여행도 이와 비슷한 궤적을 보인다. 「딩동」의 화자에 따르면, 벨라콰는 "여기저기로 끊임없이 움직이는 것이 그가 해야 할 최선이라고 믿고 있었다. (…) 이 운동의 가장 단순한 형태는 부메랑으로, 나갔다 돌아오는 것이었다. 아니, 그것은 수년 동안 그가 할 수 있었던 유일한 일이었다".

베케트는 건강에도 문제가 있어서, 1933년 5월에는 목에 생긴 낭종과 고통스러운 발가락 기형을 치료하는 두 차례의 수술을 받았다. 이때 꼼꼼하게 남겨 둔 병원 생활의 기록은 「노란색」의 원재료가 되었다. 이 단편에서 벨라콰는 같은 치료를 두 번 받다가 치명적인 결말을 맞이한다.

베케트의 수술이 있던 날, 그의 사촌 페기 싱클레어(Peggy Sinclair)가 22세의 나이에 결핵으로 세상을 떠났다. 몇 년 전 페기가 카셀에서 더블린을 방문했을 때 두 사람은 서로에게 이끌렸고, 비록 공식적인 관계로 발전하지는 않았지만 잠시 사귀었다. 페기는 『그저 그런 여인들에 대한 꿈』과 『발길질보다 따끔함』에 나오는 스메랄디나-리마의 모델이 되었고, 「스메랄디나의 연애편지」는 그녀가 베케트에게 쓴 연애편지에 어느 정도 기초했다. 베케트가 허구적 필요를 충족하기 위해 편지를 얼마나 많이 또는 얼마나 조금 고쳤는지를 두고 그의 전기 작가들은 다양한 추측을 내놓았다. 다만 이 단편에 실린 편지가 페기의 문체와 아주 흡사해서 두 사람의 부모들이 충분히 그 연원을 알아볼 수 있었다는 것만은 확실하게 말할 수 있다.

페기가 죽고 6주 후에는 베케트의 아버지 윌리엄 베케트가 심장마비로 쓰러졌다. 그는 일주일 동안 차츰 회복하는 듯 보였지만, 6월 26일에 두 번째 발작으로 다시 쓰러져서 그날 오후 가족들이 지켜보는 가운데 숨을 거두었다. 그의 죽음은 베케트에게 심오한 영향을 끼쳤다. 베케트와 그의 어머니는 윌리엄의 장례식을 준비하면서 무덤을 부드럽고 향기로운 화초로 둘렀으며, 이 경험은 「찌꺼기」에서 벨라콰의 미망인과 들러리가 그의 장례식을 준비하는 장면에 반영된다. 언제 벨라콰를 죽일 생각을 했는지는 분명치 않지만, 책 전체에서 서글픈 어조가 간간이 나타나고 특히 마지막 단편에서 강하게 표출되는데, 이는 분명 페기와 윌리엄의 죽음에서 영향을 받았을 것이다.

베케트는 6만 단어 분량으로 단편 열 편을 마무리하면서, 얼추 열두 편에 가까우니 슬슬 출판사를 찾아야겠다고 생각했다. 그는 이번에도 제일 먼저 프렌티스에게 원고를 보냈다. 기존에 출간된 한 편 외에는 모두 신작이었는데도 몇 주 만에 출간이 결정되어, 베케트는 깜짝 놀랐다. 다만 프렌티스는 두 가지 제안을 덧붙였다. 하나는 단편집의 제목을 당시 베케트가 가제로 내건 '찌꺼기' 말고 좀 더 "뭔가 경쾌하고 일상적인 문구"로 바꾸자는 것이었고, 다른 하나는 5천-1만 단어 분량의 단편을 추가하면 책이 좀 더 탄탄해지지 않을까 하는 것이었다.[13] 베케트는 금세 '발길질보다 따끔함'이라는 새 제목을 만들어 왔다.[14] 그리고 한 달 후에 열한 번째 단편 「에코의 뼈」를 보냈다. 여기서 벨라콰는 별 설명도 없이 되살아나고, 자보로브나와 웜우드의 로드 골이라는 터무니없는—여태까지 『발길질보다 따끔함』에 나온 적이 없는—인물들을 만나서 기이한 일을 겪는다. 이 단편은 프렌티스가 예기치 못한 골칫덩어리였는데, 스물여덟 쪽을 빽빽이 채운 분량도 문제였지만 거기 담긴 내용은 더 큰 문제였다. 그는 베케트에게 답장을 썼다. "이건 악몽입니다. 그냥 너무 끔찍하게 설득하려고 들어요. 정신이 혼미해질 지경입니다. (…) 사람들은 몸서리치며 얼떨떨해져 혼란에 빠질 거고 그런 반응을 스스로 분석해 보고 싶지도 않을 거예요. 내가 장담하는데 「에코의 뼈」 때문에 판매고가 상당히 줄어들 겁니다."[15] 프렌티스는 편지를 사과의 말로 채우면서, 이 "어마어마한 실패는 내 탓이지 당신 탓이 아니"라며 책임을 떠맡았다.[16]

베케트는 이 "뒷걸음질하는" 이야기에 "내가 아는 모든 것을, 그보다도 내가 알아차린 많은 것을" 담았다고 여겼기에 프렌티스의 반응에 크게 실망했으나, 원래 분량만 출간하는 데 동의했다.[17] 그는 프렌티스가 반송한 원고를 받자, 「에코의 뼈」라는 시를 써서 『에코의 뼈들 그리고 다른 침전물들』(1935)로 묶어서 발표했다. 그러나 훗날 『발길질보다 따끔함』의 재판본을 찍으면서 동명의 단편을 수록하자는 제안이 들어왔을 때는 거절했다.[18] 1933년 12월, 베케트는 더블린 클레어 스트리트 6번지에 마련한 임시 거처에서 교정지를 받았다. 이 아파트는 죽은 아버지가 운영하던 적산 회사 사무실 위층에 위치한 곳으로, 베케트가 어머니의 감시하는 시선과 억압적인 애도의 분위기에 짓눌린 쿨드리나 자택을 벗어날 수 있게 해 주었다. 당시 그가 맥그리비에게 쓴 편지를 보면, 교정지를 검토하는 데 상당히 신경을 썼던 듯하다.

> 교정지가 오기 시작해서, 오늘은 원고 하나를 코리제 시 옹 쾨 디르[corrigées si on peut dire, '말하자면, 교정해서'] 다시 보냈어. 시간이 비면 한번 훑어봐 줘도 좋겠군. 하지만 안 그래도 상관은 없어. 찰스에게 보내기 전에도 교정을 얼마나 많이 봤는지, 더 완화할 여지가 없을 정도거든. 남은 건 식자공의 실수뿐이지. 그런 것이 보이면 정말 화가 나.[19]

베케트는 그다음 달에 쿨드리나 자택을 떠나 런던에 가서 태비스톡 클리닉의 윌프레드 비온(Wilfred Bion)에게 정신분석을 받기 시작했다. 아일랜드에서는 정신분석이 아직 합법화되지 않았을 때였다.[20] 이것은 또 다른 부메랑 모양의 궤적을 이루었다. 아일랜드의 집과 가족을 벗어나는 외향적이고 물리적인 운동이 내향적이고 심리적인 운동으로, 내적 성찰과 자기 반성의 귀환으로, 나갔다 돌아오는 균형을 맞추었다.

1934년 5월 24일, 『발길질보다 따끔함』이 런던에서 출간되어 다음과 같이 홍보되었다.

> 새롭고 독립적인 정신이 작용하여, 일상의 저속한 감정과 사건들 속에 침투한 희극성과 시적 아름다움을 지적으로

조명한다. (…) 베케트 씨는 무신경하고 통렬하게 사실을
부각하고 영웅적인 것을 조롱하면서 유머를 펼쳐 나간다.
통명스럽고 반항적인 그의 보기 드문 유머는 절망에 대항하는
최후의 보루다. 그는 강력한 펀치로 눈부신 순간들을
성취한다.『발길질보다 따끔함』은 대단히 현대적인 목소리로
표현된 특출하고 잊히지 않는 문학작품이다.

출간 전까지 베케트는 프렌티스와 맥그리비를 제외하고는
아무에게도『발길질보다 따끔함』의 원고를 보여 주지
않았던 모양이다. 그의 주변 인물들은 책이 나온 다음에야
작중인물들이 자신들과 닮았다는 것을 알았다.[21] 대부분은
호의적인 묘사로 보기 어려웠다. 베케트도 그 때문에 공격받을
수 있다는 생각을 전혀 못 했던 것은 아니었다. 이미 1932년에
폴라 베어 캐릭터의 원형을 제공한 트리니티 대학교의 토머스
러드모즈브라운(Thomas Rudemose-Brown) 교수가 매우
긍정적인 추천서를 써 주었을 때 "P. B.가『꿈』에 등장하지
않았으면 좋았을 텐데."라고 푸념한 적도 있었다. 하지만 사람들이
자신의 묘사에 이렇게까지 불쾌해하고 그 여파로 자신의 생활이
이렇게까지 불편해지자 그는 충격을 받았다.[22] 다행히 가족과
친구들은 대부분 크게 흥분하지 않고 사태를 받아들였다. 그러나
이모와 이모부, 시시와 윌리엄 '보스' 싱클레어와의 싸움은
심각했다. 이들은 베케트가 페기의 편지를 심지어 페기가 죽은 지
얼마 지나지도 않은 시점에 이렇게 이용했다는 데 상처를 받았다.
그해 여름, 베케트는 페기의 남동생 모리스(Morris Sinclair)에게
편지를 썼다. "내가 무슨 짓을 하는지 몰랐어. 어떻게 생각해도
파인리히[고통스러운] 일이야."[23] 그는 50년이 넘도록 페기의
편지를「스메랄디나의 연애편지」에 사용한 것을 후회했다.[24]
　　그러나『발길질보다 따끔함』이 아일랜드에서 아무리
당혹감을 불러일으켰다 해도, 그 지역에서 이 책을 거의
찾아볼 수 없었다는 사실만큼 충격적이지는 않았다. 더블린의
스위처스(Switzer's) 도서 대여점에 몇 권이 입고되었을 뿐, 서점
매출은 거의 전무했다. 다섯 달 후에는『발길질보다 따끔함』이

출판 금지 목록에 등재되면서 스위처스의 몇 권 안 되는 책마저 철수되었다.[25] 베케트의 어머니는 아들이 준 책을 아무 말도 없이—몇 해 전 똑같이 황당하고 보기 불편한『호로스코프』가 나왔을 때와 마찬가지로—치워 버렸다.[26] 베케트가 다녔던 에니스킬렌의 개신교 계열 기숙학교인 포토라 왕립학교(Portora Royal)에서 출간 소식을 학교 신문에 싣기는 했지만, 도서관에 책을 소장하지는 않았다.

잉글랜드에서는『발길질보다 따끔함』이 단편집 형태의 첫 소설 작품치고 상당히 많은 리뷰를 받았다.『더 북맨(The Bookman)』,『존 오 런던스 위클리(John O'London's Weekly)』, 『리스너(The Listener)』,『모닝 헤럴드(The Morning Herald)』, 『모닝 포스트(The Morning Post)』,『옵저버(The Observer)』, 『스펙테이터(The Spectator)』,『타임 앤드 타이드(Time and Tide)』,『타임 리터러리 서플먼트(The Time Literary Supplement)』에 서평이 실렸다.[27] 반응은 멸시("식자층을 위한 익살극", "일류가 되기에는 너무 영리하다.")와 당혹감("『발길질보다 따끔함』의 의미를 전혀 파악할 수 없다.")에서 조심스러운 긍정("분명 신선한 재능이 숨어 있지만, 이 재능은 아직 자기 자신에 대한 확신이 없는 듯하다.")에 이르기까지 다양했다.[28] 조이스(James Joyce)와 비교당하는 것은 불가피했지만, 그래도 몇몇 평자들은 베케트가 "유행에 편승한 조이스 흉내쟁이는 아니"라고 강조했다.[29] 일부 눈 밝은 비평가들은 베케트가 필딩과 스턴(Laurence Sterne)의 영향을 받았음을 지적했다.『리스너』의 에드윈 뮤어(Edwin Muir)는 이렇게 썼다. "사건들 자체는 별 문제가 아니다. 중요한 것은 찬란하게 과잉적이고 재치 있는 표현 양식이다. 베케트 씨는 모든 것을 엄청나게 만든다. 그것이 그의 기예다. 때로는 그저 멋지게 번지르르한 말로 타락하기도 하지만, 잘된 부분에서는 순수하게 즐거운 움직임의 자유와 독창성을 보여 준다."[30]

어쨌든 이 서평들은 이 책이 광범위한 독자들에게 호소하기는 힘들 거라고 넌지시 암시했고, 그래서 그랬는지 매출은 신통치 않았다. 그렇게 해서 첫 번째 정산 이후, 베케트는 프렌티스가

보낸 다정한 편지에 감동하여 사과 편지라도 써야겠다고
생각했다. 프렌티스의 말은 이랬다.

> 결국 문학 출판은 모험입니다. 실망스러운 결과를 반길
> 사람은 없지만, 그래도 출판사는 그에 대비하고 있어요.
> 저자 입장에서는 훨씬 어렵겠지요. 거듭 부탁드리건대 너무
> 좌절하지 마세요. (…) 부디 언젠가 시간이 생기면 다시 활기를
> 되찾아 펜을 잡으셨으면 합니다. 한순간도 『발길질보다
> 따끔함』을 출간한 것을 후회한 적은 없습니다.[31]

결과적으로 채토 앤드 윈더스는 출간 비용의 3분의 I 정도를
회수하지 못했고, 베케트의 인세 총액은 선인세 25파운드의
절반에도 미치지 못했다.[32] 프렌티스가 바이킹(Viking), 패러 앤드
라인하트(Farrar & Rinehart), 해리슨 스미스 해스(Harrison
Smith Hass), 더블데이 도런 앤드 건디(Doubleday, Doran &
Gundy) 등 미국 출판사의 편집자들과 연결해 보려고 노력했지만
성과는 없었다.[33] 영국 및 영연방에서 초판 I천 500부가 출간된
후 4개월 동안 판매고는 500부 미만이었고, 다음 6개월 동안은
21부가, 다음 3년 동안은 25부가 더 팔렸다. 이 시점에서 남은
원고를 제본하는 것은 의미가 없었으므로, 재고는 1938년과
1939년에 두 묶음으로 나뉘어 파쇄되었다.[34] 그 결과, 베케트의
저작이 광범위한 비평적 환호와 대중적 성공을 거두기 시작하는
1950년대에는 『발길질보다 따끔함』을 거의 찾아볼 수 없게
되었다.[35]

　　베케트는 그 무렵 이 책에 대해 예전과 다른 회한을 품었다.
그는 『발길질보다 따끔함』이 젊은 시절의 유치한 작품이라고
생각해서 재출간되는 것을 꺼렸다. 하지만 세 편의 단편은
개별적으로 재출간을 허락했다. 「단테와 바닷가재」는 1957년
『에버그린 리뷰』 창간호, 『사뮈엘 베케트 선집(A Samuel
Beckett Reader)』(런던, 칼더 앤드 보야즈, 1967), 『에버그린
리뷰 선집(Evergreen Review Reader)』(뉴욕, 그로브 출판사,
1968)에 수록되었다. 「노란색」은 1956년 11월 『뉴 월드

라이팅(New World Writing)』 10호에 게재되었는데, 첫 출간 후 20년도 지난 작품임을 생각하면 다소 아이러니한 지면에 놓인 셈이었다. 「스메랄디나의 연애편지」는 『제로 예술 문학 선집(Zero Anthology of Art and Literature)』(뉴욕, 제로 출판사, 1956)과 1970년 5월 『보그(Vogue)』에 실렸다.

전작집에 대한 요구가 점점 커지면서, 연구자들은 베케트의 출판사(영국의 칼더 앤드 보야즈와 미국의 그로브 출판사)에 끈질기게 재발간을 요청했다. 결국 1964년에 두 출판사가 저자의 승인을 받아 냈지만, 베케트는 의구심을 숨기지 않았다. 그는 이렇게 경고했다. "계약서를 빨리 보내 주시는 편이 좋을 겁니다. 내가 다시 움츠러들거나 그 똥 같은 것을 다시 읽어 볼 시간이 나기 전에요."[36] 실제로 베케트는 그해 말 교정지를 검토하느라 책을 다시 읽어 보고는 너무 실망해서 그로브 출판사 측에 재발간 작업을 중단하라고 요구했다.[37]

영국 시장의 경우, 칼더 측은 베케트와 협상해서 1966년 소량의 재판본을 찍어 낼 수 있었다. 이 책은 등사기로 찍은 100부 한정판으로, 칼더 출판 목록에도 포함되지 않고 어떤 식으로든 독자 대중에게 직접 판매되거나 홍보되지 않게 했다.[38] 본문은 조판된 것이 아니라 타자기로 친 것이었는데, 특대 판형에 줄 간격 없이 빽빽하게 채워서 100면 조금 넘는 것(참고로 채토 앤드 윈더스판은 278면이었다.)을 정상적으로 제본하지 않고 스테이플러로 고정했다. 오탈자가 많은 것을 보면, 이 책이 매우 급하게 만들어졌고 베케트의 검토도 받지 않은 것으로 보인다. 그럼에도 등사기로 찍은 100부의 책은 빠르게 소진되었고 1967년에 다시 100부를 더 찍었다. 이 200부가 몇 달 내에 전부 팔렸다.

그래서 저자의 동의 아래 세 번째로 100부를 더 찍기로 했지만, 이 계획은 실현되지 않았다. 1969년 10월 베케트가 노벨상을 수상하면서 『발길질보다 따끔함』의 새 보급판 출간에 대한 요구가 더 이상 거스를 수 없을 만큼 거세진 탓이었다. 먼저 그로브 출판사가 허가를 받았다. 미국 시장용 보급판 작업이 진행 중이라는 소식이 전해지자, 존 칼더가 즉각 베케트에게 편지를

써서 이쪽에서도 보급판 작업을 시작할 수 있도록 허가해 달라고
요청했다. 그는 그로브 측의 보급판이 너무 빨리 치고 나와서
영연방 시장의 매출을 빼앗길 것을 우려했다. 베케트는 이렇게
답했다.

파리
1970. 1. 31

친애하는 존,
당신이 스코틀랜드에서 속달로 보낸 편지를 받았습니다.
며칠 전 [리처드] 시버(Richard Seaver)가 "『M. P. T. K.』의
출간을 더 이상 미룰 수 없다."라고 편지를 보냈기에, 그 일은
내 의사에 반한다고 답했습니다. 하지만 지난 며칠 동안
사방에서 쏟아지는 압력이 너무 커졌고 나는 너무 지쳤습니다.
그러니 굴복하지요. 이 유치한 작품의 보급판 작업을
진행하셔도 좋습니다. 「첫사랑」과 『메르시에와 카미에』도
마음대로 하세요. 다만 「엘레우테리아」는 절대 안 됩니다.
당신이 『M. P. T. K.』의 유럽 판권을 맡아 주면 어떨까 합니다.
이 일이 나에게 무엇을 불러올지 당신이 몰랐으면 좋겠군요.

당신의 샘[39]

그해 6월과 10월 칼더와 그로브에서 각각 새 보급판을 출간했다.[40]

텍스트에 관한 노트

본문 텍스트는 1934년 채토 앤드 윈더스에서 출간한 초판을 따랐다. 초판에서 발견된 일부 명백한 오류는 수정했다.[41] 그 외에도 아래에 명시한 여섯 개 부분은 초판과 차이가 있다. 이 부분에 한해서는 1970년 칼더와 그로브에서 출간된 신판을 따랐다.

나중에 출간된 칼더판(1966, 1970)과 그로브판(1970)은 대체로 원전으로서의 권위가 떨어진다. 이 세 가지 판본은 베케트가 검토했다는 증거가 없다(반면 초판은 저자가 신중하게 검토하고 교정지를 수정했다. 해설 참조). 초판과 비교하면 수백 군데나 차이가 난다. 대부분은 구두점과 맞춤법의 작은 차이로, 출판업자나 조판공이 채토 앤드 윈더스판의 극히 특이한 텍스트를 표준어법에 맞추거나 정확히 옮기지 못한 결과로 보인다. 일부 차이는 단순한 조판 오류인데, 엄밀히 칼더판은 타자 오류라고 해야 할 것이다. 1966년 등사기로 재판을 찍을 때 고용된 타자수가 원래 이탤릭체로 표시된 부분을 두 군데 외에는 전부 정자체로 변경하고 (일반적으로 이탤릭체임을 나타내는 밑줄 표시도 넣지 않고) 외래어의 악센트 표시도 대부분 생략했기 때문이다. 안타깝게도 이 재판이 칼더 보급판의 저본이 되었다. 그래서 칼더판으로 읽으면 베케트가 의도한 효과를 알아보기 어려울 때가 있다. 대여섯 가지 언어를 가로지르며 말장난을 할 때나, 누락된 강조 표시가 있어야만 성립하는 농담 등이 특히 그렇다. 또한 그로브판과 칼더판에는 일부 구절이나 대화문 전체가 실수로 누락된 부분도 있다("그녀는 스스로 이것을 할 것이고, 그녀는 스스로, 그녀는 스스로 무도회장의 최고 미인이 될 것이니"[1934년판]가 "그녀는 이것을 할 것이고, 그녀는 무도회장의 최고 미인이 될 것이니"[1970년 그로브판]로 축약되는 것이 그 예다).

나는 예전 출판사에서 초판본의 텍스트를 '교정'한 것을 여러 군데서 복구했다. 예를 들자면 다음과 같다. 「단테와 바닷가재」에서 "말 한 마리가 누웠고 한 남자가 그의 머리 위에(on his head) 앉았다."(1934년판)라는 문장은 그대로 살렸다.

이 문장의 끝부분은 1970년의 신판들에서(1932년 12월 『디스쿼터』에 실린 「단테와 바닷가재」에서도) "그것의 머리 위에(on its head) 앉았다"로 고쳐졌는데, 그 결과 인간과 말 사이의 멋진 혼돈이 사라졌다. 베케트는 여기서 말을 빵("그것의 얼굴")이나 바닷가재(화자가 반복해서 '그것'이라고 지칭하는)에 비하면 인간에 가까운 것으로 확립하려고 하고 있다. 또한 「축축한 밤」에서 "핸의 모래색 아들(Sandy Son of Han)"(1934년판)은 "함의 모래색 아들(Sandy Son of Ham)"(1970년판들)보다 두 가지 이유에서 타당하다. 첫째, '핸의 아들'이라는 구절은 이 단편의 근간이 되었고 명백히 베케트가 원래 쓰고자 했던 작품인 『그저 그런 여인들에 대한 꿈』에도 등장한다. 둘째, 성경에 나오는 함의 아이들은 '모래색(엷은 갈색)'이라고 묘사되지 않을 것이므로, 성경과의 연관성이 의도된 것은 아니라고 추정된다. 아마도 '핸의 아들'은 단순히 그 소리가 연상시키는 다른 무언가, 이를테면 '핸섬(handsome, 잘생긴)'과 맞닿은 것이 아닐까 한다. 또 「단테와 바닷가재」에서 현대어로 "보였고(showed)"(1970년판들)라고 교정된 것을 "뵈였고(shewed)"(1934년판)라는 고어체로 되돌렸는데, 그것이 주어진 맥락에 더 부합하기 때문이다(베아트리스는 『신곡』 「천국 편」 4곡에서 단테를 가르친다). 그 외에 "엉덩짝(arse)"(1970년판들)을 "둔부(B.T.M.)"(1934년판, '엉덩이[bottom]'의 고지식한 구어적 표현)로, "끝내주는(buggered)"(1970년판들)을 "생략 표시할(asterisked)"(1934년판)로, "촐랑거리는 그 씹새끼(Flitter the fucker)"(1970년판들)를 "촐랑거리는 그 —(Flitter the —)"(1934년판)로 되돌렸다. 1934년에 나온 소설을 이렇게 노골적으로 만드는 것은 부당하다. 그것은 지금보다 점잖았던 시대의 산물을 1960–70년대에 용인되는 표준에 억지로 끼워 맞춘 것이다.

칼더와 그로브가 1970년 보급판 작업을 함께 진행했다거나 두 판본이 '동일하다'라는 설이 있지만 이는 사실과 다르다.[42] 두 판본을 대조해 보면 각각 별도로 조판되었음을 확인할 수 있다. 칼더판은 1966년 등사기 재판본을 바탕으로 했고, 그로브판은 초판본 한 부에 기초했다. 그러므로 두 1970년판이 동일한 형태로 초판본과 차이를 보이는 여섯 개 부분은—편집자의 해석, 조판공의 실수, 또는 누락의 결과라고 자명하게 받아들일 수 없으므로— 저자가 전화나 편지로 수정을 요청한 것으로 보인다.

순서대로 소개하면 다음과 같다. 「퇴장」에서 1934년판의 "하이마틀리히(heimatlich, '고향 같은')"는 1970년판의 "하임리히(Heimlich, '은밀한')"로 대체되었다.[43]「사랑과 레테」에서는 세 부분이 삭제되었다. 첫째, "맛-있는(dee-licious)"("맛-있는 오후"[1934]). 둘째, "벨라콰는 신이 나서 커다란 아기 같았다." 1934년판에서 "그는 마주 선 그녀가 무릎까지-빠지는 히스 덤불 속에 서 있다는 것을 날카롭게 의식하면서, 한숨 돌릴 수 있다는 것과 그것이 무엇인지 귀찮게 묻지 않는 데 감사했다."의 뒤에 위치했다. 셋째, "엥(Hein)"이라는 감탄사. 1934년판에서 "'길을 잃었지.' 루비가 비웃었다."의 뒤에 나온다. 「이 무슨 불운」에서 1934년판의 "혈전(thrombus)"은 1970년판의 "핏덩어리(clot)"로, 1934년판의 "탐욕(avarice)"은 1970년판의 "욕심(greed)"으로 대체되었다.

현재『발길질보다 따끔함』의 초고나 초판본 교정지는 찾을 수 없는 상태다. 1932년 12월『디스 쿼터』에 게재된 「단테와 바닷가재」는 여기 수록된 판본과 동일한 사건의 전개를 따라가지만 여러 문장에서 차이가 있는데, 이를 보면 베케트가 원고를 어떻게 수정하고 있었는지 추정할 수 있다. 1934년 이후 여러 잡지와 선집을 통해 개별적으로 재출간된 단편들은 초판본과 사소한 차이만 있을 뿐, 의도적인 개정의 증거는 보이지 않는다.

1. 사뮈엘 베케트가 토머스 맥그리비에게 보낸 1931년 11월 8일 자 편지(맥그리비는 1943년부터 자신의 이름을 'McGreevy'에서 'MacGreevy'로 고쳤다).『사뮈엘 베케트의 편지(The Letters of Samuel Beckett)』1권(1929-40년), 마사 도 페젠펠드(Martha Dow Fehsenfeld)·로이스 모어 오버베크(Lois More Overbeck) 엮음, 케임브리지, 케임브리지 대학교 출판사(Cambridge University Press), 2009, 93면.

2. 베케트가 맥그리비에게 보낸 1931년 12월 20일 자 편지(같은 책, 99면). 여기나 다음의 편지 인용문에 나오는 대괄호 속 텍스트는 필자가 인용 출처의 주석을 바탕으로 보충한 것이다.

3. 리처드 시버(Richard Seaver), 「편집자의 노트(Publisher's Note)」, 『그저 그런 여인들에 대한 꿈(Dream of Fair to Middling Women)』, 뉴욕, 아케이드(Arcade) 출판사, 1993, 6면.

4. 일례로, 프렌티스는 특유의 요령 있고 친절한 태도로 「앉아 있는 것과 조용히 하는 것(Sedendo et Quiescendo)」을 거절했다. 이에 베케트는 다음과 같이 답장을 썼다. "매력적인 것을 넘어서는 당신의 편지에 그라티아스 티비[감사드립니다]. 상부가 너무 무거운 나의 「앉아 있는 것과 조용히 하는 것」에 대해 올바른 견해를 보여 주셨군요. (…) 나 자신의 냄새를 풍기려고 부단히 노력했지만 조이스 냄새가 지독하게 나는 것은 틀림없고요. 불행히도 나는 그런 식의 글쓰기에만 흥미를 느낀답니다. (…) 내가 런던에서 당신에게 말하지 않았습니까. 나는 채토 앤드 윈더스에 원고를 보여 주는 것이 아닙니다. 당신에게 보여 주는 거예요." 사뮈엘 베케트가 찰스 프렌티스에게 보낸 1931년 8월 15일 자 편지(앞의 책, 81면).

5. 베케트가 맥그리비에게 보낸 1932년 8월 자 편지. 제임스 놀슨(James Knowlson), 『명성을 누리도록 저주받은 삶: 사뮈엘 베케트의 생애(Damned to Fame: The Life of Samuel Beckett)』, 런던, 블룸즈버리(Bloomsbury), 1996, 160-1면에서 재인용.

6. 마이클 S. 하워드(Michael S. Howard), 『출판업자 조너선 케이프(Jonathan Cape, Publisher)』, 런던, 조너선 케이프, 1971, 137면.

7. 「단테와 바닷가재」는 1932년 12월 『디스 쿼터』(5권 2호)에 수록되었다. 이는 『디스 쿼터』의 마지막 호였다.

8. 베케트가 조지 리비(George Reavey)에게 보낸 1932년 10월 8일 자 편지(『사뮈엘 베케트의 편지』, 125면).

9. 베케트가 맥그리비에게 보낸 1933년 5월 13일 자 편지(같은 책, 157면).

10. 베케트가 맥그리비에게 보낸 1933년 6월 22일 자 편지(같은 책, 168면 주석 3번).

II. 페젠펠드와 오버베크는 이 무렵 완성된 다섯 편을 「단테와 바닷가재」, 「핑걸」, 「딩동」, 「퇴장」, 그리고 「노란색」, 「이 무슨 불운」, 「사랑과 레테」 중 하나로 본다(같은 책, 162면).

I2. "나는 늦은 오후에 자전거를 끌고 산에 올라가 램 도일스 식당이나 글렌컬렌이나 에니스케리에서 한잔하고, 내리막길을 달려 집에 돌아와 톰 존스(Tom Jones)를 읽어. 그래, 네가 말했듯이, 어느 정도는 그래. 하지만 개중에는 제일 낫네. 짧은 챕터들은 보면 볼수록 좋고 아이러니한 챕터 제목도 마음에 들어. 그의 풍자극은 좀 어설프지만 진지한 분위기를 낼 때는 아주 탁월해." 베케트가 맥그리비에게 보낸 1932년 II월 4일 자 편지(같은 책, 139면).

I3. '그저 그런 여인들에 대한 꿈'이라는 제목과 마찬가지로 '찌꺼기'라는 제목은 초서(Geoffrey Chaucer)의 『선량한 여인들 열전(Legend of Good Women)』, 특히 「그대 달리 무엇을 쓰겠는가 / 이야기들의 찌꺼기, 낱알은 버리고?」라는 머릿말을 암시한다. 또한 밀턴(John Milton)의 『투사 삼손(Samson Agonistes)』 173-6행을 염두에 두었을 수도 있다.

> 이제 차라리 내가 노역하여 빵을
> 벌도록 하라,
> 해충이나 굴종적인 음식 찌꺼기가
> 나를 파먹고, 거듭 탄원한바 죽음이
> 내 모든 고통을 드디어 끝내기
> 전에.
> (인용자 강조)

I4. '찌꺼기'라는 제목으로 계약서에 서명한 지 일주일도 지나지 않았는데, 베케트는 맥그리비에게 보낸 1933년 10월 9일 자 편지에서 이 책을 '발길질보다 따끔함(More Pricks than Kicks)'이라고 지칭한다(앞의 책, 166면). 이 제목은 『흠정역 성서』의 「사도행전」 9장 5행에서 사울이 다마스쿠스에 가는 길에 하늘에서 "가시채를 걷어차기가 네게 고생이라(It is hard for thee to kick against the pricks)"라는 목소리를 듣고 개종하는 대목을 이용한 말장난이다. 또한 '푼돈보다 발길질(more kicks than half-pence)'이라는 표현도 연관이 있는데, 이는 공연에서 호객을 하는 원숭이가 주인에게 발길질을 당한다는 의미에서 친절하지 않고 가혹하게 구는 것을 이른다(『옥스퍼드 영어사전』에서 'monkey's allowance[원숭이 꼴을 당하다, 형편없는 대우를 받다]' 항목 참조).

I5. 프렌티스가 베케트에게 보낸 1933년 II월 13일 자 편지(제임스 놀슨, 『명성을 누리도록 저주받은 삶: 사뮈엘 베케트의 생애』, 168면).

I6. 프렌티스가 베케트에게 보낸 1933년 II월 13일 자 편지(『사뮈엘 베케트의 편지』, 173면).

I7. 베케트가 맥그리비에게 보낸 1933년 12월 5일 자 편지(같은 책, 171면).

I8. 존 필링(John Pilling), 『사뮈엘 베케트 연대기(A Samuel Beckett

Chronology)』, 햄프셔, 팰그레이브
맥밀런(Palgrave Macmillan), 2006,
45면.

19. 베케트가 맥그리비에게 보낸
1933년 12월 5일 자 편지(앞의 책,
171-2면). 베케트는 마지막 단편
「찌꺼기」에 거절당한 「에코의 뼈」의
요소들을 포함시켜 결말을 상당히
바꾸었다. 맥그리비는 부탁받은 대로
교정지를 검토해 주었다. 존 필링,
『사뮈엘 베케트 연대기』 45면 참조.

20. 그는 1935년 12월까지 계속 치료를
받게 된다. 치료비는 어머니 메이
베케트(May Beckett)가 부담했다.

21. 베케트의 초기 소설 속 인물들이
그가 있었던 더블린 트리니티
대학교 및 파리 고등 사범학교의
동시대인들과 닮은 점에 관해서는
놀슨이 상세하고도 유용한 설명을
제공한다. 제임스 놀슨, 『명성을
누리도록 저주받은 삶: 사뮈엘
베케트의 생애』, 특히 3장과 4장 참조.

22. 베케트가 맥그리비에게 보낸
1932년 9월 13일 자 편지(『사뮈엘
베케트의 편지』, 121면).

23. 베케트가 모리스 싱클레어에게
보낸 1934년 7월 13일 자 편지(제임스
놀슨, 『명성을 누리도록 저주받은
삶: 사뮈엘 베케트의 생애』,
176면 원주 참조). 베케트는 8월에
싱클레어 가족과 화해해서 평소처럼
크리스마스와 신년을 카셀에서
보냈다.

24. 제임스 놀슨, 『명성을 누리도록
저주받은 삶: 사뮈엘 베케트의 생애』,
176면.

25. 『발길질보다 따끔함』은
1934년 10월 23일 출판 금지 목록에
등재되었고, 이는 베케트의 에세이
「아일랜드 자유국의 검열(Censorship
in the Saorstat)」에 개인적 색채를
부여했다. "나는 465번으로
등재되었다. 숫자 사백육십오, 아마도
그렇게 읽어야 하는 모양이다."
『단편들(Disjecta)』, 루비 콘(Ruby
Cohn) 엮음, 런던, 칼더 출판사, 1983,
88면. 검열에 관한 이 에세이는 원래
1934년 8월에 『더 북맨』에서 청탁받은
것이지만, 얼마 안 있어 잡지 발행이
중단된 탓에 출간되지는 못했다.
베케트는 이 글을 1936년에 수정했다.

26. 반면 베케트의 비평집
『프루스트』는 상당히 존중받아서
쿨드리나 자택 식당 선반에
진열되었다.

27. 제임스 놀슨, 『명성을 누리도록
저주받은 삶: 사뮈엘 베케트의 생애』,
177면과 653면 주석 71-80번 참조.
베케트는 『옵저버』의 프리뷰가
"충분히 멍청하다"라고 평한다.
베케트가 눌라 코스텔로(Nuala
Costello)에게 보낸 1934년 5월 10일
자 편지(『사뮈엘 베케트의 편지』,
208면).

28. 리처드 선(Richard Sunne),
『타임 앤드 타이드』, 1934년
5월 26일 자(제임스 놀슨, 『명성을
누리도록 저주받은 삶: 사뮈엘

베케트의 생애』, 177면과 653면 주석 78번);『모닝 포스트』, 1934년 5월 22일 자(제임스 놀슨, 같은 책, 177면);『타임 리터러리 서플먼트』, 1934년 7월 26일 자(『사뮈엘 베케트: 비평의 유산[Samuel Beckett: The Critical Heritage]』, 로런스 그레이버[Lawrence Graver] · 레이먼드 페더맨[Raymond Federman] 엮음, 런던, 라우틀리지 앤드 키건 폴[Routledge and Kegan Paul], 1979, 44면).

29. 프랜시스 왓슨(Francis Watson),『더 북맨』86(514), 1934년 7월 호, 219-20면(제임스 놀슨,『명성을 누리도록 저주받은 삶: 사뮈엘 베케트의 생애』, 177면에서 재인용).

30. 에드윈 뮤어,『리스너』, 1934년 7월 4일 자, 42면.『사뮈엘 베케트: 비평의 유산』, 그레이버 · 페더맨 엮음, 42-3면에서 수록.

31. 프렌티스가 베케트에게 보낸 1934년 11월 8일 자 편지(제임스 놀슨,『명성을 누리도록 저주받은 삶: 사뮈엘 베케트의 생애』, 177-8면). 이 무렵 베케트는 다음 책 작업을 완료했고, 프렌티스는 채토 앤드 윈더스를 그만둔 상태였다. 이 출판사는 1936년 6월『머피』의 출간을 고사했다.

32. 존 필링,『사뮈엘 베케트 연대기』, 44, 52, 121면.

33. 바이킹 출판사의 편집자 B. W. 협시(Huebsch)의 검토서를 보면, 그는『발길질보다 따끔함』의 출판권을 사지 않는 편이 낫다고 하면서도 "이 저자는 앞으로 대단히 유망해질 것 같은 느낌"이라고 쓴다(제임스 놀슨, 『명성을 누리도록 저주받은 삶: 사뮈엘 베케트의 생애』, 175-6면).

34. 존 필링,『사뮈엘 베케트 연대기』, 184-5면.

35. 같은 책, 113면.

36. 베케트가 칼더에게 보낸 1964년 4월 28일 자 편지(인디애나 대학교 릴리 도서관 소장).

37. 그로브 출판사의 리처드 시버가 존 칼더에게 보낸 1964년 11월 13일 자 편지 참조(시러큐스 대학교 도서관, 특별 소장품 연구 센터, 그로브 출판사 컬렉션).

38. 이것이 저자의 요구 조건이었지만, 이 '비매판'은 1966년 12월『런던 매거진(London Magazine)』에 광고가 실렸고 1968년 칼더 출판 목록에도 들어갔다. 잡지 광고는 베케트의 눈에 띄지 않았던 것 같다. 하지만 출판 목록에 포함된 것은 숨길 수 없었고, 베케트는 이를 불쾌하게 받아들여 세 번째로 100부를 더 찍겠다는 칼더 측의 요구를 처음부터 거절했다.

39. 베케트가 칼더에게 보낸 1970년 1월 31일 자 편지(인디애나 대학교 릴리 도서관 소장).

40. 이는 베케트 생전의 마지막 신판 출간이 되었다. 칼더판은 등사기 재판본을, 그로브판은 초판 한 부를

각각 저본으로 삼았다. 베케트가
1970년판들의 교정을 보지 않았던
것은 확실하지만, 양쪽 출판사에 몇
가지 동일한 수정 요청을 한 것으로
추정된다. 이에 관해서는 앞의
'텍스트에 관한 노트' 참조.

41. 「축축한 밤」에서 's' 자가
이탤릭체에서 정자체로 수정되었다
(1934년판의 '레트로 메[retro
me's]'). 「사랑과 레테」에서
'루시(Lucy)'라고 잘못 지칭된
것이 '루비(Ruby)'로 수정되었다.
「퇴장」에서 쉼표와 따옴표의 위치가
수정되었다(1934년판의 "사적인
경험[private experiences],"). 「이
무슨 불운」에서 '…보다(than)'가
'…라는(that)'으로, "머리 위
(overhead)"가 "엿듣고(overheard)"로
수정되었다. 「축축한 밤」과
「노란색」에서 각각 두 번과 한 번씩
말줄임표의 점 네 개를 세 개로 고쳤다.

42. 존 칼더는 『사뮈엘 베케트:
개인적 회고록(Samuel Beckett:
A Personal Memoir)』(낙소스
오디오 북스[Naxos Audio Books],
2006)에서 두 출판사가 조판을
공동 진행했다고 말했다. 하지만 이
회고록은 『발길질보다 따끔함』의
출판에 관련된 날짜나 기타 이벤트의
세부 사항에 오류가 있어서, 출판사
문서를 참조하지 않고 기억에
의존해서 구성된 것으로 보인다.
1970년판들이 서로 '동일하다'라는
주장은 다음의 문헌에서 제기된
것이다. C. J. 애컬리(Ackerley)·S.
E. 곤타스키(Gontarski), 『페이버판
사뮈엘 베케트 안내서(The Faber

Companion to Samuel Beckett)』,
런던, 페이버 앤드 페이버, 2006,
381면.

43. 영어권 독자에게는 'heimlich'가
더 익숙하기 때문에 두 출판사의
조판공들이 자체적으로 동일하게
어휘를 변경했을 가능성도 없지는
않다. 그러나 'heimatlich'('고향
같은', 태어난 지역에 있는 것처럼
푸근한 느낌이라는 의미에서)를
'heimlich'(1번 의미는 '은밀한'이지만
독일 일부 지역에서는 '집처럼
아늑한'이라는 의미도 있는)로
변경함으로써 더 많은 해석의 여지가
생긴다는 점에서, 베케트가 이러한
효과를 의도했을 가능성도 있다.

작가 연보*

1906년 — 4월 13일 성금요일, 아일랜드 더블린 남쪽 마을 폭스록의 집
'쿨드리나(Cooldrinagh)'에서 신교도인 건축 측량사 윌리엄(William)과 그 아내
메이(May)의 둘째 아들 새뮤얼 바클레이 베킷(Samuel Barclay Beckett) 출생. 형
프랭크 에드워드(Frank Edward)와는 네 살 터울이었다.

1911-4년 — 더블린의 러퍼드스타운에서 독일인 얼스너(Elsner) 자매의 유치원에 다닌다.

1915년 — 얼스포트 학교에 입학해 프랑스어를 배운다.

1920-2년 — 포토라 왕립 학교에 다닌다. 수영, 크리켓, 테니스 등 운동에 재능을 보인다.

1923년 — 10월 1일, 더블린의 트리니티 대학교에 입학한다. 1927년 졸업할 때까지 아서
애스턴 루스(Arthur Aston Luce)에게서 버클리와 데카르트의 철학을, 토머스
러드모즈브라운(Thomas Rudmose-Brown)에게 프랑스 문학을, 비앙카
에스포지토(Bianca Esposito)에게 이탈리아문학을 배우며 단테에 심취하게 된다.
연극에 경도되어 더블린의 아베이극장과 런던의 퀸스 극장을 드나든다.

1926년 — 8-9월, 프랑스를 처음 방문한다. 이해 말 트리니티 대학교에 강사 자격으로 와
있던 작가 알프레드 페롱(Alfred Péron)을 알게 된다.

---

* 이 연보는 베케트 연구자이자 번역가인 에디트 푸르니에(Edith Fournier)가 정리한
연보(파리, 미뉘, leseditionsdeminuit.fr/auteur-Beckett_Samuel-1377-1-1-0-1.html)
와 런던 페이버 앤드 페이버의 베케트 선집에 실린 커샌드라 넬슨(Cassandra Nelson)이
정리한 연보, C. J. 애컬리(C. J. Ackerley)와 S. E. 곤타스키(S. E. Gontarski)가 함께 쓴
『그로브판 사뮈엘 베케트 안내서(The Grove Companion to Samuel Beckett)』(뉴욕,
그로브, 1996), 마리클로드 위베르(Marie-Claude Hubert)가 엮은 『베케트 사전
(Dictionnaire Beckett)』(파리, 오노레 샹피옹[Honoré Champion], 2011), 제임스
놀슨(James Knowlson)의 베케트 전기 『명성을 누리도록 저주받은 삶: 사뮈엘 베케트의
생애(Damned to Fame: The Life of Samuel Beckett)』(뉴욕, 그로브, 1996), 『사뮈엘
베케트의 편지(The Letters of Samuel Beckett)』 1-3권(케임브리지, 케임브리지 대학교
출판부[Cambridge University Press], 2009-14) 등을 참조해 작성되었다.
　　베케트 작품명과 관련해, 영어로 출간되었거나 공연되었을 경우 영어 제목을,
프랑스어였을 경우 프랑스어 제목을, 독일어였을 경우 독일어 제목을 병기했다. 각 작품명
번역은 되도록 통일하되 저자나 번역가가 의도적으로 다르게 옮겼다고 판단될 경우
한국어도도 다르게 옮겼다. — 편집자

265

1927년 — 4-8월, 이탈리아의 피렌체와 베네치아를 여행하며 여러 미술관과 성당을 방문한다. 12월 8일, 문학사 학위를 취득한다(프랑스어·이탈리아어, 수석 졸업).

1928년 — 1-6월, 벨파스트의 캠벨 대학교에서 프랑스어와 영어를 가르친다. 11월 1일, 파리의 고등 사범학교 영어 강사로 부임한다(2년 계약). 여기서 다시 알프레드 페롱을, 그리고 전임자인 아일랜드 시인 토머스 맥그리비(Thomas MacGreevy)를 만나게 된다. 맥그리비는 파리에 머물던 아일랜드 작가이자 베케트에게 큰 영향을 미치게 되는 제임스 조이스(James Joyce)를, 또한 파리의 영어권 비평가와 출판업자들, 즉 문예지 『트랜지션(transition)』을 이끌던 마리아(Maria)와 유진 졸라스(Eugene Jolas), 파리의 영어 서점 셰익스피어 앤드 컴퍼니(Shakespeare and Company) 운영자 실비아 비치(Sylvia Beach) 등을 소개해 준다.

1929년 — 3월 23일, 전해 12월 조이스가 제안해 쓰게 된 베케트의 첫 비평문 「단테… 브루노. 비코‥조이스(Dante...Bruno. Vico..Joyce)」를 완성한다. 이 비평문은 『'진행 중인 작품'을 진행시키기 위하여 그가 실행한 일에 대한 우리의 '과장된' 검토(Our Exagmination Round his Factification for Incamination of Work in Progress)』(파리, 셰익스피어 앤드 컴퍼니, 1929)의 첫 글로 실린다. 6월, 첫 비평문 「단테… 브루노. 비코‥조이스」와 첫 단편 「승천(Assumption)」이 『트랜지션』에 실린다. 12월, 조이스가 훗날 『피네건의 경야(Finnegans Wake)』에 포함될, 『트랜지션』의 '진행 중인 작품' 섹션에 연재되던 글 「애나 리비아 플루라벨(Anna Livia Plurabelle)」의 프랑스어 번역 작업을 제안한다. 베케트는 알프레드 페롱과 함께 이 글을 옮기기 시작한다. 이해에 여섯 살 연상의 피아니스트이자 문학과 연극을 애호했던, 1961년 그와 결혼하게 되는 쉬잔 데슈보뒤메닐(Suzanne Dechevaux-Dumesnil)을 테니스 클럽에서 처음 만난다.

1930년 — 3월, 시 「훗날을 위해(For Future Reference)」가 『트랜지션』에 실린다. 7월, 첫 시집 『호로스코프(Whoroscope)』가 낸시 커나드(Nancy Cunard)가 이끄는 파리의 디 아워즈 출판사(The Hours Press)에서 출간된다(책에 실린 동명의 장시는 출판사가 주최한 시문학상에 마감일인 6월 15일 응모해 다음 날 1등으로 선정된 것이었다). 맥그리비 등의 주선으로 마르셀 프루스트(Marcel Proust)에 관한 에세이 청탁을 받아들이고, 8월 25일 쓰기 시작해 9월 17일 런던의 출판사 채토 앤드 윈더스(Chatto and Windus)에 원고를 전달한다. 10월 1일, 트리니티 대학교 프랑스어 강사로 부임한다(2년 계약). 11월 중순, 트리니티 대학교의 현대 언어 연구회에서 장 뒤 샤(Jean du Chas)라는 이명으로 '집중주의(Le Concentrisme)'에 대한 글을 발표한다.

1931년 — 3월 5일, 채토 앤드 윈더스의 '돌핀 북스(Dolphin Books)' 시리즈에서 『프루스트(Proust)』가 출간된다. 5월 말, (첫 장편소설의 일부가 될) 「독일 코미디(German Comedy)」를 쓰기 시작한다. 9월에 시 「알바(Alba)」가 『더블린 매거진(Dublin Magazine)』에 실린다. 시 네 편이『더 유러피언 캐러밴(The European Caravan)』에 게재된다. 12월 8일, 문학 석사 학위를 취득한다.

1932년 — 트리니티 대학교 강사직을 사임한다. 2월, 파리로 간다. 3월,『트랜지션』에 공동 선언문「시는 수직이다(Poetry is Vertical)」와 (첫 장편소설의 일부가 될) 단편「앉아 있는 것과 조용히 하는 것(Sedendo et Quiescendo)」을 발표한다. 4월, 시「텍스트(Text)」가『더 뉴 리뷰(The New Review)』에 실린다. 7-8월, 런던을 방문해 몇몇 출판사에 첫 장편소설『그저 그런 여인들에 대한 꿈(Dream of Fair to Middling Women)』(사후 출간)과 시들의 출간 가능성을 타진하지만 거절당하고, 8월 말 더블린으로 돌아간다. 12월, 단편「단테와 바닷가재(Dante and the Lobster)」가 파리의『디스 쿼터(This Quarter)』에 게재된다(이 단편은 1934년 첫 단편집의 첫 작품으로 실린다).

1933년 — 2월, 이듬해 출간될 흑인문학 선집 번역 완료. 강단에 다시 서지 않기로 결심한다. 6월 26일, 아버지 윌리엄이 심장마비로 사망한다. 9월, 첫 단편집에 실릴 작품 10편을 정리해 채토 앤드 윈더스에 보낸다.

1934년 — 1월, 런던으로 이사한다. 런던 태비스톡 클리닉의 윌프레드 루프레히트 비온(Wilfred Ruprecht Bion)에게 정신분석을 받기 시작한다. 2월 15일, 시「집으로 가지, 올가(Home Olga)」가『컨템포(Contempo)』에 실린다. 2월 16일, 낸시 커나드가 편집하고 베케트가 프랑스어 작품 19편을 영어로 번역한『흑인문학: 낸시 커나드가 엮은 선집 1931-3(Negro: Anthology made by Nancy Cunard 1931-1933)』이 런던의 위샤트(Wishart & Co.)에서 출간된다. 5월 24일, 첫 단편집『발길질보다 따끔함(More Pricks Than Kicks)』이 채토 앤드 윈더스에서 출간된다. 7월, 시「금언(Gnome)」이『더블린 매거진』에 실린다. 8월, 단편「천 번에 한 번(A Case in a Thousand)」이『더 북맨(The Bookman)』에 실린다.

1935년 — 7월 말, 어머니와 함께 영국을 여행한다. 8월 20일, 장편소설『머피(Murphy)』를 영어로 쓰기 시작한다. 10월, 태비스톡 인스티튜트에서 열린 융의 세 번째 강의에 윌프레드 비온과 함께 참석한다. 12월, 영어 시 13편이 수록된 시집『에코의 뼈들 그리고 다른 침전물들(Echo's Bones and Other Precipitates)』이 파리의 유로파 출판사(Europa Press)에서 출간된다. 더블린으로 돌아간다.

1936년 — 6월,『머피』탈고. 9월 말 독일로 떠나 그곳에서 7개월간 머문다. 10월, 시「카스칸도(Cascando)」가『더블린 매거진』에 실린다.

1937년 — 4월, 더블린으로 돌아온다. 새뮤얼 존슨(Samuel Johnson)과 그 가족을 다룬 영어 희곡「인간의 소망들(Human Wishes)」을 쓰기 시작한다. 10월 중순, 더블린을 떠나 파리에 정착해 우선 몽파르나스 근처 호텔에 머문다.

1938년 ─ 1월 6일, 몽파르나스에서 한 포주에게 이유 없이 칼로 가슴을 찔려 병원에
　　　　입원한다. 쉬잔 데슈보뒤메닐이 그를 방문하고, 이들은 곧 연인이 된다. 3월 7일,
　　　　『머피』가 런던의 라우틀리지 앤드 선스(Routledge and Sons)에서 장편소설로는
　　　　처음 출간된다. 4월 초, 프랑스어로 시를 쓰기 시작하고, 이달 중순부터 파리
　　　　15구의 파보리트 가 6번지 아파트에 살기 시작한다. 5월, 시 「판돈(Ooftish)」이
　　　　『트랜지션』에 실린다.

1939년 ─ 알프레드 페롱과 함께 『머피』를 프랑스어로 번역한다. 7-8월, 더블린에 잠시
　　　　돌아가 어머니를 만난다. 9월 3일, 영국과 프랑스가 독일과의 전쟁을 선언하자
　　　　이튿날 파리로 돌아온다.

1940년 ─ 6월, 프랑스가 독일에 함락되자 쉬잔과 함께 제임스 조이스의 가족이 머물고
　　　　있던 비시로 떠난다. 이어 툴루즈, 카오르, 아르카숑으로 이동한다. 아르카숑에서
　　　　뒤샹을 만나 체스를 두거나 『머피』를 번역하며 지낸다. 9월, 파리로 돌아온다.
　　　　페롱을 만나 다시 함께 『머피』를 프랑스어로 옮기는 한편, 이듬해 그가 속해 있던
　　　　레지스탕스 조직에 합류한다.

1941년 ─ 1월 13일, 제임스 조이스가 취리히에서 사망한다. 2월 11일, 소설 『와트(Watt)』를
　　　　영어로 쓰기 시작한다. 9월 1일, 레지스탕스 조직 글로리아 SMH에 가담해 각종
　　　　정보를 영어로 번역한다.

1942년 ─ 8월 16일, 페롱이 체포되자 게슈타포를 피해 쉬잔과 함께 떠난다. 9월 4일,
　　　　방브에 도착한다. 10월 6일, 프랑스 남부 보클뤼즈의 루시용에 도착한다. 『와트』를
　　　　계속 집필한다.

1944년 ─ 8월 25일, 파리 해방. 10월 12일, 파리로 돌아온다. 12월 28일, 『와트』를 완성.

1945년 ─ 1월, M. A. I. 갤러리와 마그 갤러리에서 각기 열린 네덜란드 화가 판 펠더(van
　　　　Velde) 형제의 전시회를 계기로 비평 「판 펠더 형제의 회화 혹은 세계와 바지(La
　　　　Peinture des van Velde ou Le Monde et le pantalon)」를 쓴다. 3월 30일,
　　　　무공훈장을 받는다. 4월 30일 혹은 5월 1일 페롱이 사망한다. 6월 9일, 시 「디에프
　　　　193?(Dieppe 193?)」[sic]이 『디 아이리시 타임스(The Irish Times)』에 실린다.
　　　　8-12월, 아일랜드 적십자사가 세운 노르망디의 생로 군인병원에서 창고관리인 겸
　　　　통역사로 자원해 일하며 글을 쓴다. 다시 파리로 돌아온다.

1946년 ─ 1월, 시 「생로(Saint-Lô)」가 『디 아이리시 타임스』에 실린다. 첫 프랑스어 단편
　　　　「계속(Suite)」(제목은 훗날 '끝[La Fin]'으로 바뀜)이 『레 탕 모데른(Les Temps
　　　　modernes)』 7월 호에 실린다. 7-10월, 첫 프랑스어 장편소설 『메르시에와
　　　　카미에(Mercier et Camier)』를 쓴다. 10월, 전해에 쓴 판 펠더 형제 관련

비평이 『카이에 다르(Cahiers d'Art)』에 실린다. 11월, 전쟁 전에 쓴 열두 편의 시 「시 38-39(Poèmes 38-39)」가 『레 탕 모데른』에 실린다. 10월에 단편 「추방된 자(L'Expulsé)」를, 10월 28일부터 11월 12일까지 단편 「첫사랑(Premier amour)」을, 12월 23일부터 단편 「진정제(Le Calmant)」를 프랑스어로 쓴다.

1947년 ― 1-2월, 첫 프랑스어 희곡 「엘레우테리아(Eleutheria)」를 쓴다(사후 출간). 4월, 『머피』의 첫 번째 프랑스어판이 파리의 보르다스(Bordas)에서 출간된다. 5월 2일부터 11월 1일까지 『몰로이(Molloy)』를 프랑스어로 쓴다. 11월 27일부터 이듬해 5월 30일까지 『말론 죽다(Malone meurt)』를 프랑스어로 쓴다.

1948년 ― 예술비평가 조르주 뒤튀(Georges Duthuit)가 주선해 주는 번역 작업에 힘쓴다. 3월 8-27일 뉴욕의 쿠츠 갤러리에서 열린 판 펠더 형제의 전시 초청장에 실릴 글을 쓴다. 5월, 판 펠더 형제에 대한 글 「장애의 화가들(Peintres de l'empêchement)」이 마그 갤러리에서 발행하던 미술 평론지 『데리에르 르 미르와르(Derrière le Miroir)』에 실린다. 6월, 「세 편의 시들(Three Poems)」이 『트랜지션』에 실린다. 10월 9일부터 이듬해 1월 29일까지 희곡 「고도를 기다리며(En attendant Godot)」를 프랑스어로 쓴다.

1949년 ― 3월 29일, 위시쉬르마른의 한 농장에서 『이름 붙일 수 없는 자(L'Innommable)』를 프랑스어로 쓰기 시작한다. 4월, 「세 편의 시들」이 『포이트리 아일랜드(Poetry Ireland)』에 실린다. 6월, 미술에 대해 뒤튀와 나눴던 대화 중 화가 피에르 탈코트(Pierre Tal-Coat), 앙드레 마송(André Masson), 브람 판 펠더(Bram van Velde)에 관한 내용을 「세 편의 대화(Three Dialogues)」로 정리하기 시작한다. 12월, 「세 편의 대화」가 『트랜지션』에 실린다.

1950년 ― 1월, 유네스코의 의뢰로 『멕시코 시 선집(Anthology of Mexican Poetry)』(옥타비오 파스[Octavio Paz] 엮음)을 번역하게 된다. 이달 『이름 붙일 수 없는 자』를 완성한다. 8월 25일, 어머니 메이 사망. 10월 중순, 프랑스 미뉘 출판사(Les Éditions de Minuit) 대표 제롬 랭동(Jérôme Lindon)이 쉬잔이 전한 『몰로이』의 원고를 읽고 이를 출간하기로 한다. 11월 중순, 미뉘와 『몰로이』, 『말론 죽다』, 『이름 붙일 수 없는 자』 등 세 편의 소설 출간 계약서를 교환한다. 12월 24일, 「아무것도 아닌 텍스트들(Textes pour rien)」 1편을 프랑스어로 쓴다.

1951년 ― 3월 12일, 『몰로이』가 미뉘에서 출간된다. 11월, 『말론 죽다』가 미뉘에서 출간된다. 12월 20일, 「아무것도 아닌 텍스트들」을 총 13편으로 완성한다.

1952년 ― 가을, 위시쉬르마른에 집을 짓기 시작한다. 베케트가 애호하는 집필 장소가 될 이 집은 이듬해 1월 완공된다. 10월 17일, 『고도를 기다리며』가 미뉘에서 출간된다.

1953년 — 1월 5일, 「고도를 기다리며」가 파리 몽파르나스 라스파유 가의 바빌론 극장에서 초연된다(로제 블랭[Roger Blin] 연출, 피에르 라투르[Pierre Latour], 루시앵 랭부르[Lucien Raimbourg], 장 마르탱[Jean Martin], 로제 블랭 출연). 5월 20일, 『이름 붙일 수 없는 자』가 미뉘에서 출간된다. 7월 말, 패트릭 바울즈(Patrick Bowles)와 함께 『몰로이』를 영어로 옮기기 시작한다. 8월 31일, 『와트』 영어판이 파리의 올랭피아 출판사(Olympia Press)에서 출간된다. 9월 8일, 「고도를 기다리며(Warten auf Godot)」가 베를린 슈로스파크 극장에서 공연된다. 9월 25일, 「고도를 기다리며」가 파리 바빌론 극장에서 다시 공연된다. 10월 말, 다니엘 마우로크(Daniel Mauroc)와 함께 『와트』를 프랑스어로 옮기기 시작한다. 11월 16일부터 12월 12일까지 바빌론 극장이 제작한 「고도를 기다리며」가 순회 공연된다(독일, 이탈리아, 프랑스). 한편 「고도를 기다리며」의 영어 판권 문의가 쇄도하자 베케트는 이를 직접 영어로 옮기기 시작한다.

1954년 — 1월, 미뉘의 『메르시에와 카미에』 출간 제안을 거절한다. 6월, 『머피』의 두 번째 프랑스어판이 미뉘에서 출간된다. 7월, 『말론 죽다』를 영어로 옮기기 시작한다. 8월 말, 『고도를 기다리며(Waiting for Godot)』 영어판이 뉴욕의 그로브 출판사(Grove Press)에서 출간된다. 9월 13일, 형 프랭크가 폐암으로 사망한다. 10월 15일, 『와트』가 아일랜드에서 발매 금지된다. 이해에 희곡 「마지막 승부(Fin de Partie)」를 프랑스어로 쓰기 시작해 1956년에 완성하게 된다. 이해 또는 이듬해에 「포기한 작업으로부터(From an Abandoned Work)」를 영어로 쓴다.

1955년 — 3월, 『몰로이』 영어판이 파리의 올랭피아에서 출간된다. 8월, 『몰로이』 영어판이 뉴욕의 그로브에서 출간된다. 8월 3일, 「고도를 기다리며」의 첫 영어 공연이 런던의 아츠 시어터 클럽에서 열린다(피터 홀[Peter Hall] 연출). 8월 18일, 『말론 죽다』 영어 번역을 마치고, 발레 댄서이자 안무가, 배우였던 친구 데릭 멘델(Deryk Mendel)을 위해 「무언극 I(Acte sans paroles I)」을 쓴다. 9월 12일, 「고도를 기다리며」가 런던의 크라이테리언 극장에서 공연된다. 10월 28일, 「고도를 기다리며」가 더블린의 파이크 극장에서 공연된다. 11월 15일, 「추방된 자」, 「진정제」, 「끝」 등 단편 세 편과 13편의 「아무것도 아닌 텍스트들」이 포함된 『단편들 그리고 아무것도 아닌 텍스트들(Nouvelles et textes pour rien)』이 미뉘에서 출간된다. 12월 8일, 런던에서 열린 「고도를 기다리며」 100회 기념 공연에 참석한다.

1956년 — 1월 3일, 「고도를 기다리며」가 미국 마이애미의 코코넛 그로브 극장에서 공연된다(앨런 슈나이더[Alan Schneider] 연출). 1월 13일, 『몰로이』가 아일랜드에서 발매 금지된다. 2월 10일, 『고도를 기다리며』가 런던의 페이버 앤드 페이버(Faber and Faber)에서 출간된다. 2월 27일, 『이름 붙일 수 없는 자』를 영어로 옮기기 시작한다. 4월 19일, 「고도를 기다리며」가 뉴욕의 존 골든 극장에서 공연된다(허버트 버고프[Herbert Berghof] 연출). 6월, 「포기한 작업으로부터」가 더블린 주간지 『트리니티 뉴스(Trinity News)』에 실린다. 6월 14일부터 9월 23일까지 「고도를 기다리며」가 파리의 에베르토 극장에서 공연된다. 7월, BBC의 요청으로 첫 라디오극 「넘어지는 모든 자들(All That Fall)」을 영어로 쓰기 시작해 9월 말 완성한다. 10월, 『말론 죽다(Malone Dies)』 영어판이 그로브에서 출간된다. 12월, 희곡 「으스름(The Gloaming)」(제목은 훗날 '연극용 초안 I[Rough for Theatre I]'로 바뀜)을 쓰기 시작한다.

1957년 — 1월 13일, 「넘어지는 모든 자들」이 BBC 3프로그램에서 처음 방송된다. 1월 말 또는 2월 초, 『마지막 승부/무언극(Fin de partie *suivi de* Acte sans paroles)』이 미뉘에서 출간된다. 3월 15일, 『머피』가 그로브에서 출간된다. 4월 3일, 「마지막 승부」가 런던의 로열코트극장에서 프랑스어로 공연되고(로제 블랭 연출, 장 마르탱 주연), 이달 26일 파리의 스튜디오 데 샹젤리제 무대에도 오른다. 베케트는 8월 중순까지 이 작품을 영어로 옮긴다. 8월 24일, 데릭 멘델을 위해 두 번째 『무언극 II(Acte sans paroles II)』를 완성한다. 8월 30일, 『넘어지는 모든 자들』이 페이버에서 출간된다. 로베르 팽제(Robert Pinget)가 베케트와 협업해 프랑스어로 옮긴 「넘어지는 모든 자들(Tous ceux qui tombent)」이 파리의 문학잡지 『레 레트르 누벨(Les Lettres nouvelles)』에 실린다. 「포기한 작업으로부터」가 이해 창간된 뉴욕 그로브 출판사의 문학잡지 『에버그린 리뷰(Evergreen Review)』 1권 3호에 실린다. 10월 말, 『넘어지는 모든 자들』이 미뉘에서 출간된다. 12월 14일, 「포기한 작업으로부터」가 BBC 3프로그램에서 방송된다(패트릭 머기[Patrick Magee] 낭독).

1958년 — 1월 28일, 「마지막 승부」의 영어 버전인 「마지막 승부(Endgame)」 공연이 뉴욕의 체리 레인 극장에서 초연된다(앨런 슈나이더 연출). 2월 23일, 『이름 붙일 수 없는 자』의 영어 번역 초안을 완성한다. 3월 6일, 「마지막 승부(Endspiel)」가 빈의 플라이슈마르크트 극장에서 공연된다(로제 블랭 연출). 3월 7일, 『말론 죽다』 영어판이 런던의 존 칼더(John Calder)에서 출간된다. 3월 17일, 희곡 「크래프의 마지막 테이프(Krapp's Last Tape)」를 영어로 완성한다. 4월 25일, 『마지막 승부/무언극 I(Endgame, followed by Act Without Words I)』 영어판이 페이버에서 출간된다. 이해에 『포기한 작업으로부터』도 페이버에서 출간된다. 7월, 희곡 「크래프의 마지막 테이프」가 『에버그린 리뷰』에 실린다. 8월, 훗날 「연극용 초안 II[Rough for Theatre II]」가 되는 글을 쓴다. 9월 29일, 『이름 붙일 수 없는 자(The Unnamable)』 영어판이 그로브에서 출간된다. 10월 28일, 「크래프의 마지막 테이프」가 런던의 로열코트극장에서 초연된다(도널드 맥위니[Donald McWhinnie] 연출, 패트릭 머기 주연). 11월 1일, 「아무것도 아닌 텍스트들」 중 1편을 영어로 옮긴다. 12월, 1950년 옮겼던 『멕시코 시 선집』이 미국 블루밍턴의 인디애나 대학교 출판부(Indiana University Press)에서 출간된다. 12월 17일, 훗날 『그게 어떤지(Comment c'est)』의 일부가 되는 「핌(Pim)」을 쓰기 시작한다.

1959년 — 3월, 베케트와 피에르 레리스(Pierre Leyris)가 함께 「크래프의 마지막 테이프」를 프랑스어로 옮긴 「마지막 테이프(La Dernière bande)」가 『레 레트르 누벨』에 실린다. 6월 24일, 라디오극 「타다 남은 불씨들(Embers)」이 BBC 3프로그램에서 방송된다. 7월 2일, 트리니티 대학교에서 명예박사 학위를 받는다. 『몰로이』, 『말론 죽다』, 『이름 붙일 수 없는 자』가 한 권으로 묶여 10월에 파리의 올랭피아에서 『3부작(A Trilogy)』으로, 11월에 뉴욕의 그로브에서 『세 편의 소설(Three Novels)』로 출간된다. 11월, 「타다 남은 불씨들」이 『에버그린 리뷰』에 실린다. 같은 달 짧은 글 「영상(L'Image)」이 영국 문예지 『엑스(X)』에 실리고, 이후 이 글은 『그게 어떤지』로 발전한다. 12월 18일, 『크래프의 마지막 테이프 그리고 타다 남은 불씨들(Krapp's Last Tape and Embers)』이 페이버에서 출간된다. 팽제가 「타다 남은 불씨들」을 프랑스어로 옮긴 「타고 남은 재들(Cendres)」이 『레 레트르 누벨』에 실린다. 이해에 독일 비스바덴의 리메스 출판사(Limes Verlag)에서 베케트의 『시집(Gedichte)』이 출간된다.

1960년 — 1월, 『마지막 테이프/타고 남은 재들(La Dernière bande *suivi de* Cendres)』이 미뉘에서 출간된다. 1월 14일, 「크래프의 마지막 테이프」가 뉴욕의 프로방스타운 극장에서 공연된다(앨런 슈나이더 연출). 『그게 어떤지』 초고를 완성하고, 8월 초까지 퇴고한다. 3월 27일, 「마지막 테이프」가 파리의 레카미에 극장에서 공연된다(로제 블랭 연출, 르네자크 쇼파르[René-Jacques Chauffard] 주연). 3월 31일, 『세 편의 소설』이 존 칼더에서 출간된다. 4월 27일, 「고도를 기다리며」가 BBC 3프로그램에서 방송된다. 8월, 희곡 「행복한 날들(Happy Days)」을 영어로 쓰기 시작해 이듬해 1월 완성한다. 8월 23일, 로베르 팽제가 프랑스어로 쓴 라디오극 「크랭크(La Manivelle)」를 베케트가 영어로 번역한 「옛 노래(The Old Tune)」가 BBC 3프로그램에서 방송된다(바버라 브레이[Barbara Bray] 연출). 9월 말, 베케트의 번역 「옛 노래」가 함께 수록된 팽제의 『크랭크』가 미뉘에서 출간된다. 리처드 시버(Richard Seaver)와 함께 「추방된 자」를 영어로 옮긴다. 10월 말, 파리 14구 생자크 거리의 아파트로 이사한다. 이해에 『크래프의 마지막 테이프 그리고 다른 희곡들(Krapp's Last Tape, and Other Dramatic Pieces)』이 뉴욕 그로브에서 출간된다.

1961년 — 1월, 『그게 어떤지』가 미뉘에서 출간된다. 2월, 마르셀 미할로비치[Marcel Mihalovici]가 작곡한 가극 「크래프의 마지막 테이프」가 파리의 샤이오 극장과 독일의 빌레펠트에서 공연된다. 3월 25일, 영국 동남부 켄트의 포크스턴에서 쉬잔과 결혼한다. 파리로 돌아온 직후부터 6월 초까지 「행복한 날들」의 원고를 개작해 그로브에 송고한다. 4월 3일, 뉴욕의 WNTA TV에서 「고도를 기다리며」가 방송된다(앨런 슈나이더 연출). 5월 3일, 「고도를 기다리며」가 파리의 오데옹극장에서 공연된다. 5월 4일, 호르헤 루이스 보르헤스(Jorge Luis Borges)와 공동으로 국제 출판인상을 수상한다. 6월 26일, 「고도를 기다리며」가 BBC 텔레비전에서 방송된다(도널드 맥위니 연출). 7월 15일, 『그게 어떤지』를 영어로 옮기기 시작한다. 9월, 『행복한 날들』이 그로브에서 출간된다. 9월 17일, 「행복한 날들」이 뉴욕 체리 레인 극장에서 초연된다(앨런 슈나이더 연출). 11월 말, 라디오극 「말과 음악(Words and Music)」을 쓴다(존 베케트[John Beckett] 작곡). 12월, '음악과 목소리를 위한 라디오극' 「카스칸도(Cascando)」를 프랑스어로 처음 쓴다(마르셀 미할로비치 작곡). 『영어로 쓴 시(Poems in English)』가 칼더 앤드 보야즈(Calder and Boyars, 출판사 존 칼더가 1963년부터 1975년까지 사용했던 이름)에서 출간된다.

1962년 — 1월, 단편 「추방된 자(The Expelled)」의 영어 버전이 『에버그린 리뷰』에 실린다. 5월, 희곡 「연극(Play)」을 영어로 쓰기 시작해 7월에 완성한다. 5월 22일, 「마지막 승부」가 BBC 3프로그램에서 방송된다(앨런 깁슨[Alan Gibson] 연출). 6월 15일, 『행복한 날들』이 페이버에서 출간된다. 11월 1일, 「행복한 날들」이 런던 로열코트극장에서 공연된다. 11월 13일, 「말과 음악」이 BBC 3프로그램에서 방송된다. 「말과 음악」이 『에버그린 리뷰』에 실린다.

1963년 — 1월 25일, 「넘어지는 모든 자들」이 프랑스 텔레비전에서 방송된다. 2월, 『오 행복한 날들(Oh les beaux jours)』 프랑스어판이 미뉘에서 출간된다. 3월 20일, 『영어로 쓴 시(Poems in English)』가 그로브에서 출간된다. 4월 5-13일, 시나리오 「필름(Film)」을 쓴다. 6월 14일, 독일 울름에서 「연극」의 독일어 버전인 「유희(Spiel)」가 공연되고, 베케트는 공연 제작을 돕는다(데릭 멘델 연출). 7월 4일, 「아무것도 아닌 텍스트들」 13편을 영어로 옮기기 시작한다. 9월 말, 「오 행복한 날들」이 베네치아 연극 페스티벌에서 공연되고(로제 블랭 연출, 마들렌 르노[Madeleine Renaud], 장루이 바로[Jean-Louis Barrault] 주연), 이어 10월 말 파리 오데옹극장 무대에 오른다. 10월 13일, 「카스칸도」가 프랑스 퀼튀르에서 방송된다(로제 블랭 연출, 장 마르탱 목소리 출연). 이해 독일 프랑크푸르트의 주어캄프 출판사(Suhrkamp Verlag)에서 베케트의 『극작품(Dramatische Dichtungen)』 1권(총 3권)이 출간된다(「고도를 기다리며」, 「마지막 승부」, 「무언극 I」, 「무언극 II」, 「카스칸도」 등 수록).

1964년 — 1월 4일, 「연극」이 뉴욕의 체리 레인 극장에서 공연된다(앨런 슈나이더 연출). 2월 17일, 「마지막 승부」 영어 공연이 파리의 샹젤리제 스튜디오에서 열린다(잭 맥고런[Jack MacGowran] 연출, 패트릭 머기 주연). 3월, 『연극 그리고 두 편의 라디오 단막극(Play and Two Short Pieces for Radio)』이 페이버에서 출간된다(「연극」, 「카스칸도」, 「말과 음악」 수록). 4월 7일, 「연극」이 런던의 국립극장 올드빅에서 공연된다. 4월 30일, 『그게 어떤지(How it is)』 영어판이 런던의 칼더 앤드 보야즈에서 출간된다. 6월, 「연극」을 프랑스어로 옮긴 「코메디(Comédie)」가 『레 레트르 누벨』에 게재된다. 6월 11일, 「코메디」가 파리 루브르박물관의 마르상 관에서 초연된다(장마리 세로[Jean-Marie Serreau] 연출). 7월 9일, 로열셰익스피어극단이 제작한 「마지막 승부」가 런던의

알드위치 극장에서 공연된다. 7월 10일부터 8월 초까지 뉴욕에서「필름」제작을
돕는다(앨런 슈나이더 감독, 버스터 키턴[Buster Keaton] 주연). 8월 말, 훗날
「잘못된 출발들(Faux départs)」이 될 글을 쓰기 시작한다. 10월 6일,「카스칸도」가
BBC 3프로그램에서 방송된다. 12월 30일,「고도를 기다리며」가 런던의
로열코트극장에서 공연된다(앤서니 페이지[Anthony Page] 연출).

1965년 — 1월, 희곡「왔다 갔다(Come and Go)」를 영어로 쓴다. 3월 21일,「왔다 갔다」의
프랑스어 번역을 마친다. 4월 13일부터 5월 1일까지 첫 텔레비전용 스크립트
「어이 조(Eh Joe)」를 영어로 쓴다. 5월 6일,『고도를 기다리며』무삭제판이
페이버에서 출간된다. 7월 3일,「어이 조」의 프랑스어 번역을 마친다. 7월
4-8일, 봄에 프랑스어로 쓴 단편「죽은 상상력 상상해 보라(Imagination morte
imaginez)」를 영어로 옮긴다. 프랑스어로 쓴「죽은 상상력 상상해 보라」는『레
레트르 누벨』에 게재되고 미뉘에서 출간된다. 영어로 번역된「죽은 상상력 상상해
보라(Imagination Dead Imagine)」는 런던의『더 선데이 타임스(The Sunday
Times)』에 실리고 칼더 앤드 보야즈에서 출간된다. 8월 8-14일,「말과 음악」을
프랑스어로 옮긴다. 9월 4일,「필름」이 베네치아 국제영화제에서 상영되고, 젊은
비평가상을 수상한다. 이날 단편「충분히(Assez)」를 프랑스어로 쓰기 시작한다.
10월 18일, 로베르 팽제의「가설(L'Hypothèse)」이 파리 근대 미술관에서
공연된다(베케트와 피에르 샤베르[Pierre Chabert] 공동 연출). 11월,「소멸자(Le
Dépeupleur)」를 프랑스어로 쓰기 시작한다.

1966년 — 1월,『코메디 및 기타 극작품(Comédie et Actes divers)』이 미뉘에서
출간된다(「코메디」,「왔다 갔다[Va-et-vient]」,「카스칸도」,「말과 음악[Paroles
et musique]」,「어이 조[Dis Joe]」,「무언극 II」수록). 2월 28일,「왔다 갔다」와
팽제의「가설」(베케트 연출)이 파리 오데옹극장에서 공연된다. 4월 13일, 베케트의
60회 생일을 기념해「어이 조(He Joe)」가 독일 국영방송 SDR(남부독일방송)에서
처음 방송된다(베케트 연출). 7월 4일,「어이 조」가 BBC 2프로그램에서 방송된다.
7-8월,「쿵(Bing)」을 프랑스어로 쓴다.『충분히』,『쿵』이 미뉘에서 출간된다.
11-12월 초,「아무것도 아닌 텍스트들」을 영어로 옮긴다.

1967년 — 녹내장 진단을 받는다. 뤼도빅(Ludovic)과 아녜스 장비에(Agnès Janvier),
베케트가 함께 옮긴『포기한 작업으로부터(D'un ouvrage abandonné)』가
미뉘에서 출간된다. 단편집『죽은-머리들(Têtes-mortes)』이 미뉘에서
출간된다(「충분히」,「죽은 상상력 상상해 보라」,「쿵」수록). 6월,『어이 조 그리고
다른 글들(Eh Joe and Other Writings)』이 페이버에서 출간된다. 7월,『왔다
갔다』가 칼더 앤드 보야즈에서 출간된다(「어이 조」,「무언극 II[Act Without
Words II]」,「필름」수록).『카스칸도 그리고 다른 단막극들(Cascando and Other
Short Dramatic Pieces)』이 그로브에서 출간된다(「카스칸도」,「말과 음악」,「어이
조」,「연극」,「왔다 갔다」,「필름」수록). 8월 중순부터 9월 말까지 베를린에 머물며

실러 극장 무대에 오를 「마지막 승부(Endspiel)」 연출을 준비하고, 9월 26일
공연한다. 11월, 베케트가 1945년부터 1966년까지 쓴 단편들을 묶은 『아니요의
칼(No's Knife)』이 칼더 앤드 보야즈에서 출간된다. 12월, 『단편들 그리고
아무것도 아닌 텍스트들(Stories and Texts for Nothing)』이 그로브에서 출간된다.
이해에 토머스 맥그리비가 사망한다.

1968년 — 3월, 프랑스어로 쓴 시들을 엮은 『시집(Poèmes)』이 미뉘에서 출간된다.
5월, 폐에서 종기가 발견되어 술과 담배를 끊는 등 여름 내내 치유에 힘쓴다.
「소멸자」의 일부인 『출구(L'Issue)』가 파리의 조르주 비자(Georges Visat)에서
출간된다. 12월, 뤼도빅과 아녜스 장비에, 베케트가 함께 옮긴 『와트』가 미뉘에서
출간된다. 이달 초부터 이듬해 3월 초까지 포르투갈에 머물며 휴식을 취한다.
이해에 희곡 「숨소리(Breath)」를 영어로 쓴다.

1969년 — 「없는(Sans)」을 프랑스어로 쓴다. 6월 16일, 뉴욕의 에덴 극장에서 「숨소리」가
공연된다. 8월 말, 10월 5일 실러 극장에서 직접 연출해 선보일 「크라프의 마지막
테이프(Das letzte Band)」 공연 준비차 베를린을 방문하고, 그곳에서 「없는」을
영어로 옮기기 시작한다. 10월, 영국 글래스고의 클로스 시어터 클럽에서
「숨소리」가 공연된다. 10월 초, 요양차 튀니지로 떠난다. 10월 23일, 노벨 문학상
수상. 미뉘 출판사 대표 제롬 랭동이 대신 시상식에 참여한다. 『없는』이 미뉘에서
출간된다.

1970년 — 3월 8일, 영국 옥스퍼드 극장에서 「숨소리」가 공연된다. 4월 29일, 파리의
레카미에 극장에서 「마지막 테이프」를 연출한다. 같은 달, 1946년 집필했으나
당시 베케트가 출간을 거부했던 장편 『메르시에와 카미에(Mercier et Camier)』와
단편 『첫사랑(Premier Amour)』이 미뉘에서 출간된다. 7월, 「없는」을 영어로 옮긴
『없어짐(Lessness)』이 칼더 앤드 보야즈에서 출간된다. 9월, 『소멸자』가 미뉘에서
출간된다. 10월 중순 백내장으로 인해 왼쪽 눈 수술을 받는다.

1971년 — 2월 중순, 오른쪽 눈 수술을 받는다. 「숨소리(Souffle)」 프랑스어 버전이 『카이에
뒤 슈맹(Cariers du Chemin)』 4월 호에 실린다. 8-9월, 베를린을 방문해 9월
17일 「행복한 날들(Glückliche Tage)」을 실러 극장에서 연출한다. 10-11월, 요양차
몰타에 머문다.

1972년 — 2월, 모로코에 머문다. 3월 말, 무대에 '입'만 등장하는 모놀로그 「나는
아니야(Not I)」를 영어로 쓴다. 『소멸자』를 영어로 옮긴 『잃어버린 자들(The
Lost Ones)』이 런던의 칼더 앤드 보야즈와 뉴욕의 그로브에서 출간된다.
『잃어버린 자들』 일부가 '북쪽(The North)'이라는 제목으로 런던의 이니사먼
출판사(Enitharmon Press)에서 출간된다. 단편집 『죽은-머리들』 증보판이
미뉘에서 출간된다(「없는」 추가 수록). 「필름 / 숨소리(Film suivi de Souffle)」가

미뉘에서 출간되고, 이해 출간된 『코메디 및 기타 극작품』 증보판에 수록된다. 『숨소리 그리고 다른 단막극들(Breath and Other Short Plays)』이 페이버에서 출간된다. 11월 22일, 「나는 아니야」가 '사뮈엘 베케트 페스티벌'의 일환으로 뉴욕 링컨센터에서 공연된다(앨런 슈나이더 연출, 제시카 탠디[Jessica Tandy] 주연).

1973년 — 1월 16일, 「나는 아니야」가 런던 로열코트극장에서 공연된다(베케트와 앤서니 페이지 공동 연출, 빌리 화이트로[Billie Whitelaw] 주연). 같은 달 『나는 아니야』가 페이버에서 출간된다. 2월, 『첫사랑』의 영어 번역을 마친다. 『나는 아니야』를 프랑스어로, 『메르시에와 카미에』를 영어로 옮기기 시작한다. 7월, 『첫사랑(First Love)』이 칼더 앤드 보야즈에서 출간된다. 8월, 「이야기된바(As the Story Was Told)」를 쓴다. 이 글은 이해 독일의 주어캄프에서 출간된 시인 귄터 아이히(Günter Eich) 기념 책자에 수록된다.

1974년 — 『첫사랑 그리고 다른 단편들(First Love and Other Shorts)』가 그로브에서 출간된다(「포기한 작업으로부터」, 「충분히[Enough]」, 「죽은 상상력 상상해 보라」, 「땡[Ping]」, 「나는 아니야」, 「숨소리」 수록). 『메르시에와 카미에(Mercier and Camier)』가 런던의 칼더 앤드 보야즈와 뉴욕의 그로브에서 출간된다. 6월, 「나는 아니야」에 비견되는 실험적인 희곡 「그때는(That Time)」을 쓰기 시작해 이듬해 8월 완성한다.

1975년 — 3월 8일, 베를린 실러 극장에서 「고도를 기다리며」를 연출한다. 4월 8일, 파리 오르세 극장에서 「나는 아니야(Pas moi)」(마들렌 르노 주연)와 「마지막 테이프」를 연출한다. 희곡 「발소리(Footfalls)」를 영어로 쓰기 시작해 11월에 완성한다. 텔레비전용 스크립트 「고스트 트리오(Ghost Trio)」를 영어로 쓴다. 12월, 「다시 끝내기 위하여(Pour finir encore)」를 쓴다.

1976년 — 2월, 단편집 『다시 끝내기 위하여 그리고 다른 실패작들(Pour finir encore et autres foirades)』이 미뉘에서 출간된다. 5월 말, 베케트의 일흔 번째 생일을 기념해 런던의 로열코트극장에서 「발소리」(베케트 연출, 빌리 화이트로 주연)와 「그때는」(도널드 맥위니 연출, 패트릭 머기 주연)이 공연된다. 『그때는』이 페이버에서 출간된다. 8월, 「죽은 상상력 상상해 보라」를 쓰기 전해인 1964년에 영어로 쓴 글 「모든 이상한 것이 사라지고(All Strange Away)」가 에드워드 고리(Edward Gorey)의 에칭화와 함께 뉴욕의 고담 북 마트(Gotham Book Mart)에서 출간된다. 10월 1일, 「그때는(Damals)」과 「발소리(Tritte)」를 베를린 실러 극장에서 연출한다. 10-11월, 텔레비전용 스크립트 「오직 구름만이…(...but the clouds...)」를 영어로 쓴다. 12월, 『발소리』가 페이버에서 출간된다. 「고스트 트리오」를 처음 수록한 8편의 희곡집 『허접쓰레기들(Ends and Odds)』이 그로브에서 출간된다. 산문 모음 『실패작들(Foirades / Fizzles)』이 뉴욕의 페테르부르크 출판사(Petersburg Press)에서 프랑스어와 영어로 출간되고,

『다시 끝내기 위하여 그리고 다른 실패작들(For to End Yet Again and Other Fizzles)』이 런던의 존 칼더에서, 『실패작들(Fizzles)』이 뉴욕의 그로브에서 출간된다.

1977년 — 3월, 『동반자(Company)』를 영어로 쓰기 시작한다. 『영어와 프랑스어로 쓴 시 전집(Collected Poems in English and French)』이 런던의 칼더와 뉴욕의 그로브에서 출간된다. 4월 17일, 「나는 아니야」, 「고스트 트리오」, 「오직 구름만이…」가 '그늘(Shades)'이라는 타이틀 아래 영국 BBC 2프로그램에서 방송된다(앤서니 페이지, 도널드 맥위니 연출). 10월, '죽음'에 대해 말하는 남자에 대한 작품을 써 달라는 배우 데이비드 워릴로우(David Warrilow)의 요청으로 「독백극(A Piece of Monologue)」을 쓰기 시작한다. 11월 1일, 남부독일방송에서 제작된 「고스트 트리오(Geistertrio)」와 「오직 구름만이…(Nur noch Gewölk)」, 그리고 영국에서 방송되었던 빌리 화이트로 버전의 「나는 아니야」가 '그늘(Schatten)'이라는 타이틀 아래 RFA에서 방송된다(베케트 연출). 전해에 그로브에서 출간된 동명의 희곡집에 「오직 구름만이…」를 추가로 수록한 『허접쓰레기들』이 페이버에서 출간된다. 『발소리(Pas)』가 미뉘에서 출간된다.

1978년 — 『발소리 / 네 편의 밑그림(Pas suivi de Quatre esquisses)』이 미뉘에서 출간된다(「발소리」, 「연극용 초안 I & II(Fragment de théâtre I & II)」, 「라디오용 스케치(Pochade radiophonique)」, 「라디오용 밑그림(Esquisse radiophonique)」). 4월 11일, 「발소리」와 「나는 아니야」가 파리의 오르세 극장에서 공연된다(베케트 연출, 마들렌 르노 주연). 8월, 『시들 / 풀피리 노래들(Poèmes suivi de mirlitonnades)』이 미뉘에서 출간된다. 「그때는」을 프랑스어로 옮긴 『이번에는(Cette fois)』이 미뉘에서 출간된다. 10월 6일, 「유희」를 베를린 실러 극장에서 연출한다.

1979년 — 4월 말, 「독백극」을 완성한다. 6월, 런던의 로열코트극장에서 「행복한 날들」이 공연된다(베케트 연출). 9월, 『동반자』를 완성하고 프랑스어로 옮기기 시작한다. 『동반자』가 런던 칼더에서 출간된다. 10월 말, 『잘 못 보이고 잘 못 말해진(Mal vu mal dit)』을 쓰기 시작한다. 12월 14일, 「독백극」이 뉴욕의 라 마마 실험 극장 클럽에서 초연된다(데이비드 워릴로우 연출 및 주연).

1980년 — 『동반자(Compagnie)』가 파리 미뉘에서 출간된다. 5월, 런던의 리버사이드 스튜디오에서 샌 퀜틴 드라마 워크숍의 일환으로 창립자 릭 클러치(Rick Cluchey)와 함께 「마지막 승부」를 공동 연출한다. 이듬해 75번째 생일을 기념해 뉴욕 주 버펄로로에서 열리는 심포지엄에서 선보일 「자장가(Rockaby)」를 쓰고(앨런 슈나이더 연출, 빌리 화이트로 주연), 역시 이듬해 미국 오하이오 주립 대학에서 열릴 베케트 심포지엄의 의뢰로 「오하이오 즉흥곡(Ohio Impromptu)」을 쓴다(앨런 슈나이더 연출).

1981년 — 1월 말, 『잘 못 보이고 잘 못 말해진』을 완성한다. 3월, 『잘 못 보이고 잘 못 말해진』이 미뉘에서 출간된다. 『자장가 그리고 다른 짧은 글들(Rockaby and Other Short Pieces)』이 그로브에서 출간된다(「오하이오 즉흥곡」, 「자장가」, 「독백극」 등 수록). 4월, 텔레비전용 스크립트 「콰드(Quad)」를 영어로 쓴다. 7월, 종종 협업해 온 화가 아비그도르 아리카(Avigdor Arikha)를 위해 짧은 글 「천장(Ceiling)」을 영어로 쓰기 시작한다(훗날 에디트 푸르니에[Edith Fournier]가 옮긴 프랑스어 제목은 'Plafond'). 8월, 『최악을 향하여(Worstward Ho)』를 영어로 쓰기 시작해 이듬해 3월 완성한다(에디트 푸르니에가 베케트와 미리 상의한 후 1991년 펴낸 프랑스어 번역본의 제목은 'Cap au pire'). 10월 8일, 독일 SDR에서 제작된 「콰드」가 '정방형 I+II(Quadrat I+II)'라는 제목으로 RFA에서 방송된다(베케트 연출). 같은 달 『잘 못 보이고 잘 못 말해진(Ill Seen Ill Said)』이 그로브에서 출간된다. 베케트 탄생 75주년을 기념해 파리에서 '사뮈엘 베케트 페스티벌'이 개최된다.

1982년 — 체코 대통령이자 극작가였던 바츨라프 하벨(Václav Havel)에게 헌정하는 희곡 「대단원(Catastrophe)」을 쓴다. 7월 20일, 「대단원」이 아비뇽 페스티벌에서 초연된다. 『독백극/대단원(Solo suivi de Catastrophe)』과 『대단원 그리고 또 다른 소극들(Catastrophe et autres dramaticules)』, 『자장가/오하이오 즉흥곡(Berceuse suivi de Impromptu d'Ohio)』이 미뉘에서 출간된다. 『특별히 묶은 세 편의 희곡(Three Occasional Pieces)』이 페이버에서 출간된다(「독백극」, 「자장가」, 「오하이오 즉흥곡」 수록). 『잘 못 보이고 잘 못 말해진』이 칼더에서 출간된다. 마지막 텔레비전용 스크립트 「밤과 꿈(Nacht und Träume)」을 영어로 쓰고 독일 SDR에서 연출한다(이듬해 5월 19일 RFA에서 방송됨). 12월 16일, 「콰드」가 영국 BBC 2프로그램에서 방송된다.

1983년 — 2-3월, 9월에 오스트리아 그라츠에서 열리는 슈타이리셔 헤르프스트 페스티벌의 요청으로 희곡 「무엇을 어디서」를 프랑스어로 쓰고('Quoi Où') 영어로 옮긴다('What Where'). 이 작품은 베케트가 집필한 마지막 희곡이 된다. 4월, 『최악을 향하여』가 칼더에서 출간된다. 9월, 베케트가 1929년부터 1967년까지 썼던 비평 및 공연되지 않은 극작품 「인간의 소망들」 등이 포함된 『소편(小片)들: 잡문들 그리고 연극적 단편 한 편(Disjecta: Miscellaneous Writings and a Dramatic Fragment)』(루비 콘[Ruby Cohn] 엮음)이 칼더에서 출간된다. 『오하이오 즉흥곡, 대단원, 무엇을 어디서(Ohio Impromptu, Catastrophe, What Where)』가 그로브에서 출간된다. 「독백극」, 「이번에는」이 파리 생드니의 제라르 필리프 극장에서 프랑스어로 공연된다(데이비드 워릴로우 주연). 「자장가」, 「오하이오 즉흥곡」, 「대단원」이 파리 롱푸앵 극장 무대에 오른다(피에르 샤베르 연출). 6월 15일, 「무엇을 어디서」, 「대단원」, 「오하이오 즉흥곡」이 뉴욕의 해럴드 클러먼 극장에서 공연된다(앨런 슈나이더 연출).

1984년 ─ 2월, 런던을 방문해 샌 퀜틴 드라마 워크숍에서 준비하는 「고도를 기다리며」를 감독한다(발터 아스무스[Waltet Asmus] 연출, 3월 13일 애들레이드 아츠 페스티벌에서 초연됨). 『대단원』이 칼더에서 출간된다. 『단막극 전집(Collected Shorter Plays)』이 런던의 페이버와 뉴욕의 그로브에서 출간되고, 『시 전집 1930-78(Collected Poems, 1930-1978)』이 런던의 칼더에서 출간된다. 8월, 에든버러 페스티벌에서 '베케트 시즌'이 열린다. 런던에서 오스트레일리아 순회공연을 위해 「고도를 기다리며」, 「마지막 승부」, 「크래프의 마지막 테이프」 연출을 감독한다.

1985년 ─ 마드리드와 예루살렘에서 베케트 페스티벌이 열린다. 6월, 「무엇을 어디서(Was Wo)」를 텔레비전 방송용으로 개작해 독일 SDR에서 연출한다(이듬해 4월 13일 방송됨). 「천장」이 실린 책 『아리카(Arikha)』가 파리의 에르만(Hermann)과 런던의 템스 앤드 허드슨(Thames and Hudson)에서 출간된다.

1986년 ─ 베케트 탄생 80주년을 기념해 4월에 파리에서, 8월에 스코틀랜드 스털링에서 사뮈엘 베케트 페스티벌이 열린다. 폐 질환이 시작된다.

1988년 ─ 마지막 글이 될 「떨림(Stirrings Still)」을 영어로 완성한다. 이 글은 뉴욕의 블루 문 북스(Blue Moon Books)와 런던의 칼더에서 출간된다. 『영상』이 미뉘에서, 『단편 산문 전집 1945-80(Collected Shorter Prose, 1945-1980)』이 칼더에서 출간된다. 7월, 쉬잔과 함께 요양원 르 티에르탕에 들어간다. 그곳에서 프랑스 시 「어떻게 말할까(Comment dire)」와 영어 시 「무어라 말하나(What is the Word)」를 쓴다.

1989년 ─ 『동반자』, 『잘 못 보이고 잘 못 말해진』, 『최악을 향하여』가 수록된 『계속할 도리가 없는(Nohow On)』이 뉴욕의 리미티드 에디션스 클럽(Limited Editions Club)과 런던의 칼더에서 출간된다(그로브에서는 1995년 출간됨). 『떨림(Stirrings Still)』을 프랑스어로 옮긴 『떨림(Soubresauts)』과 1940년대에 판 펠더 형제에 대해 썼던 미술 비평 『세계와 바지(Le Monde et le pantalon)』가 미뉘에서 출간된다(「장애의 화가들[Peintres de l'empêchement]」은 1991년 증보판에 수록).
　　　　7월 17일, 쉬잔 사망. 12월 22일, 베케트 사망. 파리의 몽파르나스 묘지에 함께 안장된다.

작품 연표

영어	프랑스어

1946년

단편 「끝(La Fin)」(1955)

장편 『메르시에와 카미에(Mercier et Camier)』(1970)

단편 「추방된 자(L'Expulsé)」(1955)

단편 「첫사랑(Premier amour)」(1970)

단편 「진정제(Le Calmant)」(1955)

1947년

희곡 「엘레우테리아(Eleutheria)」(1995)

1947-8년

장편 『몰로이(Molloy)』(1951)

장편 『말론 죽다(Malone meurt)』(1951)

미술 비평 「장애의 화가들(Peintres de l'empêchement)」(1989)

1948-9년

희곡 「고도를 기다리며(En attendant Godot)」(1952)

1949년

미술 비평 「세 편의 대화(Three Dialogues)」(사후 출간)

1949-50년

장편 『이름 붙일 수 없는 자(L'Innommable)』(1953)

1950-1년

단편 모음 「아무것도 아닌 텍스트들(Textes pour rien)」(1955)

1953-4년

장편 『몰로이(Molloy)』(패트릭 바울즈와 공동 번역, 1955년 출간)

희곡 『고도를 기다리며(Waiting for Godot)』(1954)

1954-5년

장편 『말론 죽다(Malone Dies)』(1956)

1954-6년

희곡 「마지막 승부(Fin de Partie)」(1957)

희곡 「무언극 I(Acte sans paroles I)」(1957)

1955(?)년

단편 「포기한 작업으로부터(From an Abandoned Work)」(1958)

1956년

라디오극「넘어지는 모든 자들(All That Fall)」(1957)

1956-7년

희곡「으스름(The Gloaming)」
장편『이름 붙일 수 없는 자(The Unnamable)』(1958)

1957년

희곡「마지막 승부(Endgame)」(1958)

1958년

희곡「크래프의 마지막 테이프(Krapp's Last Tape)」(1959)
단편「아무것도 아닌 텍스트 I(Text for Nothing I)」
라디오극「타다 남은 불씨들(Embers)」(1959)

1960-61년

희곡「행복한 날들(Happy Days)」(1961)
단편「추방된 자」(리처드 시버와 공동 번역, 1967년 출간)

1961년

라디오극「말과 음악(Words and Music)」(1964)

1961-2년

장편『그게 어떤지(How it is)』(1964)

1962-3년

희곡「연극(Play)」(1964)
「연극용 초안 I & II(Rough for Theatre I & II)」(1976)
「라디오용 초안 I & II(Rough for Radio I & II)」(1976)

1963년

라디오극「카스칸도(Cascando)」(1964)
시나리오「필름(Film)」(1964년 제작, 1965년 상영, 1967년 출간)

1957년

라디오극「넘어지는 모든 자들(Tous ceux qui tombent)」(로베르 팽제와 공동 번역, 1957년 출간)
「무언극 II(Acte sans paroles II)」(1966)

1958-9년

희곡「마지막 테이프(La Dernière bande)」(피에르 레리스와 공동 번역, 1960년 출간)

1959-60년

장편『그게 어떤지(Comment c'est)』(1961)

「연극용 초안 I & II(Fragment de théâtre I & II)」(1950년대 후반 집필, 1978년 출간)

1961년

라디오극「카스칸도(Cascando)」(1963)
「라디오용 스케치(Pochade radiophonique)」(1978)
「라디오용 밑그림(Esquisse radiophonique)」(1978)

1962년

희곡「오 행복한 날들(Oh les beaux jours)」(1963)

1963-4년

희곡「코메디(Comédie)」(1966)

1963-6년
단편 모음 「아무것도 아닌 텍스트들 (Texts for Nothing)」(1967)

1964-5년
단편 「모든 이상한 것이 사라지고 (All Strange Away)」(1976)

1965년
희곡 「왔다 갔다(Come and Go)」 (1)* (1967)
텔레비전용 스크립트 「어이 조(Eh Joe)」 (1) (1967)
단편 「죽은 상상력 상상해 보라 (Imagination Dead Imagine)」 (2) (1974)

1965-6년
단편 「충분히(Enough)」 (2) (1974)
단편 「땡(Ping)」(1974)

1965년
희곡 「왔다 갔다(Va-et-vient)」 (2) (1966)
단편 「죽은 상상력 상상해 보라 (Imagination morte imaginez)」 (1) (1967)
텔레비전용 스크립트 「어이 조(Dis Joe)」 (2) (1966)
라디오극 「말과 음악(Paroles et musique)」(1966)
단편 「충분히(Assez)」 (1) (1966)

1965-6년
단편 「소멸자(Le Dépeupleur)」(1970)

1966년
단편 「쿵(Bing)」(1966)

1968년
희곡 「숨소리(Breath)」(1972)

1966-8년
장편 『와트(Watt)』(아녜스 & 뤼도빅 장비에와 공동 번역, 1968년 출간)

1969년
단편 「없어짐(Lessness)」 (2) (1970)

1969년
단편 「없는(Sans)」 (1) (1969)
희곡 「숨소리(Souffle)」(1972)

단편 모음 「실패작들(Foirades)」 (1960년대 집필, 1976년 출간)

1971-2년
단편 「잃어버린 자들(The Lost Ones)」 (1972)

1971년
시나리오 「필름(Film)」(1972)

---

* 제목 옆의 숫자 (1), (2)는 집필 연도가 같은 작품들의 집필 순서를 표시한 것이다.

1972–3년
희곡 「나는 아니야(Not I)」(1973)
단편 「첫사랑(First Love)」(1973)
단편 「정적(Still)」(1973)
단편 「소리들(Sounds)」(1978)
단편 「정적 3(Still 3)」(1978)

단편 「움직이지 않는(Immobile)」(1976)

1973년
장편 『메르시에와 카미에(Mercier and Camier)』(1974)
단편 「이야기된바(As the Story Was Told)」(1973)

1973년
희곡 「나는 아니야(Pas moi)」(1975)

1973–4년
단편 모음 「실패작들(Fizzles)」(1976)

1974–5년
희곡 「그때는(That Time)」(1976)

1974–5년
희곡 「이번에는(Cette fois)」(1978)

1975년
단편 「다시 끝내기 위하여(For to End Yet Again)」(2) (1976)
희곡 「발소리(Footfalls)」(1) (1976)
텔레비전용 스크립트 「고스트 트리오(Ghost Trio)」(1976)

1975년
단편 「다시 끝내기 위하여(Pour finir encore)」(1) (1976)
희곡 「발소리(Pas)」(2) (1978)

1976년
텔레비전용 스크립트 「오직 구름만이…(…but the clouds…)」(1977)

1976–8년
「풀피리 노래들(Mirlitonnades)」(1978)

1977–9년
단편 「동반자(Company)」(1979)
희곡 「독백극(A Piece of Monologue)」(1981)

1979–80년
단편 「잘 못 보이고 잘 못 말해진(Ill Seen Ill Said)」(1981)
희곡 「자장가(Rockaby)」(1981)
희곡 「오하이오 즉흥곡(Ohio Impromptu)」(1981)

1979년
단편 「동반자(Compagnie)」(1980)

1979–82년
희곡 「독백극(Solo)」(1982)

1981년
텔레비전용 스크립트 「콰드(Quad)」
(1982)
단편 「천장(Ceiling)」(1985)

1981-2년
단편 「최악을 향하여(Worstward Ho)」
(1983)
텔레비전용 스크립트 「밤과 꿈(Nacht und
Träume)」(1984)

1983년
희곡 「무엇을 어디서(What Where)」 (2)
(1983)
희곡 「대단원(Catastrophe)」(1983)

1983-7년
단편 「떨림(Stirrings Still)」(1988)

1989년
시 「무어라 말하나(What is the Word)」

1981년
단편 「잘 못 보이고 잘 못 말해진(Mal vu
mal dit)」(1981)

1982년
희곡 「자장가(Berceuse)」(1982)
희곡 「오하이오 즉흥곡(Impromptu
d'Ohio)」(1982)
희곡 「대단원(Catastrophe)」(1982)

1983년
희곡 「무엇을 어디서(Quoi Où)」 (1) (1983)

1988년
시 「어떻게 말할까(Comment dire)」
단편 「떨림(Soubresauts)」(1989)

286

사뮈엘 베케트 선집

소설

『포기한 작업으로부터』, 윤원화 옮김

『발길질보다 따끔함』, 윤원화 옮김

『머피』, 이예원 옮김

『와트』, 박세형 옮김

『말론 죽다』, 임수현 옮김

『이름 붙일 수 없는 자』, 전승화 옮김

『그게 어떤지/영상』, 전승화 옮김

『죽은-머리들/소멸자/다시 끝내기 위하여 그리고 다른 실패작들』, 임수현 옮김

『동반자/잘 못 보이고 잘 못 말해진/최악을 향하여/떨림』, 임수현 옮김

시

『에코의 뼈들 그리고 다른 침전물들/호로스코프/시들, 풀피리 노래들』, 김예령
옮김

평론

『프루스트』, 유예진 옮김

『세계와 바지/장애의 화가들』, 김예령 옮김

계속됩니다.

사뮈엘 베케트 선집

사뮈엘 베케트
발길질보다 따끔함

윤원화 옮김

초판 1쇄 발행. 2019년 12월 22일

발행. 워크룸 프레스
편집. 김뉘연, 신선영
표지 사진. EH(김경태)
제작. 세걸음

ISBN 979-11-89356-30-9 04800
978-89-94207-65-0 (세트)
20,000원

워크룸 프레스
출판 등록. 2007년 2월 9일
(제300-2007-31호)
03043 서울시 종로구
자하문로16길 4, 2층
전화. 02-6013-3246
팩스. 02-725-3248
메일. workroom@wkrm.kr
workroompress.kr
workroom.kr

이 도서의 국립중앙도서관
출판예정도서목록(CIP)은 서지정보유통
지원시스템(seoji.nl.go.kr)과
국가자료공동목록시스템(nl.go.kr/
kolisnet)에서 이용하실 수 있습니다.
CIP제어번호: CIP2019048183

옮긴이. 윤원화
시각 문화 연구자로 주로 동시대 서울의 전시 공간에서 보이는 것들에 관해 글을 쓴다.
저서 『1002번째 밤: 2010년대 서울의 미술들』(2016), 『문서는 시간을 재/생산할 수
있는가』(2017), 『그림 창문 거울: 미술 전시장의 사진들』(2018), 역서 『청취의 과거』(2010),
『광학적 미디어: 1999년 베를린 강의』(2011), 『기록시스템 1800 · 1900』(2015) 등이 있다.